清詩話全編

康熙期八

張寅彭 編纂
楊君 點校

国家出版基金项目
NATIONAL PUBLICATION FOUNDATION

上海古籍出版社

第九册目次

詩學金丹

詩學金丹提要

《詩學金丹》一卷，據乾隆間刊《春雨堂集》本點校。撰者朱元英（一六六〇——一七一三），字師晦，一字荔農，號虹城子。江蘇江寧人。六試不第，康熙四十八年始成進士，授翰林院編修。有《春雨堂集》。朱氏僅得中壽，其著述有刻於生前者，如《乙酉詩草》有康熙四十五年阿克敦序，《春雨堂集》有康熙五十二年李光地序，此年即其卒年。本卷首末有戴翰、方苞一序一記，皆署乾隆十四年，乃應朱氏弟夔聲之請而作。方記且謂四十年前曾讀之，則《金丹》當作於康熙五十年前後。此卷以一字立目，一目一義，十六（七）字概説詩學各題，其中如祖、宗、父、母、兄弟、妻等字，妙以人倫關説詩學，頗見才識。其論大抵主質實，即方苞「有本原語」之謂也。如云「神生於清」，有所謂「格清」、「章清」、「理清」等，以「清」説「神」，「神」自不虚矣。

詩學金丹序

詩之道微矣，有天籟，有不專乎天籟者。天籟之詩，如擊壤野人，滄浪孺子，少引聖籍，彌近自然，不待學而後工。其工也，適爲學者所不及。若士大夫爲詩，則非學不可。《詩三百》，微獨《清廟》、《生民》煌煌巨製，枵腹所不能；即《匪風》、《下泉》、《黍離》、《板》、《蕩》、《小弁》諸什，其深識物理，貫串古今，皆非率爾之言，故詩多不專乎天籟也。自嚴滄浪創「别才」之説，言詩者動以學爲諱。不知宋學勃興，唐音衰歇，諸儒每以性道陰陽雜編韵語，事非其類，激而爲是言，非謂作者必黜聰掩明，束書不觀，一以打油、釘鉸爲宗。古人云：「不讀萬卷書，不行萬里地，不可以讀杜詩。」讀者且然，况作者耶？吾師師晦先生，著述等身，《左傳拾遺》一書流傳已久，餘者存於家。兹先生之難弟夔聲、文安兩丈，偶持《詩學金丹》一編過余，囑贅語卷端，將授仲子臯文梓行之。余覽是書，乃先生親筆，典型宛然在目，三復不忍釋手。其書傳世，則人人知詩之必由於學，而學必有功於詩。衣冠劍珮，揖讓周旋，和其聲以鳴國家之盛者必接踵；而粗服亂頭，田夫牧豎，豈得與士大夫争幟哉？

乾隆十四年己巳仲夏，受業戴瀚謹叙。

詩學金丹目

詩學金丹

上元朱元英師晦

祖

人本乎祖。學詩必務知其祖，《詩三百》是也。風、雅、頌三體，題所由立；興、比、賦三用，章所由成。劈析風、雅、頌以審題，各有定體而不亂；互用興、比、賦以製章，自有妙用而不窮。故不可不知祖。

宗

繼別爲宗，我之所尸而祝之也。即以是名其家，有大宗焉，陳思王也，陶淵明也，謝靈運也，杜甫也，李白也；有小宗焉，張、陸也，庾、鮑也，顔、謝也，王、楊、盧、駱也，高、岑也，王、孟、韋、柳也，韓、孟也，李長吉也，温、李也。各從其性之所喜，因而宗主之。既異稊稗，亦易成名。譬諸名族世胄之子孫，衆望歸之。故學詩不可不宗一人。

父

生我者父，禀受真也。學一人，當即其集中佳處，從此悟入，倣其意趣、筆勢而爲之，異其字面而同其神理，使自得之於己，然後謂之肖子。譬之果仁穀種，生生不斷，而形味常一。蓋謂得其神似，方不闌入他家。

母

育我者母，資養深也。有讀書而爲詩，有讀詩而爲詩，二者不可偏廢。非多讀書不能格物，非多讀詩不知取裁。詩中所用料與古文不同，徒讀書而不知讀詩，無當於詩也。詩之尤切需者，《楚辭》、《文選》、《水經注》也；其備用者，經史子書也；至於隨所見聞，格其物，窮其理，以深資其源，而皆證之於昔人之詩。合詩者用之，不合詩者置之，此之謂母。

兄弟

兄弟者，相輔之意也。如學庾則輔之以鮑，學高則輔之以岑，學王則輔之以孟，學韋則輔之以柳。

同宗而別派，用以相助，則路逕益明，往而不孤。

妻

妻者，配也。好奇者務嚴其法，好淡者務深其理，此配於內者也。宗陶矣，而文之以謝；宗李矣，而節之以杜；宗韓矣，而淘洗之以白，此配於外者。防一往之有誤，恐出藍之無日，故求諸配以變之。

性

生之謂性，入手之謂也。雅俗不辨，由於學近代詩，而不上求諸古。今人初學吟哦，便拈温、李，乃至《玉臺》、《香奩》，無題、詠物，紛然雜作，則入手已迷失本性。余嘗謂温、李是堂閣上青緑彩畫，非石基楠楝也。爲室者不知築基樹楝，惟事彩畫，可乎？性不可名言，善悟者喻之。大抵貴辛辣而惡甜熟，貴質直而惡纖妍。由此領取，思過半矣。

骨

相馬者以骨決之，非其骨，不能千里。骨生於識力，亦樹於學力。識高則骨聳，學實則骨堅。欲知骨者，玩陳子昂、高達夫，可以窺見其大凡矣。約其分劑，七質三文，先蒼後秀。齊、梁之失，文勝於質也；盛唐之得，質勝於文也。

氣

充乎首尾者，氣也。榮衛不充，形體不王。氣之在詩，運於無形，而周於有象。有前一句自有後一句，有前一段自有後一段，脈貫筋通而沖融有餘。消息之際便生音節，至足之下即有老響。養氣之功，終身以之者也。

神

人之神見於目，黑白分明，神乃秀發。然則詩之神殆生於清，一意到底則格清，首尾起訖段落楚楚則章清，句有指歸、字有因緣則理清，清斯有神矣。至於沉鬱頓挫、沖融涵宕而神不可測，則由於浩氣而得之者也。

體

人有四體，所以運動作事。詩亦有之，起承轉合是矣。起承轉合，四字法耳，而運用不窮，長篇小章莫不由之以成。學詩者先欲其截然四件，後乃熟之，以造於自然。然是次第中變化，非亂其次第以求超法之謂也。謹守焉耳矣。

用

用對體言，猶曰用筆、用意之謂。讀古人詩，須察其用。得彼之用，則可自我爲彼矣。用意以製篇言，用筆以製句言。諸大家用筆、用意處各别，於此得其管鑰，便是胠篋手段。

意

有一篇之意，有一句之意。一篇之意在相題上争高下，一句之意在下字處争高下。鍊字所以明吾意也，然有無意之字，有有意之字，有累意之字，拙字勝巧，質字勝文，野字勝妍，無作用字勝有斧鑿。故知修意之在鍊字者，斯知詩道矣。

色

著色是末後一著工夫，然古色、時色必有別矣。色在取料，料各不同。用於五古者雅而約，用於七古者野而博，用於五律者正而穩，用於七律者奇而宕。惟盛唐詩人最有分別，雖輕重濃淡，隨乎其人。而未有無色可以言詩者，此亦考工氏之有染人矣。

聲

聲以載情，淫雅之辨，國政從焉，亦即其人之徵矣。五音發於五性，七情形於六律。涵鋐冲容，清而有餘韵者，此正聲也；噍急繁偷，廉而無遠響者，此邪聲也。類而推之，諷其詩足以知其人，且足以卜其壽夭窮達焉。此法在古人皆心知之，今久不傳矣。但熟詠《國風》，亦可三知其二。

法

法即律也，律以定程，不可移易。詩律童而從之，老不能廢。若七絶之實接、虚接、前對、後對也，篇中情景之代進、諸體之呼應起伏也，七古之轉換頓挫也，五、七言之句眼用力也，絶之第三句、律之第七句也，皆有一定之程則焉。律有二失：當從而違，謂之失入；當違而從，謂之失出。一意相承，此宜從者也；七情相干，此宜戒者也。近體則不得犯八病，古詩則不得雜二體，此宜戒者也。他如五、七言之句勢不同，排律之换句相接，與一句結上、一句起下之類，恪守無違，謂之行家；小有出入，猶名穉子。蓋大匠誨人以規矩，一規一矩，公輸、奚仲終身用之，至於神巧。學詩者奈何忽視成法哉？杜氏曰：「老去漸於詩律細。」有味乎言之矣。

記

吾友朱師晦先生以文學名，自康熙壬戌迄今六十餘年，朝野莫不震之。篤孝友，行義多識，耽著述，從遊者皆成鉅公偉人。□□□□□□趙永齡、永譽，定遠方永，睢州王澄思、澄慧，嘉興錢陳群，上元戴瀚，山陰章全人，會稽趙荃，江寧吴志祁，遼陽傅元文。癸巳卒官，未竟其才。丁卯，予抱疾潭上，嘗夜夢師晦偕兄百川，髣髴講論，覺憬憬然。其少子鶴適請題墓，灑淚以應。今夏，其六弟夔聲持所論《詩學》乞序。予四十年前讀之，固有本原語也。師晦性嚴毅，朋友所愛敬，學識最高。有與予未合者，著書每不欲予言。雖歿，未敢拂其生平，因謂阿兄即我兄。他著作不少，奈何徒以其小者。夔聲既輟去，迺記其概於篇。

乾隆十四年孟夏日，桐城學弟方苞記。

覞齋詩談

絸齋詩談提要

《絸齋詩談》八卷，據乾隆二十三年刊《家學堂遺書二種》本點校。撰者張謙宜（一六四九—一七三一），字稚松，一字山農。山東膠州人。康熙四十五年進士，然退居不仕，潛心讀書著述。有《張稚松先生文集》、《絸齋詩集》等。此書有康熙四十九年自序，謂自康熙十四年從楊戭夏學詩，歷十餘年，乃敢評次古人詩。二十九年、三十年間與門人説詩，由李伊村録成初稿，四十九年秋增删成稿云云。然序中「乃合伊村手録纂二百十四條」一語，此數僅及今存本之半；如但指伊村手録者，則「合」字、「纂」字無着落。今檢上海圖書館藏一抄稿本，亦載此序，不分卷，有「爲初學言」（三九則）、「杜少陵詩評」（七八則）、「陸放翁詩評」（三一則）、「合魯易之詩評」（一則）、「王無競詩評」（二則）、「邱柯村詩評」（四則）、「李大村詩評」（一二則）、「田子維雜著附評」（六則）、「臆説記聞」（一九則）、「名公集句」（二則）、「葉小鸞受記語」（一則）等題，凡近二百則，多爲今存八卷本所有，此或即四十九年之初稿本也。且今本卷八内有記康熙五十一年、五十五年事，可知四十九年後之數年間必有大增改，終至定稿，惟所用序則舊序耳。絸齋頗讀程朱理學之書，然論詩則力戒流爲「有韵之四書五經」。其以理、韵關係論一部詩史：《三百篇》之《雅》、《頌》「理無不包，語無不韵」，漢魏「詩妙而理無不通」，六朝三唐「但求詞佳不墮理窠」，宋理學家詩則「只求理勝不暇修詞」，亦是一種「代降」論。然卷四以下評歷代詩人，唐以前僅《古詩十九首》及陶淵明兩家，著墨多在唐、宋，直至明、清，甚切實而不致迂闊也。唐宋以杜、蘇、陸三家爲最詳，大抵崇杜而嫌蘇、陸失之豪縱爽快；明清則推一杜茶村。諸評都從自家體會來，頗駁王漁洋、毛稚黄等時家之論，亦清初山左詩派中一特立獨行者。

槻齋詩談自序

余自乙卯從招遠楊先生遊，其言曰：「非質之於古人，學問不正；非參之於時人，識見不開。」奉之惟謹。始而讀，讀久則思，思而有得則記之册上。歷十餘年，乃敢評次古人之詩。潛心密詠，必盡吾心乃已。庚午、辛未間，李伊村、高墨陽、趙初筳先後學詩，謬謂余得楊先生之傳，多昵就使言。或口道所以，或手札相答，或鱗次於肄習破書中，長短多寡，不復記憶。頗聞伊村手記吾言，久未索觀。庚寅初秋，余以事如州，與伊村居甚久。一夕，出所記貽余：「子何不擴充删定，使成一家言，且以示後生。」余唯唯心動。閲之若隔世語，時復思省，亦自有不忍置者。但彼時見聞未廣，折衷未定，其缺漏尤多。攜之山中，值弟若子應試去，日對兩頑獷孫，意不自聊，蒐所讀殘書十餘種，奇零瑣屑，撿過輒忘者，至莫可紀。苟有會心，則皆吾師之意也。且可採者，不必盡服從矣。間有辨駁糾正，藉爲證據發凡，要之有當於詩。其言雖鄙，實準乎理者近是。乃合伊村手録纂二百十四條，鈔而存之，以備遺忘。若曰成一家言，爲學者法，則吾豈敢。嗟夫！身既老矣，俯仰增悲。後有好學深思，聞余言而有感，當不啻面談焉耳。時康熙四十九年庚寅八月望日，山南書隱老人張謙宜七十二歲自譔。

峴齋詩談目録

絸齋詩談卷一

膠州張謙宜稚松甫著

統論上

詩品貴清，運衆妙而行於虚者也。譬如觀人，天日之表，龍鳳之姿，雖被服袞玉，其丰神英爽，必不溷於市兒。若乃拜馬足，乞殘鯖，即荷衣蕙帶，寧得謂之仙人耶？由斯以談，清在神不在相，清在骨不在膚，非流俗所知也。

初唐人作詩，先不作態，所急者筆勢飛動，通體匀圓。意不求襮露，故味厚；思不尚刻削，故氣渾；字句不求奇譎，故品高；藻采不用繁碎，故色雅。當其格正調和，泰然自得，雖平不避，雖樸不雕，從容酣適，而中通外潤，成一代之冠冕。此豈矜才使氣者流能窺其涯涘哉！雖然，持之愈急，即之愈遥；辨之極嚴，犯之甚易。必也養蓄深純，久久蜕骨，伐洗精密，隱隱返真，綺麗沉博，要歸穩愜，磬控縱送，勿閼其天，亦庶乎有偶合歟？

詩家不許於詩中談理，亦有所見。蓋理由我運，則操縱如意，或虚或實，或大或小，隨其識力所到，變没隱見於語言外者，皆詩之根也。若以我聽理，非十成死語不敢下，非陳陳相因者不敢言。由是板木臃腫、酸腐油膩之病交萃一時，雖澡洗頻加，舊性難改，順口而成，依然塵土。其於詩也，愈遠愈支，不可救藥矣。且古人文章各有體裁，若令詩專主於理，不主於比興風雅，即何不爲有韵之四書五經，而須後人之叨叨置喙耶！況善談理者，不滯於理，美人香草、江漢雲霓，何一不可依託？而直須仁義禮智不離口，太極天命不去手，始謂之談理乎？願與主持斯道者共商之。

文章、名理，世鮮兼長。詩非不要理，只是人不能於詩中見理耳。理無不包，語無不韵者，《三百篇》之《雅》、《頌》是也。不必以理爲名，詩妙而理無不通者，《離騷》以訖漢、魏是也。但求詞佳，不墮理窠者，兩晉、六朝以訖三唐是也。祇求理勝，不暇修詞者，程、朱、邵子輩是也。風氣日下，得一層必失一層，若天限之，生古人以後者，何處下手？

詩中談理，肇自三《頌》。宋人則直洩道秘，近於鈔疏，將古法婉妙處盡變平淺，反覺腐而可厭。

人生喜怒之感，不可畢見於詩。無論一洩無餘，非風人之致，兼恐我之喜怒，不合道理、不中節處多，有乖正道耳。

詩貴和平者何也？淒厲陡險，一瀉而盡，覽之可喜，咀嚼索然。故學者必須涵養渟蓄，令其深厚。然深非叵測，厚豈包皮。審之審之，以古爲則可也。

人多謂詩貴和平，只要不傷觸人。其實《三百篇》中有罵人極狠者，如「胡不遄死」、「豺虎不食」等句，謂之乖戾，可乎？蓋罵其所當罵，如敲扑加諸盜賊，正是人情中節處，故謂之「和」。又如人有痛心，便須著哭；人有冤枉，須容其訴。如此心下才鬆穎，故謂之「平」。只這兩字，人先懂不得，又講甚詩！

無興致不必做詩，没意思不必做詩，無實意、實事不必强拉入詩。如未老而言老，不愁而言愁，無病而言病，皆是大忌。

詩要老成，却須以年紀涵養爲洊次，必不得做作裝點，似小兒之學老人。且如小兒入學，只教他拱手徐行，不得跳躍叫喊，其天真爛漫之趣自不可掩。甫弱冠，則聰明英發之氣溢於眉睫。壯而授室，則學問沉静之容見於四體。艾耄已後，則清瘦蕭散，無所不可。然皆有全副精神，自少而老，不離軀幹。不然，則似臃腫老樹、壘砢頑石耳。

詩要老辣，却要味道。正如美酒、好醋，於本味中嚴烈而有餘力。然苦者自苦，酸者自酸，不相假借處，各有本等。大約「老」字對「嫩」字看，凡下字造句堅緻穩當，即老也；「辣」字對「羶」字看，凡字句中不油滑、不猥瑣、不卑靡、不甜熟，即辣也。惟洒落最近辣，逆鼻傷人、螫口不可近者，正不得援辣以自解。「老」字頭項甚多，如悲壯有悲壯之老，平淡有平淡之老，穠豔有穠豔之老。今匠人以竹木之成就者謂之老，以此思之可也。

詩學要博，却不許雜；詩學要專，却不許急。記之，記之。

詩要刻入，久乃養至渾成處；詩要錘鍛，久乃洊入空清處。蓋刻入者欲其透，錘鍛者欲其穩耳。深不得鈎棘，淺不得浮油，宜於中間思忖。

詩須静處吟，境静則心静。静便不好，也有可取；不静便好，也有可議。

詩貴藴藉，正欲使味無窮耳。〇二字之義亦當知。古人衣中著綿謂之藴，言其中有物也。圭有繰以承之，形如木板，以五綵絲纏之，言其外加飾也。人以藴藉稱，謂其儒雅風流也。

詩尚平淡，平淡正其絢爛處。如丹砂、白玉，本色自不可掩。

詩要温雅，却不可一晌偏墮窠臼，連筋骨都浸得酥軟，便不是真温雅矣。

詩要脱俗，須於學問之外仍留天趣爲佳。如美桃熟至八分，微帶青脆甘酸，此爲上品。若至十月中旬，肉如爛醬，一味甜俗，不足當知味者品題矣。

詩得性情之正者，亦須有冷味乃妙。如《三百篇》清廟、明堂之作，其嚴肅堅凝處皆冷也。

鏡中影，葉底花，此掩映之象。

詩有以澀爲妙者，少陵詩中有此味，宜進此一解。「澀」對「滑」看，如碾玉爲山，終不如天然英石之妙。

詩文琢鍊，只要上口爽亮。〇詩鍊家常字句不妨，但要氣力充足。

作詩要力足氣充摶鍊就，少一句不得，添一句亦不得，方是妙手。

詩只要情真，有議論何妨？唐人「不知天下士，猶作布衣看」，是否議論，請下一轉。

沉著非一路，有因境而得，有緣思而成。及其得手，未有不浩瀚清明者。河身衝刷泥沙，便是沉著之象。

佶屈聱牙，晦澀支離，非高古也。韵趣天然，從容飄緲，脱盡皮毛，直溯本根，此之謂高古耳。

真見其故，能發得出，不拘常格，此是豪放。若作怪支離，夾雜不倫，此是放肆，非豪放也。杜陵

《渼陂》、《麗人》諸篇是好樣。

胸中無書，腕底無力，不得藉口清奇，自掩其短。

委曲之文，須有聲有色，有力有韵。

生膩則當洗，有物方可鍊。凡所讀之書，其菁華香澤，久而滑滋，洗之勿令迷性。前民雅字，再加鎔鑄，用之自然如意。然不得過火無節，致生別症。

意渾則味長，意露則透快而味短。○硃砂之未破者，謂之渾寶，以其精力凝結也。又如菓之皮肉、核仁、汁水、香味尚在一個時，亦謂之渾。

「含蓄」二字，詩文第一妙處。如少陵前、後《出塞》、《三吏》、《三別》，不直刺主者，便是含蓄。機到神流，乃造斯境。

所謂「疏野」，天然率真，才用意便是假。如山間林下人，自與朝市衣冠別。此隨人地步看，不必摹仿。

飄逸者，如鶴之飛，如雲之行，如蓬葉之隨風，皆有大力斡轉於中。若徒於字句摹擬，其似是而非處，多生弊病。

古人胸中道理雪亮，更無障蔽滯礙處，不沾沾俗情，所謂曠達。若一味頽墮，便是没打煞人，豈得謂之曠達？

流動者，生機不息，自然運動。大而天地，小如文章，未有不流動而能久者。流動之根，却在心神秘妙中轉掉，非人力所及也。

所謂沖淡，此性情、心術上事，不洗自净，不學而能。若勉强作沖淡語，似亦是僞，何況不似。

虎丘山下茶館，江寧城裏古器鋪，乾净絶無點塵，陸離光可奪目，此正是俗處。

人須是未結想、未落筆時有個意思了，才講風雅。若止向册子上取脂粉，胎骨不佳，終要壞落。

○凡摹古人，當似其神，去其秕。

學者涉筆有與古人相類者，此等不是著意學，意思高，氣格老，偶一似之耳。

凡人才力、學識無有不偏者，要須早自覺悟，時爲補救。設若喜壯麗一路，久之必有粗厲底病，當以温雅濟之；喜澹遠一路，久之必有枯瘦底病，當以英華濟之。然須按類增益，不得向鰒魚鍋内煮狗肉。

凡物之精者必變，如磁窑之化爲觀音，犀帶之紋如壽星。此皆天地英華，鬼神秘妙，不可思議。即如詩家臨摹老杜，豈少名手，然食生不化，反受其累。惟煉我氣力，熟彼法度，久久皮毛落盡，髓液獨存，可以獨成面目。究竟不改本原，任搓丸化汁，總是一般。○三春花柳，歲歲更新，却不是另有一般顔色，此處須參。

今人所指爲盛唐者，俱是襲取皮毛，所以愈似愈遠，學成也是副面具。須得其精神之淳漓，心思力量之厚薄大小，手段本領之高卑淺深，知其所以然而捨肉取髓，庶幾得之。若衹是牽文拘義，畏首畏尾，一題到手，不入分毫，以爲留無盡味，企最上乘，真埋没生機，死於句下。雖博學多聞，轉增魔障耳。

古人詩有看似平鋪，而轉折多、波瀾大，使人尋味無窮。能留心於此，筆墨自添光景。

蜀王孟昶有吴道子畫鍾馗一軸，用大指抉鬼眼。嫌其勢拙，命黄筌改中指。一月不進呈，已而另畫以獻。問之，對云：「吴畫精神盡在大指，臣畫精神盡在中指，故不敢妄改耳。」凡詩文作者，注意某一處、某一字，其通篇力量照應亦必趁此一路，學者不可不知。

古人詠一物，必不肯板直鋪叙，故用跌宕斷續，生出波瀾。

作填色堆花詩，須不掩意。如米家山，墨點迷離中，石理宛然。若止是一片墨暈，夫誰不能？

詩不範古澤，面目近傖。然死於古貌古粧，又近於伶人唱曲，啼笑雖按板眼，痛癢不關真心，畢竟是戲不是實。

詩可傳世者，必從杜來。然此中要自有辨，杜詩不要討好處，是他籠絡萬有之量；後人極力討好處，只是打成一家之才，界限差多。

楊戭夏先生教以勿學《選》體，恐令汝鈍；勿死效杜法，恐令汝粗；勿便襲初唐，恐優孟舉措，終失其真。又曰：「漢、魏之所以獨步者，情摯耳。大家之所以過人者，正由於修詞無痕，世反以不修詞目之，誤也。」

詩有因病而得貴者，是犀之通天是也。然病處究不可學。

枏癭如繡，犀角通天，人之所寶，正在病處。犀刳爲帶，癭琢爲盃，曷嘗不獲重價，而天生美玉、明珠，又不如是。人若學其病處不得，反另成呰窳，則誤之誤矣。

寶物出奇，用之在人。緞店中忽出洋錦、火浣，珠肆内購來靺鞈、珊瑚，只可争奇壓市，不能販賣流通。寶物出手，依舊空拳，爲之奈何！

靈芝生於石上者，光潔無渣；生於草木間者，必附朽壤，芟除滌濯，在所不免，但須高手留其態韵耳。選古人詩下辣手，正緣深愛古人。

詩耑諧謔，固屬惡道，然亦有老境頹唐，寄慨遥深者，不妨存其雅，芟其俚。至恣肆於律韵之外，恐令後生藉口者，斷在割愛。

文人好談禪、談養生，并是怕人説我不會，强作解事，率易欺飾之詞。食肉不食馬肝，似乎無妨。寧令人笑爲傖父，何勞勉作鄉愿。

今人之詩，句裏字外，更無些物事，只是顔色和成，故看來不生動。

凡情語出自變風，本不可以格繩，勿寧少作。○情太濃，便不能自攝，入於淫縱，只看李義山「春蠶到繭絲方盡，蠟燭成灰淚始乾」之句便知。

唐人方干有句云：「物外收羅歸大雅，毫端剪削有餘功。」此則談詩妙訣也。司空圖亦記其兩句云：「近而不浮，遠而不盡。」此八字金針。

劉昭禹有言：「覓句者若掘得玉盒子，底必有蓋，但精心求之，必獲其寶。」皆唐人論詩之高者。焉得謂作詩而不談詩！

有筆力人，用事亦不爲所累。○凡讀書，都要爛成漿，化成汁，順手點染，全非陳物，乃是高手。一氣運掉，掣轉如意，故事湊筆也。厚厚堆起，與本意絶不相關者，强搬故事也。詩用經書成語，是佛魔關，一有不妙，喪身失命矣，正不得借口唐人也。用奇字、奇語，全要有配、有襯，不則似乞丐破帽上嵌夜明珠。

昔在都訪方朝初，叩其所傳，云弱冠時在蜀中交石泉羅翁，教之曰：「門户一差，終身難返。凡詩正面無多，當從四旁渲染。」余嘆爲知言。

昔與單季朗共好櫟園詩，其實彼時讀書少，才見一雅緻手段，便推爲極顛，摹仿不休。閲歷洊多，然後豎起脊梁，大開眼界，胸中别有一見解，記示後生：勿隨人脚根，須自有本領，方可聆音識曲。本領何來？先明道理，虚心博學而已。

歷下、竟陵、雲間、西陵各有盛時，學者摹擬聲響，摭拾粉澤，皆假也。其或名譽已著，年齒已尊，以改塗折節爲羞，所以因循坐廢。不知豪傑各有性情，宗匠自具鑪錘，不必盡摹古款，器成自是可傳，如宣盤、倭刀是也。

公安、竟陵總是一派，本欲救王、李之穠豔，然橄欖、岕茶不可以養生，故其教亦多生病痛。

峴齋詩談卷二

膠州張謙宜稚松甫著

統論下

古四言之難，學其艱嗇，既失其和平；學其平雅，又傷於繁蕪。求其字峭句蒼，真氣浮動，未見其人。

四言詩不必作，即嘔出心來，也難到漢人境，何況向上。

詩學《三百篇》，凡有數難：性情不調適，一也；氣骨不堅定，二也；吐詞欠蘊藉，三也；斲鍊欠精密，四也；體製難恰好，五也。幸而得句，未必通章似之；幸而成章，未必連篇匀稱。設色則浮豔，用意則淺薄。艱深必掩意，平易必庸膚。故問津者，千百中無一二焉。

《三百篇》後皆《風》也，《雅》、《頌》之實久亡。漢之樂府、唐之應制，無當於《雅》、《頌》。其德薄而事左，不可勉强。

周德實有可説，説來人便信。如漢之夫婦、君臣、父子、兄弟，不可説者甚多。只是别撰一種言語，其古奥亦僞耳。

漢之樂章，如《房中》、《天馬》諸詩，無祖宗積累之實、仁漸義摩之功，而徒爲博麗閎詞，何益乎？

《雅》、《頌》之不可及，豈獨其文盛哉！

凡不可唱，非樂府也。如唐人絶句，今已無能唱者，況漢詞乎？無其實，何必擬作。後人摹仿他聲調，如照《内則》做八珍，作料、火候俱不是，未必可食。

擬樂府甚難，須令音調、節奏用古人之遺法，情事委曲寫自己之悃愫，方妙。

孫月峰云：「樂府貴俚。」亦不盡然。如漢代《房中》諸曲，博奥爾雅，豈得云「俚」？惟民謡里唱時有之，然亦須鍊到。

里語不妨入樂府，但要鍊得雅。李大村秧鼓歌是如此。

樂府主於痛快淋漓，若以悶木不盡言爲上，先不知古今之變已。

古詩與樂府分界，只是動氣、静氣之交。

唐人如昌谷樂府，真是當家。若李于鱗之樂府，則是造贋鼎手，不足多珍。○《騷》學不深者，莫惹昌谷派，恐學他一片黑暈耳。

《樂府題解》已有耑刻，須買一本常看，方不會錯。

《選》體如盛世士夫，精神肅穆，衣冠都雅，詞令典則，所以望之起敬。後來者各换粧束，各打鄉談，不妨自成一家，全無太平寬裕之象。雖韓、杜諸公，亦望而却步。

《選》體凝而不流，全在精神收斂，意思深沉。不然亦是死胚。

《選》體詩全要典重深厚，須以學力勝。枵腹掉筆者，遇此必不支。

古詩如廚人作清湯，重料濃汁，以香蕈滲其膩，鯉魚血助其鮮，其清如水，滋味深長。

古詩寫景如寫意，山水林木水石，不須細細鈎勒；屋宇人物，不須瑣瑣描畫。然須一氣磅礴中蒼厚渾成，當於此等處會心。

詠古體，取古事，而諷喻己懷，不露聲色議論爲妙。然亦有用議論而妙者。

七言古須如獅子出入山中，行常不發怒也。須有千斤氣力在。

七言古須有峰嵐離奇、煙雲斷續之妙。

古人長篇，勿徒學其敷演，須於轉折接落處求其换手法，又須求某處凝聚，某處盤旋，某處關鎖攔截，此上乘法。○長篇布置之妙，正以錯綜變化爲上。

戴夏先生云：「『孔雀東南飛』極長，『龍洲無木奴』極短，須看成一副機軸，方可談詩。」此話至今不向人説。若要知，只去熟讀了再想，一一説破，便厭鈍了人。

歌行亦論品格，不得耑以豪壯括之。

换韵不接韵，自唐人以來多有之，畢竟先接一句是。○换韵處須令陡健。

换韵不頂韵，古多有，氣味却要灌注，界劃尤須分明。

句句下韵，太陡不得，太漫不得。陡則暴，漫則弱。

隔句用韵，三句一韵，碑誌中用之爲宜，詩則不必。

通首五言，著七字一兩句收，便是七言古詩。自唐已定此例，再申之。

楊戭夏先生最不喜人效長短句，恐其碎且軟，久則近於填詞也。

七言六句古詩，妙在上四句説盡題意，更添不得。

五言律須字字如渾鐵打就，力大於身。

五律一團筋力，又須有絃外傳音之妙。

客問結撰之秘，答曰：一篇全在起結著力，起欲如俊鶻摩天，結欲如盤弓勒馬。

起法之陡健者，其勢自紆徐，足以函蓋通章。

凡起句領韵，須令寬裕流行，下意可接。

凡詩起得突直，須用婉秀語承之，即月峰所謂節奏也。

結句今人往往離根，蓋自五、六轉處，不曾豫留七、八地也。此訣要細心玩味。

好詩只在布置處見本領，不然便成四副春聯。

做詩無別法，但令虛實顧盼，首尾蟠結，中間行吾意處不漏不浮而已。氣纔高，便以粗豪爲壯偉；心太低，或以卑弱爲清真，當細辨之。

七言律，鋌欲韜藏，巧須貫串，造勢固費經營，相機尤當詳審。大約以古爲律，俗豔方得脱落。

七言律全要真體内充，大用外腓。

七言拗格，越要煆煉足，精力勻。

五言第三字、七言第五字要響，此宋人口訣也。

詠物貼切固佳，亦須超脱變化。宋人《猩毛筆》詩：「生前幾兩屐，身後五車書。」《芭蕉》詩：「葉如斜界紙，心似倒抽書。」非不恰肖，但刻劃太細，全無象外追神本領，終落小家。證諸杜陵詠物，方信予言不謬。

杜詩詠物俱有自家意思，所以不可及。如《苦竹》便畫出箇孤介人，《除架》便畫出箇飄零人，《蕃劍》、《宛馬》又居然是英雄磊落氣概。如劉鑾塑東岳位下一丞相，見魏徵遺照而後就，皆是一種道理。仇滄柱云：「不離詠物，却不徒詠物，此之謂大手筆。」此言極當。凡託物以自況處，皆作如是觀。

和韻之法，須用自己意思管領，首尾一氣，勿帶應酬俗套。押韻貴渾成妥確，開闔點綴務與本章機扣相通，又要與和人之情暗暗關會。非熟後不能，非由絢爛歸於平淡者不知。

平仄勾帶爲正格，前錯後合爲拗格，相間到底爲流水格，字調全拗爲仄體，唐止有此四派。論仄體，王不如杜之健，然少陵粗處，王却能淘汰。

唐人詩格不一，有平分者，有遞接者，有上二句下六句者，有上六句下二句者，論文已言之。少陵五言律，或上三字下二字成句，或下三字上二字成句，上一字下四字者時有之；又有上下平分二字、以中間字貫下者，尤妙。七律，或上四下三成句，或上三下四成句；又有上二字下五字者，有上二字下三字、以中間二字貫串，皆不害其爲一氣。章中必錯落互用，所以無并肩之病。

原「排律」立名之意，自取排宕、排闥之義，一物一事，必换意分層，以盡其致。填砌典故，點綴浮豔，非詩也。排律之有應制、應試，又自一派。謂足以盡詩之用，誤矣。以格律過嚴，繩檢太拘，雖三唐高手爲之，未能淋漓滿志。說者謂詞取頌颺，體取駢儷，以飣餖目之，亦未得其本旨者。揭其大法，不離乎起承轉合。即以十二句言之：二句起，四句承，四句轉，二句合，此一例也；或用四句起，二句承，二句轉，四句合，此一例也；或通體鋪叙，自以淺深次第湊泊成篇，無起承轉合之痕，而法自行乎中，又一例也。

應制體未必獻箴，古人多如此，蓋本之《雅》、《頌》。

作排律，局要闊大，思要綿密，次第中有總分串遞之法，方爲當家。

凡百韻或數十韻長篇，必有過脉。大約一句挽上，一句生下，此文之筋也。無此便聯絡不上，但用之有明暗、曲直、斷續、飛黏之不同耳。排者，開也。一意分數層，一事分數段，須依法逐節說去，方飽滿流動。若没頭没眼，堆砌字句，便不成章。後學戒之。

五言排律當以少陵爲法，有層次，有轉接，有渡脉，有盤旋，有閃落收繳，又妙在一氣。

七言排律，杜陵集止有三首，其難可知。一是句長髓不滿，一是調緩骨易酥。

絶句不要三句說盡，亦不許四句說不盡。

七言四句，總要一意一氣，而起承轉合之界各自井然。

絶句一句一轉，却是四句只成一事，著重尤在第三句一轉，方好收合。雖只四句，與律法無異。意不透不妙，意已竭亦不妙。上二句太平，振不起下二句；下二句勢高，恐接不入上二句。用力要匀，如善射者之撒放，左右手齊分，始平耳。法莫備於唐人，中、晚尤妙。但不當學少陵絶句，彼是變格。太白則聖手矣。

絶句之有宫體，大約皆文人憂忿，託之於女子。貴乎婉而善怨，悽斷傷心，溢於楮墨之外。其用古事、古器，用服飾、宫殿、樂器，當以類合。清廟之鼎鐘，不可置於房闥；帝后之冠服，不可施於婢妾。慎之！慎之！漢、唐事類略相似，然不可雜用。且如舞馬登牀，此唐明皇事。若上句用漢武馺娑宫，下句不得言宫中舞馬，以有此宫時無此戲也。又如同一宫殿，有聽政、燕閒之不同，即不可混用，以宫嬪不得至外庭也。

《竹枝詞》，此樂府之一部，又與宫詞不同。意取諧俗，調宜鮮脆，然俚有媚趣，質帶潤色爲佳。唐人尚有矜貴意，元、宋則街談矣。此中分際，非當家莫辨也。

五言絶句，短而味長，入妙尤難。惟師唐人之上乘者，庶幾得解。

或問詞曲源流，予告以《離騷》爲祖，漢樂府爲宗；逮晚唐之綺麗，已至末流；宋人以淺語寫情，巧思鬭捷；加以金、元之踵事增華，一變爲套數，再變爲院本，三變爲南曲，而香豔柔脆之致極矣。但其措詞必以男女失時抑鬱哀怨爲主，雖可以悦耳，實足以蕩心。學者勿效爲是。

峴齋詩談卷三

膠州張謙宜稚松甫著

學詩初步

後生學詩，急宜講者，氣骨耳。譬之人，氣秉自先天，骨成於壯歲，勿容强也。而學者有移氣移體之説，則涵養宜豫也。今進農夫於前，脱其蓑笠，攝以衣冠，則卑弱不能稱；進書生於前，加之衮冕紳珮，必忸怩汗出，而不免失措，其氣骨不足以充之也。古之人，如杜子美之雄渾博大，其在山林與朝廷無以異，其在樂土與兵戈險厄無以異。所不同者，山川風土之變；而不改者，忠厚直諒之志。志定則氣浩然，則骨挺然。孟子所謂「至大至剛，塞乎天地」者，實有其物。而光怪熊熊，自然溢發。少陵獨步千古，豈騷人香草、高士清操而已哉！其時，元次山高古渾穆，有三代之遺風；韋蘇州沖融樸茂，得陳子昂之精神。此二子者，並駕互參，非太白、浩然拘於清態逸韵者所能頡頏也。讀書不奮臂大呼，單刀直入，見血吸髓，徒狗詩家一定之評，未有能得力者也。故吾之論詩，與他人不同。吾嘗與高大將軍語，囑曰：「君輩慎勿談兵，非身歷行伍，九死一生，豈知此中消息。」噫！吾十三學詩，今五十五稔矣。刀痕箭瘢，偏體鱗皴，然後敢爲後生言。若夫小巧細步，沾沾自喜，以笑傲煙霞爲仙都，放浪跌宕爲蟬蜕，此虎丘歌酒之場，烏睹夫泰、華之峻，江、海之深哉！有志者其勉乎哉！

造意是詩骨，故居第一。然意有雅俗、直婉、淺深、順逆、續斷之不同，何可不審？且如遊山看花，本是雅事，故作清態向人，便是俗；贈答衣冠，本是俗事，其中若有道義交情，真摯不可没處，亦何傷雅。又如刺則宜直，諷則宜婉，然終不如婉之妙。譬如清溪垂釣，雖淺亦足得魚；大海採珠，非深不能獲寶。續斷之妙，如晴絲裊樹，落花點水，正於零零碎碎中有全體一氣之妙。凡此數者，機到便應，若是先下安排，便不活不神。

詩，與其詞勝於意，毋寧意勝於詞。蓋意尚可以生詞，詞必不能生意也。詩之工拙，有先判於字句之前者，只是争箇意思好不好。所謂思路，亦即行於意中；所謂識見，亦即寓於意中；所謂胸衿，亦即見於意中。人生惟識見、胸次不可勉强，當隨其閱歷、學問以漸而高。至思路，則要當下便擴充，初借古人詩以引之，繼用吾之心以通之，博考今人得失以驗之，久久自有得力矣。近人思路膚淺者有二病：一是憚於用心，苟且自了；一是聞見不廣，無所揀擇。譬如莊家漢走到縉紳班中，所説不過是耕種話，緣他胸中止有一事，其識見亦拘於此耳。故讀書明理，博物洽聞，皆所以養吾識而啓吾思者也。

格如屋之有間架，欲其高竦端正；調如樂之有曲，欲其圓亮清粹，和平流麗。句欲鍊如熟絲，方可上機；字欲琢如嵌寶器皿，其珠玉珊翠之屬，恰與款竅相當。機所以運字句，氣所以貫格調。若「神」之一字，不離四者，亦不滯於四者。發於不自覺，成於經營布置外，但可養，不可求，可會其妙，不可言其所以然。讀詩而偶遇之，當時存胸中，詠哦以竟其趣，久久自悟已。

造意搆篇，此是大框廓。工夫細密，又在鍊句琢字，雖近迹象，神明即寓其中。於讀詩時細心密詠，便見古人氣格從何處生來。反照求合，隨力所能，純熟自長一格價。

楊戭夏先生有言：「大家之文，賞音者必略其字句，而不知大家之妙正在修詞。試讀王、唐、瞿、薛之作，其不成句法者有乎？其用字不熨貼者有乎？」此言蓋爲詩家琢句發也。夫積字成句，一字不穩則全句病，故字法宜鍊；積句成章，一句病則全章亦病，故句法不可不琢。且句之布置起落，即是章法，非句外另有章也；字之平排側注、虛實吞吐，即成句法，非字外另有句也。

所謂鍊字者，非兩合爲一、少併成多之類。只是字字有來歷，字字相照顧，無處不明浄，無處不牢固，然後托得我意思出，藏得我意思住。然又須渾成不見斧鑿痕，如做填金嵌寶器皿，光彩耀目，而以手捫之，平滑無礙，迹若天成。此非料足，實是手高。

鍊字之法，莫妙於換了再看。熟字不穩換生字，生字不穩亦不妨換熟字。雅俗虛實、嘵啞明晦、死生寬緊之類，莫不互更迭改，務求快心。久久習慣，久久淹博，自然矢不虛發矣。

所謂琢句，非是故意蹺蹊以爲新穎，安於庸腐以爲名理，溺於浮豔以爲風流，惑於仙佛以爲高曠，假借老病以爲感慨，岔口駡世以爲悲壯，故意頹放枯瘠以爲老氣。必須文從理順之中，有洗舊翻新之巧。意不盡於句中，景已溢於興外。刻苦却不扭捏，平易却不膚淺。初仍作意，久洊自然。務使五、七字内線穿鐵鑄，一字摇撼不動，增減不得爲度。

鍊句之法，莫如徐諷勤改，其緊要尤在審勢。如通體壯麗，忽著清淡句不得。餘可類推。上文氣緊，須用緩句；上文氣重，須用勁句。下文向裏，則上句放開；下句拖漾，則上句捲收。此皆古人成法，不可離者。但不可推句掩意，愛句傷氣耳。若夫句中分派頭，此又隨人筆性、學力，不可豫定者也。

力與氣缺一不可。氣要於接連貫注、直行曲行、抑揚跌宕處潛心味之，忌在餒，忌在粗；力要於首尾腰脊、彼此救應蟠結處細心求之，逐句求之，則當看其鉋綻牢固、上下廝稱處皆力也，忌萎，忌猛，忌不中節。此則杜有兼長，逐一辨别，勿以似爲真則幾已。

積健爲雄。健有兩路：實字嵌得穩，則腠理健；虚字下得穩，則筋脉健。腠理健，則無邪氣盜入之病；筋脉健，則無支離漫散之病。二者交會之際，骨力所從生也。久久力大筆輕，揮霍中自帶嚴毅，充口而出，不待做作，自然壯旺，是之謂雄。雄而平，又無鋒稜逼人，須益之以陗意刻思，用盡經營，終歸穩貼。柯村有此本領，可立意摹之。

詩中所用虚實字及典故，細細檢點，有相礙者、相犯者，有事不犯而意犯者，時時换改，務令處處關會，互相助勢爲妙。又有生新字轉落套、平常字恰入情者，更宜審之。

身既老矣，始知詩如人身，自頂至踵，百骸千竅，氣血俱要通暢。才有不相入處，便成病痛。

初下手不要心高，只要耑講布置章句，使意思透，規矩熟。千奇百怪，俱自此做去。

凡做詩，先相題之來處、去處，此即吾之起結所從生也。次搜題之層數，與夫内境、外境。且如一書房，内面之陳設，是謂内境；外面之院落、盆景，是謂外境。既有兩様，即是層數，或由外看進，或自内看出，即吾之頸聯、腹聯、起承轉折章法也。我造題，我又先看題，次運題，缺者補之，醜處遮之，難處斡旋之，然後可以告成篇矣。詩之結，乃其到頭緊要一著，如蠶作繭，如樹結果，須以通身氣力赴之。〇造題製序，當法唐人。

後生立志學詩，須將精神命脉全使上，久而有得，方是真會。未有綽略一見，便能神解者。

初學作詩，當刻苦小心，竦起脊梁，渾身使力到正面上，勿放鬆。必嘔心煅煉，歸於平淡，而後有光芒。

詩家雖有能解，還要竿頭更進。若止拘舊時規模，必然倒退。蓋中年以後，正是緊要關頭。筋力將竭、筆勢塌下時，再一抖擻，更要扛起些去。

所讀古人詩，要詞雅而意正，氣厚而力大，使腸胃先無塵滓，然後造語工妙。

讀古人書如喫物，必擇最佳品味中和者，用以自輔。若單啗鮒魚、燕窩，也能生病；偏食橄欖、檳榔，不可養生。爲我不爲古人，自當別出一手眼。

要學某一家，此即我之家常飯，每日要喫。然亦須佐以五味菜殽、茶湯之類，如參看他家詩是也。看一册子，須求有幾處可記，幾處可疑，訂一紙册子札記，有相知者時一商之。

莫喫一家飯，久之便被豢養得慣了。只看蜂之釀蜜，豈止一花。

杜詩猝學不得，只是熟讀細思，久久自有效驗。

讀杜詩，須看其血脉灌注、筋骨相纏、虚字實字無一不照顧者。

詩人所宜，亦論脾味。近代名手，如吴野人之清高，王無竞之矜貴，劉子羽之蒼朴，謝皆人之灑灑，王美厥之儁冷，味同佳菓、香茗，高流所嗜也；吴梅村之綺麗，龔孝升之典贍，丁藥園之壯采，丘柯村之雄才，李漁村之組繡，譬彼官厨、法釀，豪士所需也。不妨并美，無取兩傷，是在調劑得中，粮合善變而已。

學詩無進步，當以《十九首》爲主，以嘉州古詩輔之，能令人精力凝結，筋骨舒泰。以此爲律詩，自然品高。

友人陳對初告我曰：「詩不必學蘇、陸。」恐格調日下也。

集句

造句下字，全要多看。鈔其佳者於後：「一山在水次，經日有泉聲」，自然風韵；「驟驚函半損，幸露語平安」，曲得人情；「明月自佳色，秋鐘多遠聲」，天然曠渺；「湘妃危立凍蛟背，海月冷挂珊瑚枝」，奇警峭拔；「百千年蘚著枯樹，一兩點春供老枝」，蕭散飄逸；「稚子推窗窺過雁，數峰乘隙入西窗」，意平語新；「未緣狗監知才思，端向牛衣積淚痕」，沉鬱感慨；「憂虞心似知更雀，安穩身如挂角羊」，屬對巧合；「魚龍蟄冷魂難寐，鳥鼠山秋語易哀」，造句瑰瑋；「亂山背水孤城晚，獨樹臨關一葉秋」，地形如畫，「獨樹」、「一葉」，此是本句呼應法；「嵐氣滿林晴亦雨，溪聲近驛夜如秋」，淹潤輕清；「潮生遠浦孤帆小，雨過蒼厓古木寒」，森秀壯闊；「小橋跨澗村春急，老樹吹花野店香」，幽秀如畫；

「暮雲松徑僧歸寺，夜雨篷窗客在船」，景物移情；「青山盡處海門闊，紅日上來天宇低」，氣色蒼茫；「潮來估客船歸市，月上人家水浸空」，肖物曲盡；「萬里寒山横積雪，半汀衰草隱斜陽」，冷而不衰；「牆壓花枝妨客過，泥深苔徑喚人扶」，自然高妙；「壁間寫徧籬花影，雲裏崩來水碓聲」，繪空傳響；「笑我無魚歌幸舍，憐君有蟹領監州」，取材恰當；「風寒夢醒巢松鶴，日暖藤牽挂樹猿」，高逸灑脱；「寒燈一盞半間屋，夕磬三聲幾箇山」，寒不傷骨；「耳邊水響停杯看，前面灘高月亂流」，自然深細。右皆得自《閩小紀》。

「草細吴門棹，煙傷楚澤吟」，淹雅平曠；「潮回遠嶼青，日簸驚濤紫」，警壯絶倫；「秋殘群木老，野迴亂山高」，骨格殊高；「晚樹低分霽，春雲淡隔城」，句中有眼；「雨深煙寺晚，風急海門秋」，遒上清蒼；「人醉斜陽裏，鶯啼細雨中」，人景雙清；「沙静空山雨，風香野岸花」，天然佳句；「苔痕雙屐齒，花影半簾鈎」，襯法工絶；「夢回芳草遠，人去落花多」，字外含情；「松聲寒遶塔，竹色午過牆」，畫意靈機；「林枯千嶂削，煙冷半江昏」，筆力甚大；「幽花不礙路，偃木自成橋」，天然佳趣；「雨園鳩喚婦，風徑燕將兒」，深於體物；「沙淺溪流碧，春深野燒青」，繪景沉著；「明月無心上，故人何日來」，思通造化；「疏磬雲中樹，高簾雪外山」，刻劃雄沉；「香煙流遠磬，秋色滿空山」，遠近俱該；「旅人輕犯雨，里鼓亂撾秋」，勁中帶媚；「秋風連日雨，古寺異鄉心」，入無上乘；「澄江楓葉老，斷岸菊花低」，閒冷關心；「小雨匀溪縠，閒花落釣絲」，文心入微；「秋心增夜半，雨氣滿孤燈」，相承乃足；「殘霞擁樹作秋色，空翠襲衣生暮寒」，造化在心；「南浦斜陽芳草色，東風啼鳥落花天」，風流藴藉；「黄菊酒香人病後，白蘋風冷雁來初」，激楚之音；「花深門徑人稀到，簾卷春風燕自來」，幽細從容；「流泉激石常飛雨，靈草經寒不斷香」，秀麗無前；「深林下馬蒼苔滑，野寺入門秋爽多」，沉著峭蒨；「花開暮雪人歸後，香滿寒亭月上時」，詠梅高調；「客中候曉霜如月，馬上逢春草似煙」，色相通微；「千林落日稀人迹，一逕疏鐘散鹿群」，爽颯蕭森；「微風山郭酒帘動，細雨江亭燕子飛」，小景會心；「一片晴光孤玉笛，千家煙樹亂疏鐘」，「孤」、「亂」字妙；「幾處啼猿湘水暮，一行寒雁洞庭秋」，借地生姿；「誰家園榭青霞外，幾樹梧桐白露中」，側注相承；「滹沱日落攜孤劍，銅雀風高照大旗」，壯氣噴礴；「春深馬散桃花外，戍老人歸燧火中」，悲只似喜；「花光古隰沉樓閣，溪色斜陽照板橋」，明暗皆通；「袖裏怪風藏石子，牆邊破寺出桃花」，語險意新；「好山當牖日初上，芳草滿園人未歸」，情在景中；「疏燈獨夜聞孤雁，明月空山泣子規」，不堪著想；「衆壑争迎雲屐響，一牀默坐雨燈深」，動静互救；「紅柿月明焚屋後，白頭人出戰場中」，色澤藏意；「古墓梨花鵓鴿雨，荒原麥穗鷓鴣天」，物由景變；「草色池塘看細雨，杏花簾幕動輕寒」，初春妙景；「荆門落日巴陵迴，衡岳秋風郢樹低」，魄壯於神；「一溪曉緑浮鸂鶒，萬樹春紅叫杜鵑」，設色鮮明；「雕戈夜統千廬衛，緹騎秋盤五柞宫」，作料工細。右得自《書影》。

葉小鸞受記語

葉小鸞字瓊章，工部郎葉紹袁仲韶女，字張氏而殀。有神降於乩，自言天臺泐子，智者大師弟子，轉女人身墮度者。攝瓊章魂至，瓊願受記。泐子爲審戒，問：「曾犯殺戒否？」對曰：「曾犯。曾呼小玉除花虱，也遣輕紈壞蝶衣。」問：「曾犯盜否？」對曰：「曾犯。不知新緑誰家樹，怪底清簫何處聲。」「犯淫否？」對曰：「曾犯。晚鏡偷窺眉曲曲，春裙親繡鳥雙雙。」問：「曾妄言否？」曰：「曾犯。自謂前生歡喜地，詭云今坐辨才天。」「綺語否？」曰：「曾犯。團香製就夫人字，鏤雪裝成幼婦詞。」「兩舌否？」曰：「曾犯。對月意添愁喜句，拈花評出短長謠。」「曾惡口否？」曰：「曾犯。生怕簾開誚燕子，爲憐花謝罵東風。」「曾犯貪否？」曰：「曾犯。經營緗帙成千軸，辛苦鶯花滿一庭。」「曾犯嗔否？」曰：「曾犯。怪他道韞敲枯硯，薄彼崔徽撲玉釵。」「曾犯癡否？」曰：「曾犯。勉棄珠環收漢玉，戲捐粉盒葬花魂。」師大讚曰：「此六朝以下温、李諸公血竭髯枯、矜詫累日者，子於受戒一刻隨口而答，那得不哭殺阿翁也。」右段鈔自明人雜纂，取其意巧而詞香，爲撰句開一法門。

用韵指略

柴方炳字虎臣，家杭州，所謂「西陵十子」也，順治間名人。所著《古韵通》，援據《三百篇》暨漢、魏、六朝詩爲證，所以當遵韓、柳，多用《唐韵》不載之字，近於臆説。近來邵子緗《韵略》，合騷賦碑誌諸韵，强作詩韵，遂至平上去入混作一堆，若用出，必遭詞壇嗤笑。至坊刻本子所云某韵通某韵、轉某韵，尤爲粗鄙。叶韵惟《三百篇》、《離騷》間有，後來名家仿效，誰能信之？

《三百篇》用韵，不與騷賦、漢、魏同。蓋古人順口成詩，如今里唱俗謳，落脚字易於上口便罷，原不能盡合後人法。又彼時念字必不同於今，如「荷」之入「麻」、「頭」之入「魚」是也。執沈約韵求叶《三百篇》，不穿鑿，必支離，文人枉費心思。

凡拈韵，不可以口頭熟字略與領韵聲近，便道定是一部。按本字真看得是，方可下筆，勿因興發直寫下去。名人往往有此失。況北人音與俗諧者，多不合韵。如「立」字多作去聲，似與「利」同部，其實「立」是入聲，即古詩亦不相通。至律詩，如東、冬，庚、青，元、寒，删、先等，尤不可大意。若已刻，所失尤多。戒之，戒之！

少陵《北征》篇韵脚七十，以柴氏《古韵通》繩之，通法不錯。質、物、屑正通月、曷，黠通屑，屑通質，此旁通也。幼時以土音讀之，字多不諧，心疑古人亦有不檢，今始信其謹嚴，此柴氏《古韵通》所以可從。《北征》凡七百字，重二「日」、二「折」，皆不能换之字；兩「卒」字音義各别，非重例。古人五、七言不避重字，況長篇耶！

學究爲後生評詩，有走韵者，必詫之笑之，鄙爲不入門。若官人、名士有走韵，多爲回護，曰彼所見者多，或别有據也，否則南方叶法不同也，又或云傳寫刻字之訛也。其實是膽放手滑，自大自恃，昧心欺人之甚者耳。吾所見非一，特記以戒學者，當謹律例，勿作詞壇話柄。

繩齋詩談卷四

膠州張謙宜稚松甫著

評論一

古詩十九首漢人作，姓名不傳。

詩不可以空談，故援據爲證，須耐心去尋看。下仿此。

吾師楊戭夏先生云：「漢人詩只是情真。」讀《十九首》，益信此言之確。情之所結，綿軟如膏，而膩細不流，所以顛撲無縫。

《十九首》内快心順意之事絶少，然心平氣和、委婉沖穆之氣溢於言表，殆近《小雅》之變調，所以品調卓絶，千古同珍。

不矜才，不使氣，并不恃學問，直以性情篤摯，遂接風人之緒。雖有作者，俱不能出其範圍，洵爲詩家宗祖。

《十九首》不出自一手，非成於一時，必求聯貫承接之次第，則鑿矣。

「作詩必此詩，定知非詩人」。《十九首》正看側看，離看合看，無施不可。注定詩柄，殊非活法。

其一，「行行重行行，與君生别離」，竦起；「胡馬依北風，越鳥巢南枝」，横波，足上生下；「相去日已遠，衣帶日已緩」，緊接；「捐棄勿復道，努力加餐飯」，緩收；「越鳥」二句，承「會面安可期」而申言之，相見雖難，而氣類相感，不能自已，正啓下相思之苦，於文法爲横斷，於文情爲勾起。

其二，「青青河畔草」，興法；「盈盈樓上女」，排法；「昔爲娼家女」，提法；「空牀難獨守」，掃勒法。何必説到淫亂，只據他性情輕佻，現在愁苦，便包羅無數不好，此渾含之妙。

其三，「青青陵上栢，磊磊磵中石」，逆興法，言人不如物也；「宛洛」已下，皆鋪張之詞；末用淡淹語平收，是迴筆蹙勢法。

其四，「齊心同所願，含意俱未伸」二句是主，却係頓轉。

其五，「西北有高樓，上與浮雲齊」，直起法；「不惜歌者苦」，轉筆發揮。

其六，「涉江采芙蓉」，陡起；「采之欲遺誰」，折下；「還顧望舊鄉」，轉開；「同心而離居」，平收。此篇語簡意暢，起極熱衷，收極冷淡，首尾拗應，正是章法。

其七，「明月皎夜光」八句，興人情之涔薄；「昔我同門友」，正面；「南箕北有斗」，比喻作波，是轉斷法。「箕」、「斗」、「牛」總要唤起虚名意。

其八，「冉冉孤生竹，結根泰山阿」，興怨女之依夫；「兔絲生有時，夫婦會有宜」，抽脉細，轉調緊；「千里遠結婚」，緩鋪；「傷彼蕙蘭花」，閃開，却是波瀾轉掉處；「將隨秋草萎」，婉甚；「君亮執高節，賤妾亦何爲」，平氣按拍。○怨極，却不肯作決絶語，非獨用意忠厚，於情則是聊以自解，於法則是盤旋互救。一味哀怨，便直而易竭。

其九，「庭中有奇樹」，淡起；「馨香盈懷袖」，以轉作解；「此物何足貴」，婉收。○與「涉江采芙蓉」略同，但彼起手高華，此起手淡宕，彼結處沉痛，此結處委婉，各有所宜，同歸至妙。

其十，「迢迢牽牛星」六句只是事，「河漢清且淺」四句方是情。通首比體，一氣曲注。

其十一，「盛衰各有時，立身苦不早」，「速老」因緣由盛而衰，渾承一句，抽出「立身」，文心極融。

其十二，「晨風懷苦心」四句承上啓下，無此橫波寬轉，上下直緊，故古詩必頓挫取勢。「燕趙多佳人」，全是空願積想，故成妙緒。若實有其人，實歷其境，直是一酒色漢子，又做此詩何幹！○愁極無聊，思放情聲色，此反語法，與「姑酌金罍」同意。○不曰親近美人，而曰「銜泥巢君屋」，何等藴藉！覺唐人「便令今日死君家」語太傖。

其十三，「驅車上東門」，鋪叙；「浩浩陰陽移」，論斷；「服食求神仙，多爲藥所誤」，迴旋。○求仙是極幻怪事，服食是最平常事，從幻怪轉落平常，便是翻新。

其十四，丈夫志在四方，各欲有所樹立，及葉落歸根，只是一抔黄土，感慨死生之際，頓令雄心冰冷。妙在轉正便住，所以味長。○一氣直下，有激楚之音，却因養得氣厚，絶無莽意，當於此求古人之妙。

其十五，「生年不滿百」，緩起；「仙人王子喬，難可與等期」，緊收，正應「不滿百」句。

其十六，「涼風率已厲，遊子寒無衣」，關情結想，所以成夢；「獨宿累夜長，夢想見容輝」，入夢形容；「既來不須臾，又不處重闈」，出夢追想。

其十七，「三五明月滿，四五蟾兔缺」，因「星」及「月」，不是正接，乃旁襯離别，有數意，如横雲之斷山。○此二句是横截起，其脉却從「星」字類及，人遂不覺其斷。古人手法微密，略見一斑。

其十八，古人於知己，别有一段關切綢繆處，心神結得厚重，缘物生情，無非妙諦。正須象外求合，不得執著色相。

其十九，至情至理，絶非私昵。然早已萬轉千迴，自吞自吐，語短而味長，筆疏而神密。古人絶詣，不可思維。

陶淵明字元亮，或云潛，字淵明，潯陽柴桑人，晉末隱居，世號靖節先生。古潯陽，即今之九江府。

陶詩句句近人，却字字高妙。不是工夫，亦不是悟性，只缘胸襟浩蕩，所以矢口超絶。

《停雲》温雅和平，與《三百篇》近；流逸鬆脆，與《三百篇》遠，世自有知此者。

《勸農》詞淡而意濃，此最是難學處。全集俱以是求之，乃見其高絶。四言。

陶詩他且勿論，即如詠桃源一詩，摩詰之綺麗，昌黎之雄奇，皆不如其渾樸，便見古人地步真高。五言。

陳子昂感遇三十八首字伯玉，梓州人，即今四川鹽亭縣。武后時爲麟臺正字。

自《風》、《雅》、《頌》後，便有《十九首》，此後又有《感遇》三十八篇，雖比古詩味漸漓，皆存得忠厚和平之意。杜少陵出，聲氣益高，筋脉忿張，其雄渾跌宕雖古法，而真意盡泄，學者不可不知。

子昂《感遇》，朱文公謂之「水碧金膏，希世之寶」，可謂具眼。

子昂胸中被古詩膏液熏蒸十分透徹，才下筆時，便有一段元氣，渾灝驅遣，奔赴而來。其轉换吞吐，有掩映無盡之致，使人尋味不置，愈入愈深，非上口便曉者比。但是他見得理淺，到感慨極深處，不過逃世遠去，學佛學仙耳，此便是没奈何計較。

元次山 名結，字次山，濮州人，唐玄宗天寶十三載進士。

元次山詩悠然自適，一種沖穆和平之味，又在少陵以上。

高古渾穆，老杜甘處其下，王摩詰更不必言，惟韋蘇州略近，而矜貴終讓一籌。

次山詩比子昂《感遇》，有蹊徑可尋矣。

讀高簡平淡詩，須看其無所不盡處，若局促氣短，挂漏偏缺，豈得言詩！

《舂陵行》沉着痛切，忠厚之意，自行其中。若令柴桑公爲此，輕拂淡染，含情半吐，反不能動人。此界當知。五古。

《賊退示官吏》，若純作刺時語，亦傷厚道。看首尾詞意和平，可知古人用筆之妙。

《招孟武昌》，取友之嚴，正其人品高處，胸次灑然。誦其言，使人凛凛。丘壑間有此意思，方免騷人俗氣。

《酬孟武昌苦雪》，憫人窮是造化在心處，絶不寫雪景，可謂能見其人。

《石魚湖上作》，物莫能兩勝，鼻既隆起，頰輔不能不平。此序詩相讓之喻。

《石魚湖上醉歌》，簡而遠，此境最不易到。七古。

杜少陵

諱甫，字子美，别號少陵，本湖廣襄陽人，後徙河南鞏縣。肅宗時授檢校尚書工部員外郎。

先師楊戢夏有言：「杜詩許讀不許摹，恐錮蔽人聰明。」此言是透頂議論，却費解。蓋其意欲讀杜詩者熟視其起伏、轉摺、錘鍛、鏤刻之法，及其布意、運筆，仍要從自己性靈中流出，用法由我，愈出愈新乃妙。若拘拘然亦步亦趨，將竭精力以襲其皮毛之不暇，豈能自造一詞？禪家呵下十成死語，正謂此等。

毛稚黄評少陵詩，有「音節過厲」一語。予謂四字中窾。此病甚微，非氣平心静，默默諷詠，自己也覺不出，大約是氣質未粹之故。只有道理涵養，其暈自消。詠用藥克伐，所傷者大矣。

少陵古詩，立意高，折筆健，此所以獨步。

少陵律詩，細潤不礙老蒼，縱横適合雅則，吾師乎，吾師乎！

杜老排律，人不能得其古奥。

《遊龍門奉先寺》，此齊、梁人古詩略帶駢語者，以爲仄韵律者，非也。

《示從孫濟》，中間「淘米少汲水」，横攔四句，陡然似斷，却是接轉，此《古詩十九首》家法。

《前出塞九首》，通讀之，變换斷續，總成一箇章法，不煩言而意足，此便是《十九首》之遺。《史記》潔處，正好於此中參取。〇即樂府也。

《送韋評事充同谷防禦判官》中云：「鳥驚出死樹，龍怒拔老湫。」總寫僻郡荒涼，却作壯語，此拗意法。

《羌邨》，只是一真，遂兼衆妙。

《北征》，此正是善學《孔雀東南飛》。〇前半正叙地險，忽及時序草木，閒情一隔，方不徑直，亦不寂寞，所謂筆力冷細也。〇抵舍後，愁苦已無解法，用朝廷大事故亂其詞，所謂絶處逢生也。説詩者徒贊其忠正，未知用筆神妙。〇言此時方以朝廷爲急，焉能盡爲家謀，却是自掩其窮厄無聊，此文家互救法。

《彭衙行》，寫避難時光景真，落到感激孫公處，不煩言而意透。此争上截法，不知者只謂是叙事。

《義鶻行》，關目清白，叙事須倣此。〇語不多而指劃爽然，却又字字琢鍊，所以爲難。

《畫鶻行》，即作真鶻形容，已是讚畫入妙，與《畫鷹》同法。〇借作英雄失路之感。

《三吏》、《三别》，乃樂府變調，傾吐殆盡而不妨其厚，愛人之意深也。此用意妙訣。

《佳人》：「在山泉水清，出山泉水濁。」古腰鎖法。雲横山腰，似斷不斷，此所以妙。

《夢李白》，惜其魂之往來，更歷艱險，交道文心，備極曲折，此之謂沉著。

《發秦州》諸詩，道路之苦皆客情，莫作寫景看。

《發同谷縣》十一首，艱難是詩骨，山川特詩料，有化工筆，使有情無情，相助噴礴。○有意無意中點入自己心事，方見山川奇險，處處與遊人爲難，不然只是寫景剩語耳。○若瑣屑描畫，寸步不離，即成篇亦已非詩。看他用筆不到處，俱有奇險神理，此豈詩人所能辨！○後人經歷山水奇絶處，亦有名作，但爲景所壓，七嘴八舌，猶自形容不了，那有工夫説自己來此緣由。惟其摹寫光景，遺却性情，此所以不及古人耳。

《水會渡》：「迴眺積水外，始知衆星乾。」黑夜渡江，魂魄爲水所移，心疑上下皆波瀾。抵岸回望，始知星乾。神理俱妙，他人那知此訣。

《草堂》，有前半之狼狽，正形起後半之愉快，此脱胎於《過秦論》第一篇。

《太子張舍人遺織成褥段》，只是本分議論，後人大驚小怪，推爲理學，又許爲經濟，真是没見世面，不足斥也。

王阮亭最惡《八哀詩》，病其拖沓晦澀，幾不成句。如弔李臨淮、嚴僕射、李北海三篇，其中交情、時事、功業、文采，俱有不可磨滅者。特其體仿《選》詩，疑於方鈍。此正是學富力重處，如大篆端莊，不作媚勢，宜輕秀者之反唇也。

《往在》，詩史之妙，在層折中一氣迴旋，真得龍門筆意。

《壯遊》，每叙一處，提筆徑下。若停手細描，有濃淡相間，便令章法不匀，氣概不壯。

《遺懷》，叙豪華衰颯，不令偏重，所謂手法也。

《高都護驄馬行》，轉接頓宕，如獅子跳，此方與名馬配。

《飲中八仙歌》，一路如連山斷嶺，似接不接，似閃不閃，極行文之樂事。○用《史記》合傳例爲歌行，須有大力爲根。至於錯綜剪裁，又乘一時筆勢興會得之，此有法而無法者也。此等詩以筆健爲貴，清則勁而上騰，若加重色雕刻，便累墜不能高舉矣。詞家所宜知也。

《兵車行》，句有長短，一團氣力。○「牽衣頓足攔道哭」，夾此等句不妨，一味作爾許聲口，格便低。○「長者雖有問」數句作緩語，一間急勢。末用慘急調，收得陡。

《玄都壇歌》：「子規夜啼黄竹裂，王母晝下雲旗翻。」虚景實寫，此得之《離騷》。

《醉時歌》，衰颯事以壯語扛之，所謂救法也。如「簷前細雨燈花落」，蒼莽中忽下幽秀句，人不詫其失群，總是氣能化物。

《醉歌行》，此詩可謂鍊力到。○巨蟒歸穴，其力在尾。

《麗人行》，脱胎《碩人》而反用之。彼主破君惑，此主刺淫奢。全是骨力好，加上千珠萬寶，壓他不倒，此繡虎也。○中間花色却古，此是《文選》賦料。若筆掃不開，反成釘子。○古人有盛稱其衣服車馬之美，不下斷語，而譏刺最深，如《麗人行》是也。

《渼陂行》，筆力如渴龍攪海。○「船舷暝戛雲際寺，水面月出藍田關」，山與關影浸陂中，船行其上，故曰「暝戛」；關頭之月亦在波間，故曰「水面月出」，皆蒙上「純浸山」而言。此險中取巧法。寫影中諸山，如在鏡面上浮動，亦是虚景實描法。

《天育驃騎歌》：「如今豈無騕褭與驊騮，時無王良伯樂死即休。」此跨出局外結法。

《沙苑行》，結語借魚映馬，精神全在「未成龍」上見。

《魏將軍歌》中四句云：「星纏寶鉸金盤陀，夜騎天駟超天河。欃槍熒惑不敢動，翠蕤雲旓相蕩摩。」質言之，只是匹馬縱横，削平僭亂，如入無人之境耳，却作濃語括之。此設色所以可貴，然須有力量，錘鍊得有火色。

《劉少府山水障歌》中間「反思前夜風雨急」四句，向筆墨通神處一襯，將前後實寫底俱映得靈異深沉，此以虚運實之妙。

《哀江頭》，叙事櫽括，不煩不簡，有駿馬跳澗之勢。

《洗兵馬》，他人古詩用駢句，只爲補虚；少陵古詩用駢句，乃有餘勇。○换韵轉筆，陡健如龍腰突起。

《戲題王宰畫山水圖歌》，用筆少，光景多。○「山木盡亞洪濤風」，風勢、水勢、樹勢，七字藏三層意，此謂活筆。

《戲韋偃爲雙松圖歌》，「白堆朽骨龍虎死」，説下面突出之根；「黑入太陰雷雨垂」，説上面直起之梢。誰有此雄健沉鬱之力？○聲勢色澤，謖謖驚人。題畫作此等語，所謂不經人道也。○有謂此篇末五句當刈者，豈得名爲知詩人！

《觀打魚歌》，本是捉得魴魚，偏説走却鯉魚，不惟周旋時禁，唐姓李，禁人食鯉魚。亦且靈蠢相形，妙有煙波。此是襯法。

《姜楚公畫角鷹歌》，音頭最佳。○只「掣臂飛」三字，竟是活勢。

《陪王侍御登東山宴姚通泉晚攜酒泛江》，倒運題目，其中山短水長，錯成章法。

《觀曹將軍畫馬圖》，先叙二馬，次叙七馬，兼及畫中廝養，落落歷歷，甚有章法。末感慨御廄活馬作結，氣完法密，筆路異人。按其通篇，如「十日飛霹靂」，言畫馬如真龍；「貴戚」二句，言無一人不求其畫馬；「此皆騎戰」云云，見所畫非凡馬；「争神駿」，言箇箇精壯；「氣深穩」，言箇箇調良，絶非外彊中乾之比，皆其畫之神理也。「皆與此圖筋骨同」，是上下黏合要語，不然，後面一段幾爲閒文矣。所謂結構者，仿此推之。○「迥若寒空動煙雪」，寫馬身之輕，正是他動脚快處，跕著便看得出，從骨法、神氣上想像。誰有此思路？

《丹青引》與《畫馬圖》一樣做法，細按之，彼如神龍在天，此如獅子跳躑，有平步、飛騰之分。此在手法上論，所以古人文章貴於超忽變化也。○「褒公鄂公毛髮動，英姿颯爽來酣戰」，人是活的，馬是活的可想。映襯雙透，只用「玉花宛在御榻上」二句已足，此是何等手法！

《觀公孫大娘弟子舞劍器行》，只「傳芬芳」、「神揚揚」六字，已將前叙舞態勾起，不用再説，此煩簡相生之妙。

《大食刀歌》，詩中龍象。○村漢把筆可笑，書生弄刀亦可笑，故於「拔刀」之上，先寫一「短衣虎毛」之壯士。如畫獅子，四旁木石都作猛勢。文家亦有配色法。

《王兵馬使二角鷹》，開口無一「鷹」字，而鷹之神理已躍躍紙上。如暈梅花，四旁皆染淡墨。

《寄裴施州》：「漢二千石真分憂。」亦是上四下三句法，却無折腰痕，此便勝昌黎一倍。

《登兖州城樓》，此等詩在集中不可多得。其胸中尚無隱憂，身外俱是樂境，故天趣足而氣象佳，向後則不能如此已。○三、四用力字在腰，五、六用力字在尾，此便是句法變换處，不然，便是駢砌手。已下五律。

《畫鷹》，首句未畫先襯，言下便有活鷹欲出；次點「畫」字以存題，已下俱就生鷹摹寫，其畫之妙可知。運題入神，此百代之法也。○一結有千觔力，須學此種筆勢。

《春日憶李白》：「渭北春天樹，江東日暮雲。」一本作「江南」。景化爲情，造句三昧也。似不用力，十分沉着。

《遊何將軍山林》，合十首看，章法不必死相承接，却一句少不得。○其一是遠看。其二入門細看，并及林下供給。其三單摘一花，爲其異種也。其四又轉入園内之書舍。其五前狀其假山池沼之森蔚，後叙其好客治具之高雅。其六酒後起立，隨意登臨，即一磴一泉，亦堪賞心。其七前叙物産之美，後極形勢之大。其八借定昆池以擬何氏之池，因及刺船解水之嬉。其九單贊主人之賢，若非地主好士，文人不能久留，此爲十首之心。其十一折忽超局外，身去而心猶繫，便伏重過之根。此一題數首之定式也。

《重過何氏》，俱就遊人身上寫園中受容賞鑑如此，絶不是初時逐處尋看，與前詩特無一字相犯。

〇字字是「重過」神理。〇「問訊東橋竹，將軍有報書」，起得有情有體。「花妥鶯捎蝶，溪喧獺趁魚」，是入來適見之景。「鶯捎蝶」勢甚輕，故用「妥」字；「獺趁魚」勢猛，故用「喧」字。〇「石欄斜點筆，桐葉坐題詩」，見景中人；「翡翠鳴衣桁，蜻蜓立釣絲」，是人中景。惟蜻蜓方能於釣絲上立，可謂細入無間，是作者獨步。〇其第五首，坐他人園林，想自己究竟，方是有志氣。若得過且過，便似白賞篾片。詩必有品，此類是也。

《攜妓納涼晚際遇雨》兩章，鉤作章法，末仍結到雨後。

《春望》：「烽火連三月，家書抵萬金。」側串乃見其妙。

《秦州雜詩》，「月明垂葉露」，學其深細；「雲逐渡溪風」，學其圓活；「清渭無情極，愁時獨向東」，是推結法。〇「無風雲出塞，不夜月臨關」，二字一逗，三字一逗，下申上法。〇「瘦地偏宜粟，陽坡可種瓜」，虛摹實境，此法極佳。

《月夜憶舍弟》：「戍鼓斷人行，秋邊一雁聲。」若作「雁一聲」便淺俗，「一雁聲」便沉雄。詩之貴鍊，只在字法顛倒間便定。

《山寺》：「麝香眠石竹，鸚鵡啄金桃。」麗句襯出荒涼。

《擣衣》，前六句只説心事，而景自在；末用聞者評論，精神加一倍。〇寫搗衣之心，字字成血，此方是沉著。〇「已近苦寒月」四句，挑剔法，一氣如話。

《促織》，咏物諸詩，妙在俱以人理待之，或愛惜，或憐之勸之，或戒之壯之。全付造化，一片婆心，絶作，絶作！○咏物諸作，皆以自己意思體貼出物理情態，故題小而神全，局大而味長，此之謂作手。○「久客得無淚」，初聞之，下淚可知，此一面兩照之法。「故妻難及晨」，定自己之不睡可知。「故妻」只如「故劍」之「故」，猶言「老妻」，恩深而思切也。○寫得蟲聲哀怨，不可使愁人暫聽，妙絶文心。

《夕烽》，人好説大家數，試於小題上看他所以然處，全在心地闊大，意思忠厚。

《空囊》，布筆凡四層，寫一「空」字，最爲有法。凡看題無層次，便是思路不開。○一、二不厭其空，三、四乃所以空，五、六是空後實境，七與八則拗結扛題法。○「不爨井晨凍，無衣牀夜寒」，寫「空」字只用映襯，却又切摯。

《蕃劍》，前半作翻挑議論，却是虚按；後半實寫出精神，力大於身。○此所謂表裏俱透。○如此議論，亦何害爲好詩。

《田舍》：「鸕鷀西日照，曬翅滿漁梁。」開出一步結法。○寫無情物亦勃勃有生氣，筆墨通靈。

《西郊》，前四句叙一徑路，後四句言居室之樂，此即章法。

《漫成》之第二章：「仰面貪看鳥，回頭錯應人。」自己畫自己出神，可謂力大於身。

《春夜喜雨》，「野徑雲俱黑，江船火獨明」，此是借火襯雲；「曉看紅濕處，花重錦官城」，此是借花襯雨。不知者謂止是寫花。「紅」下用「濕」字，可見其意。

《江亭》：「水流心不競，雲在意俱遲。」無心入妙，化工之筆。説是理學不得，説是禪學又不得，於兩境外别有天然之趣。○「故林歸未得，排悶强裁詩」，此跳結法。

《村夜》，長夜不寐，忽想到自己身上，莫作兩截看。

「落日在簾鈎」，起法妙絶，不作聲色，格韵俱高。七、八擎起上六句，結又是一格。

《獨酌》，不用怒張，風骨自勁，力大筆圓，故爾爾。學者師之。三、四俱從無事人眼中看出。

《徐步》：「芹泥隨燕嘴，花蕊上蜂鬚。」一「隨」字、一「上」字，能使無情者化爲有情。結句雖温雅，而自命蔪然處自在言外。

《寒食》，本是無家之悲，却似極樂事，筆力過人在此。

《水檻遣心》：「澄江平少岸，幽樹晚多花。細雨魚兒出，微風燕子斜。」此白描寫生手。彼云杜詩粗莽者，知其未曾細讀也。

《客夜》：「入簾殘月影，高枕遠江聲。」寫不睡人苦況如畫，不關聞見，全是觸惱。後四句一夜車輪般打算，只是箇没奈何，神理如生。

《客亭》：「聖朝無棄物，多病已成翁。」此互勾句法。

《梓州登樓》：「身無却少壯，跡有但羈棲。」虚字在腰，上下關生法。

《上牛頭寺》：「花濃春寺静，竹細野池幽。」用意在句末一字。

《望兜率寺》：「樹密當山徑，江深隔寺門。霏霏雲氣重，閃閃浪花翻。」此對起分承法。

《放船》：「送客蒼溪縣，山寒雨不開。直愁騎馬滑，故作放舟迴。」此是叙題法。「青惜峰巒過，黄知橘柚來」，寫船行之疾，却借山林襯出。○此上一下四句法。

《舍弟占歸草堂》，一片骨肉情懷，家人瑣語，入詩不害其渾雅，此是本領好。

《送舍弟潁》之三章，開口沉痛，如聞其聲，情真之妙如此。

《旅夜書懷》：「星垂平野闊，月湧大江流。」氣象絶佳。○極失意事，看他氣不痿薾，此是骨力定。

《懷錦水居止》之二，「萬里橋南宅，百花潭北莊」，此言坐落；「層軒皆面水，老樹飽經霜」，此是內境；「雪嶺界天白，錦城曛日黄」，此外景也；「惜哉形勝地，回首一茫茫」，詠嘆作結，正是「懷」字意。○「界天白」，白盡處方是青天，妙得遠神。「曛日黄」，西城皆五色苔花，「曛」字極切近景，非身到者不知。

《灎澦堆》，前半以體勢言，後半就道理論，各極其妙，無傷風雅。○「天意存傾覆，神功接混茫」，是絶大道理，又不帶腐氣，宋人不能如此。

《宿江邊閣》：「薄雲巖際宿，孤月浪中翻。」「宿」字似有性情，「翻」字饒有姿態。

《中宵》，三、四是所見，五、六是所聞，七、八是所懷。

《清秋》，上六句一氣説，下二句是進一步結。

《江上》：「時危思報主，衰謝不能休。」大力扛起結法。

《覽鏡呈柏中丞》，覽鏡則老態畢出，故先從遭際艱難説下，而終望故人之憐我也。造意有原委，以類推之。

《又示兩兒》：「令節成吾老，他時見汝心。」言你到老時，自知我今日滋味。痛絶語，只輕輕吮出，此當與年俱盡耳。

《得舍弟觀書》，只如説話，却不是率意吐出，全以性情意思勝。陸放翁領此一派。

《喜觀即到》：「巫峽千山暗，終南萬里春。」在蜀而思京都，已伏歸秦脉。「暗」字見峽中鬱塞，「春」字見陝中開闊，古人無地不密緻如此。

《曉望》，「高峰寒上日，疊嶺宿霾雲」二句是「曉」字。「地坼江帆隱，天清木葉聞」二句是「望」字。二聯如畫家樹石，以用墨濃淡分層。〇「寒」、「宿」字中間作脉，便與上二下三句法別。

《小園》：「客病留因藥，春深買爲花。」力量全在兩虚字。

《耳聾》，此前拗後順格。「嘆世鶡冠子，哀年鹿皮翁」，一是愁多，一是老邁，乃耳聾之根。「眼復幾時暗，耳從前月聾」，陪一句，點一句。「猿鳴秋淚缺，雀噪晚庭空」，一是哀也不知，一是鬧也不覺，暗托出箇「聾」意。「摇落驚山樹，呼兒問朔風」，并聾人情態畫出。此刻劃題意法，學者珍之。〇刻劃而人不覺，是第一手。

《雨》之頸聯云：「紫崖奔處黑，白鳥去邊明。」雲厚方襯出白鳥之明。予高卧山齋，親見此景，嘆爲畫工之筆。

《公安縣懷古》，八句通用錯對，一、二呼五、六，三、四呼七、八。此法本妙，却不易學，扭捏太甚，便支離不通。〇「野曠吕蒙營，江深劉備城。寒天催日短，風浪與雲平」，到此地適會此景，故陡接不覺其隔。

之敵。

《登岳陽樓》：「吴楚東南坼，乾坤日夜浮。」十字寫盡湖勢，氣象甚大。一轉入自己心事，力與

《祠南夕望》：「山鬼迷春竹，湘娥倚暮花。」寫幻景只似實事，乃思之愈幻，筆墨異人處在此。

《題省中畫壁》，拗體音節最難調，宜師此。以下七律。

《望岳》，此拗格第一。「西岳崚嶒竦處尊，諸峰羅列似兒孫」，筆勢自上壓下；「安得仙人九節杖，拄到玉女洗頭盆」，自下騰上，才敵得住。不對，所以有力。若移五、六在此，便軟。〇此是格拗，不是句拗，唐人多有之。〇望岱、華、衡，筆勢皆與之配。此是他氣魄大，非才華、學力所能到，不推爲獨步，得乎？

《九日藍田崔氏莊》：「羞將短髮還吹帽，笑倩旁人爲正冠。」二句翻用孟事。孟落帽猶不知，此則防其落而倩人正之，不拘本事。

《有客》，起句是無客；二句喜其來，畫出高傲；三、四謝客來訪，自謙却是自負；五、六隨分供給；七、八望其常來。篇法、意思、筆力無不備，七律當以此爲正格。《諸將》、《秋興》乃一支一派。

《野老》，前解切近，後解推開，言天下未平，雖有佳處，不敢寧居，非判然不相照管也。

《客至》，一、二言無人來也，三、四是敬客意，五、六是待客具。每句含三層意，人却不覺，煉力到也。七、八又商量得妙。〇如書法之有中鋒，最當摹臨。

《野望》，前六句先寫情事索漠，末乃云「跨馬出郊時極目，不堪人事日蕭條」，觸目感傷，言簡

意透。

《聞官軍收河南河北》，一氣如話，并異日歸程一齊算出，神理如生，古今絕唱也。

《將赴草堂》之三章，懸想歸草堂之樂，先從無人跡處寫來，落下得勢。

《白帝》，一氣噴礴，不關雕刻。〇拗格詩，鍊到此地位也難。〇「驚江急峽雷霆鬬，古木蒼藤日月昏」，險怪奪人魄，却自文從理順，與鬼窟中伎倆有天淵之別。

《諸將》，此崆峒所宗。在杜詩不是絕調，特其一支耳。

《秋興八首》，「秋興」二字，或在首尾，或藏腰脊，鈎連甚密。毛稚黄嫌其若無題者，何也？其一秋起秋結，「叢菊」二句，興也；其二興起秋結；其三秋起興結；其四興起秋結；其五興起秋結；其六秋起興結；其七興起興結，中四句帶入「秋」字；其八興起興結，「紅豆」二句暗藏「秋」字。〇其四，上二句冒下六句格；其六，後二句擎上六句格；其七，起結各二句格，中四句妙在壯麗語寫荒涼景。

《崔評事弟許相迎不到》：「江閣邀賓許馬迎，午時起坐自天明。」此倒叙句法。

《晝夢》，頸聯是欲睡時，腹聯入夢，結是醒時語，即出夢也。此紀夢不易之法。

《返照》頸聯：「返照入江翻石壁，歸雲擁樹失山村。」日射水，水滉石壁；雲歸樹，樹遮山村。一句三層意，非精於觀物者說不出。

《登高》，通體用緊調，雄健嚴肅，七律第一格。〇通體緊調最不易學，其聲色氣象齊到處，正是養得足。

《白黑二鷹》，略點「白」、「黑」字，只詳其材力之異，此所以爲大家。低手做來，只似白鴨、黑鷄耳。○學其下筆寬、用意切，若斤斤渲染「白」、「黑」，不謂之大家。

《暮歸》：「霜黄碧梧白鶴棲。」三色作一句，不見堆砌。

《送蔡希魯還隴右》：「身輕一鳥過，槍急萬人呼。」只十字，其人之驍勇武藝俱見。以下五言排律。

《寄高適岑參》，整齊中帶錯綜，勢局便不板，此全是力大。○「意愜關飛動，篇終接混茫」，論詩妙訣。

《重經昭陵》：「風塵三尺劍，社稷一戎衣。」以經對史法。

《寄賈司馬嚴使君》，長篇看他氣不餒、力不疲處，一是吐納有法，一是渟蓄極深。○長篇中間須得點綴。

《寄張山人彪》，少陵贈人排律，或先叙自己，或後叙自己，或中間帶入自己，如此篇夾寫者甚少，當以此爲活法，餘爲定法。○忽叙張，忽自叙，兩下互映，此得自《伯夷列傳》。

《寄李白》，單叙他一人事，又是一例。

《奉酬十一舅惜别之作》：「萬壑樹聲滿，千崖秋氣高」，起法宜學。

《夔府詠懷一百韵》，運用千字，一氣迴旋，界限明而血脉貫，雖青蓮亦望而却步，何論其餘！惜後幅雜以佛法，不甚嚴正陡健耳。

《偶題》：「前輩飛騰入，餘波綺麗爲。後賢兼舊列，歷代各清規。」此亦錯對法，交叉中文氣通利，文義分晰，所以爲難。若故意强紐，便不合格。

《題鄭十八著作虔》，七言排律到此境界甚難，蒼涼悲壯，固不待言，尤愛其揮霍跌宕，如壯士舉千鈞之石，一擲十丈，陡接在手。筆力之大，絶世無雙。○起句如東坡作《昌黎廟碑》，雷浪得勢。已下七言排律。

《清明二首》：「繡羽銜花他自得，紅顔騎竹我無緣。」此離對法，以己對鳥，離其類也。若以蜂蝶相配，便是平常法，不能出奇。

又如「寂寂繫舟雙下淚，悠悠伏枕左書空」，以感忿對悲愴，亦是各意對。詩家得此，出奇無窮。然須無意得之，强造反有痕。又必字字相當，分兩一樣。○「左」乃「計左」之「左」，不與「右」對。

覞齋詩談卷五

膠州張謙宜稚松甫著

評論二

王摩詰諱維，字摩詰，山西太原人。玄宗時爲尚書右丞。

《酬諸公見過》，只是一篇雅詞，尚未到漢、魏境界，《雅》、《頌》又無論矣。向後人作四言體，却只宗此派。

《扶南曲》，扶南，外國名，樂工仿其聲調爲曲。却是律詩格，但截去二句耳。摩詰曉音樂，此曲必是按譜填成，想亦是柔慢靡麗之聲。以下五古。

《奉和聖製登降聖觀應制》，此等詩如内造雕漆器皿，鏤金錯采即不無，終未是瑚璉簠簋樣。

《瓜園詩》，鋪叙有次第，以章法錯行，不覺其板，當學此。

《贈裴十迪》，汁清味厚，此加料鯉血湯也。

《藍田山石門精舍》，一氣渾成中極掩映合沓之妙。

《納涼》，自在却不放。「喬木萬餘株，清流貫其中」，開口如畫，已有涼意。

《燕子龕禪師》，形容曲盡，氣象坦然。少陵、昌黎爲之，便自怒張。

《登樓歌》，比《騷》差多，爲其明白光滑也。已下七古。

《魚山神女祠歌》，妙在恍惚，所以爲神。

《老將行》，填健語欲令雄壯，正是不足處，此在骨子内辨。

《桃源行》，比靖節作，此爲設色山水，骨格少降，不得不愛其渲染之工。

《寄崇梵僧》結云：「峽裏誰知有人事，郡中遥望空雲山。」是之謂冷。

《酬張少府》：「晚年惟好静，萬事不關心。」含一篇之脉，此方是起法。三、四虚承，五、六實地，用筆淺深俱到，章法之妙也。○「松風吹解帶」，是吹解下之帶；「山月照彈琴」，是照正彈之琴。句中各分動静，不得作同例看。以下五律。

《喜祖三至留宿》：「行人返深巷，積雪帶餘暉。」互相照應法。

《冬晚對雪憶胡居士家》：「隔牖風驚竹，開門雪滿山。」得驀見之神，却又不費造作。

《山居秋暝》：「空山新雨後，天氣晚來秋。」起法高潔，帶得通篇俱好。

《終南別業》，一氣灌注中不動聲色，所向愜然，最是難事。○古秀天然，杜不能爾。○「行到水窮處，坐看雲起時」。或問：「此果是禪否？」答曰：「詳文義，只言無心得趣耳，不應開口便是説禪。且善《易》者不談《易》，豈有此拘泥詩人、死板禪客？」問者大笑。

《山居即事》：「鶴巢松樹遍，人訪蓽門稀。」寂寞中景色鮮活。

《終南山》，於此看「積健爲雄」之妙。○「白雲迴望合，青靄入看無」，看山得三昧，盡此十字中。

《輞川閒居》：「時倚簷前樹，遠看原上村。」無景中有景。

《秋夜對雨》：「寒燈坐高館，秋雨聞疏鐘。」寫意畫，令人想出妙景。

《過香積寺》：「不知香積寺，數里入雲峰。」「不知」二字領起全章脈。「泉聲咽危石，日色冷青松」，泉遇石而咽，松向日却冷，意自互用。

《留别丘爲》：「歸鞍白雲外，繚繞出前山。今日又明日，自知心不閒。親勞簪組送，欲趁鶯花還。一步一迴首，遲遲向近關。」只似白話，實經百鍊。

《送梓州李使君》：「萬壑樹參天，千山響杜鵑。」參天樹中即杜鵑叫處，倒出便有勢，若倒過，味索然矣。

《送楊長史赴果州》：「鳥道一千里，猿啼十二時。」一直説出，險怪凄凉，味在言外。毛稚黄以爲意興欲盡，非也。

《送邢桂州》：「赭圻將赤岸，擊汰復揚舲。」此當句對法。○赭圻城在宣州，赤岸楚地，言自吴過楚一路所經之地也。擊汰，櫂攪水波；舲，船之有窗者，言舟楫之險也。

《送丘爲落第歸江東》：「五湖三畝宅，萬里一歸人。」「五湖」寬説具區，「三畝」方切本家，「萬里」約舉往返，「一歸人」緊貼本身，併非堆垜死肛。毛稚黄以爲病，何也？

《漢江臨泛》：「江流天地外，山色有無中。」學其氣象之大。

《觀獵》，「風勁角弓鳴，將軍獵渭城」，一句空摹聲勢，一句實出正面，所謂起也；「草枯鷹眼疾，雪盡馬蹄輕」二句，乃獵之排場鬧熱處，所謂承也；「已過新豐市，還歸細柳營」二句，乃獵畢收科，所謂轉也；「回看射雕處，千里暮雲平」二句，是勒回追想，所謂合也。不動聲色，表裏俱徹，此初唐人氣象。○此如「永」字八法，遂爲五律準繩。

《登裴迪秀才小臺作》：「落日鳥邊下，秋原人外閒。」寫臺却以人物襯出，寬遠入妙，方是臺上眼光。「遥知遠林際，不見此簷間」，懸想題外，却是轉入題中，此法又妙。

《使至塞上》：「大漠孤烟直，長河落日圓。」邊景如畫，工力相敵。

《奉和聖製雨中春望之作》，一、二從外景寫「望」字，三、四閣道中寫「望」字，五、六方切雨中「望」，末又回護作結，章法密緻之極。以下七律。

《勅賜百官櫻桃》，描寫君恩之厚，得《三百篇》遺意。三、四言其新，五、六言其多，七、八用補筆跳結，意更足，法更妙，筆更圓活。

《和太常韋主簿五郎温湯寓目》，先寫近景，次遠景，末方及韋主簿，運題有法。○「秦川一半夕陽開」，陝西人以平地爲川，夕陽只有一半，樓閣之多可知。七字描出通景，筆有化工。予親至其地，故知之。

《華子岡》：「飛鳥去不窮，連山復秋色。上下華子岡，惆悵情何極？」根在上截。以下五絶。

《文杏館》：「文杏裁爲梁，香茅結爲宇。不知棟裏雲，去作人間雨。」力注下截。

《斤竹嶺》：「檀欒映空曲，青翠漾漣漪。暗入商山路，樵人不可知。」呼吸甚緊。

《鹿柴》：「空山不見人，但聞人語響。返景入深林，復照青苔上。」悟通微妙，筆足以達之。○「不見人」之「人」，即主人也，故能見返照青苔。

《答裴迪》：「淼淼寒流廣，蒼蒼秋雨晦。君問終南山，心知白雲外。」全從「晦」字生意。

《山中寄諸弟妹》：「山中多法侶，禪誦自爲群。城郭遥相望，惟應見白雲。」身在山中，却從山外人眼中想出，妙悟絶倫。

《息夫人》：「莫以今時寵，能忘舊日恩。看花滿眼淚，不共楚王言。」體貼出怨婦本情，真得《三百篇》法。○止二十字，却有味外味，詩之最高者。

《閨人贈遠》：「遠戍功名薄，幽閨年貌傷。粧成對春樹，不語淚千行。」不用多説，心事已明，所謂蕴藉也。

《田園樂》：「萋萋春草秋緑，落落長松夏寒。牛羊自歸村巷，童稚不識衣冠。」比范石湖高數倍，只從味斂、味泄上分。宋人極力爽快處，正是格低。以下六言絶句。

「桃紅復含宿雨，柳緑更帶春煙。花落家僮未掃，鶯啼山客猶眠。」何嘗不風流，只是渾含。

《九月九日憶山東兄弟》，不説我想他，却説他想我，加一倍淒凉。以下七絶。

《戲題輞川别業》，此截中四句法，比老杜好看，遂似勝之。

《送元二使安西》：「勸君更盡一杯酒，西出陽關無故人。」凡情真，以不説破爲佳。○此所謂「陽關三叠」也，唱法失傳。諸城張石民曾刻此譜，不過第三句連唱三遍而已，恐未必是。以摩詰辨《霓裳》第幾疊證之，或在絃索舞態上驗。

《菩提寺私成口號誦示裴迪》：「萬户傷心生野煙，百官何日更朝天？秋槐葉落空宫裏，凝碧池頭奏管絃。」此謂怨而不怒。

孟襄陽

字浩然，以字行，湖廣襄陽人。隱鹿山，游京師不遇，玄宗開元末病卒。

《尋香山湛上人》，真味性靈在字句外，古詩正派。以下五古。

《宿來公山房期丁大不至》，不做作清態，正是天真爛漫。

《夜歸鹿門歌》，句句下韵，緊調也，脉却舒徐。七古。

《與諸子登峴山》：「人事有代謝，往來成古今。江山留勝迹，我輩復登臨。」流水對法，一氣滚出，遂爲最上乘。意到氣足，自然渾成，逐句摹擬不得。以下五律。

《臨洞庭》，楊戫夏先生嘗使予辨少陵、襄陽二詩高下，猝不能對。先生曰：「只念着便知，孟自是分兩輕。」退而思之，杜詩用力匀，故通身重；孟力盡於前四句，後面趁不起，故一邊輕耳。○即當句論，「吴楚東南坼，乾坤日夜浮」，包羅亦大。

《晚春》：「二月湖水清，家家春鳥鳴。」起法從容。

《歲暮歸南山》，絶不怒張，渾成如鐵鑄。○「北闕休上書」，唤起法。「不才明主棄」，極得意句，却是蹭蹬之由，令人浩嘆。詳文義，本是謙詞，絶非怨望。明皇不收，尚是皮相詩人。○「永懷愁不寐，松月夜窗虚」，惟不寐才覺窗月之虚，虚者，無人相賞也。

《閒園懷蘇子》，一、二是「懷」字意，三、四正是懷人時節，五、六又是懷人景物，一氣趕下，末乃點出「懷」字，局法最妙。

《大禹寺義公禪》：「夕陽連雨足，空翠落庭陰。」惟其「連雨」，是以「空翠」欲落，形對待而意側注。

《洛中送奚三還揚州》，一氣如話，此之謂老。

《都下送辛大之鄂》，無字不妥當，此最難到。

《裴司士見尋》：「廚人具鷄黍，稚子摘楊梅。」「鷄黍」、「楊梅」是假借對法。

《宿建德江》：「野曠天低樹，江清月近人。」「低」字、「近」字，宋人所謂詩眼，却無造作痕，此唐詩之妙也。以下五絶。

《尋菊花潭主人不遇》：「行至菊花潭，村西日已斜。主人登高去，鷄犬空在家。」若無好處，正是空淡入妙。

《戲贈主人》：「客醉眠未起，主人呼解醒。已言鷄黍熟，復道甕頭清。」「甕頭清」本俗語，唐人用之，不礙高雅。

韋蘇州 諱應物，字失考，陝西長安人。德宗貞元二年得蘇州刺史。

韋君古詩比王、孟、柳獨優。

《擬古十二首》，汁厚而不膠，鍔斂而力透。○纏綿忠厚，似《十九首》氣味。以下五古。

《慈恩伽藍清會》，凡斂華蓄味處，俱自《文選》淘汰出來，勿易視之。

《扈亭西陂燕賞》，只是味厚，此須養深。

《郡齋雨中與諸文士燕集》，莽蒼中森秀鬱鬱，便近漢、魏。「兵衛森畫戟，燕寢凝清香」，二語起法高古。

《司空主簿琴席》，絃外有音。

《同德寺雨後寄元侍御李博士》，凝而不澀，是精於《選》體者。

《寄全椒山中道士》，無煙火氣，亦無雲霞光，一片空明，中涵萬象。

《酬鄭户曹驪山感懷》，衰颯事作豪華叙。○叙法錯綜，以盛映衰。

《自蒲塘驛迴駕》，經歷山水，音頭帶澀爲妙。「澀」字難言。

《煙際鐘》，字字是題，妙在象外。

《聽鶯曲》，極嫋娜，骨格却清挺。七古。

岑嘉州 諱參，字失考，河南南陽府人。天寶中進士，官至嘉州守。○白傅附論。

予讀嘉州全集，愛其峭蒨蒼秀，如對終南、太華。其近體略遜古詩。又讀白傅《長慶集》，其樂府意主諷勸，但語直而味短，與詩人之致不同耳。律詩氣格全低矣。

柳河東

諱宗元，字子厚，其先河東人，今山西平陽府，後徙於吴，今蘇州府。德宗時拜監察御史，憲宗時徙柳州刺史。

此公筆力峭勁，又不是王、韋、孟流派。

柳柳州氣質悍戾，其詩精英出色，俱帶矯矯凌人意。文詞雖掩飾些，畢竟不和平。使柳州得志，也了不得。○柳文讓韓，詩則獨勝。

凡筆力深刻人，當以爽亮和易者爲上品。

《平淮夷雅》，亦自修潔質鍊，畢竟不及周《雅》之寬裕舒徐。此是風氣限定，文人無可奈何。然其峭勁，又非宋已後所及。以下樂章。

《唐鐃歌鼓吹曲》，若仿漢調，音節頗近，以漢樂原不純乎古也。

韓昌黎

諱愈，字退之，昌黎人，即今河南之懷慶府。德宗時進士，官至吏部侍郎。

韓之古詩不及韋蘇州遠甚。

《嗟哉董生行》，實用文體爲詩，更諱不得。然其馳騁跌宕，音節疾徐，實是樂府長短句，不害其似文也。○凡稱「行」者，音調貴乎流走。以下古詩。

《送區弘南歸》，氣甚魁岸，中多奇句可摹。如「九疑鑱天荒是非」，下字生穩。又如「落以斧引以纆徽」、「子去矣時若發機」、「蔽能者誅薦受機」，此上三下四、下四上三句法。初造生新，久易生病。

後人折腰潑撒等句，俱從此衍出，其要只在渾成健鍊。

《陸渾山火和皇甫湜》，用其韵，勿效此種筆墨。本欲翻空，却成鋪貼。○山下有煤石，人火誤入其穴，則焚灼耳。以爲真有火神助燄，特文人故欲釣奇耳。不善學者，必入《西遊記》火德星君，有火龍、火馬、火鴉、火蛇之類，反傷大雅已。○「溺厥邑囚之崑崙」、「雖欲悔舌不可捫」，此上三下四句法。

《李員外寄紙筆》，六句律，唐人時有之，須學其意足詞盡。五律。

韓詩聯句，并無淺深層次、遞接轉掉之法，只是句上纍句，景中纍景，散漫生硬，不成章法。只有《鬭鷄》略可觀耳。

李義山 諱商隱，字義山，河南河内縣人。唐敬宗開成二年進士，歷官檢校吏部員外郎。暮年自號玉溪子。

《無題二首》，樂府高手，直作起結，更無枝語，所以爲妙。樂府。

《戲題樞言草閣》，通篇叙幕府交情，少年行樂之詞，章法錯落，深得古法。五古。

《偶成轉韵七十二句贈四同舍》，夭矯如龍，換韵處陡健，當學。七古。

《李花》：「自明無月夜，强笑欲風天。」映襯入微。五律。

《杏花》：「上國昔相值，亭亭如欲言。異鄉今暫賞，脉脉豈無恩。」隔對法，流動之極。五排。

《送千牛李將軍赴闕五十韵》，叙平西功，精采横溢，當接少陵之席。

《重過聖女祠》云：「一春夢雨常飄瓦，盡日靈風不滿旗。」思入微妙。夫朝雲暮雨，高唐神女之精也。今經春夢中之雨歷歷飄瓦，意者其將來耶？來則風肅然，上林神君之迹也。乃盡日祠前之風尚未滿旗，意者其不來耶？恍惚縹緲，使人可想而不可即。鬼神文字如此做，真是不可思議。七律。

《杜工部蜀中離席》：「雪嶺未歸天外使，松州猶駐殿前軍。」分明是老杜化身。回鶻之驕、吐蕃之横，至今可想，豈止徒作壯語。

《悼亡》：「竟無人處簾垂地，欲拂塵時簟竟牀。」乍看只似平常，深思方可傷悼。蓋「簾垂地」，房門鎖閉可知；「簟竟牀」，衾裯收捲可想。悼亡作如此語，真乃血淚如珠。

《題白石蓮花寄楚公》頸聯云：「空庭苔蘚饒霜露，時夢西山老病僧。」此是側注法。

《九日》：「曾共山公把酒時，霜天白菊繞東籬」，觸物思人，已成隔世。「十年泉下」雖「無消息」，「九日樽前」却「有所思」，一開一闔，總説傷心。「不學漢臣栽苜蓿」，既未曾施恩；「空教楚客詠江蘺」，但責其思慕。「郎君官貴施行馬」，彼先拒我；「東閣無緣得再窺」，我豈無情？通篇如訴如泣，妙不可言。

《北齊二首》，不説他甚底，罪案已定，此詠史體。七絶。

《龍池》，諷而不露，所謂緼藉也。

蘇東坡

諱軾，字子瞻，四川眉州人。宋仁宗嘉祐二年進士，歷官禮部尚書、端明殿學士，謚文忠。〇子由附論。

長公才大，而深思雋致殊少。

坡老精神，到處只是豪放，不到處頹唐淡薄而已。

蘇詩人推重太過，細讀之，蘊藉有厚味者甚少，豪放雖可喜，平漫不著意處更無結作力量。

古人作詩，精神沉著，故氣象凝定。坡老任意布筆，故無收斂渟蓄，一泄而盡。兼之宦途贈送太煩，未必盡由衷出，故頹唐散漫者多。

蘇詩琢鍊入細，使人味之無際者少。長篇用韵雜沓，不快意處尤多，由心粗手滑，無矜慎之思也。

坡老才固豪縱，然古詩多不依通韵成法，似染昌黎習氣，有自我作古意，此不可爲訓。

坡老唱和詩令人氣悶，甚矣應酬之害詩也！

東坡和陶詩，氣象太緊直，聲調太響亮，尚非當家。

東坡和陶詩，豪氣不除，鱗甲盡露，那及其萬一。前人不許并論，今見其實。大凡文字，摹仿便不似。文中子擬《論語》、《春秋》，揚子雲擬《周易》，何曾一字相近，徒見譏於後世耳。

長公與淵明胸襟不同，氣味不合，特可言用韵，和則相違。

陶是袖手不肯做，自討便宜。蘇原攘臂要做，做不來更得禍，才收拾雄心，作恬退消阻語。此即相隔天淵，兼之骨格槎枒，聲高氣莽，都不是陶家路上人，强用其韵，了無干涉。

歌曲相和，同調爲宜。如崑腔雜以弋陽且不可，況梆子腔乎？

《高郵陳直躬處士畫雁》：「野雁見人時，未起意先改。君從何處看，得此無人態。」此十字句法。五古。

《白水仙佛跡巖》中云：「潛潭有饑蛟，掉尾取渴虎。」字字照應，方是煉到之句。

《贈虔州術士謝晉臣》腹聯云：「死後人傳戒定慧，生前宿直斗牛箕。」是巧句，却非大家。七古。

《江上值雪效歐陽體》，全是設想，映襯好。

《金門寺見李西臺與錢唱和四絶句戲用韵跋之》：「平生賀老慣乘舟，騎馬風前怕打頭。欲問君王乞符竹，但憂無蟹有監州。」此是反用舊事，蓋錢昆本語是「但得有螃蟹、無通判處足矣」。事見《歸田録》，距東坡判杭不遠。煉得如此妙，其才可想。七絶。

蘇子由詩，勢平而意淺，不足起發人；文亦應酬故套，讀之無味。

陸放翁 諱游，字務觀，浙江山陰人，宋孝宗時進士。

陸劍南、范石湖皆學杜有得者，范較養勝，陸較才勝耳。

劍南學杜，如研金成泥，不礙揮灑，非他人臨摹之比。此全在氣骨堅勁，雖白話，不礙大雅。

放翁詩渾厚雄健，真得杜髓；又且家數甚大，無所不該。

放翁似杜處，全是性情與他一般，不在字句臨摹。性情何以相似？忠孝白直，人心之公理也。先要留得這箇在，方許做詩。詩所以可傳，正在此。

陸詩須求其思路刻苦處，須得其游行自在處，不可目爲輕淺。全是杜詩熟極，心能變化之驗。

放翁古詩，筆墨、性情俱妙。但是他意思太爽快，才氣太迅發，正在力追古人處露出議論作用，未免筋脉怒張，少簡穆渾噩之味，然已越出宋人界外。

七言古可以豪放馳騁，故放翁得意處多。然須以結構堅牢、精神肅穆者爲最。

五言律尤有筆力，老健無敵。此沉酣於少陵，而脱落其膚者。要之，此老固有異秉。

七言律，其精神、骨格則大家也，其字句時有頽唐處，有順手拈來落入宋調處。緣詩太多，難於檢點合法。至其運俗字、用成語，時有入妙境者，一則是他文機熟，無物不化；二則是鍾鍊巧，良工心苦；三則是生古人之後，翻新出色，勢必至此。但看他容易脱手，讀之妥當者，都是丹成效驗。却不得以街談市語皆可入詩，率意鄙俚，墮入惡道，藉口摹陸，自謂當家也。

五言截句太爽快，便無含蓄不盡之味。

七言截句，求其思致綿緲，神味淵永，此誠不及唐人，然精力、才氣已咄咄逼人，要是高手。

《步出萬里橋門至江上》。某嘗論詩，通篇皆切近語，須向外境推開收，不如此則無煙波蕩漾之妙；通篇皆推開，高一步説話，須靠題切近收，如此方有歸宿。放翁是詩，因閒步想到報國，可謂恢張之極，末仍結到萬里橋，此法甚妙。以下五古。

《烹茶》，結出不能飲茶，此是拗題法。

《文章》起句云：「文章本天成，妙手偶得之。」此論文於摇筆濡墨之前，非切摩於字句者所曉。

《夜聞松聲有感》，本説松風，却借龍來形容。此是自造文勢法，然亦須以類相比。以下七古。

《三月十七日夜醉中作》，筆力如生龍活虎，全在意思上縮定，於蕭騷處壯采射人，手法似杜。

《龍湫歌》，收法甚妙。上文聲勢甚大，故宜以寂静結住。寫得神龍不測，更令人怕。

《統分稻晚歸》，全是杜意，正在無甚驚人處見得。此言非初學所知。以下五律。

《夜坐庭中讀古人詩》，不必造句警奇，須求其全體穩重、丰骨隱然者爲佳，東坡所謂「洊老洊熟，乃歸平淡」者是也。若開手便要平淡，煞害事。

《夏日》：「渴蜂窺硯水，慵燕息簾鉤。」極入細，家數却大。

《寄朱元晦提舉》，前半之呼籲，後半之責望，古人待朋友不薄如此。若近代，雖有高手，亦不敢如此直突。詩品原以人品爲斷。

《忍窮》，起句雙排，故以單句蕩開。此古之成法，却須有力有味方合。

《殘春》頸聯：「惟書尚開眼，非酒孰關心？」一句用兩虚字，須勁須穩乃佳，不然便軟。

《小集》，第一層時景可飲，第二層心緒宜飲，第三層飲時之排當，第四層飲時之樂趣。古人運筆，都不草草如是。

《小立》，前六句將所見景物説完，末二句點入題字，通體悠然。詩有倒運題意者，此類是也。要之，外面景物，即立時所見，字字是題，宜知此訣。若通篇與本題不相關照，突點便是支離，暗説又近蒙混，皆詩病也。

《晨起偶得五字》：「有得忌輕出，微瑕須細評。」此十字談詩之妙矩也。不輕出，再加鍾煅；要細評，時與改削，工夫只照此用。

《砭愚》頸聯云：「信書安用盡，見事可憐遲。」化裁成語之法也。化如銷銀，不留原塊；裁如劓衣，去其全幅，銀與紬之用固在也。誌之勿忘。

《春耕》，通首説所以歸耕之意，一氣趕到，結語一點便醒，此法得之《過秦論》。

《園居》一首，極自在却不頹唐，全在此處看人骨力。

《雨夜思子虡》三、四云：「峭寒侵病骨，殘雨滴愁心。」工於言愁，然氣格已落晚唐。試讀杜詩，便覺驍騰向上轉。

《偶得長句寄曾原伯》：「酒能作病真如此，窮乃工詩却未然。」以議論爲詩，在唐人爲破觚，在宋人爲出奇，不必拘《滄浪詩話》，一定不用。以下七律。

《送吕彦升參謀》：「苦言到口終須發，聖度如天莫自疑。」此等句不敢説他不好，却正是降唐人一等處，爲其高聲高氣，脱露鋒穎也。

《幽居書事》：「正欲清言聞客至，偶思小飲報花開。」閒適平淡中光華飽滿。造句如得此妙，便入上乘。

《雨中小酌》：「愁看場上禾生耳，且泥杯中酒到臍。」對法出色。

《豆䕷音皆煮酒》，世俗通稱，此老用來都妙，惟其朴摯耳。

《寓嘆》：「裹馬革心空許國，不龜手藥却成功。」折腰句法。

《庵中獨居感懷》之三腹聯云：「黄紬被暖閒無厭，白布衫長樂有餘。」此等字有佛、魔之分，一失脚便跌入深坑矣。

《八月九日晚賦》第四句云：「月入門扉影正方。」奇思只在眼前，人却拾不起。如何是拾得？只要細心體物。

《新晴野步》：「迨酒賤時須痛飲，得人扶處儘閒行。」說飲是不曾飲，說行是不能行，兩意互見，此杜詩之窑變也。

《寒夜枕上》結句云：「吾詩欲寫還慵起，卧看殘燈翳復明。」只是情真，便有餘味。凡無味者，淺俗薄弱而已。

《晨起》：「浮名何足欺横目，真樂聊須付曲肱。」以「曲肱」對「横目」，却不覺腐，此是配色帶攜得好。吾師謂之「一子成佛，九祖昇天」，蓋指此等法也。○予師戴夏嘗誦放翁兩句云：「倦遊甚矣吾衰也，從政於今久殆而。」剸裁成語，又是文章語助，煞脚妥確停匀，竟如天造地設，似石乳滴成羅漢，蚌珠生就觀音，世間自有此種神奇秘妙之物。若苦苦學他，也不得。

《書室名可齋或問其義作此告之》：「生平秘訣今相付，只向君心可處行。」唐人不肯如此說，界限甚微。以下七絶。

《倚欄》：「故山未敢説歸期，十口相隨又别離。小雨初收殘照晚，闌干西角立多時。」不說愁思，言下可想，正是唐人家法。

宋詩鈔

大抵「傖」之一字，人人不免。如今之學皮、陸，氣象猥瑣，半是負販市語。宋詩長篇多一溜直下，無凝聚盤旋之勢。此手不能制筆，順臆傾喉之病。

蘇子美詩丰骨矯矯，梅聖俞風格遒上，自是作家。

歐陽公詩，和平委婉有餘，所少者揮霍跌宕耳。

石守道骨力甚勁，惜乎泥於宋調，有力盡用，殊少緼藉。

王荆公古詩險刻，如其爲人；律詩頗和平，又苦思浮手滑。此宋代通病。

陳後山得杜之骨，但欠雄渾耳。

文與可詩，平曠中具高古簡穆之趣，大佳。

黄山谷學杜之皮毛耳，截句更惝。人言江西派落坑塹，果然。

張文潛，東坡門人，雖學晚唐，不妨妍妙。

徐仲車作面目傖甚，其用意杜老，愈真愈鄙。

陳與義簡齋詩差强人意，蓋學杜而得其雅緻者。

李泰伯名覯《寄祖祕丞》詩，反覆數千言，叙次明白，却無換筆轉調，遂成帳簿格。忽憶《廬江婦》、《木蘭行》及《北征》，其層次皆成曲折，令人讀之不厭。此學者所宜法也。他人詩甚細碎，此公聲響大，是意思真實之驗。

唐庚字子西，西川人，紹聖間進士。舊於《遵生八牋》中見散文一段，甚高秀。今讀其詩，俊逸之極，在宋爲出色。

孫覿爲万俟卨作墓誌詩，以此廢置。陸游爲韓侂胄記南園，相去幾何？一顯一晦，似有幸不幸焉。就詩論，自好手也。

劉屏山詩丰采凛然，但氣象淺薄，聲色徑露耳。

范石湖筆致平雅，惟入蜀自虎牙灘至秭歸縣，不減少陵。

楊誠齋詩好用俚語，恐開後生儇弄惡習。

徐山民詩清苦有思致，甚愛之。

劉後村詩乃南渡之翹楚，讀之忘倦。

戴石屏詩乃平軟小巧，毛稚黄所云「真能妨厚」者，於兹益信。

朱文公學詩煞用工夫，看其顔古色蒼，自非晁無咎諸人所及。因他胸中先有許多道理，然後尋詩家言語襯托出來，此却别是一路。詩家有象外圓機，而談理有一定繩尺，發揮既少緼藉，布置自露蹊徑。初意怕人不曉，又不欲使人見其針線，三回五次修飾，已落後天。讀者但知爲經書注脚，不知爲風雅之宗。

葛邏禄易之

葛邏禄姓，名迺賢，字易之，元末人。本籍與回紇壤相接，而易之少居江南，故以詩名。

易之胸襟、筆力、藻采、風神，皆能軼宋超唐。

易之詩離其色相，追至清空一氣處，便證元次山境界。

才不可以類拘也。易之胸次高曠，筆力雄豪，豈家在東南，有得於山川之助歟？元末隱草茅，宜爾。洪武初，網羅群才，乃不得與楊鐵崖并顯於江左，何也？豈太樸歸明被斥，遂無薦之者耶？抑干戈搶攘，其存亡皆不可知乎？可惜也！夫距今三百四十餘年，讀之猶有生色，可以想見其人。

《題羅小川青山白雲圖》，畫意便作真景會，此題句人精采活動處。此法得自少陵《畫鷹》篇。七古。

《賦鸜鵒送偰世南廉使之海南》，贈人處語短而味長，緼藉風流。

《巢湖述懷》，《北征》章法，《渼陂》丰神，用筆如渴龍歸海，饑鷹掣絛，最爲高作。

《潁州老翁歌》，大氣迴翔，不爲事累。叙述長篇，須諳此訣。

《答朱景惠墨》，「春去思家遠，愁來似酒醺」，題外生情；「故人多古意，賤子豈能文」，折落；「搦管含春黛，臨池漲濕雲」，方染正面；「欲窮山水興，分贈李將軍」，推開結。五律。

《大悲閣》：「如何千手眼，只著一衣冠。」淺語能破積障。

《粧臺》李妃所築。妃嘗與章宗露坐，上曰：「二人土上坐」，妃應聲曰：「一月日邊明」，上大悦。結句云：「誰憐舊時月，曾向日邊明。」點事無痕，手法高絶。

《送楊復吉之遼陽學正》三、四云：「穹廬宿頓供羊胛，部落晨炊爨馬通。」寫塞外景入畫，又見得糞穢皆可入詩，在人點化何如耳。只爲「馬通」字雅，遂蓋了他醜處，此便是點化。又氣上謂之炊，進火謂之爨，故二字得以并用。造句者字義必精熟，方下不錯。七律。

《送趙彦徵上舍歸吴興》：「春雨絲絲著杏花，曉寒如雪襲窗紗。東風客館還飛絮，三月王孫政憶家。」景中人，人中景，奕奕生動。

《失剌斡耳朵觀詐馬晏》：「路通禁籞聯文石，幔隔香塵鎮水犀。」義山佳句。

《送楊梓人待制出守閬州》之二頸聯云：「家世久聞清白吏，文章争誦《太玄經》。」對法穩。

元詩壞於曲，纖穠嬌豔，不能自振。前七子以初、盛挽之，方不至流蕩忘返，此亦不可少者。

緦齋詩談卷六

膠州張謙宜稚松甫著

評　論三

邊華泉諱貢，字廷實，山東歷城籍。弘治丙辰進士，前七子之一。

此翁詩，筋能附骨，華不掩真，品在于鱗之上。次子仲賢，不道是大公子，也不誇做老詩人，乾浄一箇身子，坦白一副肝腸，名公有此象賢自少。

王遵巖諱慎中，字道思，河南固始籍，徙福建晉江縣。嘉靖丙戌進士。

樂府、古、近體，修飾光滑、詞藻膚立則有之，求其有力量、有意思、有結構風神者，百不得一，豈慕和平而失之耶？

歸震川諱有光，字熙甫，江南崑山人。嘉靖乙丑進士。

古文卓絶一世，而詩最疲軟，人果無全能耶，抑工夫有偏注乎？○古詩尚撐拄得來，近詩太萎薾不堪。○效昌黎聯句體，殊無神韻，亦不見結構巧妙處。學《選》體而不得其頓宕轉換，易生此病。且看謝康樂詩，便知古人未有以詞掩意者。

徐　渭

字文長，浙江山陰人，嘉、隆間諸生。

《楊妃春睡圖》，如此熟題，看他設色遣調，蒼沉老辣，故是作家開生面處。七古。

《杜鵑花》，本是花，却就鳥上起義，古人多如此。○「煙雨艷陽天，山花發杜鵑」，工於發端。五律。

《白燕》，映襯大雅。《續白燕》二首，雖有借色，渲染得開。七律。

《爲子微題鷓鴣圖》：「對啼江岸霜初歇，獨聽扁舟草正芳。」離對法，得之杜家。

《五色鸚鵡》、《黄鸚鵡》，襯染極工，不傷大雅。

《緑牡丹》：「漢水鴨頭教作帔，隴山鸚鵡未呼人。」切而雅。

《張氏子黄鸚鵡》，力盡於設色，更無神韵。五排。

鸚鵡眼系直度兩眶，人可洞視。「琥珀鑽松竅，琉璃釘扇紗」，極切，却是小家數。○徐君排律只是堆鈔手，氣骨卑弱，華藻反成累。○有裝裹而無性情，非所望於名手也。○排律不學杜法，便是村裹衲襖，市上煎糕。七排。

文長五絶，脆甜爽口，但不如唐人味長。○皆題畫詩也，須求其意於筆墨外。

《扇中雙蝶》：「美人將扇撲，搨得一雙痕。」是真是幻，請下參。五絶。

文長七絶居勝，有鍊語，有豪語，有風流藴藉語，有頹唐自放語，有黯然情至語，可分別領其趣。

○文長五、七言絶句令人快，要是晚唐高手。

《贈徐仁卿》之二：「自造提刀偃月文，諸工圍鍛焰吹雲。當時試舞猶嫌薄，鐵欛連環六十斤。」若先出末句，便没聲勢，以此見詩人吞吐之妙。○學他不得，以無他意思也。

《竹枝詞》：「風前燭焰片時紅，馬首西時馬尾東。」妙處在此等句。○二詩得之口頭，却不是率爾。○此首是樂府正派。

《天目山》之三：「柯南一國痴螻蟻。」三字點腐成新。

《燕京歌》，質中帶諧，又是一種。此都不可學，恐無其老，得其俚。

《燕京五月歌》：「石榴花發街欲焚，蟠枝屈朵皆崩雲。」撰句高人數等。

《上谷歌》，放手之作，須看他老氣處。

《邊詞》之四：「立馬單盤俯大荒，提鞭一一問戎羌。健兒只曉黄台吉，大雪山中指帳房。」「提鞭」字有身分，「一一問」唤「只曉」。○亦是口頭語，却鍊得好，有情、有景、有聲勢，此爲塞下詩上乘。

《長干行》，中郎惜作《竹枝》體，此中大有界限，仔細認取。

《寄沈子》：「兩月歸家不出門，谿邊荷葉大如盆。不知近到西湖上，更大如盆有幾根？」真朴如話，不俚不佻，自是高手。○押韵以穩爲難，穩則意暢而語新。

題畫七絶，畫作真會，法本少陵鷹、馬諸篇。○此等詩全在立意高，體物細。

《抱琵琶偶竚蕉陰美人》，此詩近唐調，贊畫得其神。

《荷》七首，題畫荷却不作繪事想。蓋畫理入神，由幻傳真；詩思入神，得情忘相。此最爲難到。

都入墨妙。

《畫菊》：「身世渾如拍海舟，關門累月不梳頭。東籬蝴蝶閒來往，看寫黄花過一秋。」有情無情，都入墨妙。

《雪牡丹》：「銀海籠春冷茜濃，松煤急貌不能紅。太真月下胭脂頰，試問誰曾見影中？」詩思畫髓，迸入三昧地。

《水仙》：「杜若青青江水連，鷓鴣拍拍下江煙。湘夫人正蒼梧去，莫遣一聲啼竹邊。」直是唐音。○有此詩，水仙神理盡矣。○鷓鴣聲「行不得也哥哥」，正與去蒼梧相左，故用「莫」字入妙。

《雪粉團》：「北斗垂天錦帳横，景陽催妾未鷄鳴。燈昏鏡暗粧無準，糝粉過眉與鼻平。」前後字字相應，此爲妙手。第一句、第二句總爲三、四句作地步，此法宜知。

魚蝦螺蟹之作，放情自恣，却好。

《風鳶圖》詩另是一派，不必論品格。本畫也，都作實寫，取寄興而已。○中有感慨語，有寄託語，有謔語，又有傳異即景語，分别領之。○此調最難學，正如袒背王公，坐而櫛沐，修飾不事，其森秀之氣，自不可掩。

袁中郎 諱宏道，字無學，又曰石公，湖廣公安人。萬曆壬辰進士。馮北海、錢牧齋、王丹麓、彭禹峰、李吉津、方爾止附論。

此老長古只有鋪填，并無收渡、轉折及提控、繳挽諸法。○無深心大力，亦無冷韵幽光，除禪套外，半是浪漫獐狂語，讀之令人悶悶，吟壇一魔也。○馮北海詩是歷下派。○錢牧齋詩苦無真性，大抵祇有四套：一宦游，二名士，三禪和，四脂粉。除此四者外，無風人之致矣。○王丹麓雅頌樂府不如古人之厚，故意押難諧之韵，此正好奇太過。五言古頗佳，簡潔高渾，饒有風味。五、七言近體亦穩秀，詞甚綺靡。尺牘極力討好處，終遜蘇、黄。○彭禹峰詩高雅渾健，中原大作手也。○李吉津詩殊無深思大力，古文亦然。○方爾止詩以杜爲骨、白爲膚，不知者以爲膚淺。

王無竟名倜，膠州人，家大珠山陰。明末諸生。

久而論定，無竟詩較之劉子羽、李渭清諸人，真是鶴立鷄群。

《修荷池》，吸古詩之津液，盡脱落其皮毛，蒼樸静穆，巍然絶塵。○中間「遠峰度空翠，與水相虛盈」，謂是轉出題外，妙在襯入題中。五古。

《泰山》，俗言王詩單薄，且看他矜貴雄偉，具有典册氣處。

《同友人遊石門寺南磵二首》，煙霞俱帶性情，其品極貴。○二詩乃竟陵之佳者。

《感懷擬古》，轉接一團是力，呼吸通靈。○「狂歌不如醉」，唱嘆起；「霜氣西北來」，暗轉法；「溽使諸少年」，斷接法。

《寄張伯光》，滿面秋霜，人品自高，然尚近於作意。○有評此詩是漢、魏者，正自不解漢、魏。試看他鋒鋩尖利處、傾瀉胸臆處，是否古人？此界勿容假借，然到此地位，也儘難在。

《道中有所見》，筆墨通靈，手腕神妙，不是尋常烘染。○中云：「名士與美人，皆可生肅穆。」此三字是前人所未發。

《自大珠山至大盤村宿》中云：「山色亦渡港，青蒼滿柴門。」乙酉親到大盤村，始知其妙。蓋村東爲支海，海東乃大珠山。可見古人妙處，非親歷者不知。庚辰北上，小雪霏霏，悟唐人「前日風雪中，故人從此去」之妙；丙子宿良台，往高密，悟「鷄聲茅店月，人跡板橋霜」之妙。人生幾何，能盡歷詩中之妙哉！○此詩學陶而得其骨。

《黄石宮偶步》，胸次灑然，不覺流露，非關鍛鍊工夫，此最是著力不得。

《滴水巖》：「竟以石爲天，時聞雨聲冷。」奇句突然，得其神理。

《喜晴巒改癩石爲鐘峰真》，鍾談便好，子羽何必爲之諱。

《泛大明湖》，下語不多，早是題無剩意，手法高也。

《題岙同老人畫松》，連作畫時手筆都追出，所以爲佳。七古。

《石門寺訪巖公》：「石林香翠氣，泉壑冷秋光。」佳句可資後學。五律。

《造逢太沖中含長者新齋》：「遥從數里外，想見此新廬。」起得神情飛動。

《石門寺同巖上人小遊》：「何處尋春好，登臨野寺邊。浩然思太古，原是此山川。」比起句高一層，是謂大轉作接。《治安策》云：「因陳治安之策，試詳擇焉。」已是淌下平勢。忽接云：「夫射獵之娱與安危之機孰急？」突與上意相錯，故曰轉；向上一騰，然後落下，故曰大，詩文皆然。「樹静嵐光徹，人幽慧性圓。看花題不盡，又渡一溪煙。」此是轉結法。〇此詩氣格高，丰骨秀。

《黄石宫喜王靖乾過訪》：「正欲尋君去，開扉即見君。」起法語常而神活。

《雪後宿黄縣南山》腹聯云：「長天飛鳥倦，野店主人尊。」入神之句。

《獨坐》三、四云：「情淡人如菊，庭空月似霜。」中、晚佳句。

《晚至鐵溝邱子如别墅》頸聯云：「一園奇字花爲影，五夜寒燈月吐魂。」説「奇字」却是「花影」，説「寒燈」即是「月魂」。若泥作四件看，「字」如何論園，客房亦未必竟夜燃燈。〇此詩首尾完密，撰力亦到。七律。

《高司空族舅枉過山莊值雨中余時居石門寺闞展待聊寄此作》，倒運題意，得唐人取勢之妙。〇有芥辣味，便救得些膩氣，但歷下胎子終在耳。

《登黄縣西閣》，此詩悲兼壯，是此君所難得者。

《大澤山訪趙汝寅》三、四云：「峰高鶴夢連雲度，殿古松香帶雨圍。」上句只虚寫，得一「高」字；下句只實寫，得一「古」字，思通玄界。

《劉明府斗杓先生罷歸》五、六云：「數畝白雲松徑滿，一天涼月竹庭幽。」此無竟見知於周證山之始，已入《慎墨堂詩選》。

《對子羽》五、六云：「世有如吾常落魄，愁纔對爾一開顔。」筆力揮霍，極有好勢。

《無字碑》，極力挑剔，却不涉議論，是其高處。五絶。

《雨鐘》：「夜雨濕鐘聲，迍邅不肯度。風催到客窗，忽與殘夢遇。」不愧中唐人筆。

《留别楊幼奇》：「最難别處是君家，臨著歸鞭日已斜。枉教春風留客住，殷勤忙殺海棠花。」上二句是不忍遽去，下二句又不得不去。看「枉教」、「忙殺」四字，似主人無可挽留，託爲看花遲客，故慰而謝之。如此宛轉，方是留别神理。

《池上懷楊晴巒兄弟同弟無逸》：「野浦初晴秋氣新，偶來石畔坐苔茵。依稀露冷風清處，也覺蓮花似憶人。」筆力所到，能使無情者爲有情。七絕。

《題滴水莾壁留示子羽》：「蒼巔猶是故人廬，已到翻輸未到初。多少相期山水意，坐來空檢案頭書。」極索寞處有神理，其人如在目前。

《石門南磵》：「石上看雲坐夕暉，野花香處竟忘歸。雲來雲去人何在，一片泉聲下翠微。」看似容易，曾費苦思來。

丁藥園

名澎，浙江仁和人。國初祠部。

《風霾行》，以奏疏入詩，妙絶法門，從東坡《表忠觀碑》得來。七古。

《洛陽道》：「池臨修竹密，春逐落花流。」兩句合讀，方見對法之妙。五律。

《初至靖安》：「雁聲孤斷磧，虎氣撼空城。」撰句須如此，方有光芒。

《送張坦公出塞》：「關從鴉鶻斷，路並虎狼分。」警壯有氣色。

《夏日移居》之三：「岸花沾鳥沫，溪蘚帶魚冰。」句極幽細。如此造句，自然脱熟。其五「夢裏家仍在，存亡敢自知」，起法老；「寄衣愁老母，覓菓念孤兒」，二十字如鐵鑄成。其八「春蒿牆欲上，晚雀壠相呼」，「牆」、「壠」二字是句中之眼。

《過孫納言山齋》：「孤峰數茅屋，五柳一先生。」此小致耳。

《至日》：「冬至參芒白，燈昏雪片青。」光芒在「白」、「青」二字，切「至日」，移用不得。

《野望》一首，力量用的匀，正如善射者之開弓。

《潦海》之三：「戈船迴赤日，火霧改滄州。」異樣色澤。

《寒食簡嚴顥亭》，「崖冰斷壠驚新草」，「斷」字呼「驚」字，妙絶；「野燒空林廢禁煙」，「空」字映「廢」字，妙絶。七律。

《野眺》：「泉傾古洞雲偏出，人在青冥鳥亂啼。」句極精妙。

《九日對菊》：「非關此日偏愁汝，似厭他鄉却傍人。」絶似少陵。

《劉將軍祠》名綎：「靈旗夜閃秋河影，石馬晨嘶冷露光。」英靈奕奕，若將下來。

《左萊陽著書宅》：「生平苦憶左萊州，謫去龍沙萬里流。」起法健而老。

《施尚白枉訊舊居》：「公叔論交雙涕淚，子卿無恙數行書。」字字妥，字字勍。

《郝復初山居小酌》：「八月山中草閣涼，道書閒讀慢焚香。慣吟蟋蟀侵堦雨，得食鼪鼯墮石牀。」從客到之前下筆，靜中定思好友，著想高妙。

《報宋荔裳》：「風起盧龍急雁行，幾年歸夢度漁陽。」起便妙。「髡鉗季布藏車下，鈎黨符融泣路旁」，用事切，對待工。○覺古人事似爲作者而有，此爲高手，此爲上乘。《東郊十首》，氣力光燄，錘鍊搆造，無不入妙，七律中飛將也。○以《兩都》、《長楊》之手爲近體，綽有餘工。○字字珠光，字字金聲。○十首雄秀之極，當世無敵。○不知此詩是一時揮筆而成，抑積久汰鍊而成，無論遲速，總推獨步。○予曾以此詩請教楊先生：「如何做出此等詩來？」答曰：「須天大學問方可。」予加一轉云：「又須極細工夫始得。」有作料而無錘鍊，如金未成泥，砂未成液，一塊一塊都不黏著。及融化順手，還要花樣新奇，方能助色。○其四「積雪霾霾青嶂月，晴天莽莽黑山雲」，聯字生穩可法。其六「放馬盡來沙苑白，彎弓直落海東青」，以眼前字對古雅字，妙無痕迹。

《見燕》：「相期定似逢寒食，乍見爭如說故鄉。」摹杜入神，用意渾雅。

《奉陪國子藩公遊東園》：「椒室宗支臨北渚，桐珪分胙守東京。」熨貼精工。

《春暮郊居》：「遠水乍波鷗浴罷，小堂初語燕飛來。」離離新粉。

《早發河山驛》：「樹密人行深霧裏，山昏馬卧亂沙中。」森茫如畫。

《浴湯泉》結云：「不是聖朝容薄遺，那從此地沐恩波。」忠厚得體，喜中帶悲愴意。○坡老云：「若非廢放，安得有此？」與此正同。

劉子羽 名翼明，諸城瑯琊臺人。明末諸生，國朝司訓利津。

所居鍾山海之勝，故筆下蒼秀。讀書涵養，骨力樸老，此老生平得力處。

詩以意爲主，意所不到處，時復頽唐汗漫。予揀其通體嚴覈、血脉灌注者，列之上乘。

生時以朋友爲性命，故見於詩題者甚多。然求其痛癢相關、肺腑潛通者，亦自無幾。竟有録寄某人，略不道及交情，此亦何人不可通用？心竊病之。

劉先生只爲義氣上留心，便落世法；貧窮未免芥蔕，已落俗情，此詩品所以不高。

撰句有極佳者，但骨節時有不合，首尾或不相稱。此下筆太快，精力有滲漏也。

詩用仙佛故事，最令人厭。一切删除，歸於大雅，吾愛古人以此。

翁嘗自評：「用古善搬運，不如丁野鶴；雄渾超騰，不如丘柯村。」自是確論。吾以爲矜貴高潔，終讓王無競。

措大做得幾首詩，便以全福望之天，以資助責諸人，以百事仰體必之親友妻子。世間那有此事？讀劉詩者勿以其感慨爲然。

日日在山水、朋友上留心，久之亦覺成套。

《寄題張公濰上園亭》，此樂府體，須得一二奇崛峭鍊語方佳。樂府。

《城中送兒輩應縣試》，只是一真，遂兼衆妙，五古第一種。五古。

《奉懷牛涔寄李渭清諸友》中云：「常見畫外人，觀畫多擊節。及身入畫來，恍惚難自決。」此四句是大轉法。

《行意堂偶題》五、六云：「多情忘客姓，得意換齋名。」此本句拗折法。「多情」二字作一逗，言甚好交遊，然有時而忘客姓，年久而人多也；「得意」作一逗，説眼下快活，然不過换一齋名，此外别無開懷樂事，可想見其疏狂寥落之概。五律。

《與厲仲讜夜話》三、四云：「好懷秋月苦，瘦影菊花同。」二句似王無競。

《琅邪臺寄懷蔡漫夫》三、四云：「凉天催蟋蟀，遠水澹芙蓉。」居然中唐佳句。

《寄懷膠西談禹臣》三、四云：「人如陶靖節，酒對菊花枝。」側注而下，故不必對。

《過丁赤岸》：「騎驢何處去，出即到君家。」起法自然，與無競「正欲尋君去」同妙。

《端午日偶出寄李渭清》，「人間皆五月，今日此端陽」，極平常，人却不能到；「放誕疑天恕，催科苦麥黄」，此則有杜味矣。

《夜聽兩幼子讀陰騭文》五、六云：「忠厚難傾覆，機關誤子孫。」末云：「名山祖德在，破壁父書存。」此進一步結法。

《評渭清詩册》：「氣象隨年穩，和平與道鄰。」談詩精語，非火候到者不知。

《室怨》三、四云：「總消天壤嘆，亦與太常鄰。」用古微妙，又切事情。

《河夫詠》三、四云：「違天欺浩淼，造孽顯經綸。」爲治河者説，大議論，大識見，勿以小技目之。

《懷周證山》：「遥遥四明人，天涯此際身。」起句自然高老。

《亟思蔡漫夫張起元却寄》：「濰水悠悠去，東南我自行。誰堪兄弟老，各抱古今情。」前半一氣收捲，得之杜家。

《病瘧委頓過十八灘》頸聯云：「地過吉安人益病，灘名惶恐客何爲？」借地名寓意，平中巧思。七律。

《過重蘿山留別丁平之》：「秋光到樹紅千葉，水氣浮山緑一行。」造句絶佳。

《宿王申甫峒峪别業》：「桃花流水春開甕，細雨斜風客到門。」是放翁得意句。

《九雪》：「瑞雪覆荒草，草子不可掃。溝壑亂呼天，廷臣有賀表。」此謂風人之遺。五絶。

《有懷王國儒》：「三年如一夢，那得不相思。況此秋風裏，尤君念我時。」説他亦思我，是倒暈梅花法。

《月下獨步》：「天清海氣澄，月朗鐘聲暢。來往寂無人，寒松自相傍。」清曠幽深，韋蘇州風味，當冠五絶。

《早行過兩河羡主人未醒》：「早起關何事，馳驅老未休。誰憐殘月下，在汝夢中遊。」用意絶妙，其人之惰窳亦照出。

龔芝麓 諱鼎孳，字孝升，江南廬江人。明季進士。

古人稱言之有物。物者，忠孝大節，深心浩氣也。若流連花酒，馳騖宦途，而猥以六朝粉澤，自託風騷，此亦金弓玉矢耳。

王、謝家子弟，錦衣玉食，傅粉施朱，豈不可觀，覺道神采混濁，竟非英物。

五言古多沐浴於《選》體，雖時有離合，而出手自高。七言古《金陵篇》，不媿詩史，滿眼銅駝荆棘之感，却無衰颯氣，真不可及。○此種手筆，吴梅村可爲敵手。

《金閶行》，全學駱丞長篇，换韵處健如駿馬跳磵。

周櫟園 諱亮工，字元亮，號櫟園，河南祥符籍。明季進士。

櫟翁詩偏是在請室中作，篇篇有意味，豈心静緣空耶？拗體故作老態，却露本相，他自是修飾上用工來。

《胡元潤徵裘歌》，末後於蕭索處更作麗語，此是救題法。七古。

《群鴉寒話圖歌》，題是「群鴉寒話」，作者却從枯樹上著精神，亦如畫家之渲染。

《送勝時返雲間》：「雨黑丹霞驛，潮青紫帽山。」一句用兩色字，不見其堆。予遊五泉寺，有句云：「黄河縈紫塞，翠壁冠紅樓。」亦是此等句法。五律。

《安國寺訪心持上人》：「寺敗閒留三片石，風清當有一株松。」寺前三石甚奇，石上獨茂一松，故云。别有寄託，不斤斤爲松石發，此之謂大家數。《因樹屋大雪》：「一夜壓殘因樹屋，何時白到老夫冤？」亦是此等家數。若《重九同冠五對菊》：「摧葉霜多力，鳴條月有聲。」又如《阿丘僧舍坐雨懷人》：「我始欲愁煙漠漠，誰能遣此草萋萋？」此則是小巧語，不是大家語。七律。

《舟中與胡元潤談秦淮盛時事四首》，藻艷香倩，極才人之致，但恐學之不善，流入脂粉一路耳。○此等詩最迷人，才愛玩，便陷入。

《東武懷古》：「秋風野水韓王壩，落日高臺李相碑。石址空鞭山鬼骨，桑田亂墾海龍皮。」余初在梁溪見此等句，驚爲絶調。近又認作第二義，然猶道是好手。

《過東莞與友人談花之寺》：「佳名獨愛花之寺，在沂州西。隱地誰尋石者居？朐詞人傅國作石者居於黄雲山中。」「花之寺」、「石者居」，天然工對。

王美厥 諱之鄰，福建龍谿縣籍，國初人。

《矯志詩呈陳鐵山業師》，此讀古詩而得其精神者。○曹公《短歌》是豪傑語，移入儒雅便易萎蕪，看其變化而不失真處是如何，斯可以摹古人矣。四言。

《竹下》腹聯云：「月近山痕得，雲生塔勢收。」渲染入微，良工心苦。五律。

《過佛舫次陳于賓》後解云：「老衲心初定，寒禽語不同。是非隨意得，猶近落花中。」思路深細，最不可及。

《自蓬萊峽至江園》：「浪白吞江寺，山青入草堂。」撰得遒健。

《竹崖探江干微月》，「空山聞瀑布，滿地滴花香」，側注法，却是小伎倆；「月濕浮桐碧，煙深入水蒼」，此則是大家數。

《清漳城上感懷》之三：「無家客怨千山雨，敗屋人啼一夜霜。」東野佳句。七律。

《酬方燕胎》：「相思千里滯江濱，琢玉無聲畏損神。壁有煙雲隨過眼，士能貧賤不驕人。」此句是本領語。「纔對筆塚心仍禿，新築糟丘性未醇」，新采却是真話。「欲向廢園休命駕，近南一水石鄰鄰」，通首讀來，一臉霜氣，人品可想而知。

《湖上梅花》：「霜來水際香初凍，月入山居白有痕。」竟陵佳句。

《胡牀》中四句云：「滿庭葉落飛皆暗，一枕花寒碎欲明。最是伊人留板屋，每懷涼月坐孤城。」何與牀事，却正是牀，此法宜有解人。

《秋雨亭》：「山映鏡中花在邇，水流天際月如浮。」寫入化工。

《答林君十問園居何似》：「燕窺花落空庭語，鶴報人來仄徑啼。」中、晚佳調。

緹齋詩談卷七

膠州張謙宜稚松甫著

評　論四

吴野人諱嘉紀，江南泰州人，國初布衣。

此君詩，清真恬淡是其所長，煅煉徹拔是其所短，只可與謝皆人、王美厥争上下肩。嘯詠草萊，自是逸品。一爲貴官奬拔，遂身入塵俗。志在藉資於人，面貌便非本色。與杜茶村相似，憐才者諒之。

四言古并不敢望陶家一派，無論漢、魏。樂府仿杜者頗硬掙，餘則不免疲薾。

五、七言古深入人情處頗多，畢竟局面不大，勾勒尚欠精細。看古今名手，此等決不草草。又好傳割股等事，誤以陽明門下人作大儒，此則是學問未深。

近體蒼樸處儘有，若雄渾、綺麗，則非大村、龍標敵手，比王無竞、劉子羽差多少身分。

五言絶少言外味，七言絶乏景中情。

大都是骨格不俗，一時出色。若涵養再深，好古極博，又當改觀。

宋牧仲 諱犖，河南商丘籍，本朝人。

古詩神清氣肅，思路鑱刻，至律詩便不能爾，想所見尚非全集，未足以罄所長耶？○此君單能押險韻，其音頭落處，鏗然清脆。

擬古感慨而不怒張，沐於古者深矣。五古。

《過北莊》之三，氣静而有縱送之勢，是以爲妙。

《筵上詠鐵脚聯句》，有《石鼎》之奥，仿宋、齊之排，押韻更極匠心。五排。

《詠蕉花》七律：「密蕊暗依花瓣瓣，孤芳倒壓葉層層。」此則是小家數。

施愚山 諱閏章，字尚白，號愚山，江南宣城籍。順治己丑。

此君詩正苦摹古太似。人患胸中書少，尚白所患正在書多。○尚白好古嗜學，詩常删改，在清初自是詞壇名宿。

《警志詩》，貌澤於古，其根本不實，所以不耐看。四言古。

《將進酒》，正爲聲調偪真，却是假貨。樂府。

《讀曲歌》，蘇州骨董高手，得秦、漢碎銅一片，補湊點染，渾合無間。然識者自知其僞，此等詩是也。

《病兒辭》，意由己運，乃有真機。

《獨山婦摹廬江小吏婦》一篇，脱卸却净，只是本事情真，看此可知偷意、偷勢之訣。

《詠古雜詩》，古詩讀得多，下筆自有一種氣味，求其所以作，却非有甚不得已者。

五律工穩，七律雅緻，時落歷下調。

毛稚黄

諱先舒，字稚黄，一名騤，字馳黄，浙江錢塘籍，順治間人。

讀毛君詩，無冷水澆背、新茶醒脾之意，不知何故。大抵此老學淹才短，眼高手拙，每求甚佳處不可得，輒恨恨不已。

樂府頗有入處，然亦到得晚唐境界，向上一步趲不去。此病不獨毛君也。○無漢、魏之勁峭，遜六朝之典重。

長曲學温飛卿，頗能得解。

此君於古詩見地本高，所學亦正亦深，第才力不濟，擔不起許多物料耳。其佳者氣静味淡，不在字句討好，有元次山之風。

仿《選》體患其太似，著力摹古，痕迹不化。褚河南臨帖，正以獨存本色爲佳。○極力深渾，却只在字句見得，按之亦自顯然。

七言古無精彩，亦無力量，不能運得人動。

五言律通身有力、絃外傳音者甚少，祇似病後人，元氣、精神俱不足。○全似不用力作詩，蓋欲冀自然而失之鬆者也。

七言律聲色都在皮膚，便是于鱗一派。此種詩如舞獅子，畢竟不是吼地真王。○推陳出新處絶少，其骨薾，其神疲，不耐久玩，皆膚立頽唐語耳。○結不陡健，通篇減色，集中往往有之。

五言排律規矩不差，然無大力運掉，無佳句生色，讀去令人厭，不令人快，故知此老天分不濟。

杜茶村

諱濬，字于皇，湖廣黄岡縣籍，客死南京，國初人。

予讀茶村詩，閉閣虛衷，潛迎其神，倏忽之間，心知懸解。蓋由養深味厚，洊近自然，未嘗不用意而滅其痕，無處非使筆而歛其鍔。攖拂勾帶，象亦通微，使人悠然可會，而捫之平潔，君子在下之道也。舉凡抑鬱感慨，俱在離合掩映之外，司馬德操復見於今，此殆吾師乎？

涵養深厚，用意沉潛，真是後學要藥。

茶村詩氣味酷似孟襄陽。○其傳世止於五律、七絶。質之宋振淮先生，亦云。

《揚州教埸寓樓坐月》三、四云：「寺樓雙眼闊，煙海一燈行。」眼界甚大。○極平常，人却百思不到。

《樓夕》頸聯云：「古城延落景，秋草上青天。」警不露筋。

《因圃看月》五、六云：「積雪寒何有，孤雲細亦除。」真畫月高手。

《冬夜宣城梅杓司過訪留宿寓齋》之二：「謬同中夜舞，忍誦白頭吟。」但取事對，不復及字。

○《金山》：「江流元自湧，天地亦何心。」包含甚大。《妙高臺無月》：「何意東峰雨，疑從北固來。」寫「無」字渾妙。「江聲催白髮，天影落空杯」，寫「無」字更雅。《登金山塔》：「孤日沿波轉，遥天入海吞。」氣象甚大。○其三頸聯云：「遠空微有影，深水更無聲。」是金山塔，更移不得。《焦山》，本領高似大村。《真州新城賦得十里桃花留别軫石前民》，寫「十里」二字在吞吐間；其二寫「十里」二字更酣暢。○如此題，王、李以重濁失之，鍾、譚以廉纖失之，此爲獨得。《聽軫石琴》，寫彈琴與聽琴者字字入微，方不是琵琶箏纂手。此爲最調，四首合讀方見。《别蔣前民三十首》，比無竟懷子羽詩更深厚。七言絶句耑效初、盛唐，亦近傖。但須意好，不拘格調，茶村最能脱化。桐城吴西厂，茶村高弟也。雖不及其渾成，骨力亦自遒挺，在十丈軟塵中，可謂超超沉著。漢陽文賓門，氣類與茶村合，又皆楚人，并附以傳。

丘柯村

諱元武，字慎清，山東諸城縣籍，國初人。

柯村詩氣象雄偉，不幸遭變，又無子嗣，可憫也。

思路巉刻，筆力俊爽，自爾踔厲無前。尤愛其胸中眼底奇氣森羅，往往觸緒飛揚，紆鬱迸露。面貌不脱文人，精神已多霸氣，自與弄筆舐墨者不同。讀書論世，另置一格待之可也。

手段不亞李大村，緣是肝肺不同。故丘所必有者，李不必然耳。

《雜詩》，用力向裹收，故鋒斂而味長。五古。

《南陌》，其氣静，其神凝，極力摹《選》體者。

《再觀太白樓壁蕭尺木畫四名山歌》，剪裁運用，法俱本之古人。○每一名山，看他語少而不單薄處，大有本領在。七古。

《曉行望大霧如湖水》，實寫處云：「中有老蛟鳴深樹，力驅潦水排空注。」望中揣摹如此耳，寫得活極幻極。「如湖水」三字，不刻自透，此法得之少陵。

《夢遊龍湫》，中間却只説蛟，是詩人筆墨脱化處。死坐見條龍出，便是呆漢。

《冰渡行》，中間寫鬼神呵護，便是空中結撰，靈氣惝怳。詩家打透此關，真乃無往不利。○一篇見神見鬼文章，却以人事平實結，是以正爲奇，筆陣不可端倪。

《寄友》：「美人茅屋杳煙霧，我亦白雲深柳處，草長鶯啼未肯去。」言短味長，得古人之髓。○此是雋逸調，然鍊力已足，自能使人改觀，況夫蒼鬱壯響者乎？

《送舍弟履還楚村》：「楚墅龍湫北，涓村馬耳西。最愁分袂夕，還向各巢棲。」對起側承，情節如話，文勢又疏宕，少陵每用此法。以下五律。

弊。○「山」、「潮」本實字，下「擁」字、「吞」字便側注在虚字上；「平沙」、「野火」則實字平鋪，然「平」字、「野」字仍是實中之虚，緣是顛倒換手，便無排砌之病。古人皆然，姑即此以發其例。

《望越臺先生所居》：「鳥背松陰薄，人衣麥隴香。」撰力入微。

《夏河即目》，看他髓滿筋牢，色重神清，都是工夫到了方如此。

《過滸水》，實沉之中，鼓以虚機方妙，不然亦是泥塑將軍耳。

《海村夜行》：「山擁傳烽壘，潮吞戍海城。平沙奔溜結，野火雜星明。」虚實互用，無平頭并脚之

五律妙處，只分得杜詩一支，不可不知。

《至鐵園》：「蠻部衣裳椒瘴濕，馬蹄燈火竹籬清。」此離對法之微妙者。七律。

《望九仙五蓮》五、六云：「中原岱岳爭雄長，異代秦皇不受鞭。」有奇氣，却不在造句上見，當看作者精神是何等。○突兀雄傑，我欲問其胸襟眼界乃在何許？

《晚至海濱》頸聯云：「人變古今留混沌，天迴星野入蒼茫。」「晚」字如此設想，妙！

《瑯琊臺懷古》五、六云：「春風花笑東西帝，明月烏啼百二關。」是冷語，却作壯勢出之。以「百二」假對「東西」，蓋誤以齊長城爲秦長城也。

《中元設醮》結句云：「夜半群靈應弭節，荒園風起柳條條。」若説定有神來便呆，説定無神來亦蠢，淺景發深思，文心甚巧。蓋亦從「神君之來則風肅然」化出意思。○説鬼神只從人事淺淺逗出，大有本領。

《梅花嶺懷古》三首，筆墨似義山，不是少陵，此中等級差不得。○比吴梅村《揚州》二首，此多峭骨；方丁藥園《東郊》十律，更饒哀悰；若王大梁之《虔州八章》，其博麗沉雄，堪爲伯仲，至沉鬱頓挫、騷屑淒清，尤遜其風流耳。允爲傑作，并足千秋。

《大雨五日夜》，看他造句用意，有稜有脊，絶無一平漫語犯其筆端，此是思路高、煅煉苦處。

《春遊》：「河上尋春春未歸，冶遊人帶夕陽暉。絲絲青徧金城柳，滿樹棲鵶哺子飛。」「中年絲竹怨天涯，畫舸逢春滿鬢華。昨夜夜遊催秉燭，城南又放木蘭花。」二詩用筆得中鋒法，最宜潛玩。七絶。

聞善造箭者，翎、笴、筋、漆皆稱與鐵鏃相等，勁弦一激，旁風不撓，捷於中人，爲其匀也。歷看五、七言律，當知良工心苦。

李大村 諱國宋，字湯孫，江南興化籍。康熙時孝廉。

此君詩登作者之堂，局面高大，氣象渾雅。劉子羽輩猶是鄉曲之才，萬不及也。

其五言古詩何嘗不豪，却不露骨，此涵養之功。七言古氣足力充，又無叫囂態。

五言律字字當家。七言律身分略減，其極力作健處，却正是中氣不足。如新綾捲緊，亦自堅挺，只是做槍笴不得。此積健爲雄，終不及骨格沉重之妙。○此體不及丘柯村，彼雖霸氣，却自動得人。

《大兵謡》，極好笑事，却正色莊語，此曼倩俳諧之遺，正是左話右説，樂府當家。

《河之水歌》，樂府與古詩不同，故有時痛快言之。

《穫稻十七首》，不可逐句求佳，須看他漸染於古人處如何。○純是陳伯玉風調，莫作儲、王、岑、柳會。○合讀之乃知其妙，質素中具有厚力，一氣收捲，更無斷續。五古。

《遊榮園》，音頭略帶澀意，正入箇中。○謝康樂一派，淺學人正不解其妙。

《張燈行》，何用説他不是，罪案已定。痛快中有含蓄，方是大雅。若逢人大罵，便不是詩。○物料富，烹鍊熟，力大筆健，縱横無敵。

《後張燈行》，前後二詩如十萬健兒，盡用貂裘、金甲、鐵馬、琱戈，真是壯觀。一生作得三四篇，便可閣筆。

《美人行》，此昌谷派之鮮明者。

《送王勿齋》，語能沁人肺肝，方可云贈送。浮泛語何人不可用，此便不必存。

《少年行》，一場笑罵，不動聲色。韓魏公每談小人傾己事，聲色和順如平常語，可覘所養。此詩頗有之。

《題松嵐弟黄山圖》，此題若只摹狀山水，非不居然成篇，然自古有此黄山，作者多人，何須饒舌？惟是用自家意思，鼓盪而行，并不作名士遊山習氣，此乃是我輩中語。所以古人動言：未提筆時，胸中先有箇緣故在。如末段議論，可謂小題大做。

《日月東西行》，通體動摇，趁口快吐，故是樂府調。

《壽鄭母歌》，妙在於駁題處恰恰如題，筆力嚴冷可畏。須學此一派，乃脱俗。

《客愁》，四面寫「愁」字，烘染俱妙。三、四云：「黄葉秋山寺，青燈夜雨心。」不須言愁，其愁可想，與少陵「渭北春天樹」同妙。

《村晝》，題極枯寂，偏於平淡無奇處深心搜出，最是難處。

《二十四夜》：「世情皆媚竈，我命獨疑天。」不黏不脱，是謂大家。

《牛首山》，灝氣孤行，包羅萬象。○此作可謂鯨魚吸海，金翅摩天。

《乾明寺》腹聯云：「香散歸天女，林昏走夜叉。」没人見處，偏寫得活現，是他筆力大，思路細，要亦本之杜陵。

《焦山雜詠》之九：「落花江沫似，近樹雨聲非。」色聲俱入妙。其十一：「魚龍何日變，風雨一江深。」氣象甚大。其十二：「樹梢煙動寺，山背日明江。」句中有眼。

《偶行》三、四云：「偶行聞艾葉，昨雨落松花。」句極自然。

《寺門石臺上夜飲》：「一江殘月滿，高樹數星明。」此等句今始知佳，有意無痕，渟近自然，盛唐之音也。

《夜久》：「殘月吠鄰犬，清燈聞木魚。」雪淡得妙，却又不是聲響。○是人覺，不關物事。○殘月犬吠，山上已有人行；清燈木魚，已做早堂功課。

《月下泛焦山四面》：「兩峰高木合，孤月大江深。」深細壯警。○通首嚴肅，全是杜法。學者宜留心此等，自然上進。

《祀竈》，看他脱盡窠臼處，凡節序詩准此。

《青駝寺》：「地荒惟白草，寺廢有青駝。」以襯作對法。

《水至一百韵》，此學杜高手，但遜彼蒼奥耳。後來謹記吾言，不可自足。五言排律。

《生子》，一氣如話，真性流露，從「劍外忽傳收冀北」脱胎。七律。

《九日宋廣文爲登高之會未赴》二律，得杜骨，蓋意滿則髓凝也。

《春陰》五、六云：「米盡又將何物典，詩成方見老妻顰。」家數甚大。

《邵埭阻風》，有性情浮動行間，此爲真詩。

《望岱》，雄偉一派，妙在不是濟南窠臼。

《晚别何龍若還寓》：「井梧露葉下秋庭，切切陰蟲不可聽。君坐小窗相憶否，昨宵寒雨一燈青。」此是倩女離魂法。七絶。

《聽白生彈琵琶》二首，無一字犯正面，却已全入箇中。

謝皆人 名連芳，字皆人，江南宜興籍，康熙時人。

《西原曉望》，音頭帶澀，《選》體之遺。中四句云：「紅桃含夜雨，啼鶯振宿翮。野童傚農歌，桑女候晴陌。」讀之自知。五古。

《暮春郊遊》中云：「遲遲明皎日，依依麗蠶桑。春女出堤柳，黄鸝下微行。」句中含味，古詩秘訣。

《歲暮感懷》，作詩太清必薄弱，看他渾厚英發處是如何。

《除夜守歲》：「老人憐舊日，稚子喜新正。短燭殘年影，寒鷄别歲聲。」此等句只到中、晚界。五律。

《孟夏山莊晚》前解云：「孟夏變物候，景仄風光稀。石林湛雨氣，山月連陽暉。」律帶古意爲難。

○三、四是藏鋒句。

《晦日溪堂對雨》三、四云：「暮春今日盡，細雨衆山無。」是眼前景，以深細出之，便令人改觀。

《荆南即事》：「緑深晴郭雙溪水，紅遍春城千杜鵑。」綺麗中有骨力，所以耐咀。七律。

《題懷耕圖》：「村中野老溪邊立，園後桃花屋上明。」雪淡中含靈趣，此最難處。

《客歸值家人播穀詠懷》：「門外鳩鳴桑葚熟，樹邊牛飯楝花香。」真實中帶風雅，此右丞之遺。

《東墅》：「平原人半閒，禾黍紛已實。古巷落秋陰，斜來遠村日。」「斜」字正與「巷」字對，「日」字正與「陰」字應，妙手豈有泛筆。五絶。

《月來田》：「野服下東臯，暝色來遠陌。時有清風吹，紛紛豆花白。」借豆花襯出月來意，竟無色味。

《陽夏場》：「陰雲倏然來，秋瓜喜新滌。村際日華明，簷邊雨猶滴。」閒中拾起，已是不經人道。

○「倏然」二字下得好，易晴便不費手。

《宿山園》：「小雨松逕寒，人歸夜深火。宿鳥棲未安，驚飛落山果。」「火」字振起機勢。

《嘯莊閒眺》：「落景原上閒，簷前獨延佇。望望一行人，時時没秋黍。」「一人」最妙，「没」字更妙，有見却是無所見，曲盡「閒眺」神理。

《人日宿楓隱寺》：「上方群籟寂，一犬吠行人。」以有聲襯到無聲，是倒暈法。

《眺東溪渡》：「負擔西渡水，荷笠欲東旋。渡口人歸急，瀟瀟雪滿船。」意不在雪，却是畫雪高手。

《婕妤怨》：「小苑落疏桐，西宫響候蟲。獨將團扇坐，何處不秋風。」怨極反平，風人正派。

《曉雪》：「蓬門驚早曙，一夜園亭潔。餘夢破新寒，開簾半窗雪。」上三句暗藏雪意，末句一點便醒，故不用刻鏤，自然大雅，與囫圇吞棗者不同。

《雪夜》：「雪深溪路隔，渡口亦茫然。犬吠村橋冷，沙邊到夜船。」先出「雪」，次寫「夜」，如王遂東小題點本句，後字字做他意思，不黏著字面。

《雪後過僧舍》：「孤磬空山冷，禪關晝不開。雪消餘澗草，時有鹿群來。」確是僧家，只「晝不開」三字，便喚起「鹿群來」。

《雪霽》：「雪霽曙光凝，漁簑漾初日。隔浦一帆斜，前村釣船出。」用「釣船出」襯「霽」字，活甚。

《雪後尋梅》：「逢人竹林外，小徑黄嵩没。野店雪初晴，寒梅露新月。」淡墨暈花，有形無迹。

《雪意》：「村閒農事罷，野色晦柴扉。雪意驚寒鳥，争銜楝子飛。」雪下艱於尋食，故銜楝子，借靈性襯出「雪意」來。

《村雪》：「人家疏竹外，老樹空潭曲。寒鳥下荒畦，園蔬雪中緑。」「荒畦」點出「村」字，「蔬緑」映出「雪」字。

吾嘗放眼千秋，如茶村、翕山、東淘、寧都、商丘以暨虞山、合肥、櫪翁、梅村諸名士，皆殘劫餘燼，留爲昭代羽儀。自霜風萎落已後，北有新城，南挺大村，曠蕩中原，竟無萌蘖之滋。可惜也夫，可懼也夫！

綰齋詩談卷八

膠州張謙宜稚松甫著

雜録

鍾惺云：「《三百篇》後，四言之法有二：韋孟《諷諫》，其氣和，去《三百篇》近，而有近之離；魏武《短歌》，其調高，去《三百篇》遠，而有遠之合。」予謂近而離者，貌也；遠而合者，神也。

《白頭吟》古詞，突然而起，忽然而收，此即是法，須知其取勢留味之妙。

「魚戲蓮葉北」，竊意此曲上三句用韵，下分四方，或一人唱一句，故不用韵。蓋有韵者正詞，無韵是煞拍讚和語耳。

古詩，短體如《十九首》，長篇如《孔雀東南飛》，皆是工夫極處，殆近天然。

崔顥《江邊老人愁》，毛稚黄以爲叙事坦直，無復出奇。予謂所以然者，只是平鋪叙法，無轉換變没之態。可見布筆之法，不可不講。

劉禹錫《金陵懷古》，「王濬樓船下益州，金陵王氣黯然收」，興衰之感宛然；「千尋鐵鎖沉江底」，雖有天險可據，「一片降帆出石頭」，其如人事不修；「人世幾回傷往事」，局外議論如此，「山形依舊枕東流」，那管人間争鬬；「今逢四海爲家日，故壘蕭蕭蘆荻秋」，太平既久，向之霸業雄心消磨已浄。此方是懷古勝場。七律如此做自好，且看他不費氣力處。「畫松一似真松樹，且待尋思記得無？曾在天台山上見，石橋南畔第三株。」一氣承接如話，不惟工於贊畫，連追想神情，聲口俱活，極明快，却有緼藉風味。此晚唐終不落宋調也，細辨之。此唐僧景雲作。

明人吴寬《過臨清與榷税主政》詩曰：「獻策金門苦未休，歸心日夜水東流。扁舟載得愁千斛，聞説君王不税愁。」如此婉妙敏捷，何減中、晚？此等詩充口而出，不待思索，所謂「神來」，不可多得。然讀熟此等，也便有箇種子在胸中，遇事聽其自發，不必摹擬。

詞令妙品，不必盡出文人。某村一家賽神，其姻家醵錢賞巫者，久飲不去。徐告之曰：「親家翁酒醉飯飽，如此明月，西溝橋道新修，試與一條棒，在此過夜何如？」字字催走，却作留語，妙絶文情。明人詩「佯謂公勿渡，隱窺王不留」，正得此訣。又「公勿渡河」，樂曲名；「王不留行」，藥名。各去一字，意愜而韵妥，亦巧手也。

「生窮青海求龍種，死悔文成食馬肝」，用漢武事精切穩當，又鍊得字字雄渾。一句寫他貪，一句説他痴，意藏句中，人多以貌失之。

楊先生好念「殺人如草不聞聲」，便想見啣枚砍營，黯慘寂寥之象。昔自蜀回至三道磡地名，執鞭人楊二述當日隨營被劫時，賊領殺手三千，夜入官寨，但聞刀聲畢剥，如剁瓠瓢，闔帳不敢喘嗽。始知前人造句之妙，不知是身經，不知是想出，思之膽寒。

楊先生向我詠何大復警句云：「日暖魚龍滙震澤，草青麋鹿上姑蘇。」笑曰：「一『滙』字真是『反』了。」夜間沉思，「滙」者，水漩洑也。魚龍向暖，争來游泳，一時水波如沸，真有縱横出没之樂。「反」字形容他翻騰嬉戲之態耳。當時若不理會，也便休了。

王紫綬《虔城八首》有句云：「京師不返吴王子，嶺表猶傳徵貳師。」吴偉業《揚州懷古》結云：「當時止有黄公覆，西去偏隨阮步兵。」皆以古事貼今人。此技雖小，精切爲難，要博學，又要細心，顛倒剥换，必求恰好，此便是煅鍊工夫。○如名不叶平仄，則用字，或用官、用地，須多記。

王荆公詩：「一水護田將緑遶，兩山排闥送青來。」意露筋張，全在「護」、「將」、「排」、「送」四字，便帶傖氣。王摩詰詩：「雲飛北闕輕陰散，雨歇南山積翠來。」何等大雅渾成，讀者辨之。

唐嚴維有句云：「木奴花映桐廬縣，青雀舟隨白鷺濤。」以「木奴」對「桐廬」，「青雀」對「白鷺」，此人所知；若論兩句又是以岸上景對河下景，故意思湊分兩勻，不必重疊配色，再費工夫。予曾仿之曰：「且將晚食驕羊肉，莫羨青袍變赭衣。」上句以貧挑富，下句以榮挑辱，各對中又有顛倒；論兩句，一是居家甚樂，一是不必應舉，未嘗不相顧盼。但前人乃風流一派，予作乃沉著一派，詩所以屢變不窮也。

壬辰春，予寄賀車雙亭生子第二首之頸聯云：「青蓮别有種，明月自成胎。」令弟須上來請改此十字，久乃覺似抱來兒。今更之曰「書香原有種，浩氣自成胎」，從雙亭身上説出，才是親生。詩之貴换字如此，然機到方能愜意。記以見此道之難。

予近詩有「軟炊白粱飯」之句，「炊」字失嚴，换「嚼」字太俚，「爨」字太重，以「供」字易之，恰好。知下字須顛播分兩，不得草草。

予看宋詩，又進一解，凡月明風軟、柳暗桃紅，此皆不用説，故造句貴有傳神之妙。

予丙申家居，偶仿陸筆作詩，不費瑑鍊，却極妥貼。若擬以油滑鄉談，是誣古人也。惜季朗已殁，無可與言者。

予凡改定新詩，期於氣味融洽，首尾通暢，又在琱鏤烹鍊之外。

予爲李青州作《淡災篇》，用五言古體，中説盡人事，而後得神助。先平地而後入山，頗有原委次第，不似他家漫作諂語。作詩須見大意如此。

《藝苑巵言》，予在都中曾借讀，亦是大概評品，只緣他琱繪文章，説來反欠親切。

《詩觀》，大約是周旋浮濫之書，於名家未盡所長。

《明詩綜》，朱竹垞選，如王遵巖、歸震川、茅鹿門，皆有文無詩，一概編入，亦是徇名俗見，不成具眼。惟歸季思詩高曠古雅，高季迪作差强人意，其餘快心者甚少。

陸放翁有《督下麥雨中夜歸》詩，「下麥」二字可用，記之。

范石湖詩中用「弟靡」二字，字書「弟」音頽，「弟靡」，困窮也，亦是怪字。人祇疑是「弟」字少一撇。此等，詞家慎用之。

《魏書・魏操傳》作《桓帝碑》云：「南壹王室，北服丁零。」與「形」、「兵」韵叶，此二字不必定音「顛連」。丁藥園《東郊十首》：「可防餘盜出丁零。」不爲錯誤矣。「嫖姚」，杜詩誤作平聲，人多從之。其實不然。嫖，瓢去聲；姚，弋笑切，勁捷也。「華不注」可對「石户農」，皆三字山名。

都中得一扇骨，刻二詩。一云：「日出春山鳥亂鳴，但聞聲好不知名。耳邊百調聽難遍，一卧山花月又生。」一云：「幾宵春雨拔簹篔，四壁泉聲沸石房。飽飯閉門無一事，僧函鈔出種花方。」刀法古雅，詞亦清逸可玩。

豪放而獨存忠厚者，少陵是也；豪放而混入仙佛者，東坡是也，雖令人洞心駴目，咀之實無深味。文長雖不耑摹蘇詩，流派却已同歸，學者辨之。

所貴於注者，如毬入穴中，灌水浮出之謂。如所用地名、人物，須求與本詞相關。如宫殿、器皿，須標何代所造，形製適用處如何。若止寫現成詩文，與本物、本詞毫無干涉，此止是詩塞，何名爲注？吾病近來注詩者多犯此症，特記之以告學者。以下杜詩注偶辯。

古人爲詩，有著意用事及成語者，亦有無心用事暗與古合者，必如注家所云某字出某文，其句出某集，不知是先查就而後布置耶，抑先布置而後填故事乎？必若此，老杜、韓昌黎，一鈔襲博士耳，豈足傳哉！此余之私忿也，不知有同心者誰？

杜詩：「黄卷真如律。」注：《唐會要》：『御史設黄卷，書百官闕失，申中書省，爲黜陟之籍。』」人只知以黄紙寫書，蠹魚不蝕耳，不知官府亦有此典。

《除草》篇，去蘶草也。注云：「蘶音潛，形如銀絲荷，有芒刺，能螫人。」予從先君入蜀時親見之，俗名蝎子草，人溺可解其毒。記廣異聞。

《憶鄭南》起句云：「鄭南伏毒寺，瀟灑到江心。」注云：「寺在華州鄭縣。」然此處焉得有江？或是漢中之南鄭縣，彼地呼漢水爲漢江耳。

「楚山經月火」一首，何曾似昌黎《陸渾山火》詩妄捏火神云云，此便有雅俗之分。

《夔州歌》：「白晝攤錢高浪中。」注云：「跌博也。今存此戲，以八錢抛擲，純字純幕者勝。」「跌博」二字亦可入詩。詳詩意，似商人輩於船板上爲之，不然，錢便入水，不可物色矣。

《秋興》之二：「奉使虛隨八月槎。」時以京官留幕府，故稱「奉使」。海邊槎依時而至，而我擬還京，年年不果，故曰「虛隨」。舊注以李之芳奉使未回爲説，不知「聽猿」又將扯誰？世豈有一虛一實之對仗耶？

《秋興》之五：「西望瑶池降王母，東來紫氣滿函關。」極言其殿基之高，無遠不見。「王母」、「函關」，借人地點注「東」、「西」字耳。仇注與予略同。○唐蓬萊宫在龍首山之上，以此知是極高處。

《秋興》之七：「昆明池水漢時功，武帝旌旗在眼中。」只「在眼中」三字，已知不指漢武。若板定漢武，不知少陵何年曾見漢武建旌旗而遊昆明乎？若説借映，於明皇獨不可借映乎？○「織女」、「石鯨」四句，皆言昔盛今衰，帶寫秋來零落之象。錢牧齋耑主盛時，便不是。自禄山、回紇、吐蕃三亂，昆明尚如初乎？若靠漢武，與本題、本事有何交涉？

《草閣》：「泛舟慚小婦，飄泊損紅顔。」邵氏曰：「蜀中刺船多用婦人。」按：此甚有理，若指工部内人，時已非少，且爾日尚居夔州，未嘗以舟爲家也。祇言己因飄泊而憔悴，不如少婦之色嫩耳。

《宗武生日》，「凋瘵筵初秩」，言風土儉薄，不能豐盛酒筵也；「欹斜坐未成」，言宗武稚弱，未能終日肅儀也；「流霞分片片，涓滴就徐傾」，不令多飲也。注俱失之。

《寄韓諫議》，牧齋必以屬李鄴侯，可謂武斷。注引潘次耕駁語，大快人意。焉有題爲某人詩，却另指一人者？

《雨》之首章：「秋日新霑影。」注云：「《雪》詩中偏寫月，《雨》詩中偏寫日，皆以反攻逆擊見奇，筆端不可方物。」予謂此種文法，皆從《孟子》偷出，則是以所賤事親也，搊得分外有力。文家亦知此訣，但不能中竅耳。

《舞劍器行》，注云：「用女伎雄裝，空手而舞。」按：樂府《盃盤舞曲》，明有「持盃盤」字，恐劍器舞亦必持劍。詳詩中「㸌如羿射九烏落，矯如群帝驂龍翔」，言劍勢之旋轉；「來如雷霆收震怒，罷如江海凝清光」，言劍鋒之閃爍，空手焉能有此？且序中與《渾脱》並叙，注既以爲「烏羊毛爲之，如毡帽」，明是舞者所執，與劍爲二，何云「空手」？况以「舞劍器」名篇，而舞者却是空手，毋乃名實刺謬乎？注之不足憑類如此。

《移居公安山館》，是荒涼幽僻之地，故有「山鬼吹燈滅，廚人語夜闌」之景。注謂「廚人吹燈而託之鬼」，有何意味？

七言排律，杜集甚少，《懷鄭虔》與《清明二首》，皆傑作也。有朱瀚者，極口詆毁，想滄柱亦以爲然，故録其語。如「寂寂繫舟雙下淚，悠悠伏枕左書空」，朱謂是右臂偏枯，故用左臂書空，又笑其獨點「左」字爲險怪。此不知爲離對法，「左」乃「計左」之「左」，非虚對上「右」字，乃對本聯「雙」字。蓋「下淚」乃孤客傷心，「書空」則倔强猶昔，正古人窮見節概處，反議爲丐氣。此不足與言杜詩，雖罵亦無害。如「繡羽銜花他自得，紅顔騎竹我無緣」，雖同是舟前所見，自傷不如，以人儷鳥，亦是離對，似都不詳其味者。

《風疾舟中伏枕三十六韵》，滄柱據此證工部卒於岳陽，非卒於耒陽，時在大曆五年冬，非五年夏，此却可信。

《玄都壇歌》：「子規夜啼黄竹裂，王母晝下雲旗翻。」《説楛》云：「王母，蜀中鳥名，形如燕子，翠紺色。長尾，飛則下垂如旗。」以對「子規」，似確。然詳文義，自爲仙壇而作。蓋暗用《黄竹歌》、集靈臺事，以形容南中寂歷，仙人往來之意。若寫二鳥之聲之形，與壇有何關會？乃知博聞亦有穿斲，不可不審也。

漫翁詩話

漫翁詩話提要

《漫翁詩話》二卷，據臺灣大學藏清刻本點校。撰者李其永，字平江，號漫翁，順天大興人，入江蘇吴縣籍。充武英殿教書。生卒年未詳，殁年八十七。有《藤笈藏稿》、《賀九山房詩鈔》等。此書無序跋。卷上一則「近閲王阮亭選《絶句》，爲之一快。阮亭先生大有志尚」云云，語氣似漁洋尚在世。漁洋《唐人萬首絶句選》成於康熙四十七年，距逝世僅三年。姑斷此書作於康熙五十年漁洋逝世前後。又書中屢言聲調，推自李東陽，而不及趙秋谷與漁洋之訟一字。蓋秋谷著《聲調譜》發此公案，亦在漁洋身後，似亦可爲一證。李氏談詩頗能從大處與細處兩端入手，如論詩教「興觀群怨、事父事君，何等切要」，「多識草木鳥獸之名，又何等周密」；評友人蔣紅皋「最耿介漢子，作詩亦崛强盤硬，卻往往有出以極細柔語。古人惟老杜有此伎倆」。此種兩端論，實爲後來翁方綱評杜以漁洋「妙悟」濟元稹「鋪陳排比」，李慈銘評杜以「風調清深細密」濟「渾厚雄直」之先聲，干係不可謂不大。有此眼識，故其論甚正大而不覺膚廓，指摘唐宋名家每能直探本原而出言不失分寸。書中一喻，所謂「取材必求大木棟樑」，而譏鍾、譚「只去尋些竹頭木屑」，可況其立場與此書大概。惟上卷之説略勝下卷；下卷末八則分論杜之《秋興八首》，止於作法分析，亦未見精彩。此本偶有批閲者改訂之跡，未知出於何人之手，今不從。

漫翁詩話卷上

孤竹李其永平江氏著

詩爲六經之一教，自是天地間一大有關係事。聖人説到興觀群怨、事父事君，何等切要；再説到多識草木鳥獸之名，又何等周密。人在萬事萬物之内，處處相關，不學詩，何以言？聖人急急忙忙删定詩篇，甚非無謂。

自《三百篇》一變而爲楚《騷》，又一變而爲漢之五言，論者以爲遞變遞降，似已。余觀楚《騷》，流蕩佹僪，實爲《雅》、《頌》之變聲；至漢五言，一返於忠質之遺，正可輔《騷》而行，未可云遞降也；魏、晉、六朝而後，皆規橅於《離騷》之辭；初唐稍近雅音，及格律體勢之法行，《三百》之風無存焉。今日去古愈遠，力追《雅》、《頌》，豈易言哉！雖然，漢詩多讀，情性醇正，出手猶不落入澆薄一路。

詩以發人心之聲，有聲然後有詩，聲便有箇正變、順逆、離合之理。朱絃疏越，一唱三歎，只在聲音節奏上見來。詩之好處，全在於此。後人不能以聲爲詩，而徒取工於文字之間，則詩已非詩也。獨寐寤歌，知音者誰？每爲惘惘。沈佺期、宋之問務以穩順聲勢爲事，元微之論子美，必稱其排比聲韵，又曰風調情深，有以也。

李西涯極講聲音，陳功父論詩得失專在聲，潘應昌云「詩備五聲，得宫聲爲最優」，可見前輩究心。所恨窮愁之士，聲多激愴，得宫聲爲難耳。

或問：「聲調緊要在何處？」余曰：「只是安排得上聲好。」所謂「上聲」，平、去、入中都有。古有《上聲歌》，歌曰：「柱促使絃哀。」按《樂録》云：「《上聲歌》者，因上聲促柱得名。」可以想其聲調。然哀思之音不及中和，畢竟宮聲中又安排得上聲好，纔是至到。

詩之妙境不容言語，只合到人心上真有此喜怒哀樂，便是至處。

看古人好詩，須將躁情浮氣浄盡了，把眼光收入向内，從心中細細達出一線靈光，透入千古作者意中，曲折都到，如蟻穿九曲珠相似，才得他真性靈、真面目出來，不是容易。

於古人先識他人品心術如何，方去看他詩，便好惡一眼覷見。陶淵明不可及處，全打從一片乾浄出來，顔、謝甚工，不能刮洗得。

江水在岷山之原，得天地之全，渟泓涵演，自然流出；及爲江漢之下流，風發沙激，雜以魚龍，不得不爲波濤之勢，所以盡力奔放。此自《三百》、漢、魏以至盛唐，只是這箇道理，以後各家雜派，别有山川出來，大小淺深不同，只覺易涸易竭。

如今秀才讀《三百篇》，都只愛讀《國風》、《小雅》，至《大雅》、《頌》，多格格不入，大是没見識，不會讀書。《國風》、《小雅》於人情物理上處處親切，道得人心中事，固是可欣可感。若讀《大雅》、《頌》，須另整頓一副精神，便如衮衣繡裳，親在廟堂，聽他説到帝王基命、盛衰難易、勤勤懇懇，何等深淳忠厚，沈著切至。胸中理會得來，自然有一種清明在躬、志氣如神之象。余往往於此觀人，大有君子小人、窮達賢否之别。

詩之比、興、賦，妙處全在比、興上見得。寧可無賦，不可無比、興。若無比、興，只一味賦，便不佳。讀《葩經》，有愈讀愈喜、諷味不盡者，亦有讀了便過、更無餘思者，興、比、賦之别也。

古有采風之使，故十五國爲風，以見風俗人心喜怒好惡之真。今人一味虚囂繆妄，安得有風？非風安得有詩？元微之云：「蘇、李之徒，詞意簡遠，指事言情，非有爲而爲，則文不妄作。」

詩乃士大夫之事，有忠愛之心者，其詩必不可及。如陶淵明以王室元元爲懷，隨事隨物，憂思感歎，語語情至；杜子美遭時亂離，憂君念國，徬徨悱惻，託詩見志，所以諷味不盡。

觀人詩文，即可知其人品心術，一毫假不得。如今人雖極狡獪，能飾爲好語，然聲情氣味間終不似，可以欺愚人，不可以欺智士。愈僞愈工，愈工愈惡也。

人人皆自有心思境界，本地風光，取用不盡。一好用事，便轉埋没了自己也。專爲自己做詩，却轉把自己埋没，這詩又做他則甚？

自西崐體盛行，學者只向死書故紙堆中覓生活，至今猶是此病。詩道晦塞，蓋亦久矣。拾人牙後，最不是好事。陶淵明《閑情賦》有出自張衡《同聲歌》中語，如「願思爲莞席，在下蔽匡床。願爲羅衾幬，在上衛風霜」，在《同聲歌》爲新，在《閑情賦》徒爲鄙矣。淵明不當如是，此賦果僞爲者耶？

杜少陵云：「作詩用事要如釋家語，水中著鹽，飲水方知鹽味。」此論精妙。如今人乃無端在鹽裏着水，何處更尋出水味來？轉弄得鹽也壞了。

詩不可以文爲之，古人都如此説。余謂作古體必須以文爲之，《左》、《國》、秦、漢大是妙境。司馬遷雄深跌蕩，杜工部得之；警拔奔放，李青蓮得之。若宋人即以宋文爲之，便不佳。

詩有適然之感而發者，有追思曲折而成者。適然而發，非具一等超逸邁越之才，必不妙，世安得有李青蓮？不如追思曲折而成，經一番洗鍊透脱出來，精神血脈都到。然而此中甘苦，作者大是不易。

文章爭得敏捷，詩斷斷爭不得敏捷。人但知詩快作不得，便於此道有漸入境。

客云：「詩必雄渾，方名作家。」余曰：「雄渾中須灑脱，不灑脱，轉重滯，響不起來；須工緻，不工緻，轉粗直，味不入去。」客詰曰：「灑脱是矣，工緻與雄渾不相反耶？」余曰：「工是細，緻是密。惟其雄渾，故少細密不得。」

詩之轉折最爲要緊，然與文中轉折不同。文中單用轉、單用折俱可，詩中轉折之法離拆不開，轉是向上面去，折是落下來，全要轉得上去，然後能折得下來。不轉上去，無有折下來的道理。

《十九首》、蘇、李「河梁」等篇，乃詩人之根柢，亦詩人之歸宿。以列朝言，魏得其力，晉得其度，齊、梁得其腴，唐得其神，宋得其趣。以唐諸家言，子昂得其純，工部得其深，謫仙得其曠，右丞得其恬，襄陽得其微，左司得其静，柳州得其峭，昌黎得其放。諸家皆有得其一二者，總不如晉之陶、謝爲得其和而自然，無所勉强。大約《十九首》、蘇、李之後，又當以陶、謝爲歸宿耳。今人只知以李、杜爲歸極，甚非窮源溯本之學矣。若更以他家爲本師，則又落下多少層數也。

古詩不止於《十九首》。《十九首》者，乃梁昭明所選，此外尚有二十餘首，雜見於他集，風格相仿，皆當熟讀。

或問：「昔人言陳子昂、李太白俱學曹子建，然否？」余曰：「子建斲削精健，子昂雅量自然，太白神逸天舉。《柏梁》之作，不愧虞廷賡歌，但詞氣率直，然各述其職，不事粉飾。若如後人，便是一味頌揚，無當語也。」或曰：「然則如何？」曰：「宜因事納諫，規勉主德，乃是盛朝君臣氣象。」

昔人嘗考證《柏梁》之作，與漢武帝時朝代、年月、官名無一合者，或是後人擬作，剽取乖舛。學者論古，亦不可不備其說。

《柏梁》爲七言之始，頓挫其音，自有聲調，激昂可讀。沿至六朝，但工詞句，于聲調全不理會，讀之絶無氣力。楊升庵嘗欲取陳温子昇、隋王勣《擣衣》、《北山》二篇，爲七律之倡，亦有所見，雖未備聲音之全，實開唐音之先也。

詩中自不可無李義山一種，他遺詞却有意思來運用，不似後人堆垛。只是一連三日讀不得，能令人胸中痞塞。義山古體有佳處，近體不足取，《無題》等作最爲下下。

長篇能委曲至到，頓跌動盪，惟杜少陵一人；能正變側迭，結撰險難，惟韓退之一人。李青蓮飄舉天外，往往有落不下處，未免散漫去了，却灑脱得好。

七律全在首尾往來，沉雄頓宕，聲長而氣舉；五律要渟泓有量，淳警皆見，用不得才巧。熟讀子美、摩詰，當有所得。

七絶要抑揚，乃成急促，不得悠游於餘外，令人鍛鍊不來，方是妙境。古人中亦有用直筆煞語者，是將意思倒在前面，作勢而出，以實筆作虛筆也。

七言須生成是七字，縮不得；五言須生成是五字，伸不得，此惟盛唐能之。初唐五言庶幾，若七言直是勉强伸長，殊非本色。中、晚以後無論已。白樂天云：「七言減爲五言不得，始是工夫。」余以爲若説到工夫，終是勉强，便有可減之道。

或問：「七律如何？」余曰：「要讀得響，有哭笑。」問五律。曰：「要人流連，須説不出。」問七絶。曰：「只争結句，要有百十字在内。」問五絶。曰：「全在會撮俏，要言不煩。」

余友蔣紅皋云：「詩至五律，最難落筆，著不得牆籬，露不得圭角，畢竟如何方得手？」余曰：「熟讀禪家書，透脱後便是境界。王摩詰從此出來，曰圓、曰密。」

詩有費許多氣力方好，有不費氣力自妙，此各有當然所以然之理，没有一定。黄山谷云：「做詩費許多氣力做甚？」此語絶是笨伯金針，然亦説煞不得。十五《國風》妙在不費氣力，自然説到；若《雅》、《頌》，豈是不費氣力做得者？

要曉得到費氣力處，須儘氣力費一番，自有好處出來。及至出來，亦原不見一些氣力之迹，却是經氣力去抽撥多少層數，了然後出來。費氣力自是好處。

唐諸家詩，雄情勝概，麗藻深思，無美不具，獨其間能彈高調者絶少。嘗謂王之渙筆力高出，夐然絶跡，無畦逕可知，李、杜亦當退遜一武。惜傳作寥寥，每讀「白日依山」、「黄河遠上」等篇，爲之企聳。

有云詩如説話便好，此是因濃重一種，矯枉言之。白樂天之老嫗盡解以爲妙，此説不見得是處。説話是説話，詩是詩，《三百篇》不見有信口直道來。要想人性情中事，那得一直使出？「旨遠」、「辭文」、「曲中」、「肆隱」，《易經》上説得在。

蘇子瞻不喜《史記》，歐陽永叔不喜杜詩，陳後山嘆以爲異。余謂只坐子瞻性氣麤，不曾看得子長出來；永叔力量淺，不曾看得子美進去。學力未到這一步，識見便欠了一層也。子長、子美，精深樸老，歐、蘇才氣，原不是一路。

孟東野詩太苦思，覺天地間無一些渾涵和樂之氣，愁苦人看不得。東野欲自立異，另造一箇境界，亦是能處。詩家自少此種不得。然去温柔敦厚之意太遠，不可爲訓耳。

子瞻云：「讀東野譬如嚼空螯。」此言不然。東野苦思刻至，自有味在，但非天廚禁臠耳。

韋應物詩，人盡稱其閑淡，不知其正極才麗。譬如古錦段，他皆五綵金縷，韋另是一種深淺紋隱現出色，掃盡花樣之迹。虢國夫人淡掃蛾眉，得不謂之絶艷耶？

《藝圃擷餘》引常徵君《贈王龍標》云：「松際露微月，清光猶爲君。」引王子安《咏風》云：「日落山水静，爲君起松聲。」以爲二詩未易優劣。余玩常從上説落，覺較平弱；王從下向上，自是勁健，常不及也。

白香山不下數千首，却無幾首耐尋味。然全集讀過，自有一種恬適之氣，可以涵養人心。所以名家不争工拙於字句，自是高處。

唐河中府鸛雀樓詩「白日依山静」一首，真是絶唱。有載王之涣，有載王之美，《全唐詩》又作朱斌。「迥臨氣鳥上」一首，與「白日」首氣力相當，有載暢當，有載暢諸。如此好詩，足以千古，而作者姓名不能確傳，亦不幸也。「迥臨氣鳥上」，宜作「鳥氣上」。

豪語直舉不得，説實不得。《藝苑雌黄》以石敏若「燕南雪花大於掌，冰柱懸簷一千丈」，譏其「安得如許高屋，此是呆語」；又以太白「白髮三千丈」爲無理。余每玩此句，與「緣愁似箇長」乃是一開一闔，開口不覺横軼而出，儘力轉向上去，合下低回無盡，甚曲甚虚，神理兼到，歸到鏡中，總參活筆，有飛行絶迹之妙。

《朱子語録》曰：「杜甫集多誤字，嘗欲作《杜詩考異》。如『風吹蒼江樹，雨灑石壁來』，『樹』字無意思，當作『去』字，對『來』字。」此朱子將二句來分看了。細玩此十字，乃是一意而下，寫得氣勢有層次，却著「去」字不得。欲與「來」字對，反不怕與「來」字背耶？「山雨欲來風滿樓」便是注脚。

蘇子瞻稱孟浩然詩：「如内庫法酒，自是上尊規模，但欠才料爾。」此論甚當。昨日有人説浩然味薄，亦似見到。只惜他不識得「上尊規模」，有這種薄的妙處。

青蓮奇快，有才氣人可以學得；子美懇至，不由才氣所爲，才氣人學不得，懇至人方學得。青蓮集中多有僞作，大言欺人，蘇子瞻有辨不到處。

太白有鄙處，如《贈南平太守》篇「當時笑我微賤者，却來請謁爲交歡」，不如少陵《莫相疑行》「晚將末契託年少，當面輸心背面笑」，却是磊落。取二詩參之自見。

李商隱五言長詩多紀時事，怨憤感激，有忠義之氣。讀者不厭其多，轉嫌易盡。王荆公謂義山得少陵之遺，豈非以此耶？

温庭筠力量不及義山，而比義山清婉，另自一種。世以温、李同科，大爲不類。前人分體別派，看來亦多扭扯。

或問：「如今作家儘有好詩，只覺得面目都相仿來，不似古人各自一種，別人厮像不得，此何以故？」余曰：「古人只是自家苦樂自家道出，不著一些假；今人本没有恁苦樂，强要説苦樂，又去尋別人説話來粧點。人人坐此病，所以人人相仿。」

問：「宋人詩有一二入得唐人否？」余曰：「小詩儘有絶似中、晚且過之者。」問：「何以獨是小詩？」曰：「宋人好使才氣，便欠神韵。小詩往往出以天趣，便有致。」

宋人才地甚佳，只是有一種習氣，往往令人厭煩，譬如有人在耳根咕聒相似。

子瞻、荆公兩人最爲傑出，然子瞻才氣排蕩而駁雜多，荆公意思精工而痕迹不化，子瞻不以詩爲詩，荆公以詩爲詩也。皆不能造此道之妙。

或問：「古體、近體作法同異。」余曰：「截然不同。律詩最嚴，一字之瑕，通體俱敗。若長古，却要能不字字求工，意到便落，意去不顧。偏是有拙，然後有工；偏是有瑕，然後有瑜也。此中妙境非淺嘗者所知。」

工部「峽雲籠樹小，湖日落船明」，「落」一作「蕩」。若只就本句論，「蕩」字自佳，「落」字便少了意趣，故人多以「蕩」爲是。愚謂此是《送段功曹歸廣州》作，乃就其行舟寫去蜀意，非比野航漁艇，閒閒泛棹。以「蕩」爲妙也，則「蕩」不如「落」爲警策。要知上句「峽雲籠樹」是寫峽中落日陰森之象，下句是翻接上句，寫出峽後不覺日色到船景象也，則「落」字爲醒快，若用「蕩」字，便瀾漫不著緊要矣。看詩須顧題旨，須繹上下文，自有一定道理。

《周少隱詩話》載東萊蔡伯世作《少陵正異》，以「落」不如「蕩」，謂「非久在江湖間，不知此字之工」，而少隱獨以爲不如「落」字佳。蔡但知江湖，不知峽中又非泛泛江河之比。蔡之言謬也，而周亦不能實實道出「蕩」字之所以非，「落」字之所以是，亦是没著落語。

青蓮《宫中行樂詞》八首，詞氣頗鄙，不過一色花鳥歌舞語，略不能變换。青蓮可謂技窮，只關他一時欲得君心，不免俗氣塞在胸中，汩没了面目也。

杜甫《江漢》一首以「江漢」、「乾坤」、「片雲」、「永夜」、「落日」、「秋風」一連架排去，殊不佳，賴「落日」、「秋風」二句硬奡得好。然「落日」上不應倒裝「夜月」之語。宛亭云：「講得是。」

梅聖俞《答友書》云：「子詩誠工，但未能以故爲新，以俗爲雅耳。」此是宋人弄筆頭伎倆語。才情、學力果到，一切新故、雅俗俱化。新與雅，不是有意做得來的，風水相遭，自然成文，從何著力？

晁叔用謂吕紫微曰：「我詩非不如子，子但熟耳。」吕曰：「只熟便是精妙也。」此却老大不然。詩者，隨事觸物，意興所到，步步新境，語語新生，無有現成，無有定在，何從熟得？所謂熟者，只是些詩腔子外面的事，豈是精妙耶？試想《三百篇》、《十九首》作者，當日豈嘗習熟來？

司空表聖説《二十四詩品》，何見之隘小也。詩之好處，豈止二十四而已，又豈有一定如何形容比擬得來者？然愛其「采采流水，蓬蓬遠春」；「碧桃滿樹，風日水濱」；「玉壺買春，賞雨茅屋」；「眠琴緑陰，上有飛瀑」；「飲之太和，獨鶴與飛」；「猶之惠風，荏苒在衣」等語，自是妙境。

高秀實不喜韓偓《香奩》，李端叔偏誦其「五色靈芝，香生九竅」之語。秀實云：「勸不得也，勸不得也。」余時在畬經堂中談詩，五人中三人皆端叔，其一僧半巖尤爲勸不得者，與余而五人云。

唐人有庸惡一種，如曹唐《游仙》、《小游仙》等作，極不可耐。曾見人注《鼓吹集》，猶存劉晨、阮肇諸首，甚可鄙。近閲王阮亭選《絶句》、《凡例》云：「《小游仙》不録一字。」爲之一快。阮亭先生大有志尚。

古人儘有不可解句字，是工是拙，當存而弗論。昨見人將王建「先打角頭紅子落，上三金字半邊垂」句密密加圈，不知如何解來？尤怪其將上句之「背局臨虚鬭著危」連點而下，不知「鬭著危」是甚麽物事？是甚麽言語？何以圈，何以點，又何分别圈點？

中、晚以後，除却一二家好者，餘不足觀矣。不如讀宋詩，另有一種才情機趣可取。宋詩好處，亦不容易做得到。

王荆公在宋詩中亦復精品。論者以爲不如東坡，蓋以蘇才氣有餘，王微不足。余獨以爲作詩才氣不可太用，而思致所不可少也。

蘇子美虚負豪氣，嘗自謂平生作詩被人比梅堯臣，寫字比周越，良可笑。子美書法，黄山谷稱其端勁可愛，余未曾見。周越書誠鄙俗，不足稱。若堯臣詩頗清切閑肆，歐陽文忠謂其「妖嬈老女，自有餘態」。子美一味奔逸凌厲，而顛蹶不免，終非神駿。

子瞻《答吕梁仲屯田》作叙述水患，瘡痍可念，居然仁人之言。乃中間忽著「旋呼歌舞雜詣謔」之語，便爲非理。蘇公性情、筆氣，大略近於放縱。余爲删去廿八字，遥遥數百載，爲公下一針砭也。

王介甫小詩甚可喜，不但在宋人中所無，却是都有《三百篇》理趣。宋浦陽謂其原於三謝，亦是。

黄魯直詩另是一種好，亦另是一種好。只看得，却學不得，恐弄得不像模樣。子瞻評曰：「如見魯仲連、李太白，不敢復論鄙事。雖言不入用，亦不無補於世。」此言未免過許。又曰：「如蝤蛑江瑶柱，格韵高絶，然不可多食，多食則發風動氣。」此喻頗當。

葉夢得論律詩不能無拘窘，誠然。然大手筆削鑢於神志之間，斲輪於甘苦之外，自不是容易做得。余三十年有匠心焉。

此道之難，幾於無處説起，又幾於無一處不要講究者。即如少陵《鐵堂硤》云「硤形藏堂隍」，下句必定是「壁色立積鐵」，方稱勁對，不是漫然。昌黎云「排奡帖妥」，此等是也。

旅牕悶坐，偶得高棅《品彙》一帙，乃是李、杜詩，快讀一過，殊氣味蓬勃。後是高、岑詩，讀之只覺興致漸漸痛索去了，不得不服李、杜，真是豪傑，不得不嘆後來更無李、杜。

落筆但率快意，不復詳審，往往有誤處。蘇子瞻詩「石建方欣洗牏厠，姜龐不解歎蚻蝛」，用《石建傳》「取親中裙厠牏，身自浣滌」語。又黄山谷「啜羹不如放麑，樂羊終愧巴西」，本是秦西巴，人名。《石林詩話》云：「一時貪得韵耳。」今日友人論此紛紛，余徐曰：「臨文變幻，意境雲烟，不在字面痕迹。一時快意，却亦無妨。石林『貪』字猶下得不當。」即如《小雅・甫田》之詩「以我齊明」，注：「齊與粢同。」《曲禮》所謂「明粢」。則當云「明齊」，而詩曰「齊明」，便文叶韵，亦有自然之道。

元虞伯生「青山一髮是江南」，遥望故鄉，深情遠景，古今傳誦。蘇東坡《澄邁驛》詩：「杳杳天低鶻没處，青山一髮是中原。」尤有不忘君國之思，自是惓惓忠愛語。伯生雖未必勦襲東坡，而詩之重輕則有間焉。何以人獨膾炙於虞，而置蘇不言？可以見人心之薄矣。

有人讀《李夫人歌》「是邪非邪，立而望之偏」，以「偏」字斷句，下讀作「何珊珊其來遲」。余問：「何以『偏』字斷句？」云：「此許彦周説，如此讀，以韓退之『走馬來看立不正』作注脚。」可笑也。「偏」，古本作「翩」。曰「偏」何者？猶偏其也。或曰：「『偏』作一單字句，亦妙。」余曰：「此是金聖歎圈點《西廂記》曲子，有云『嗤扯做紙條兒』也。」「非」、「之」、「遲」明明是韵。明明放著「之」字斷句。

雜體如樂府之稾砧、兩頭纖纖、禽言、雜組，可偶一爲之；他如盤中、迴紋、雙聲、叠韵、藏頭、歇後等體，乃婦人小兒所爲，非大方家事也；至於藥名、地名、六甲、八卦等語，尤爲惡道。

憂愁危苦，胸中有，筆下不覺達出，然急遽褊疾不得，悱惻中有忠厚在。至於盛世之音，自然和平。乖僻之徒，以和平爲不足學。明季吴下鼓聲好爲噍殺，恐是一方人心之害也。

天地間妙境，詩中無所不有。嘗閲前人集，只是一色到底，殊少變换，亦大厭事。吾友蔣紅臯，最耿介漢子，作詩亦崛强盤硬，却往往有出以極柔細語，偏是狡獪動人，古人惟老杜有此伎倆。

紅皋用心之至，精鍊刻酷，直欲搏弄造化，步步追上去。往往一詩改易百千過，終不脱稿。余患其心肝大苦，極力挽下來，漸漸落到盛唐住脚。近來興趣所至，間有蘇長公之致，想他胸次和易之候也。

楊誠齋極賞林景思「桃花飛後楊花飛，楊花飛後無可飛」之語，爲超出準繩之外，遐不可追，至謂李太白不足言。若然，則打油歌儘多如此，皆入風雅矣。可見宋人好尚之劣。

韋應物詩，何嘗學得陶淵明，蓋仿佛似之，而不免有矜持之迹。庶幾孟襄陽清淳不雜，然不耐多嚼，其去陶亦甚遠，與韋亦不類。今人動言「陶韋」、「韋孟」，實不曾識得應物出。應物平淡中帶得一種英氣，所謂亦儒亦俠者。學者細心體味，自得之。

韓昌黎之「清曉卷書坐，南山見高稜」，陶靖節之「采菊東籬下，悠然見南山」，或問：「二詩孰勝？」余曰：「韓『坐』字下得好，陶妙在『悠然』，俱佳而陶尤勝也。陶俯仰神情，委曲自到。韓直舉少層次，須并下二句『其下澄湫水，有蛟寒可罾』，四句合看，自有作意，然於陶遠矣。」

韓退之《琴操》最高古不可及，李、杜當爲却步。不意今人乃有和之者。有本領當别開生面，何必争勝古人？未曾勝得，先已落入後塵矣。子瞻和陶，余竊笑其不智。

黄魯直愛誦晁伯誠「小雨愔愔人不寐，卧聽羸馬齕殘蔬」之語，他日得句云「馬齕枯萁喧午夢，誤驚風雨浪翻江」，自以工妙可敵伯誠。余細味伯誠之「小雨愔愔」、「卧聽羸馬」，乃是步驟寫入，真寫得旅牕情景趣細到； 若魯直之「喧夢」、「誤驚」，直是粗濁漢子，夢魘好笑。 葉石林乃以逆旅真有此聲，魯直好奇，方能説到，勝於伯誠。 是將伯誠好詩説不好了，將魯直惡詩反看佳了。

江西派亦是就元祐一時而言，其實蘇自蘇，梅自梅，陳自陳，黄自黄，各自一家，安得一派？ 以山谷獨當之可也。

六言詩無佳者，蓋比五言爲累，故含蓄藴藉不來； 比七言爲促，故頓挫轉折不得。 有聲短氣竭、詞費意滯之害，不作可也。 以魏曹氏兄弟之才，不見其佳，惟嵇叔夜「惟上古堯舜」十章，可歌可銘，庶幾近之。

《抱膝齋論文》曰： 「雁之掠江，忽然見影。 雁無戀江之心，江無迎雁之意，皆不謀而得。 若云雁在江，江有雁，則有死雁，無生影矣。」云云。 余愛其説，爲進一論曰： 雁在江，是雁原不曾有江； 江有雁，是江轉於雁上見也。 又下面底雁，打從上面底下來，上面底雁，還將下面底上去，是雁是影，離即都化。 中間只此一江，闞會生動，出妙境來。 作詩要有此雁，要有此江。 是中玄機，人自去悟。 余不復説，説來底是迹，悟來底方是道也。

《紅豆題近詩》册子有云： 「取次應酬，率率屬和。 撑腸撚鬚，不免差排成聯，撏撦作對。 『子路乘肥馬，堯舜騎病猪』，此十字，《金針詩格》閟爲至實。 但是扇頭屏上，利市十倍，不敢云『舍弟江南』、『家兄塞北』也。」此老故作解嘲，謬爲謔語。 至自謂「老來作詩，長言讕語，率意放筆，不徵典故，不究聲病。 吴人嗤笑，謂是静軒先生有詩爲證」者，若如此，真是絶妙境界，一切塵凡脱棄了也，此老實未能到。

元詩無大家，虞、楊、范、揭，自是一時作者，工夫、才情，有宋人不及處。元遺山筆力遒峻，居然唐賢，然未免求好太過，少疏老渾直之氣。

明人都不屑唐以下。李崆峒自負爲盛唐，裒衣博帶，看來甚像，其實神理索然，風趣都無，連中、晚也不曾到，其不如崆峒者無論矣。敗鼓濕薪，吾無取焉。

許彦周云：「人問作詩淺易鄙陋之病，如何去得？答以熟讀李義山、黄魯直可去。」此言不然。淺易之病，非老杜不治；鄙陋之病，非青蓮莫療；若義山、魯直，只恐轉增了病也。

書有六法：象形、指事、會意、諧聲、假借、轉注。詩亦有此六者，識得此六者，方認得詩底面目，尋得詩底頭路。詩與字，事雖兩樣，道理、學問是一般。

余嘗説今人寫字不知向上，總來失勢，論詩亦只争向上法。此三昧，知者自知。

退之云：「六字常語一字難。」道得詩之肯綮。又云：「行且咀嚼行詰盤。」形容難意如此。所謂一字，畢竟要難纔好，自易不得，真有神仙到此護短不來者。

《焦氏易林》辭旨古奥，而文情特勝。此《三百篇》之一變，古樂府之先聲。後人以占筮書目之，自是瞽見。學者所當習復諷味也。

詩人支離，往往無理。古人寓言，縱極奇肆，必定有箇旨歸所在。若全無意思隱託，便是胡説亂道。

如來捃拾教中，有多乳喻，曰：「如牧牛女，爲欲賣乳，貪多利故，加二分水，轉賣與餘牧牛女人。彼女得已，轉復賣與近城女人。三轉而詣市賣，則加水二分亦三。展轉賣乳，乃至成糜，而乳之初味，其存者無幾矣。」又曰：「牧牛女賣乳，展轉薄淡。雖無乳味，勝諸苦味。若復失牛，轉抨驢乳。展轉成酪，無有是處。」若如今人塗飾假借伎倆，直抨驢乳而已，且驢乳又展轉加水也。

古繇辭：「逢逢白雲，一南一北，一西一東，九鼎既成，遷於三國。」自當以「北」、「國」爲韵，二語應倒，「一西一東」在「一南一北」上爲是。有云古詞可弗拘泥，然玩之，畢竟上三句落，下二句叶，分明兩截，豈不更的當如意？

詩文有關係便足傳。杜甫《北征》不可無，韓愈《南山》可不作，黄山谷論之如此。然南山爲帝都之藩，祠官有苾芬之祀，亦非無係重輕者。况長篇精鍊，筆力豪贍，自是韓公有意對老杜別建旗鼓，亦世間不可少文字。

謝靈運稱左思、潘岳詩古今難比，毋乃譽過其實，不知當時陸士龍肯心服否？雖然，士龍亦龍中之蛟螭也。

長篇中詞語，極要變換，然不可夾雜；即有夾雜，亦須從變換中來，不可硬入生厭。曹孟德之「對酒當歌」，豈非傑作？而中間「鹿鳴」四語，已非本色；末入「周公」二句，尤爲不倫，此正阿瞞有心硬入也。

詩從天然得來乃妙，一經做作，便有病。昌黎《宿龍宫灘》詩云：「浩浩復湯湯，灘聲抑更揚。」黄魯直謂其「工於聽水，非夜卧飽聞此聲，安得周旋妙應如此。」余亦喜其能狀水聲，真寫出旅枕情事。至下云：「奔流疑激電，驚浪似浮霜。」乃是日間所見光景，而非夜聽語矣。蓋一起是隨觸而發，意語都到，下邊是做來完篇，只去賦「灘」，忘了「宿」也。

李咸用《聞泉》云：「急想穿巖曲，低應過石平。」深得聽意。古人下筆不苟如此。以較韓之「疑激電」、「似浮霜」，似勝。然快讀韓之起二句，磊落激昂，何等聲調，那得不嘆爲大手筆？李終不及也。學者必須如此講貫，纔有向上之路。

先定題目，方去做詩，畢竟没有好詩。要知遇事遇物，隨時而觸，不覺語到，自然成篇，然後立一題目，原是爲詩作注脚也。試看《三百篇》、《十九首》，可曾有甚麼題目來？後世有題目，詩道漸漸壞了也。至於詠物，風斯下矣。歐陽修云：「古人之於詩，多不命題。或有命名者，則必述詩之義。」細看工部集中，大半是有了詩後命題者，其兩字題目最多，可以想見。

有感有觸，然後有詩。若無感觸而强爲之，是無情之言也。縱極意求工，不過語言文字之迹，不足玩味，豈能動人？昔梅聖俞日課一詩，寒暑無間，徒爲多事。甚至搜索一句半句、一字兩字，都入算袋，以備湊用，不亦鄙哉！不如没字碑，他中有字在也。

東坡《和錢安道寄惠茶》詩云：「胸中似記故人面，口不能言心自省。」黄山谷《茶詞》云：「恰如燈下，故人萬里歸來，口不能言，心中快活自省。」不知是東坡偷山谷，又不知是山谷偷東坡，却是奇趣。

明初人便鄙宋不肯爲。方正學以爲不然，有云「今人未識崑崙派，却笑黄河是濁流」也。宋詩何嘗不好，在放出眼力去揀擇；唐詩何嘗必好，亦要放出眼力去揀擇也。

歷朝以來，各自有詩，猶夫十五國各自風氣。明人獨襲唐音。竊笑當時諸公，何不自爲風氣？三百年間，大都碌碌，甚至「唐皮」之誚，又下宋人一等矣。

方正學云：「舉世皆宗李杜詩，不知李杜更宗誰？」此爲當時諸公頂門下針，却是三百年此病未曾好得。

正學又云：「末俗競工繁縟體，千秋精意與誰論？」先生學問深粹，直從源頭發論。學者當細想如何是「精意」？如何「精意」不在「繁縟」中？如何「繁縟」與「精意」無涉？自然有長進。

山谷云：「俗不可醫。」余初只道人自不醫，醫便好耳。及往往見一等俗物，除了這俗，無有活處，此直是天厭其人，如何有箇好日。我於此不覺轉生憐憫心。或云：昔人言洗盡腸胃間宿生葷血脂膏，穢濁既去，芳潤自來。不知穢濁是積垢，可以去得，這俗是他本來的骨髓，如何去得？如何醫得？

有一種油腔惡調，斷不可爲。昔人譏杜荀鶴「今日偶題題似著，不知題後更誰題」之語，謂：「此是衛子詩也，不然安得有四蹄耶？」「衛子」，驢也，「題」、「蹄」同音，可發一笑。

山谷云：「陶謝不枝梧。」「不枝梧」三字評得最好。余以爲陶之純任自然，有意到語到之妙，謝猶不免有著意處。要識得陶如何是不枝梧，便見得其他多是枝梧也。「不枝梧」三字難。

東坡擬陶，正是枝梧成篇。白樂天自言效陶千篇，終無一首仿佛，皆由不免枝梧也。從來以陶、韋相近，而應物「霜露悴百草」篇，終不能效得。

滄浪云：「看李白詩，要識他安身立命處。」此語支離。詩只是偶然機觸，何有定在？況白純乎天籟，意到語隨，如何是身？如何是命？如何是安？如何是立？使白有知，啞然笑矣。

山谷云：「杜詩好處，乃在無意於文而意已至。喜穿鑿者棄其大旨，偏謂其於林泉、人物、草木、蟲魚，物物皆有所託，如世間商度隱語，則子美之詩委地矣。」山谷此論最當。後生輩宜自求之，不可死煞今人刻本講注内。

杜子美一生窮餓，作詩數千篇，與日月争光。僧懷素學草書，坐卧筆畫，三十年無完衣，乃得自名一家。不是窮便工得，緣他胸中無一點富貴習俗之擾，專精致志以爲之，安得而不工？這却得了窮的好處。

已精求精，字字句句，百鍊而成，往往有絶奇絶佳之語，然終恐有痕迹離合。嘗謂女媧氏若果鍊石補天，奇則奇矣，然畢竟想這天有病來。杜甫之「歸雲擁樹失山村」，不如「山雨欲來風滿樓」，字字現成得妙。

虚響易工，沉實難好，此説是也。然沉實在人，虚響有天。空中之籟，來則甚得，不來則並非難可得也。今人不識虚響是甚物事。

工部《送孔巢父遊江東》詩：「深山大澤龍蛇遠，春寒野陰風景暮。」一作「花繁草青春日暮」，二語精神力量大是不同。「花繁」句固葱蒨可愛，而「春寒野陰」，語何其蒼深勁健也。學者於此等處辨得，方有向上之路。

少陵《劍閣》詩「吾將罪真宰，意欲剗疊嶂」，與太白「搥碎黄鶴樓，剗却君山好」何異？然少陵意欲削平僭僞，凜凜有義氣，太白一味豪放語耳。此砮溪之論。如此看詩，方有分曉；以此作詩，方趨向得正。學者偏喜太白而不取少陵，是不究事理，徒取快意耳。要知大言無當亦無理，原不足取。砮溪之分曉猶後也。

荆公最愛賞杜詩「無人覺來往，暝色赴春愁」，下得「覺」字、「赴」字太好。張秦川因言作詩只争一字、兩字之工。余以爲「覺」字從「無人」來，「赴」字從「暝色」來，自有意會，不是只取一字、兩字之工也。秦川未見到，恐荆公亦未見到也。孟襄陽「微雲淡河漢，疏雨滴梧桐」，非「微」何「淡」？非「疏」何「滴」？意有因致，字有因得，不是只把一兩字憑空討得好者。工部又「無人覺來往，疏懶意何長」，「覺」有作「競」、有作「與」，荆公定爲「覺」，正從此首得之也。皇甫冉亦有「暝色赴春愁」句，作發端語，想亦偶熟杜詩，不覺道出。此亦有一片天機自得，却不礙其爲好詩也。

人但得一二佳句，足了此生。杜荀鶴詩殊不足道，而「風暖鳥聲碎，日高花影重」二語遂名一時，遂傳千古。時有云：「杜詩三百首，只在一聯中。」是亦足矣，奚多爲哉？

韋蘇州《送張侍御江左覲省》，止將他做官不得意而歸，慰藉一番，無一字及「覲省」，殊失輕重，似非君子立言。吾爲左司下此一針。

宋唐子西云：「謝玄暉『寒城一以眺，平楚正蒼然』，『平楚』，平野也。吕延濟乃引《詩經》『言刈其楚』爲訓，『楚』，木叢也，便令此詩意象殊窘。眉山黜之云：『大約注釋家如五臣之陋，類若此。』」余素不喜五臣注，嘗欲竄易之，得眉山此言，大是印證。

本朝詩，佳者在唐初、盛境界。中州少農呂坦菴先生，手眼絶高，曾有《名山集》選，惜其書未成下世，學者無由窺見淵海。

呂少農最嘆賞家大人詩，以爲在本朝獨得清氣者。余對云：「清是在源頭上流出來是恁樣清，不是澄汰後却攪動不得者，大人是源頭上清也。」呂云：「説得透。」

或問：「鍾、譚看詩手眼如何？」余曰：「他全不識得詩是何物。」或駭曰：「二公負重望，如何識不得詩？」余曰：「工師取材，必求大木，楝樑既具，始問杙楹。鍾、譚只去尋些竹頭木屑，便謂了當，豈是識得事者？今人都是如此，所以推重二公。前人有云：『蟭蟟之蟲，尋條失枝。』此語可想。」

朝鮮人士文秀，閨閣多能題詠，許樊其著名者。毛大可一日問其使臣，因舉一妓詠洗妝頰脂入水紅色詩，曰：「疏雨秋兼漏日飛，回潮晚帶斜陽落。」才思精妙，海外乃有此佳物。然此種詩只許婦女做，不是丈夫腕下物事，後生輩勿喜也。

從來「詩史」之説，余謂詩以温柔敦厚爲旨，妙於婉而善入；史以褒貶筆削爲法，道在直書無隱，各自體裁，實爲相反。即使一時紀事，亦必以諷嘆爲法，隱見其詞，明言不可，寓諸假託。若史之筆則筆、削則削者，吾未之見也。從古《葩經》自《葩經》，《春秋》自《春秋》，聖人當日不曾將《葩經》作《春秋》用得。

楊升菴云：「宋人以杜子美能紀時事，謂之『詩史』。鄙哉，不可與言詩也！二《南》，修身齊家其旨也，其言琴瑟、鐘鼓、荇菜、芣苢、夭桃、穠李，何嘗有修身齊家字耶？若變風、變雅，尤其含蓄，言之者無罪，聞之者足以戒。如刺淫亂，則曰『雝雝鳴雁，旭日始旦』，不必曰『慎莫近前丞相嗔』也；憫流民，則曰『鴻雁于飛，哀鳴嗷嗷』，不必曰『千家今有百家存』也；傷暴斂，則曰『維南有箕，載翕其舌』，不必曰『哀哀寡婦誅求盡』也；叙饑荒，則曰『牂羊羵首，三星在罶』，不必曰『但有牙齒存，可堪皮骨乾』也云云。」余原夫子美之詩，疾痛憯怛，不覺説到悲歌可以當哭。詩自好詩，史原非史。升菴以《葩經》相提而論，最得詩教之正。如此方可謂善説詩，善讀書。

《國史補》載郭曖尚昇平公主，諸公盛集賦詩，李端擅場；劉相巡江淮，同人賦詩餞行，錢起擅場。蓋唐人每有讌集必賦詩，中推一人擅場。其時好尚如此，詩學安得不精究？今人無此興會，好惡又不計，詩學安得不日頹弊哉！

一篇中用重韵，古體所不禁，工部、昌黎多有之。魏文帝詩：「惜哉時不遇，適與飄風會。吹我東南行，行行至吴會。」一韵連兩用，聲調轉更響快，愈見筆妙。後人偏於此等處推敲拘泥，多見其鄙也。《蔡寬夫詩話》云：「《飲中八仙歌》『眠』字、『天』字兩押，『前』字三押，古未見其體。」元度云：「歌分八篇，雖重押韵無害，亦周詩分章之意。」按：寬夫果未見古詩，而元度説亦是曲爲之解耳。

詩家機杼，另是一局，與文章家絶不相蒙。偶讀王融《上巳》詩云：「粤上斯巳，維暮之春。」如此製語，古雅絶倫。學者可以推廣之也。要知熟巧相生，便是文章化境，俗手自不解耳。

宋唐庚云：「古樂府命題皆有主意，既用爲題，當如題用意。如《公無渡河》，即當爲妻止其夫之詞，乃不虛設。」自唐人以後，多失此意，題自題，辭自辭，全無著落。惟韓退之《琴操》得體之正。

孫莘老問詩於永叔，永叔答以多讀多做。永叔謬也。且思十五《國風》，人料想不是多讀多做了得來者。惟是後生才淺，借古人之神奇，化自己之臭腐，多讀或有益處。若夫情塵不動，本無語言做些甚麽？又如何多得？此以對初學調平仄、捉對仗者説可耳。

偶舉王右丞《金屑泉》詩可鄙，不如裴秀才佳。有人偏道王勝於裴，問其取意，却不能指出。有從旁戲語曰：「右丞是個官兒，秀才自趕不上，詩亦想當然耳。」余不覺一笑，徐而慨然感之，如是如是。

偶抽得白樂天《金針詩格》及梅聖俞《續金針格》一卷，流覽數條，一笑置之。此詩家魔障也，放著水流雲行不自在，却向荆棘叢中逞甚麽技倆？放著海闊天空不寬展，却向螻曲蟻封中尋甚麽頭路？樂天恬達君子，不宜有此，或僞託耳。歷來詩格、詩範、詩式、詩品種種甚夥，大抵瑣屑猥鄙不足道。中間偶亦有名賢議論，精妙可取處。余嘗欲取諸集，擇其當者録出一本，未暇及，且亦佳者絶少耳。

佛書云：「如人食蜜，中邊皆甜。」是一箇充滿無欠闕之謂。詩亦有中邊，必須至足乃妙。東坡云：「人之知甘苦者皆是，能分别其中邊者，百無一二也。」是又中是中之甜，邊是邊之甜。此説更進，畢竟工夫到此方爲得道。吾願學詩者與學佛者，一同參悟了也。參了佛語，還要參得坡語透纔妙。

性情氣味，人各不同。譬如蘭自蘭，梅自梅。學古人者不可蘭裏覓梅，梅裏覓蘭，便草根樹下，錯了路頭也。再轉一語曰：亦必定蘭是箇蘭，梅是箇梅。如今人不知將甚麽草皮絹屑，剪染作箇梅蘭模樣，却有甚情味？

文章高下，只在有意無意間。譬如人嘗云「鳥語花香」，這四字對舉而言，是有意安排者；又如云「茗椀爐香」，這四字隨口成文，自然語妙。解人悟此，可得天機。一日讀沈括評《九歌》云：「『吉日兮辰良』，蓋相錯成文，語勢矯健。」與余見正同。

畢竟清真中方有好詩。有等人嗜欲日深，神氣先已昏濁了，從何引出清機耶？昔鄭綮相國善詩，或問近爲詩否？曰：「詩思在灞橋風雪中驢子背上，此處何從得來耶？」

每遇一題，必尋些典實以爲切當，此最低品。一日讀孟襄陽《九日》詩，都將舊話排比而成，大是乏趣，不意此公乃有此醜。

論古詩用韵通轉，多雜亂不叶，未爲佳也。因舉徐偉長「沉陰結愁憂」一首，以「興」、「方」、「傷」、「空」、「光」五韵，寧復尚有叶耶？後人必不可學。韓昌黎長詩多雜亂如此，自是麤率，不是當然道理。《文心雕龍》言楚詞「訛韵實繁」，學者所宜審也。

唐人詩學自高，宋人實難跂到。如太白「不知行逕下，初拳幾枝蕨」，山谷乃云「蕨芽初長小兒拳」，一「拳」字，太白何其工，山谷何其拙！且又硬裝「小兒」兩字，有何意趣？又太白「小時不識月，呼作白玉盤」，東坡乃云「樹頭曉日挂銅鉦」，「銅鉦」與「玉盤」豈不雅俗判然耶？後一說是吾友蔡繡璧語。

王荆公以太白、少陵、退之、永叔編爲四家集，且以永叔駕太白之上，可發一笑。太白天生絶調，少陵深造大成，退之雖勉强力量，亦是勁弓强弩，穿得幾札，三家實爲宇宙中海岱巨觀；永叔文章擅長，餘事爲詩，雖亦溪山幽勝，終非大手筆。永叔在當時聲望重了，人所推尊，阿私所好，忘其非是矣。荆公拗人，不宜附會，恐是黨永叔者託荆公之名爲之也。

余每不教人作梅花詩。楊升菴云：「梅花詩被人作壞了也。」升菴極歎賞梁元帝及陰鏗、徐陵諸作，又舉劉方平一首爲天然工緻。劉詩云：「新歲芳梅樹，繁苞四面同。春風吹漸落，一夜幾枝空。小婦今如此，長城恨不窮。莫將遼海雪，來比後庭中。」不對偶，不使事，品致自高。余猶嫌其淺無深趣，滑無蓄情，未爲絶品。

王仲幼詩才甚精，然往往要好看之病，如《午門西望》云：「黄帕蓋鞍呈過馬，紅羅纏頂鬬迴雞。」此小説家語。《題龍武李將軍書齋》云：「重裝墨畫數莖竹，長著香薰一架書。」余笑謂上句是裱褙店招牌，下句是釘書匠門帖。雖屬戲言，實實看來不免好笑。人偏讚嘆以爲絶妙之句，真是教不得也。

宋晏文獻嘗覽李慶《富貴曲》云：「軸裝曲譜金書字，木記花名玉篆牌。」曰：「此乞兒相，未嘗諳得富貴者。」公有詩曰：「樓臺側畔楊花過，簾幕中間燕子飛。」又：「梨花院落融融月，楊柳池塘淡淡風。」公以此詩語人曰：「窮兒家有此景致無？」此得富貴真趣，不落富貴惡道者也。

林和靖《詠梅》詩，有：「雪後園林纔半樹，水邊籬落忽横枝。」二語甚佳，山谷最賞之，勝於永叔之愛「暗香」、「疏影」也。要知「暗香」、「疏影」亦自寫得好，只覺句弱，有媚氣，便不及前二句清矯。

宋本趙天樂《冷泉夜坐》詩云：「樓鐘晴更響，池水夜如深。」後改「更」爲「聽」、「如」爲「觀」。玉林評其改二字，「如光弼入子儀軍，精神頓異」。余以爲原本固拙，改本猶是痕迹粘著，何不改爲「遠響」、爲「清深」，渾然自高，省了多少擬議也。詩費推敲如此。

杜甫「桃花細逐楊花落」，其墨本「細逐」、「落」初作「欲共」、「語」，自以淡筆改三字。初何其稚騃，改何其老成！工夫火候，於此可見，正所謂「老去漸於詩律細」也。

《早朝大明宫》詩，賈至、王維、岑參、杜甫結句俱用「鳳池」語，口頭習熟，甚是可厭，甫亦不能跳出窠臼。獨生動不板滯，終是老杜較勝。

有論太白「爲寫《黄庭》换白鵝」句，謂逸少换鵝書，乃是《道德經》，非《黄庭經》也，寫《黄庭》與王修另是一事，太白失於討閲耳。此説大是鈍漢。詩之好處，豈在於此，獺祭工夫，正自可醜。

楊誠齋云：「善詩者去詞去意，而詩旨在矣。因以喻食飴食茶，食飴初而甘，卒而酸；食茶初病甚苦，苦未既而不勝其甘。詩亦如是而已矣。」此説自妙，然去詞可也，去意則過矣。《三百首》未有不從意得來者，只要意在筆先，意在言外，便是至處。誠齋終是宋人鑿空之病。要之，飴之自甘而酸，茶之自苦而甘，此中便是意也。誠齋原不能脱却意説。

昔人云：「詩不厭改。」又云：「賦詩十首，不如改詩一首。」每嘗改得好後，不但詩有佳趣，亦是自己一樂。所以老杜云「新詩改罷自長吟」也。

詩不厭改，改不厭頻，層層剥落，皮毛渣滓盡去，精華始出。銀在鉛内，不冶銀不出來；玉在石中，不剖玉不可得。

如遇覓句，機不得動，便須閣筆。若强要去做，必無好詩。至於改詩，或是偶然記憶，或是反復玩味，意致透別，難處亦易，另有一種境界，傖父不曾曉得。

范元實云：「老杜詩，凡一篇中皆工拙相半。」古人文章類如此，皆拙固無取，皆工則無古氣，李賀之流是也。此非淺夫所知。余每喜讀太史公文，政賞其有冗漫處，有精要處，落落大手筆，固如是。

趙嘏《長安》、《曲江》二首俱是柳，俱是雁，詞多一色，然兩詩皆佳。《長安》首是平寫，《曲江》首是側寫，不害其同，各極其致。人道是同是一个柳，同是一个雁；我道是各自一个柳，各自一个雁也。

又趙嘏《憶山陽》二首，一个題目，特地作兩首，「芰荷」、「楊柳」、「鶗鴂」、「芙蓉」都無變换，却辜負了其一、其二也。或者當日一是原稿，一是改本，後人誤作兩首耳。

往往有一種熟落語，不可用。如薛逢「公車未結王生襪，客路虛彈貢禹冠」，又許渾「何人更結王生襪，北客空彈貢禹冠」，要是一時應酬濫觴語耳，即此不是好詩。

嚴滄浪云：「『花』必用『柳』對，是兒曹語也。」今人排比作對，大率皆然。嘗笑兒曹稍伶俐者，當不如是。滄浪所云，兒曹之尤愚騃者也。更轉一語曰：「花」必不可用「柳」對，是亦愚騃之見也。但要用意各别，不爲一色語便好。

昌黎「銀燭未銷」、「金釵半醉」，許彦周云：「殊不類其爲人。乃知梅花廣平，未嘗無兩。」余竊按題目云《酒中留上襄陽李相公》，特特揭出「酒中」二字，正是不肯苟安處，可見古人心苦。

徐師川謂山谷曰：「東野聯句，大非平日所作，恐是退之潤色來。」山谷曰：「退之安能潤色東野？若東野潤色退之，却有此理。」看來山谷亦見得不差。退之才大氣猛，語少揀擇，東野苦心精細，或是東野潤色；不然，是退之有意學東野，却費了潤色耳。

《石鼎聯句》，道士誠可畏，然亦工拙相半，笑劉師服、侯喜，何至失色不敢喘，令老醜得志？若其「磨礱去圭角，浸潤著光明」，易譏訕而終歸於勉勵，固居然有道之言也。

盧仝《月蝕》文字詭奇，而意旨一歸忠厚。看其反復嗟歎，傍徨憂思，有足多者。若泥煞「月蝕」看，便齪齪生厭，不待終篇矣。

劉晨、阮肇遊仙諸首，有載曹唐作，有載宋邕作。觀曹他詩，雖粗淺，然頗磊落，不似此。此等詩，作亦可笑，傳亦可笑，姓名不真，大是藏拙。

有人舉黄山谷「逍遥近道邊，憩息慰憊懣。晴暉時晦明，謔語諧讜論。草萊荒蒙蘢，室屋壅塵坌。僕僮侍偪仄，涇渭清濁混」，以爲新妙出奇，喜效其體。不知此種乃詩道之魔，有何好處？前人偶一弄筆爲之。看山谷題上原注明「戲題」二字，豈容後人再學耶？此與「屋北鹿獨宿」等一類也，言之可憎。如韓退之「鴉鴟鷹鵰雉鵠鵾，燖炮煨爊熟飛奔」，猶賴下句變動，不終作醜語。大抵都從《急就章》之「磬龠鑰臃廄庫東廂，屏厠溷渾糞土壤」等語出來，總屬文人下乘，斷不可學。

吴儂語呼游戲爲「白相」，亦云「薄相」，不知所出。東坡《泛潁》詩有云：「此豈水薄相，與我相娱嬉。」豈即吴儂所語乎？不知坡公又何據也？坡又有《次黄山谷赤目》詩云：「天公戲人亦薄相。」此等字樣終是草草不佳。

歐陽永叔嘗誚孟郊「鬢邊雖有絲，不堪織寒衣」句，云：「縱使堪織，能得多少？」余又笑永叔不知要織多少。大約諧語當以諧讀之，中有不諧者在。

工部《偪仄行》云：「實不是愛微軀，又非關足無力。」按黃希曰：「梁莊肅家本無『實』、『又』二字。」余意即原本有之，亦當爲删去。

梅花詩，前人佳作殊少。工部之「亂插繁花向晴昊」，真硬句也。蘇子瞻「收拾餘香還畀昊」，敢犯前人，亦復奇氣；至後篇之「忍饑未擬呼窮昊」，則不值一哂矣。

魯直稱岑嘉州《中秋》詩「今夜鄜州月」一首云云。按：此詩乃杜少陵集中好詩，嘉州豈能及此。嘗謂「遥憐」二語，人猶能之；至「香霧」兩句，妙以迴氣入柔情，非少陵不能到。魯直於少陵生疏，誤認了也。

寇萊公《南浦》詩：「春風入垂楊，煙波漲南浦。落日動離魂，江花泣微雨。」妙處不減唐人。惟「泣」字欠佳，與梅聖俞之「焚香露蓮泣」同。試思「花雨」、「蓮香」中著一「泣」字，大是不韵。然而「江花微雨」中「泣」字，差勝於「焚香露蓮」下「泣」字也。余偶見一抄本作「江花泫微雨」，「泫」字甚妥，當從之。

古人著作，絶非沾沾以引用故實爲能，意想所到，偶一涉筆；或並未想到，不覺自赴筆下，皆在有意無意間。箋注家雖尋常字面，亦必牽扯證據，支離附會，可笑可厭。此病大約始於李善、五臣等。余嘗欲取《文選》注痛加芟削，一醒後人眼目，恨無暇及也。

余嘗不滿於劉須溪之評詩。一日觀楊升菴論須溪原不知詩，譬之「開剪截羅緞鋪客人，元不曾到蘇、杭、南京機坊也」。嘻！他機坊織作未曾見來，又安能識天孫無縫衣耶？

子瞻云：「賦詩必此詩，定知非詩人。」説得好。子瞻非要人脱空頭，只教人莫着相。余所以不喜咏物詩也。

《休齋詩話》云：「詩要有野意。」至欲作野意亭。我輩野人，當有野意。所謂「野」者，真也。不在作枯淡之爲野，即穠麗中自有野意。

趙松雪云：「作詩用虚字，殊不佳。」此語是。又云：「中兩聯須填滿。」此言或然，或不然，要須看興會。又云：「出處纔使唐以下事便不古。」此説不然。今人用宋、元，宋、元用唐，猶夫唐人之用漢、魏、六朝也。但用得的當，出語古雅，便是佳作。時事、今人，何嘗不可入詩料耶？

古體詩，前人多有重韵，在長篇自不覺得。孟襄陽《留别張主簿》止四用韵，却下兩「會」字，不覺其重。此是筆氣高了，别有聲調自然，後人不能及。

客有言：「歌行作平調舒徐綿麗者，結須有一唱三歎意，是否？」余曰：「然亦有不唱嘆而妙者。」又曰：「筆勢奔放，洶湧衝突而來，須一截便住，勿留有餘，是否？」余曰：「然亦有全不截住，悠游餘外，别成妙境者。」客之言精矣，余爲更進一層：大抵文章變化，出奇無窮，那有一定煞底道理。曾見禪宗妙諦，有説得到底否？

古人好詩有一種可解不可解處，全從興會得來，最宜玩味，其不可解處仍自可解。若古歌謡、漢詩中不可解者儘多，或是斷簡，或是訛謬，其不可解真是不可解也。但取其斑駁，可玩味則無有。

古人集中有一種道詩不是，道文不是，此另是一種筆墨。大約才氣揮斥，滅裂繩墨，終非正宗。初學切不可爲，把人氣品都駁劣了。

解説前人語句，有另出新意，不必作者之意果然，而自無不可。偶閱雜録，晏丞相説劉禹錫「瀼西春水縠紋生」，「生」作「生熟」之「生」妙；又楊用修以謝朓「遠樹曖芊芊，生煙紛漠漠」，亦此意。思之果佳。唐王建詩「自别城中禮數生」，又姚合《送王嗣》詩「好異嫌山淺，尋幽喜徑生」，却正作「生熟」之「生」用也。用修《與諸弟出野觀社》詩：「菁葱俏倩憐春晚，詰屈崎嶇覺路生。」

古今詩句往往偶有相同，而一二字低昂各見。如工部之「薄雲巖際宿，孤月浪中翻」，而何遜已先有「薄雲巖際出，初月波中上」，蔡約謂爲因舊益妍，獺髓補痕也。余謂杜必非假借於何，而杜之「宿」、「翻」實不及何之「出」、「上」，何出自然，杜有勉强痕迹。此等處要細辨。

工部「舍南舍北皆春水」句，楊用修注引《開元譜》「倡優之人取媚酒食，居社南者爲社南氏，居社北者爲社北氏」，杜詩正用此。怪哉！其喜新好異也。此工部自言其所居，豈有引喻倡優之理？用修不過欲矜其博涉，妄意注改。文人惡薄，大率類是。所以從來注釋家多不足取也。

漫翁詩話卷下

孤竹李其永平江氏著

昔人極論五律起句之難，如謝朓之「大江流日夜，客心悲未央」；王維之「風勁角弓鳴，將軍獵渭城」；杜甫之「戍鼓斷人行，秋邊一雁聲」；韓愈之「浩浩復湯湯，灘聲抑更揚」，筆力超舉，發端最妙，可以爲法，熟讀得之。工部《可惜》首起句「花飛有底急，老去願春遲」更妙，又是倒入法也。

人謂孟浩然能兼陶之格、謝之韵，仔細味玩，誠有如此，然如此處甚少。在浩然自有浩然之詩，又何必陶，又何必謝？

子瞻擬陶而陶遠，其《東坡》八首不必爲陶而陶近。大抵率真自佳，模擬勉强也。

《詩鑑》論一篇之中，後勢特起，前勢似斷，譬之「驚鴻背飛，却顧儔侶」。此八字形容盡妙。所謂文章有神，於此等處見來。

韓致堯在晚唐是一作者，却被香奩詩壞了名望。觀其「惜春連日」一首，居然不愧少陵；如「濃春孤館」、「斜日空園」，亦尚是中唐好手也。致堯遭遇變故，不忘其君，胸中醖釀厚，出語自然有味。

盧綸詩甚平，於十才子中，在韓翃、錢起、李端之下。身後文宗猶訪其遺集，擢用諸子。詩人遭際，古今無兩。惜其才不稱也。

宋蔡天啓詩筆清儁不猶人，惜不多見。《墨莊録》載其嘗於尺素作平岡老木，留餘地授李伯時，令加遠水歸雁。此其矜貴筆墨，愛己愛人，風致可想。今人作詩作畫，動輒連紙，亦可醜也。

工部集《十二月一日》三首，其「今朝臘月」一首是矣；其「即看燕子」一首，「短短桃花」、「輕輕柳絮」，明是春日之作，必非十二月詩也；即「寒輕市上」一首，「春花不愁」等語，亦疑其非此題矣。諸家集中俱載入《十二月一日》題下，想必是誤。流俗刻本，甚不足據。

杜詩：「門鵲晨光起，檣烏宿處飛。」舊注：「檣烏，相風之烏。又門鵲乃門端刻鵲。」夫門上之鵲、檣上之烏，有何不可？必欲鑿空作注，豈非弄巧爲拙？其所注又有何意味可取？從來注釋家大都如此。一「起」一「飛」，活活生動，奈何偏要説死話。

杜詩：「苑邊高塚卧麒麟。」「苑邊」正對「江上」。舊注將「苑」字刊作「花」字，下小注：「一作『苑』，誤也。」此詩首句「花飛」，「花」字一見；至第三句「花經眼」，「花」字又一見，自有意思貫注，不是漫下；至第六句若再用「花」字，便是亂下矣，老杜必不然。況《曲江對酒》首「苑外江頭」，又《曲江對雨》首「雲覆苑牆」，明明有箇「苑」在，則此首之「江上苑邊」一定無疑，誤作「花」字，大礙後人眼目。

見人評杜牧之《開元寺水閣》詩云：「『簾幕』五字是描寫深秋，『樓臺』五字是描寫落日。」是讀作上二下五句，不免支離。不知「深秋簾幕」、「落日樓臺」，上四字渾成；下「千家雨」、「一笛風」，乃是繳足上面。解得不當，是讀得不好也。

每見後人往往有似學前人語，大都機杼偶同，花様相像，不必盡是學前人也。若工部之「大麥乾枯小麥黄，問誰腰鐮胡與羌」，以視漢詩「小麥青青大麥枯，誰當穫者婦與姑」，此則真是工部有意用舊句法也，亦是實有感於其言，即借爲翻筆，映寫情事，具有深心。不知者方以工部亦學前人舊語也。如《九歌》之「暾將出兮東方，熙吾檻兮扶桑」，古詩《日出東南隅》「照我秦氏樓」，機動情流，語言自到，不必定是學騷也。

嚴滄浪列體製名目，有「别體」，以工部有《垂老别》、《新婚别》等篇。不知此所謂「别」，乃詩中所叙情事，並非以「别」爲體。若然，則詩題有「感懷」，有「即事」，豈「事」與「懷」亦可云體製耶？滄浪杜撰可笑。

楊用修以工部「男兒生不成名身已老」爲九言，太白「黄帝鑄鼎於荆山鍊丹砂，丹砂成騎龍飛上太清家」爲十言，東坡「山中故人應有招我歸來篇」爲十一言，真是小兒家語也。此長短句法，氣到筆隨，何曾有字數一定耶？若欲斷句，「黄帝鑄鼎於荆山，句鍊丹砂，句丹砂成，句騎龍飛上太清家句」，「山中故人，句應有招我歸來篇句」，可斷可連，聲調變換，愈佳耳。

讀詩長句長讀，短句短讀，長句短讀，短句長讀，聲音節奏，妙合自然。大約長句愈加曲折頓挫得妙。吾友紅皋善讀《離騷》及吟古詩，抑揚高下，盡得文情，皆從心膈中發響。紅皋於聲音之道不甚講，蓋得天籟者也。

王元美曰：「唐自貞元以後，藩鎮富强，多所辟召，旋致通顯。一時遊客詞人，挾其所能，或行卷，或通贄，或上章陳頌，大者以希拔用，小者以冀濡沫。而干旌之吏多不能别黑白，隨意支應。故剽竊雲擾，謟諛泉湧。取辦俄頃以爲捷，使事飣餖以爲工。至於貢舉本號詞場，而牽壓俗格，阿趨時好。

上第巍峩，多是將相私人，座主密舊，乃津私禁臠，優伶關節。下第之後，尚爾乞憐主司，冀其復進。是以性情之真境，爲名利之便途。詩道日卑，寧非其故。」云云。詳玩是説，大有關係。願天下痛以爲戒，亟録出之。

律詩對句甚非容易。人但知兩句工力悉敵，銖兩相稱，便爲合作；不知一首中未有不是一意貫注其對句處，譬如一座山，發起兩峰，勢則峙對，而山根下原就是這一氣盤薄而成，雖對峙而實相屬也。古人所以謂之「對屬」，「對」離「屬」不得。工部云「遥知對屬忙」，可想也。

少陵《遊龍門奉先寺》詩：「天闕象緯逼，雲卧衣裳冷。」字字卓鍊穩當，無有遊移。不知荆公何以改「闕」爲「閲」，取何意解？將此句弄得糢糊生澀。魯直乃極言荆公改「閲」之是，又何意見？劉邠老譏誚他懼怕荆公，有以也。《唐書》：「東都紫微城前直伊闕。」韋述《東都記》：「龍門號雙闕，以與大内對峙，若天闕然。」又《兩京新記》：「煬帝登北邙，觀伊闕曰：『此龍門耶？』」又《一統志》：「龍門又名闕口。」證據甚明。楊用修以蔡興宗《正異》「闕」作「闚」，遂解曰：「『天闚』、『雲卧』，倒字法也。闚天則星辰垂地，卧雲則空翠濕衣」云云。支離甚謬。工部《寄岳州賈司馬六丈》詩云：「法駕還雙闕。」是又一證。

《芥隱筆記》稱：「子美之『水荇牽風翠帶長』，乃祖述審言之『牽風紫蔓長』也。」此句法偶同，何與祖述？且亦平常之句，何須有本？若如其説，前人在前，後人必須祖述，亦大煩苦矣，毋乃愚甚！渠又云：「古人作文皆有依仿，長卿《大人賦》學屈原《遠遊》，退之《送窮文》學《逐貧賦》。」然則《遠遊》、《逐貧》又學誰來？且云：「淵明有『日月不肯遲』、『晨鷄不肯鳴』，所以老杜有『秋天不肯明』、『江平不肯流』，用淵明『不肯』二字也。」吾不信老杜竟用不出「不肯」二字，畢竟要拾古人牙慧。吾所以最厭如今箋注家，於一二尋常字面必要扯引古人，真可噴飯。

昔人云：「詩文代變，不得不然。數千百年後猶取古人陳言，一一摹倣，可以爲詩乎？不似則失其所以爲詩，似則失其所以爲我。李、杜所以獨高者，以其未嘗不似而未嘗似也。」此説甚是，但似、不似兩言，尚欠諦當。余謂李、杜未嘗必古，而未嘗不古耳。知此可以一掃後人學古而愚之病。

揭曼碩曰：「人品清高，神情簡逸，出詞吐氣，自然入古。若做得好人，必做得好詩也。」此是千古名言，無人能道得如此透徹。即以余自思，從前做人多不是處，那得有好詩來？近來過失漸少，詩也漸不惡了。

輕薄子好爲閨詞，柔媚無丈夫氣。至於宫詞，尤不當作，即云無所指實，亦屬猥褻宫禁，甚爲非禮。王建百首，志趣大是卑鄙。其宗人王樞密斥以「禁掖深嚴，何從知之」，建不能對，懼其搆禍，因賦得一詩云：「不是當家頻説與，九重争得外人知？」以此反挾制樞密，建亦小人也哉！歐陽永叔云：「唐宫禁之事，史傳不載，多見於建詩。」藉以考據，永叔又何見之鄙也。

柏梁體在漢人作已欠雅馴，及讀唐中宗「移仗蓬萊宫」一篇，甚不足觀，且以后妃、公主與群臣一同倡和，甚非禮體。詩縱佳，不可爲訓也，况不佳乎？不當入選，留傳話柄矣。《全唐詩録》選入，手眼原不高，未能揀擇故耳。

《舊唐書》：昇平公主有才思。李端、錢起嘗宴集郭曖第，賦詩。李先獻句「熏香荀令偏憐小，傅粉何郎不解愁」，公主欣賞，酬以百縑。錢爭之，以爲宿搆，請命「錢」字爲韵。李更賦「新開金埒看調馬，舊賜銅山許鑄錢」句，曖曰：「此愈工矣。」錢乃服。按：李端兩詩俱未爲佳，何煩宿搆？何必遽服？直是郭曖、公主識力不高耳。

王仲初《宫詞》百首，書生疏野，妄言宫禁，輕薄無禮。其詩亦無一首佳者，前數首乃言朝宁間事，亦與《宫詞》體不合；至「忽地下階群帶解」、「密奏君王知入月」等語，又豈得與「聖人玉殿册西番」、「天子南郊一宿回」一例耶？讀者不可不辨。疑是後人將仲初詩牽扯湊成百首，原非一題所作，所以不倫不類。

戎昱《咏史》有云：「漢家青史内，計拙是和親。」憲宗記憶讚嘆，遂息一時廷臣和戎之議。誰謂詩是小事，無關重輕，人可草草做耶？

詩人猥陋，漫浪吟詠，多不知義理。如賈至吟馮昭儀當熊事，一味鋪張獵興，末云：「王孫莫諫獵，賤妾解當熊。」此是何語？大凡遇此等題，政須一種危情悚氣，足爲當日警動，亦以貽戒後來，方是立言之道。

看人詩文，有一看題目便知好歹者，蓋題目正是詩文中命意處也。唐趙璘論裴度作《鑄劍器爲農器賦》，其氣概已有立殊勳、致太平之意。他如李賀樂府，多屬花草蜂蝶；又李爲作《暗》、《小》、《輕》、《薄》等賦，其卑陋瑣屑，非遠大之器，可以定相命之優劣矣。

他集王建《宫詞》：「赭黄新帨御床高。」及閲《全唐詩》，「帨」乃作「帕」，「帕」字於義不妥，「帨」亦不解。字書：「帨」，曬衣竿，似尤無涉。家貧乏書，無從校正爲恨。雖此等詩工拙亦不足計，而字無典據，亦難釋然耳。

有問：「戴叔倫《山居》詩『養花分宿雨，剪葉補秋衣』句佳否？」余曰：「强作佳致，正復不佳。試思『宿雨』如何『分』法？『剪葉』豈真『補』得衣者？此等空頭語，不著緊要，何者爲佳耶？」

弄巧最不是好處。有問包佶「烏窺新缚栗，龜上半欹蓮」，余曰：「此只是弄巧，没些意味，那得好來？」曰：「老杜之『香稻啄餘鸚鵡粒，碧梧棲老鳳皇枝』，豈不是巧？」余曰：「此倒裝句法，意自渾然，不落纖小。然此等句在老杜集中，原不算得奇句。」

杜少陵有「無人覺來往，暝色赴春愁」句，皇甫冉亦有「暝色赴春愁，歸人南陌頭」句。少陵在中聯，寫得静細，此「赴」字大妙；冉在起句，鶻突下一「赴」字，卻不落空了，想是無心中偶用少陵句也。讀者不得將兩詩一樣看法。

《紀事》載：蜀有飛泉亭，詩板百餘。薛能過此，悉去諸板，惟留李端一篇。按：端詩「猿聲寒渡水，樹色暮連空」二句，不失爲好詩，餘俱平淺，亦非甚佳作也。好詩不易得，今人遇名勝地，輒留題詠，大抵皆百板中物。恨世無薛能一快心目。《雲溪友議》載：白居易過巫山神女祠，繁知一欲乞一詩。白云：「劉禹錫三年欲作一詩，終怯而不爲。及罷郡過此，悉去詩板千餘，止留沈佺期、王無競、皇甫冉、李端四章，古今絶唱，造次不合爲之。」遂不賦詩。

錢起《湘靈鼓瑟》詩有「楚客不堪聽」及「曲終人不見」句，兩用「不」字。宣宗與李藩呰以爲病，而《舊唐書》論其兩「不」字俱未可更易，皆謬也。余以爲後「不」字必不可易，前「不」字不易亦可，易亦不難。詳玩此詩，前十句俱平平無奇，末二語真絶唱也。此起得之於鬼吟者，何今時不聞有如此佳鬼也？豈鬼亦古今之不相及耶？

學者不可不虚心。元微之、韋楚客、劉夢得同會於白樂天座中，論南朝興廢事，各賦懷古詩。夢得引杯滿飲，詩先成，即「王濬樓船」一首。樂天曰：「共探驪龍，子先得珠。其餘鱗爪，何用更求。」遂罷不復作。樂天可謂善於藏拙，此正是從虚心出來。不知今人何以偏不肯虚心，偏要弄拙。如李白之於黄鶴樓，崔顥在前，便爲擱筆。以此公豪氣，猶有虚心，古人之致如是。

耿湋云：「羞看讀了書。」大不是讀書人語。書果可讀，一讀再讀，屢讀百讀。這一「讀」字内，有多少沈潛反復在。若一讀便謂「讀了」，猶如未讀。湋在十才子中，徐獻中謂其生有高性，而寡夙學，信然。吾願學者於古人佳作讀一遍兩遍，以至千百遍，往復不已。所得淺深，大有不同。正是樂境，何者爲羞耶？

嘗謂選各家詩，當就各家各出手眼。如選杜甫、李白，當具看李、杜手眼，拔其尤；如選杜牧、許渾，當就杜牧、許渾出手眼，就他好處選出。若以看杜牧、許渾手眼去看杜甫、李白，便是摸頭不著摸了脚也；若以看李白、杜甫手眼去看杜牧、許渾，全没了一些影子，却也埋没了杜牧、許渾的好也。譬如遊大山大水，是一副胸襟，到一丘一壑，又另是一種胸次。總要活手活眼，隨地理會，不可先自死煞了。看今人詩，就他身分，當嚴當寬，方得誘掖獎進之法。若其人自命甚高，聲聞動衆，便當刻覈責備，不可一毫放寬。恐其謬誤，後人壞了學術也。

五言最難。劉長卿有「長城」之目，劉於諸人中固獨優，然以較諸杜甫、王維，不及也。看王維，覺長卿少韵味；看杜甫，覺長卿乏力量。即王維已遜杜甫精神一半，而「長城」之目，劉乃得之。若工部，蓋自崑崙以至碣石，天下一大戒山也。

以岑參《寄杜拾遺》詩與杜甫《答岑補闕》首對看，似岑勝於杜。然岑之沉著頓挫，杜非不能，杜偏換一種揮洒自然，却岑不能到。終是杜才大，不拘格律也。

排律一體，詩之濫觴，無取乎風神，無取乎氣骨，務在多言，無關體要。短章猶可耐，長篇甚可厭也。余生平最不喜讀，尤不欲作。工部頗多，而佳者亦少，不敢妄譽。排律自是詩中一格，原不可廢，然畢竟遇有事跡，非短章可盡，原原本本，反復唱歎，方是勝境。杜工部有幾篇叙述時事，語語關係，不爲敷衍無益，庶幾得之。若景物遊賞等題，一味排比，複沓冗漫，動輒數十百韵，有何意味？做他則甚。

詩之用韵，天籟非人力也，豈有一毫勉强之迹。大抵情文詞氣，語到自然有韵，無待尋覓安排。今人全不理會得。便是唐人也有勉强，若故取險字，尤爲鄙劣。好把《詩經》一部細讀，看他有一韵强叶否？

聲調不講，何以爲詩？偶閲竇牟詩「萬重瓊樹宫中接」，一句之中「重」、「瓊」、「宫中」連用，况上句已先有「終風助凍不揚埃」，以「終風」、「凍」合之「重」、「瓊」、「宮中」，讀去可發一笑。

喜弄筆頭，好用字眼，最是低品。嚴維《九日》詩云：「菊芳寒露洗，杯翠夕陽曛。」一「芳」字、一「翠」字，甚庸且稺也。何不曰「菊花寒露洗，杯酒夕陽曛」，轉覺高渾。況「杯翠」二字尤不成語。可笑今人大都「杯翠」耳。

徐凝《瀑布》詩「一條界破青山色」，東坡斥爲「惡詩」，真是惡詩。《芥隱》乃引《天台賦》「瀑布飛流而界道」，以凝「界」字出此，未可云惡。不知「界」字在孫賦中，雖不佳，無害；入凝詩中，便鄙俗矣。豈必有所自出，即爲佳耶？

意在言外，令人感發。李約《從軍行》「點盡金河卒，年年添塞塵」，何其沉著有思也；「可憐無定河邊骨，猶是春閨夢裏人」，說出便淺矣。

詩固有怨，然必委蛇致意，不可一直使出。古人以怨得罪者不少，即如李益之「不上望京樓」，被人暴其怨望失官；孟浩然之「不才明主棄」，遂廢終身。浩然猶以「不才」自歎自惜，語氣尚緩；李益則決絕不顧，幾於無君，當日僅以降秩寬典，幸矣，然而危也。學者不可不知。

詩須要有甘苦，有咬嚼。甘如食熊蹯，苦如食荼薺，但得齒牙間有不絕之味，甘苦皆妙。可笑世間大半皆雞肋之肉，食之無味，棄之可惜，此物又奚取焉？

先君子嘗命不肖云：「自己本無欲言，筆墨可省便省。古人陳事，已過雲烟，無故將他來粧點描畫，其實没些把鼻。此之謂死人入夢，詩豈然哉？」今日與同學議論到此，追憶往訓，謹誌不忘。

從來看别人好惡容易，自知好惡甚難，古人皆然。試觀古人存作，何曾篇篇俱好，却也草率存下。余所以不敢輕易落筆，既作亦不敢自以爲是。每思「詩不厭改」一語，正自甘苦得來，可見不改那得就好，到得改時已是自知好惡了，從前却未曾知得。老杜故云「老去漸於詩律細」也，下一「老」字，自知之不易如此。

讀韓宗伯「則王喜」篇時文，原評有云：「《三百篇》取興之法，有正興，有反興，歸於闔合正旨而止。」知此語，可與讀書。

王贊序方干詩曰：「當其得志，倏與神會，詞若未至，意已獨造。」此十六字，説詩大好。

讀古人書，掩卷便忘，自是空讀了；若必要字字爛熟，亦甚無謂；但得一半記得，一半遺忘，最妙。有一半記得，使古人之才情致趣去我不遠；一半遺忘，使自己之心靈口慧不粘著舊語，方能脱化得來。有時得一句半句，絶似出於抄襲，却是不覺説到。如謝玄暉之「雲中辨烟樹，天際識歸舟」，而梁元帝有「遥船天際歸」，杜工部有「雲中辨烟樹」也；何遜之「薄雲巖際出，初月波中上」，而工部亦有「薄雲巖際宿，孤月浪中翻」也，此豈是有意抄襲？亦豈是全未讀過？似記似忘，此等處，學者當想見自然之趣。《芥隱》必以爲祖述前人，則蠹之謂矣。

詩、文二者，兼擅爲難。青蓮之文不離詩，若無詩，文不成文矣；昌黎之詩不離文，若非文，詩亦不成詩矣。蓋所長在彼，而所短在此也。

前人名語，意到不覺説出。後人依樣學舌，無異小兒呆獃。如杜少陵之「安得廣厦千萬間，大庇天下寒士俱歡顔」，而白樂天學之，「安得布裘長萬丈，與君都蓋洛陽城」，二詩並觀，不得不爲樂天齒冷。「裘萬丈」太説野了，何不將「裘」字换一「被」字耶？又是一笑也。

盧照隣《江中望月》三、四云：「鏡圓珠溜澈，弦滿箭波長。」五又云：「沉鈎摇兔影。」三句内一言「圓」，一言「弦」，一言「鈎」，是全舉月之盈缺而言，必非一時所望矣。與起句之「江水向涔陽，澄澄寫月光」不相貫屬，只緣他無一點意思在其胸中，徒費詞語凑泊而成。此種詩何足以傳，不得以照鄰恕之也。

今人即景寫物，摹形繪色，詞氣雖費，而心思頗能巧合。至於寫聲，實難著筆，不見有一能者。楊升庵述林肅翁云：「萬象惟風難畫。《莊子》『地籟』一段，筆端有風。掩卷而坐，猶覺翏翏在耳。然觀《七月》之詩『一之日觱發』，『觱發』兩字透徹簡快，又《莊子》畫風之祖也。」此説精細，於學者有益。

杜甫之前、後《出塞》自是五言古詩，題目有類樂府，而實非樂府也。如劉濟《出塞曲》、耿湋《入塞曲》，俱附曲名，並不得作横吹等曲看。杜甫又有《前苦寒行》、《後苦寒行》，亦猶此意，不可作樂府辭讀也。大抵古樂府徒存其名，聲調已失。後之作者止取題目，强爲之詞，難以定其爲何調何曲矣。

少陵《病馬》一首，情深意厚，字字感切。鍾竟陵評云：「同一愛馬，買死馬者，英雄牢絡之微權；贖老馬者，聖賢悲憫之深意。」如此説詩，方爲不負。

少陵「聞道蓬萊殿，千門立馬看」二句，自是好詩，然殿門非立馬之所，此「立馬」字不可解。從來明眼人不曾説到，余正不敢放過也，記之以俟知者。如《晨雨》首末二句「麝香山一半」、「亭午未全分」，皆不得其旨，難以强解。

太白「賈生西望憶京華」一絶，詞氣開拓，而意旨忠厚悱惻，最得詩人之正。乃蕭士贇疑非太白之作，大約以其純粹平當故也。豈太白必竟縱横排蕩，始爲是耶？

太白「朝辭白帝」一首，超絶之作。見坊本於「輕舟已過」下注云：「一作『須臾過却』。」四字陋惡極矣，幸而後人未曾爲其惑誤傳寫。讀者要曉得「輕舟」二字正是題目點醒處，上三句句有個「輕舟」在内，三句總趨此一句。二十八字渾在一片，古人意趣高奇，興會自到，此等是也，細心潛玩乃得。若遇注釋家，此等處正須著眼下力去辨别，大有得處。

一字有異音而義别者，學者考訂宜熟，遇有應並用處，不必以同字爲嫌。如工部《宿鑿石浦》詩「舟檝敢不繫」，音計；「聖哲垂彖繫」，音係，字同而義别也。

余嘗謂詩有貴賤之分，大抵發乎情之自得者，其詞矜貴；好爲美言以狥人者，其詞卑瑣軟熟而賤。一日讀《抱朴子》，有曰：「古詩刺過失，有益而貴；今詩純虚譽，故有損而賤。」古人已見及此。

杜詩《江亭送辛别駕》後半首：「沙晚低風蝶，天晴喜浴凫。别離傷老大，意緒日荒蕪。」學者問曰：「『風蝶』、『浴凫』並不涉著送别意，如何下面忽轉到『别離』耶？」余曰：「汝只看定了『别離』兩字，却未去看『意緒』兩字也。他三、四已將送别明白説透，五、六再説便厭，即其一時景物，安閒自得，正是對面映寫人意之嗟離傷老，愈見情深，所以結出『意緒』二字，正包三、四之『驚』字、『惜』字也。至『荒蕪』二字，亦有關照，不是隨手凑韵。古人妙詣，細心體會乃知。」

讀馬戴「遊子新從絶塞回」首，注一作薛能詩。玩此詩倜儻有氣骨，不似馬戴，當是薛能作。要取兩人全集校看纔知，不是徒憑臆斷能定也。各集中多有如此，不可略過。

邵博《聞見録》論徐熙寫生云：「畫花卉，趙昌意在似，徐熙意不在似。意不在似者，太史公之於文，杜工部之於詩也。」此語絶佳。又米芾《畫史》云：「徐熙《風牡丹圖》，葉千餘片，花只三朵，一在正面，一在右側，一在繁枝亂葉之背，妙絶。」以此畫法通之於詩與文，斯得之矣。

詩、文並非兩途，前人有云：「文中有詩，詩中有文。」性情好者，作文如作詩，有一種纏綿悱惻；作詩如作文，有一片機神動宕，兩不相格。惟賦之一道，雖曰古詩之流，實不相近。詩貴神韻，其道淵微和厚，非含蓄不佳；賦取才氣，其道廣長宏麗，非敷暢不可。大抵長於賦者，詩亦冗漫；工於詩者，賦亦局狹。或小賦可能，李青蓮是也；大賦未必佳，杜子美是也。昔人論梁徐悱《登琅邪城》詩「甘泉警烽堠，上谷抵樓蘭」云：「上谷在居庸北，樓蘭乃西域之國。」以爲謬引不通。余謂詩意正言其自北而西，沿邊一帶皆有烽火之警，以見寇患之盛，遥遥感望，有何不可？而必粘煞定一處爲切耶？他於「警」字、「抵」字未曾看得清也。

古人有有意用古事者，亦有無意而與古合者。李白「太白入月敵可摧」，昔人謂是用《北齊・宋景業傳》，「太白」與「月」并，言宜速用兵也。「太白入月」自是兵家占候一定之論，據以爲言，何必《景業傳》中語耶？

太白《長干行》二篇，山谷謂「妾髮」首太白作也，「憶妾」首李益作也。二詩詞意相仿，曾子固不能別之。余謂「妾髮」首超逸動宕，音節響健，無一低熟之字；「憶妾」首雖亦清麗可喜，然一意纏綿，不出方幅之外，筆調平近，截然二手。山谷終是明眼，曾子固輸却了也。

太白《蘇臺覽古》、《越中覽古》兩絶中，兩個「只今惟有」，口頭庸濫，甚無取也。且《蘇臺》首以宫人致感，猶爲近之；《越中》首自當别有憑弔，乃亦以「宫女如花」爲辭，不見作意。太白南遊吴越，題作不多，此二絶不足爲山川生色，反爲太白滋愧矣。

嘗見前人樂府題詠，多有假借，題自樂府，詩自近體。即唐人《巫山高》一題觀之，如盧照鄰之「巫山望不極」、沈佺期之「巫山峰十二」、劉方平之「楚國巫山秀」、皇甫冉之「巫山見巴東」、李端之「巫山十二峰」，俱是五言律體，不見一些樂府聲調；惟鄭世翼之「巫山淩太清」，聲頗近古，然結二句又落下，仍入於近矣。此等不可混入樂府内，學者當知辨别。

再觀《芳樹》一題，如沈佺期之「何地早芳菲」、韋應物之「迢迢芳園樹」，是樂府體；若盧照鄰之「芳樹本多奇」便不似，只可入五律也。

子美「弟子貧原憲，諸生老伏虔」，自是用濟南伏勝，而誤以後漢服虔「虔」字落到韻上，未去檢點，遂成錯謬。此正老手作家臨文之常，意固無害，可弗拘泥，亦可見其隨口説到，隨筆寫到，非沾沾於用古人古事也。

工部「三顧頻繁天下計」，余向以爲「繁」當作「煩」，及閲昔人歷引諸書，皆「頻繁」，云「煩」乃後人減筆，於以知考校之難，未許妄爲臆度。

古人下字有苦心烹鍊而得，極險極穩；有隨事隨意説到，極平常，却極新奇。工部「水烟通徑草，秋露接園葵」，人多不解「接」字之義。鍾竟陵稱其妙矣，而所以妙，仍茫然也。余往時植花卉，園丁教以接露，每於傍晚少少澆水，方能接露，此亦陰氣相感之理。「接」字原是常語，不覺説到，此老細心博物得之。古人語言，正不易知也。又工部《長江》詩：「未辭添霧雨，接上過衣襟。」《博議》云：「江流之大，不辭霧雨。霧雨接江流而上，過人衣襟之間。」

太白《僧伽歌》一篇，喃喃吶吶，一派化緣大師説法討布施語。是必妄庸頭陀弄筆，借重大檀越也。亟當刊去，爲太白懺却波羅夷耳。

李淑以劉禹錫之文勝於柳宗元，而宋景文謂柳州多取人語用之，不及韓吏部卓在不丐於古，一出諸己爲之。夢得巧於用事，故不加品目焉。景文所見甚當，乃是讀書有識。余嘗以此語人，可恨俗學卑陋，方以善撏古事爲能，吏部之不勝柳州也久矣。至於詩道之駁劣尤甚，只緣人情不知愧恥。□□□□□□□□〔一〕。

【校勘記】

〔一〕此處爲批閲者墨去八字。

或問：「詩可以史？」余曰：「杜少陵多以時事叙述入詩，如史之紀事，誠然。然史以直筆大書，且詳載始末，尚多舛誤；而詩限於句字音韵，能無含糊遷就之弊？况在彼時，或得之遠近傳聞，或據一二人之私言，興感所至，輒形於詩。或然或否，要未可定，豈遂可以爲史乎？以言少陵之詩若史則可，以爲詩即是史則謬矣。」

太白《白紵詞》全學鮑照，一首句調悉同，甚無意思。獨「寒雲夜捲霜花空」句，殊健勝於鮑之「窮秋九月荷葉黄」也。然鮑結句云「夜長酒多樂未央」，遒鍊古峭，太白非所及矣。試取二詩鑒别之，知余非故爲抑揚，作英雄欺人也。

章碣「東南路盡吴江畔」一詩，平仄韵兩叶，自號變體，以爲新奇，殊無謂也。上下俱叶，讀之反覺矻矻礙口，不入聲調。學者不可以其唐人，遂信爲是，則涉於兒戲矣。風雅情深，特拈出之。

人情刻薄，多好指謫。如宋思陵《書賜劉統制》詩：「野寺參差落漲痕，疏林欹側露霜根。扁舟一棹向何處？家在江南黄葉村。」《陸研齋筆記》云：「此蘇子瞻詩，起句第二字是『水』字，改一『寺』字，遂掩而有之。」不思思陵偶然憶及而書，隨筆悮寫，何遂以掩襲爲譏？人之妄生訾議，賣弄聰明，其實説來乃是没把鼻語。

今日論畫，談及東坡《跋宋子房畫》云：「觀士人畫，譬如閲天下馬，當取其意氣所到。若畫工只取得鞭策、皮毛、槽櫪、芻秣，無一點俊發，看便眼倦。」子房，士人畫也。今人作詩，多是畫工，那得意氣來耶？

有以輕蕩佻巧爲清新者，有以混濁陳腐爲渾厚者，有以平庸痿弱爲古淡者，有以堆垛雜凑爲典鍊者，凡此皆失詩之道也。至有以怪僻險澀爲奇，有以狂率慢易爲真，此尤其賊於詩者也。不狃於唐則溺於宋，取其下乘以爲上，則詩之流弊非一日矣。

調欲高，高不可激矯；詞欲逸，逸不可冗漫；氣欲舉，舉必有落下處；聲欲長，長要收得轉，真不是容易事，淺人何以知之？

古人落筆，必有一番甘苦。今人苦處不肯一嘗，即甘處也不會去覓，不曉得吹簫聲何處覓得餳來耶！

詩人往往有一種憤激之氣，遂至叫囂恚怒，甚爲不取。偶讀《畫史》，李猷善寫鷹鶻，一變世人所爲搏擊毛羽、淋漓飲血之概，二鷹坐於柏株之上，貌正閒暇，無猛鷙之狀，而不失其英姿勁氣，可尚也。善爲詩者，當取法焉。

詩有貞、有淫。淫固何取？聖人所以並取者，欲人知貞者可慕，而淫者宜以爲戒，欲人不爲其淫，正是要人必歸於貞也。以此教人，故淫亦不廢。後人偏好爲淫，以托於聖人不廢桑濮之意，不知其大背於聖人之旨，是甘心於淫之中，而甘棄於貞之外也。吾不知其誠何心已！

唐人「人面桃花」一首，極低回惋歎之致，聲情朗朗，但嫌其太説出了。在前人爲高，後人學之，便入容易輕滑一種。

李頎《贈張顛》詩云：「時稱太湖精。」工部《題張旭草書圖》云：「嗚呼東吴精。」雖同一樣語，李何麤率，杜覺安妥。可見字面推敲，原不容草草。

看前人名作，得他心思易，欲得他神情猶易，獨得他氣味最難。不得氣味，所謂神情也不全，便是心思也隔壁了。

梅聖俞詩：「窈窕踏歌相把袂，輕浮賭勝爲飛堶。」不解所謂「飛堶」何物。考字書，一音徒果切；一叶七禾切，兒童瓦礫戲也，不注所出。一日觀楊升菴《雜記》云：「宋世寒日有抛堶之戲，若今兒童打瓦也。」楊或有所據，梅亦必非硬裝。至云起於堯時之擊壤，謬矣。擊壤以手拍地，古時質朴之性，非若是之戲也。「堶」應補入韵書，七虞、七麌兩載。

陸放翁格本不高，亦有向上處。如《登劍南西川門》首「故人不見暮雲合，客子欲歸春水生」句，極矯健，夐出人表。有論其摹工部得力，余謂句誠佳，然以言杜則否。杜蒼深雄健，不僅如是。至其末句「投老深思看太平」句，何平弱無氣力也。乃是前面筆氣向上，到此落不下來，勉强完局。在陸自成好詩，不必派入杜去。

聲出而情見焉，故聲與情相屬而不相離也。無情則聲非其聲，無聲則情不可爲情矣。今人但知所謂情，而不知聲爲何物。吾又不解其所謂情者何也？

每讀工部詩，便覺自己胸中耿耿有一種意思欲逼出來；讀宋蘇、陸之作，非不可喜，只自己心上無一點發動處，此亦不知其何以然。即此見工部之不可不熟讀也，亦即可以觀人之讀杜與不讀杜者。

柳公權「殿閣生微凉」句，《新唐書》改爲「殿桷生餘凉」。陳輔之以爲改此兩字，有切於修詞。不思柳句何等渾成大雅，而改「桷」、「餘」兩字，適見其隘小無意味，子京之陋也。蘇子瞻《初夏》詩「獨詠微凉殿閣風」，用其語，蓋不以「桷」、「餘」爲然，明矣。

《梁鴻傳》載梁詩「麥含含兮方秀」，《藝文類聚》作「麥含金」，此刻本以「含含」下「含」字誤衍爲「金」也，楊用修亦以爲然。余謂自應作「含含」，乃形寫其秀之象，正與「方」字意合。若「含金」，不成語矣。

《許顗詩話》云：「寫人物態度，不可移易。元微之《李娃行》云：『髻鬟峨峨高一尺，門前立地看春風。』此定是娼婦。韓退之《華山女》詩：『洗妝拭面著冠帔，白咽紅頰長眉青。』此定是女道士。蘇東坡《芙蓉城》詩云：『中有一人長眉青，炯如微雲淡疏星。』便有神仙風度。」如此斟酌字句，方具眼力，真有不可移易一定神理。

松雪論作詩，用唐以下事便不古，是不肯苟且意。愚謂古處在於詞氣筆力，雖眼前事實、口頭常語，亦可入古；筆力詞氣淺弱不稱，便用三代以前事，何嘗古得？松雪所論之古在浮面一層，未見其是。

詩而曰律，明有法也。不是七字八句，便算做律。法有正，有奇，有板，有活。工部爲七律之祖，看他用法，離合變化不一，而其實頭頭有緒，一詩必有一法，一法即有一定。能講貫明白者，吾未見其人也。

詩必有意，句中包得意在。然以句包意不難，畢竟要以意包句，令人看去，但見是意，不見是句，渾融深厚，沉著至到。此等句，不讀工部不知。

這五箇字、七箇字，不是容易。今人多是勉强挣扎補湊，實不曾完全得這七字、五字。看古人一句一字，字裏字外，句前句後，有多少字句團搦而成，令人意想不盡。如今人不但不會做，連看也直是懵懂。

謂之曰詩，詩固有道，非語言文字之例。如何語言文字非詩？箇中道理，解人難得。

讀唐詩，多疲憊可厭。因取江西派，誦其數首，覺爽口快意，哀梨并刀，自是世間妙物。

庾子山在六朝爲第一。于史稱其詩綺艷，此皮相之論也。子山有精采而不佻蕩，少陵稱之曰「老成」，似亦過譽。蓋少陵原本六朝，於庾、鮑尤傾倒，故其《贈太白》云「清新開府」，乃是定評。「老成」者，阿私所好之言耶？

有以温庭筠《古碌碌詞》索解。余曰：「似此比興，語無貫串。末之『一鞘無兩刃，徒勞油壁車』，恐庭筠當日自亦不曾解得。貌作古致，以欺人耳。」

古昔以來，作者多矣，然大半功夫不純，火候少到，汞煉不成，鉛砂混雜。或恃才率意，或質地平下，或好爲詭欺。大抵於此道淺深，各有造詣，裒舉諸集，優劣固難言也。

《敬君詩話》云「不讀《三百篇》，不足以濬詩之淵源；不讀五千四十八卷，不足以入詩之幻化；不盡窮十三經，不足以悶詩之作用」等語，此是好爲大言，没頭布袋。果如若言，自是有益，但就「《三百篇》淵源」一語，即聖人之教小子之意，至十三經蟠天際地之書，寧僅詩之作用已哉？此仍是意在弋獵，爲獺祭張本耳。

元結《春陵》二首，自是有道之言，不朽之作。序語尤極惻怛懇至，中間「待罪而已」四字，千載之下，如聞其聲。如此方是吾儒真實學力得來。詩必如此，方不負聖人《葩經》一教。其《賊退》首，比前首稍遜。

杜少陵詩每每不忘君國，固其天性，然平時一吟一詠，亦祇就物起興，攄寫還題，不必處處歸到君國。偶觀漫叟評少陵「草有害於人，曾何生阻修」；「芒刺在我眼，焉能待時秋」，以言其嫉邪憤惡之意或然，若必謂其意在芟夷蘊崇，以肅清王室，則毋乃太膠固乎！論詩不當如此。

許彦周評杜牧之《赤壁》詩：「孫氏此戰，社稷存亡、生靈塗炭都不問，只恐捉了二喬，措大不識好惡。」余謂其「折戟沉沙」二語，將霸業之存亡一筆喝醒；後乃惋歎，借二喬作指點語，是正歎孫氏之不能久霸，争衡無益也。此種詩要詠歎淫泆得之，彦周眼光只認定二喬，呆看了也。

唐人雖定爲律，其體製則然，而臨文機致仍自活潑，原無死煞。往往有對有不對，意對筆不對，亦有全不對者，總要還他一片起承轉合，章法井然。若必字字對仗，而意所不屬，便成硬砌牽凑等弊，烏足以爲律耶？

余切切以聲調爲言，一本於《書》之「歌永言，聲依永，律和聲」也。子與人歌而善，善其聲也，聲則要永要和，却笑今人一片嗄音耳。

詩未有不從肝膈出來，有此境地，有此興會，不知不覺，内裏忽有，口頭自到，靈機妙炁，飛動鏗鏘，方是詩也。若徒然好事，覓些字面，排成句子，也説些境地，也説些興會，俱從外面貼上去，一毫神氣不屬，這如何叫做是詩？

善學者，古人入我肺腸，腐化出新；不善學者，拾些古人涎唾，粘膩滋穢，乃矜以爲能，不知其醜，可哀也。每思亡友蔣紅皋曰：「我之喉舌尚在，何至靠著嘴唇皮學話！」余又添一語曰：「若是還有脊梁，正可自己去撑，終是硬氣。」

學人文字，縱極佳好，已落其次。屈原《離騷》獨能自成一家，其後揚雄、東方朔、劉向、王褒、莊忌輩務爲《反騷》、《七諫》、《九懷》、《九歎》諸作，騁極辭義，不脱原文，轉覺囉囉生厭。後人奉《騷》爲經，諸文不復措意，庶幾宋玉之《九辨》、《招魂》，淮南小山之《隱士》，矯變不襲，差强人意。夫《楚辭》，風詩之變，而《九歌》尤開漢魏古詩之先也。

屈子《騷》辭，自古列於文苑。余謂《九歌》當作詩看，漢魏六朝歌行皆本於此，誰謂《柏梁》始爲七言之倡耶？

唐人亦有庸筆俗筆。手眼不高，不能辨别，泛然學之，一落筆下，便不見是唐，但見其醜也。學者要須自立，不可死煞唐詩内。大抵不能辨别者，又只辨得學他庸筆俗筆耳。

有云唐詩如食大官珍膳，宋詩如山肴野蔌。此言不然。唐詩高者，不特大官珍膳而已，太羹玄酒，味在味外；宋詩佳者，不皆山肴野蔌，霜天新稻，真味更是益人。

言爲心聲，人不覺得。試舉工部之「築場憐穴蟻，拾穗許村童」二句，全打從一片心地出來，正是將一片心地藏在句内。心至之，聲從之；聲出之，心存之，聲心一片。《書》曰：「詩言志。」不我欺也。世徒覓取字面工麗好看爲能事，吾不知其何物也。

杜牧之云：「一日讀十紙，一月讀一箱。」計一日十紙，則一月三百紙，安得云一箱耶？此等指陳事體，不宜亂下字語。詩人妄談，大都然也。

論法曰一定，不是教人呆板。試思一篇之中離合變换，豈有故常？譬如移步换形，有移必有换，然移必竟從步上换得，其去來轉側無定而必定也。行雲在天，何嘗有定？不知所以無定中必有個定在。或雲力舒卷自到，或風色因緣而成，法亦如是而已。若一味脱空落節，便不成了物事。若云刻板縛煞，做死亦無此道理也。

歐陽文忠不喜作佳麗語，打掃潔浄，意到成句。但傾吐太露，少停蓄，未得《風》詩婉而善入之道。然其力矯崑體，起衰式靡，亦是豪傑。

詩無易作，古體尤難。五言古要有古情，如古玉古銅，温潤透澈；七言古要有奇響，如飢鴟怨鶴，聲戛空際；長短句全看轉變，如天魔舞，解解莫測。

《桂苑叢談》：「薛陽陶奏蘆管，其管甚微，于一觱篥中常容三管。聲出如天際自然而來，情思寬閑。」細繹此十字，大是詩中妙詣。天際隱隱來得遠，自然而來，聲長而不促，從容之至，寬閑游餘于象外。詩能有此境界，惟陶淵明、李青蓮庶幾焉。

天上地下，中間一大空子，何所景象不有？人之一心，中間空竅，即是天地中間空竅景象，亦何所不有？不于此空處游衍，偏去尋墻摸壁，陳迹故套，性靈變爲獃氣，死煞方隅之地，却不負了此心空竅耶？

宋肇《三峽堂記》云：「峽江錦跨西南諸郡，合牂牁、越嶲、夜郎、烏蠻之水，縈紆曲折，掀騰洶湧，咸納於峽口，實衆水之會。」云云。余玩其言，旁通于詩。欲取譬少陵一集，才情氣魄，真有如此。下此惟蘇長公，或庶幾乎？然蘇縈紆曲折則有之，掀騰洶湧猶未及也。

王嬙以一女子而繫國家安邊息戎大計，雖帝之所使，亦其能以身事國。從來詠其事者，未見有一合作。前人以白樂天「漢使却回憑寄語，黄金何日贖蛾眉。君王若問妾顔色，莫道不如宮裏時」，爲惓惓舊主之詞，過于他作。余謂若嬙去後，猶欲以顔色事君，則是一尋常庸陋女子，不識事機甚矣。琵琶聲凄楚激烈，别有高調，恐不出此。樂天之詩，直爲王嬙啐吐。

余最愛淵明「平疇交遠風，良苗亦懷新」句。東坡謂非古之植杖耦耕者，不知此語之妙。余未能植杖耦耕，于此等句頗能融洽意會，細玩「懷新」二字，真是入我肺腸也。

《東坡志林》曰：「子美『白鷗没浩蕩』，言其滅没于烟波間耳。宋敏求謂鷗不解『没』，改作『波』，便覺神氣索然。」余亦謂「没」真不可作「波」，作「波」真復神氣索然。蓋「没」字有多少動静在内，下「誰能馴」在此「没」字出來，非坡公不能識得。

嚴滄浪云：「謝朓：『洞庭張樂地，瀟湘帝子遊。雲去蒼梧野，水還江漢流。停驂我悵望，輟棹子夷猶。廣平聽方籍，茂陵將見求。心事俱已矣，江上徒離憂。』謂删去『廣平』二句，只用八句，方爲渾然。」余初并欲去「停驂」二語，只用六句，更覺高渾。及細細玩味，去「廣平」二句甚好，并去「停驂」便促竭，不可去也。讀書之難如此。

注書家每于字句下注一作某，或又一作某，漫無決擇，方以冗贅矜其博考。讀者無所是非，以譌傳悮多矣。適閱温飛卿《五丈原》一首云：「下國卧龍空寤主，中原得鹿不由人。」「寤」本不可解，下注云：「一作『悮』。」愚謂應作「悟」，此蓋惋歎之詞，言後主之不足事，以致不能成功，前後語意甚明。至「得鹿」「得」字，一作「逐」，取現成字跡，則嚼蠟無味。下「不由人」三字，如何粘連？句意全失。注脚必須講究的當，不講究，妄注何益？

南人常言花落曰「吐」，向疑爲「脱」字，聲轉之譌。考《曲禮正義》：「妥，頹下之貌。關中人謂落爲妥。」讀杜甫詩「花妥鶯捎蝶」，乃知「妥」字無疑。隨常語往往有所本，不可妄臆如此。

隨常口語可以入詩，入亦無妨。或有以白樂天「歲酒先拈辭不得」「拈」字爲疑，余曰：「『拈』猶『傾』也。杜子美亦有『重碧拈春酒』句。」或曰：「然則樂天從子美脱來？」余曰：「何必爾。子美又脱自何人耶？當時口語有之。」

三衢葉秉敬論老杜《洞庭》詩「吴楚東南坼，乾坤日夜浮」，若無「吴楚」句，則「乾坤」句爲詠海矣。又云：「詠洞庭只兩句，下便自叙『親朋無一字，老病有孤舟』句，此方是變化之妙。」説得是。看詩有眼，要知「吴楚」十字將洞庭寫得十分滿足，更添不得他語；次聯一轉，是善于縮筆，不特换筆之妙，此種惟老杜能之。

宋陳輔之云：「唐人牡丹詩：『紅開西子粧樓曉，翠揭麻姑水殿春。』若改『春』作『秋』，便是蓮花詩。」余謂「翠揭」句可移作蓮花，「紅開」句又豈不可作桃花詩耶？而其實是蓮、是桃、是牡丹，總没著落。至于「西子」添出「粧樓」，「麻姑」添出「水殿」，尤爲虚揑無謂。大抵詠物徒費心思，討不出好來也。

王荆公「含風鴨緑鱗鱗起，弄日鵝黄裊裊垂」句，可謂工麗，然意自渾成。其妙上四字做，出於有意；下三字不更做，只就上面隨意寫足，却是包括，便覺融化不落痕迹。若一刻畫，則上面之「鴨緑」、「鵝黄」俱入小家數矣。此與王維之「漠漠水田」、「陰陰夏木」同一機局。但「含風」、「弄日」究是用意造語，不如維之自然，此爲唐、宋之别。

秦少游：「有情芍藥含春淚，無力薔薇卧晚枝。」前人以爲「女郎詩」，則真是女郎詩也。「有情芍藥」乃竊《鄭風》「贈之以芍藥」之意，然硬入「有情」，何無含蓄；而又下一「淚」字，殊覺可憎，直不成詩，豈特纖巧而已哉！

温庭筠：「江海相逢客恨多，秋風葉下洞庭波。酒酣夜别淮陰市，月照高樓一曲歌。」詩甚遒舉，在集中爲健筆。但「洞庭」何涉「淮陰」？此句便覺贅設，一首詩只得三句了也。余非刻責前人，欲求此道之是，不得不一摘出耳。

士人不能固窮，往往忘其自好。當時俗情不覺，後世豈無訾議？韓昌黎上宰相書，幸其文章聲價重了，不致喪其生平，然而白璧之瑕，終存一玷。杜少陵贈鮮于京兆詩，與昌黎之書，其弊正等。按：鮮于仲通依附楊國忠，以取顯位。少陵詩末云：「有儒愁餓死，早晚報平津。」區區望其轉相汲引之意，不幾幾乎欲附國忠之門耶？此與房太尉道義之交、嚴鄭公患難之託不同，竊怪此公亦不固窮也。

有好爲詩而拙甚，屢教其吟玩前人名作，乃久而不化。偶閲《酉陽雜俎》一段：「鷃爛堆鳥，色黄，一變爲鴿，色如鶖鶩，鴿轉後屢變，横理細，臆漸漸微白。」鳥物類如是善變，何人之不如鳥也！

宋景文論左太沖「振衣千仞岡，濯足萬里流」，飄飄有世表意，不減嵇康「目送飛鴻」語。余謂何必「千仞」，何必「萬里」，假借字句，豈若「目送飛鴻」，自然景象闗會。看詩要取神味。

張文昌《謝裴司空贈馬》詩云：「乍離華厩移蹄澀，初到貧家擧眼驚。」此張之謙詞，以重司空之惠也。「蹄澀」爲惜其去彼華厩也，「眼驚」爲歎其來而失所也。而劉貢父乃曰：「此馬定是一遲鈍多驚者。」詞微而顯，若如其言，則文昌不以爲感，而反以爲誚矣，恐文昌不如是薄也。

「一鳩啼午寂，雙燕語春愁」，唐人佳句。蘇子瞻自以不能爲之，江盈科謂無下手處。余謂「一鳩」五字自然天籟，「雙燕」乃是尋覓作對，話愁殊覺勉强，不比「啼午寂」現成。且意亦合掌，句未爲佳。「一鳩」五字真無下手處。

楊大年不喜工部，謂爲「村夫子」。客有以杜「江漢思歸客」句令續下句，楊屢屬句無當。客徐曰：「乾坤一腐儒。」楊默然，若少屈服。此二句大年未知，然則竟未曾見過杜集，無怪其然。然少屈猶是良心不昧。

杜甫《飲中八仙歌》：「蘇晋長齋繡佛前。」舊注云：「晋學浮屠術，嘗得胡僧慧澄繡彌勒佛一本，寶之，曰：『是佛好飲米汁，願事之。』」云云。後人駁此注不知所本，「米汁」二字佛書亦未見，疑是僞撰。余曰：「此事頗佳，『米汁』二字亦妙，不必問其爲僞否也。」

石曼卿「意中流水遠，愁外舊山青」，抒寫平平，且亦漫無切著，未足爲佳，何以豪士欽洽贈遺之厚？或曼卿自爲此説，以志矜誇耳。杜工部「水流心不競，雲在意俱遲」差勝，曼卿特竊此意，而未能變化者也。

《珊瑚鈎》言杜甫「軒墀曾寵鶴」、杜牧「欲把一麾江海去」，皆引用之誤。不知句意只在「寵鶴」，其「軒車」、「軒墀」，俱無不可，原非詠乘軒事也。「一麾」實指太守之麾，不必引用延年之語。即延年之「一麾乃出守」，亦正對上句之「屢薦不入官」，猶夫捧檄之意，安見其必爲「麾去」之「麾」耶？注釋多費推敲如此。

昔人謂著作家必有祖述，《二京》以擬《上林》、《子虚》，《三都》以擬《兩京》，《四愁》則《七哀》繼之，《擬古》則《雜體》因之，皆相師述云。余謂諸君各以才地自高，方且求勝前人，其所以相似者，正是對樹旗幟，駸駸欲駕上之矣。韓昌黎之《南山》，自有一副手筆傾倒而出，誰謂必學子美之《北征》而區區仿之？昌黎文起八代，詩又豈肯步人後塵者？謂之不讓可也。余持此以破庸人祖述之説。世之豪傑，苟能卓然自立，或不河漢余言。

顔之推《家訓》曰：「陶冶性靈，從容諷諭，入其滋味，亦樂事也。」玩「入其滋味」四字，非有靖深温厚之功，這一箇「入」字政不易得。若不陶冶，毫無從容，不知如何滋味，有甚樂處來耶？

陶淵明《詠四時》詩「春水滿泗澤」一首，一作顧長康，膾炙人口。宋孝武帝《爲王玄謨作》：「堇茹供春膳，粟漿充夏餐。𤓰醬調秋菜，白醝解冬寒。」雖嬉笑之詞，亦自文美可誦。

杜詩：「秋菰成黑米，精鑿傳白粲。玉粒足晨炊，紅鮮任霞散。」「鮮」，言色也。或云江淛人謂紅米曰「紅鮮」，誤。「紅秈」乃「粳秈」之「秈」，另有「秈」字。勿笑古之菽麥不辨矣。

有作《秋懷賦》，中有云「望南山于東籬」，用陶詩「采菊東籬下，悠然見南山」也。《東坡志林》云：「采菊之次，悠然見山，初不用意，而境與意會，故可喜也。今皆作『望南山』，便神氣索然矣。」余又謂籬曰「東」，山曰「南」，「見」者只在一回顧間，「望」是對面，與「東籬」不合矣。

余嘗有「聞道江船載米來，閭閻争拍飯籚灰」句，某爲改「籚」爲「籮」，以正余誤。不知工部詩：「香飯兼苞籚。」《説文》云：「籚，飯器。亦作籚。」學識之難如此。

詩用辭采，古人皆然。如工部之「群公蒼玉佩，天子翠雲裘」，按《六典》：「一品佩山玄玉，五品以上水蒼玉。」此群公豈皆五品？佩豈皆蒼玉？至「翠雲裘」，按宋玉《諷賦》：「主人之女，翳承日之華，被翠雲之裘。」而用于天子，似乎不倫。要知古人偶涉典故，隨筆所及，原無著相，不似後人沾沾以用典爲能事也。

興到往往出韵，古人時亦有之。孟襄陽：「客醉眠未起，主人呼解醒。已言雞黍熟，複道甕頭春。」「醒」，八庚；「春」，十一真，要知不害其爲詩也。有云「春」當作「清」，不必。

詩必切題，大是病事。如老杜《八月十五夜月》，不曾做一句八月十五；又《十六夜翫月》、《十七夜對月》，祇從「月」上寫來，並無一字爲「十六」、「十七」而設。要知「翫」、「對」之間，即景生情，不覺有詩，逐日自記，不是將「十五」、「十六」、「十七」作題目也。若教今人，必欲還他是箇「十五」、「十六」、

「十七」夜之月，便支離牽强，入于魔障矣。

孟浩然《潯陽泛舟》首中四句：「因之泛五湖，流浪經三湘。觀濤壯枚發，弔屈痛沉湘。」連用「湘」字爲韵，却是不妥。不比《留别張主簿》首：「得與故人會，浮雲在吴會。」前後兩用「會」字，不覺其重，轉見逸致。二「會」字義乃各别，二「湘」字意無變换也。

許彦周論寫生之句，以東坡《題趙昌黄蜀葵畫》「檀心紫成暈，翠葉森有芒」，「揣摩刻骨，造語壯麗，後世莫及」。噫！何論之隘也。寫生家窮極其技，不過善取色相，費了幾筆膳黄汁緑而已，究竟如何生得？至以詩寫一枝筆，尤非畫家雙管可以鈎摹渲染，非特生之爲難，直是死煞幾箇字面。如「檀心」、「翠葉」、「紫暈」、「森芒」，安見其必爲「黄蜀葵」耶？余少時亦嘗有此等句，其後自覺乏趣，盡行芟去。

劉貢父謂潘逍遥詩：「久客見華髮，孤棹桐廬歸。新月無朗照，落日有餘輝。漁浦風水急，龍山烟火微。時聞沙上雁，一一背南飛。」以爲不減劉長卿。余玩其風格，絶似唐人，起結俱極清勁；而中四句平平寫去，未能挺拔；「新月」、「落日」二句，尤覺熟易。詩好之難如此。

孟襄陽《漢中漾舟》一首：「漾舟逗何處，神女漢皋曲。雪罷冰雙開，春潭千丈緑。傾杯魚鳥醉，聯句鶯花續。波影摇妓釵，沙光奪人目。」原刻「春潭」句下有「輕舟姿往來，探玩無厭足」二句。此二句不可少，局乃寬展。其曰移「波影」二句接此甚合。又末有「良會難再逢，日入須秉燭」二句，以接「鶯花」句下作轉，收結亦好。不知刻本因何删却，學者當熟復得之。

余素不喜宫闈之作，柔情媚氣，無足啓發志意。孟襄陽亦嘗爲之，其《盈盈樓上女》首，猶疏宕不落香奩；其他《春怨》、《分香》、《寒夜》諸作，都如今人所爲；《春情》七律，造語下字，尤極濃至。余疑非襄陽集中物，考宋本不載，當是僞爲混入耳。

工部之「細雨魚兒出，微風燕子斜」非不佳，然無甚深意。下句是作者心眼間不覺得之，乃尋上句來作對仗，便覺痕迹不化也。此是作詩甘苦處，看前人詩，學者心眼要當著力。

陳後山云：「杜牧『南山與秋色，氣勢兩相高』二句，不如杜子美『千崖秋氣高』一句更勝。」此論未是。一句是一句局法，兩句是兩句局法。且「千崖秋氣」是側重「秋氣」上，「南山秋色」是兩平説，歸入下句，十字一字省不得，詞意甚明。實則牧之勁健，亦不讓子美也。

歐陽永叔云：「爲文有三多：看多，做多，商量多。」爲文之道，不嫌如此，惟詩全用不著三者。若以看、做、商量爲之，不從肺腑出來，失了心聲道理。所以窮愁哀怨中多有好詩，不是做、商量來也。

詩曰「吟」者，即歌也。紬繹其聲也，必能吟而善，然後爲之，能得聲調之妙。昔人謂字中有聲，不能抑揚頓宕，含吐宫商，猶不善歌曲者之念曲叫曲，既無聲調，安問情味？今人只曉得做句做字，全不知聲是何物。只可入得眼，却出不得口。先是不會吟，那能做得來耶？

詩不厭改，數數改後，臭腐化爲神奇。然必與年俱進。少陵云：「老去漸於詩律細。」此「漸」字有多少工夫火候，必「老」然後得也。劉貢父嘗言：「量力致功，精思數十年，方能名家。」想此數十年殫心竭智，甘苦備嘗，而人亦老矣。余不禁有感于其言，爲之三歎而罷。

許彦周云：「太白之『問余何事棲碧山，笑而不答心自閒。桃花流水杳然去，别有天地非人間』，真是謫仙人也；東坡之『父老争看烏角巾，應緣曾現宰官身。溪邊古渡三叉口，獨立斜陽數過人』，真是戒禪師後身。」余謂「别有天地」句反覺瀾漫無含蓄，却負了「笑而不答」也；「曾現宰官」句不免拖泥帶水有迹相，却負了「溪邊古渡」二句也。仙人、禪師亦有不到處。

杜工部《存殁口號》：「席謙不見近彈棋，畢耀仍傳舊小詩。玉局他年無限笑，白楊今日幾人悲。」黄魯直《荆州江亭》詩仿此：「閉門覓句陳無己，對客揮毫秦少游。正字不知温飽未，西風吹淚古藤州。」絶似杜作，而「西風」句較杜更悽婉過之。誰謂後人不及前人，而魯直必不能爲杜也？

言情之作，情到自有好語，不煩字面雕飾。務華之弊，專以詞采見長，從來名家不免。偶拈東坡「笑把鴟夷一樽酒，相逢卵色五湖天」句，殊厭其「鴟夷」、「卵色」四字，借來襯副句子，有何佳處？楊升菴極稱之，謂本於唐人之「殘霞蹙水魚鱗浪，薄日烘雲卵色天」也。此種在唐人已極低品，然其從上「薄日烘雲」轉出，猶爲渾成。若蘇乃是硬入此二字，更無意味矣。升菴可謂嗜痂之癖。

工部詩：「一箭正墜雙飛翼。」山谷注作「一笑」，引賈大夫射雉事，非是「一箭」、「雙飛」，上下鈎貫極緊。若用「一笑」，反説開了，并「雙」字亦落空也。

歐陽季默嘗問東坡：「魯直詩何處是好？」東坡不答，但極口稱重之。季默云：「如『卧聽疏疏還密密，晚看整整復斜斜』，豈是佳耶？」東坡云：此正是佳處云。要知東坡勉强對答，自是愛友之道。不比今人偏好指摘别人，作自己識見，最是澆薄惡道。

《紫薇詩話》："衆人方學山谷，晁沖之獨專學老杜；衆人俱從西方教，時高秀實獨好兜率。"云云。學者務須自立，不可隨俗波靡。如晁沖之還是晁沖之，高秀實還是高秀實，不致做了衆人面目也。那見少陵去學太白，太白去學少陵？那見迦葉去學老君，老君去學迦葉，做了一樣葫蘆耶！

又張文潛歸陳州，寄書東萊云："到家冒雨，時見數花凄寒，重裘附火端坐，略不類季春氣候也。"云云。余二月中從平陵歸舍時光景極似，乃見古人真實落筆便是。作詩能如此，即是《國風》、《小雅》真諦也。適與人談詩，故及之。

《珊瑚鈎詩話》："東坡稱陶淵明『平疇交遠風，良苗亦懷新』句，非耦耕植杖者，不知其妙。僕居中陶，稼穡是力，夏秋之交，稍旱得雨，雨餘徐步，清風獵獵，禾黍競秀，濯塵埃而泛新緑，乃悟陶之善體物也。"云云。余嘗於鄉村雨後，最喜誦此句。嘗謂山家書額，用"懷新"二字。此"懷"字與上"交"字之妙，非細心静氣人不能領會。淵明之詩往往見道，是誠聖于詩者，總非他人所能及。

又："詩以意爲主，以氣韵深高者絶，以格力雅健雄豪者勝。元輕白俗，郊寒島瘦，皆非也。"云云。余謂意要在于有無顯晦之間，全藉詞氣筆力去團搦，深高雅健，一不可少。至於雄豪，又在意外得之，另是一種。

宋景文《筆記》："《詩》曰：『蕭蕭馬鳴，悠悠旆旌。』見整而静也，顔之推愛之云。"余謂静而將動之意，景文曰"整而静"，便說煞了。又："『楊柳依依』、『雨雪霏霏』，寫物態，慰人情也，謝玄度愛之云。"此是只寫物態，而人情寓焉。若直曰"慰"，則少了許多徘徊瞻望之意，說得粗了。讀《三百篇》不是容易，豈一「愛」而已乎？

又：「左太沖詩『振衣千仞岡，濯足萬里流』，使人飄飄有世表意，不減嵇康『目送飛鴻』之語。」云云。余謂景文直不識得左二句是用氣勢，故作硬語，流弊後人多如此；若嵇之「手揮絲桐，目送飛鴻」，自是一片神遊，不可迹畫。迄今讀之，猶令人遐然心遠，豈太沖可比。

工部《秋興》詩，第一首因秋起興，發端高渾異常，全副精神振動。「玉露」、「楓林」、「巫山」、「巫峽」，俱從「秋」上落筆；「凋傷」、「蕭森」，乃是虛虛逗入「興」也。三、四承「巫山」、「巫峽」來，説一「江間」，説一「塞上」，即是上面「蕭森」之氣。一句從下説上，一句從上説下，何等俯仰神遥。而「江間」是實寫景象，「塞上」是虛寫時事，此句有多少兵戈擾攘不寧在內，詞意展拓，正極沉著。以下轉入自己，一訴其羈旅之久，一寫其懷歸之切，所謂「叢菊」、「孤舟」，或有或無，無非借託，正是「秋興」之由。七句跟定「故園」，却不去説家中之「刀尺」，而偏説此地之「寒衣」，反映入己，將滿懷「故園」歸到「白帝」，與上「巫山」、「巫峽」照應作收。機神緊輳，字無虛設，詩律之細，古今第一首。「玉露」。

從上「城高」緊接而入，一氣標舉。「孤城落日」即檃括上首之意，便已貫入通首，句中有多少氣力。次句疾入自己一片江湖魏闕之思，點出「京華」作主意。三句跟上「夔府」，而「聽猿」下一「實」字，言之懇切；四句跟上「京華」，而「奉使」下一「虛」字，言之惝怳。所謂「奉使」者，公時爲參謀，身屬朝廷，無功可立，即公《客堂》首所謂「主憂豈濟時，身遠彌曠職」也。兩句悲音響亮，千載之下，如聞其聲。第五句仍跟「奉使」句，言雖爲尚書省郎，不得供職朝廷，以證上「虛」字；六句又跟上「聽猿」來，增一「悲笳」，更爲「下淚」作襯，以足上「實」字。意其「畫省香爐」與下「山樓粉堞」原是虚實相對，將「山樓」還清「夔府孤城」，不説開去了。七句恰好作轉，有風帆竟渡之妙。末二句對定首句，「落日」換一「月上」，「京華」換一「蘆洲」，將所望之「京華」變爲請看之「石上」，蒼蒼茫茫，無限低回，以收應起二句唱歎之神，真乃情景悉化，機局逼清。老手無敵，於斯乃信。「夔府」。

前二首題意已足，住手亦可，而胸次耿耿，殊不盡興，又有作也。故此首另是起局，並不與前首相連。獨處遠方，自顧寥寂，一起寫得人地悄然，無聊無賴。「山郭」陪起「江樓」，安放題面。三、四隨手以「漁人」、「燕子」一寫江樓之景，亦正寫得一種閑閑無著之意。四句一片，俱用寬筆，緩唱微吟，故作蕩漾也。以下緊轉，忽起高調。嗟「抗疏」之已非，歎「傳經」之無望，嘯然長嘯，幾于聲振林木，而餘響未終。于結二句更一傾吐盡致，以足五、六語氣。四句亦是一片，俱用正寫。前後兩截做，無一句打混。至于「少年」、「衣馬」，不特妙與「漁人」、「燕子」映帶生情，恰正繳明前面「漁人」、「燕子」閑閑兩言。此處還他意中原有著落，便令「漁人」、「燕子」與「同學少年」又打成一片也。分合間架，兩截仍是一脉貫注。細心體會，方知古人妙處。「千家」。

玩前首後半，作者一時神情都注在長安，不覺感慨横生。于此首一直喝起「長安」，而就便落一「悲」字，爲通首之楔。聲情激楚，心口相應。三、四接寫「不勝悲」之故，「王侯」、「文武」是歎昔之老成俱謝，一班新進用事，以醒上句「百年世事」意。所謂「弈棋」之語，亦即在内。看其無有一字落空，無有一意不照應者。五、六又就現在兵戈擾攘，賊勢甚盛，官軍玩愒，世無勤王之兵，長安何日平定，有感有憤，純乎「不勝悲」之意，極其透徹。末仍歸到夔府，又轉「故國」之思，見長安不可入矣，惟有懷歸愈切耳。結句詞氣少緊鍊，似繳不住通首。「聞道」。

上首歎息長安一番，因而追想從前之盛，不覺又一起興。先言宫闕之壯麗，次言時事之繁華。「函關」指玄元皇帝事，「王母」亦是一例連引説來，謂國家無事，誇耀神仙，以見當日承平景象。不必定以王母指貴妃，作譏刺語也。五、六再言朝儀之盛，而己之親奉恩光，躬逢盛世，寫出得意，俱是襯筆。以上六句極其暢足，七句轉到失意，以今異地飄零，一卧不起不爲反襯長安，却要不脱了夔州説，疾以「滄江」「歲晚」，點還題面也。第八句又不就「滄江」「歲晚」直落，偏再挽合上面，真是通身力量。蓋上面重了，下自輕收不得。法脉老到，非公誰能有此健筆？「蓬萊」。

前首言長安之盛，由盛而衰，風景一變，至於今日。故又接此一首，從夔州説入，自「瞿唐」以至「曲江」，迢迢甚遠，一派秋色，俱屬「風烟」，蕭颯之象。于是遥想「花萼」之城，當日俱關「御氣」；豈意「芙蓉」之苑，一旦忽入「邊愁」。應上「風烟」，收住上四句了。五、六又從「花萼」、「芙蓉」内抽出，再詠嘆二句，將昔日宸遊景象一提，見本屬后妃、百官盛集之所，乃一變爲「黄鵠」、「白鷗」棲息之場，荒凉無人，言外可見。從盛説衰，其衰愈可悲也。轉入七句，下得「可憐」二字，聲情如訴；而「回首」兩字中無限低回追溯，逼出末句，言長安終是「帝王」之地，王氣所鍾，決不終於衰颯耳。句中且寓頌禱之意，出於愛君之誠。詩到真處，不覺説到，作者所以立極千古。「瞿唐」。

從上「自古帝王」一語，遂追想到「漢時」兵威之盛，「武帝」「昆明」遺迹，猶可考見，隱然見得今日之朝廷不振，靖寇無功。以下跟「昆明」説去，「織女」之石無憑，空餘「夜月」；「石鯨」之甲雖在，徒有「秋風」。「旌旗」杳然，難乎問矣。而池中惟有「菰米」、「蓮房」、「沉雲」、「墜粉」，一片荒凉，見武備之不講。如此安得有兵力，足以消弭禍亂耶？長安之近且然，天下益不可問。如夔府要地，漫不經心。「關塞」委諸「鳥道」，「江湖」付與「漁翁」，二句緊對上面「昆明池水」、「武帝旌旗」而言，盛衰迥别，言外慨然。將「聞道長安」以下幾首，一總收煞在夔州風景内也。自「聞道」至此四首，反復正變，極紆餘卓犖之致。四首要當一氣讀，始得肯綮。「昆明」。

在夔州即夔起興，前三首一局；念長安因説長安，中四首又一局也。流連慨歎，語氣具足，而餘興不盡，復倒轉前面，還從自己追數當時，亦仍跟定長安，説長安事。因而憶其「昆吾御宿」之遊，「紫閣」、「渼陂」之景，將「香稻」、「碧梧」、「鳳凰」、「鸚鵡」，一形容其風物之美；又將「佳人」、「仙侣」、「拾翠」、「同舟」，一鋪叙其太平之樂，總爲反襯。此地之「叢菊」、「孤舟」，今日之「聽猿」、「奉使」，昔何繁華，今何慘淡，末二句明明道出。妙在第七句，一面收轉上文，一面呼起下句。結語包裹得八首完足。其「吟望」兩字直照管到「望京華」，更極周匝了當。似此俱非後人所能及。惜此首反以「香稻」二語爲後人膾炙，却不理會得一篇精思厚力也。「昆吾」。

談龍録

談龍録提要

《談龍録》一卷，據嘉慶間刊雪北山樵《花薰閣詩述》本點校。撰者趙執信（一六六二——一七四四），字伸符，號秋谷，晚號飴山老人。山東益都人。康熙十八年進士，官至右贊善。有《飴山堂詩文集》。《清史稿》卷四八四有傳。此篇有康熙四十八年自序，時在漁洋下世前兩年，而首則「談龍」云云，即爲作者與漁洋兩家詩學之異而發也。秋谷與漁洋之争，歷來有性格説、私事詬厲説等，皆不爲無因。漁洋性緩，故寛；秋谷性峻，故似隘，猶可稍優劣之。至於兩家詩學，則絶然當以《四庫全書總目》之「兩説相濟」爲定論矣。蓋漁洋詩學上承嚴滄浪，繼以明前後七子之論，創爲「神韵」説，已屬專門之學；秋谷則私淑馮班，服膺吴喬「詩中須有人」説而力揚之，以與漁洋立異之當代形態回歸傳統詩教。其説尚「實」，而别於漁洋之尚「虚」。稍後又有所謂「南北隨園」延續之，北隨園（邊連寶）攻漁洋愈烈，南隨園（袁枚）之「性靈」説亦遠漁洋近秋谷；再稍後又有翁方綱修正漁洋創爲「肌理」説、潘德輿昌言「質實」説而爲一代詩學立綱定調，幾與「非」漁洋相始末。而啓其端者，即爲吴修齡、趙秋谷也。顧修齡猶以攻明七子爲正面，秋谷則直接與漁洋争是非矣。雖然，前秋谷後覃溪，終亦不能離漁洋而成説，故曰秋谷争於漁洋，以實濟虚，於詩學乃爲大有益。此篇流傳甚廣，版本甚多，惟盧見曾雅雨堂本以爲漁洋諱而删削多則，他本要無大出入。然如「司寇奉使祭告南海著《南海集》」一則，「入都謁司寇」者，諸本有出姓名（宋犖）不出姓名之别；「朱貪多，王愛好」一則問答，問者亦有出姓名（方世舉）不出姓名之别。

序

余幼在家塾，竊慕爲詩，而無從得指授。弱冠入京師，聞先達名公緒論，心怦怦焉每有所不能慊。既而得常熟馮定遠先生遺書，心愛慕之，學之不復至於他人。新城王阮亭司寇，余妻黨舅氏也，方以詩震動天下，天下士莫不趨風，余獨不執弟子之禮。聞古詩別有律調，往請問，司寇靳焉。余宛轉竊得之，司寇大驚異；更覩所爲詩，遂厚相知賞，爲之延譽。然余終不肯背馮氏，且以其學繩人，人多不堪，間亦與司寇有同異。既家居，久之，或搆諸司寇，浸見疏薄。司寇名位日盛，其後進門下士，若族子姪，有借余爲諂者，以居京師日亡友之言爲口實。余自惟三十年來，以疏直招尤，固也，不足與辯。然厚誣亡友，又慮流傳過當，或致爲師門之辱。私計半生知見，頗與師說相發明。向也匿情避謗，不敢出，今則可矣。乃爲是録，以所藉口者冠諸篇，且以名焉。

康熙己丑夏六月，趙執信序。

談龍録

青州趙執信秋谷著

錢塘洪昉思昇，久於新城之門矣。與余友。一日，竝在司寇宅論詩。昉思嫉時俗之無章也，曰：「詩如龍然，首尾爪角鱗鬛，一不具，非龍也。」司寇哂之曰：「詩如神龍，見其首不見其尾，或雲中露一爪一鱗而已，安得全體？是雕塑繪畫者耳。」余曰：「神龍者屈伸變化，固無定體，恍惚望見者，第指其一鱗一爪，而龍之首尾完好，故宛然在也。若拘於所見，以爲龍具在是，雕繪者反有辭矣。」昉思乃服。此事頗傳於時，司寇以告後生而遺余語，聞者遂以洪語斥余，而仍侈司寇往説以相難，惜哉！今出余指，彼將知龍。

阮翁律調，蓋有所受之，而終身不言所自；其以授人，又不肯盡也。有始從之學者，既得名，轉以其説驕人，而不知己之有失調也。余既竊得之，阮翁曰：「子毋妄語人。」余以爲不知是者，固未爲能詩；僅無失調而已，謂之能詩，可乎？故輒以語人無隱，然罕見信者。

聲病興而詩有町畦。然古、今體之分，成於沈、宋，開元、天寶間，或未之遵也。大曆以還，其途判然不復相入。由宋迄元，相承無改。勝國士大夫浸多不知者。不知者多，則知者貴矣。今則悍然不信。其不信也，由不明於分之之時。又見「齊梁體」與古、今體相亂，而不知其别爲一格也。常熟錢木庵良擇推本馮氏，著《唐音審體》一書，原委井然，名流問辨咸不及。

頃見阮翁雜著，呼律詩爲「格詩」，是猶歐陽公以八分爲隸也。詩之爲道也，非徒以風流相尚而已。《記》曰：「温柔敦厚，詩教也。」馮先生恒以規人。《小序》曰：「發乎情，止乎禮義。」余謂斯言也，真今日之針砭矣夫！

或謂禮義之説近乎方嚴，是與温柔敦厚相妨也。余曰：詩固自有其禮義也。今夫喜者不可爲涕泣，悲者不可爲歡笑，此禮義也；富貴者不可語寒陋，貧賤者不可語侈大，推而論之，無非禮義也；其細焉者，文字必相從順，意興必相附屬，亦禮義也。是烏能以不止耶？

崑山吴修齡喬論詩甚精。所著《圍爐詩話》，余三客吴門，徧求之不可得。獨見其與友人書一篇，中有云：「詩之中須有人在。」余服膺以爲名言。夫必使後世因其詩以知其人，而兼可以論其世，是又與於禮義之大者也。若言與心違，而又與其時與地不相蒙也，將安所得而知之而論之？

修齡又云：「意喻之米，文則炊而爲飯，詩則釀而爲酒。飯不變米形，酒則變盡。噉飯則飽，飲酒則醉。醉則憂者以樂，喜者以悲，有不知其所以然者。如《凱風》、《小弁》之意，斷不可以文章之道平直出之也。」至哉言乎！

司寇昔以少詹事兼翰林侍讀學士，奉使祭告禹陵及南海，著《南海集》。其首章《留别相送諸子》云：「蘆溝橋上望，落日風塵昏。萬里自兹始，孤懷誰與論？」又云：「此去珠江水，相思寄斷猿。」不識謫宦遷客更作何語？其次章《與友夜話》云：「寒宵共杯酒，一笑失窮途。」窮途定何許？非所謂詩中無人者耶？余曾被酒於吴門亡友顧小謝以安宅，漏言及此，坐客適有入都者，謁司寇，遂以告也，斯則致疏之由耳。

客有問余者曰：「唐、宋小説家所記，觀人之詩，可以決其年壽、禄位所至，有諸？」答曰：「詩以言志，志不可僞託，吾緣其詞以覘其志，雖傳所稱賦列國之詩，猶可測識也，矧其所自爲者耶？今則不然，詩特傳舍，而字句過客也，雖使前賢復起，烏測其志之所在？」

德州田侍郎綸霞雯行視河工至高家堰，得詩三十絶句。南士和者數人。余適過之，亦以見屬。余固辭，客怪之。余曰：「是詩即我之作，亦君作也。」客曰：「何也？」曰：「徒言河上風景，徵引故實，誇多鬬靡而已。孰爲奉使？孰爲過客？孰爲居人？且三十首重複多矣，不如分之諸子。」客憮然而退。

凡一題數首者，皆須詞意相副，無有缺漏枝贅，其先後亦不可紊也。顧小謝每舉少陵兩《過何將軍園林》詩以示學者。余謂此詩家最淺近處，不見《文選》所録魏、晉人詩分章者，尋其首尾，如貫珠然。近人試爲兩首，都無次第，不潛心也。

小謝有《消夏録》，其自叙頗詆阮翁，阮翁深恨之。然小謝特長於機辯，不説學，其持論仿佛金若采耳，不足爲阮翁病。然則阮翁奚爲恨之？曰：阮翁素狹。修齡亦目之爲「清秀李于鱗」，阮翁未之知也。

山陽閻百詩若璩，學者也。《唐賢三昧集》初出，百詩謂余曰：「是多舛錯，或校者之失，然亦足爲選者累。如王右丞詩：『東南御亭上，莫使有風塵。』『御』訛『卸』，江、淮無卸亭也。孟襄陽詩：『行侶時相問，涔陽何處邊。』『涔』訛『潯』，涔陽近湘水，潯陽則遼絶矣。祖詠詩：『西還不遑宿，中夜渡京水。』『京』訛『涇』，京水正當圃田之西，涇水則已入關矣。」余深韙其言，寓書阮翁，阮翁後著《池北偶談》，内一條云：「詩家惟論興會，道里遠近，不必盡合。如孟詩：『暝帆何處泊，遥指落星灣。』落星灣在南康」云云。蓋潛解前語也。噫！受言實難。夫遥指云者，不必此夕果泊也，豈可爲潯陽解乎？

百詩考據精核，前無古人。好爲詩，自謂不工，然能知其指歸。余與申論《三昧集》曰：右丞：「人閑桂花落，夜静春山空。」諸家曲爲之解，當闕疑也。儲光羲云：「山雲拂高棟，天漢入雲流。」下句「雲」字定誤，不輕改正可也，漫而取之，使人學之，可乎？李頎《緩行歌》，夸炫權勢，乖六義之旨。梁鍠《觀美人卧》，直是淫詞，君子所必黜者。百詩大以爲然。比歲阮翁深不欲流布《三昧集》，且毁《池北偶談》之刻，其亦久而自知乎？

詩人貴知學，尤貴知道。東坡論少陵詩外尚有事在，是也。劉賓客詩云：「沉舟側畔千帆過，病樹前頭萬木春。」有道之言也。白傅極推之。余嘗舉似阮翁，答曰：「我所不解。」阮翁酷不喜少陵，特不敢顯攻之，每舉楊大年「村夫子」之目以語客。又薄樂天而深惡羅昭諫。余謂昭諫無論已，樂天《秦中吟》、《新樂府》而可薄，是絶《小雅》也。若少陵有聽之千古矣，余何容置喙！

青蓮推阮公、二謝，少陵親陳王，稱陶、謝、庾、鮑、陰、何，不薄王、楊、盧、駱，彼豈有門户聲氣之見而然，惟深知甘苦耳。至宋代人始於前輩有過情之論，未若明人之動欲掃棄一切也。今則直汩没於俗情中，積習因仍全無是非矣。後人復畏後人，將於何底乎！

「清新」、「俊逸」，杜老所重。要是風味神采，非可塗飾而至。然亦非以此立詩之標準。觀其他日稱李，又云：「筆落驚風雨，詩成泣鬼神。」其自詡亦云：「語不驚人死不休。」則其於庾、鮑諸賢，咸有分寸在。

司空表聖云：「味在酸鹹之外。」蓋概而論之，豈有無味之詩乎哉？觀其所第二十四品，設格甚寬。後人得以各從其所近，非第以「不著一字，盡得風流」爲極則也。嚴氏之言，寧堪竝舉！馮先生糾之盡矣。

唐賢詩學，類有師承，非如後人但憑意見。竊嘗求其深切著明者，莫如陸魯望之叙張祜處士也。曰：「元和中作宫體小詩，辭曲豔發，輕薄之流，合譟得譽。及老大稍窺建安風格，讀《樂府録》，知作者本意，短章大篇，往往間出，講諷怨譎，與六義相左右，善題目佳境，言不可刊置别處，此爲才子之最也。」觀此，可以知唐人之所尚，其本領亦略可窺矣。不此之循，而蔽於嚴羽囈語，何哉？

余讀《金史·文藝傳》真定周昂德卿之言曰：「文章工於外而拙於内者，可以驚四筵而不可以適獨坐，可以取口稱而不可以得首肯。」又云：「文以意爲主，以言語爲役，主強而役弱，則無令不從。今人往往驕其所役，至跋扈難制，甚者反役其主，雖極詞語之工，而豈文之正哉？」余不覺俛首至地。蓋自明代迄今，無限鉅公，都不曾有此論到胸次。嗟乎，又何尤焉！

攻李、何、王、李者曰：「彼特唐人之優孟衣冠也。」是也。余見攻之者所自爲詩，蓋皆宋人之優孟衣冠也。均優也，則從唐者勝矣。余持此論垂三十年矣，和之者數人，皆力排規橅者。余曰：「亦非也。吾第問吾之神與其形，若衣冠聽人之指，似可矣；若米元章著唐人衣冠，故元章也。苟神與形優矣，無所著而非優也。」是亦足以暢曩者談龍之指也。

始學爲詩，期於達意。久而簡澹高遠，興寄微妙，乃可貴尚。所謂言見於此而起意在彼，長言之不足而咏歌之者也。若相競以多，意已盡而猶刺刺不休，不憶祖詠之賦《終南積雪》乎？

句法須求健舉，七言古詩尤亟。然歌行雜言中，優柔舒緩之調，讀之可歌可泣，感人彌深，如白氏及張、王樂府具在也。今人幾不知有轉韵之格矣。此種音節，懼遂亡之，奈何！

長篇鋪張必有體裁，非徒事拉雜堆垛。余昔在都下，與德州馮舍人大木廷櫆竝得名，日事唱和。會有得諸葛銅鼓者，大木先成長句二十韵，余繼作四十韵，盛傳於時，皆爲閣筆。江都汪主事蛟門懋麟，王門高足也，内崛強。阮翁適得浯溪磨厓碑，蛟門亟爲四十韵以呈，阮翁贊之不容口，以示余。余覽其起句曰：「楊家姊妹顔妖狐。」遽擲之地，曰：「詠中興而推原天寶致亂之由，雖百韵可矣，更堪作爾語乎？」阮翁爲之失色者久之。奬掖後進，盛德事也。然古人所稱引必佳士或勝己者，不必盡相阿附也。今則善貢諛者，斯賞之而已。後來秀傑，稍露圭角，蓋罪謗之不免，烏覩夫盛德？

文章原本六經。詩亦文也，余意尤重《春秋》，非《春秋》則取舍乖而體不立矣。昔人所爲致嚴於一字者，取諸《春秋》也。余嘗爲先叔祖清止公行實，中間頗有所諱。阮翁爲益數行，余自是甘自疏。

本朝詩人，山左爲盛。先清止公與萊陽宋觀察荔裳琬同時，繼之者新城王考功西樵士禄及其弟司寇，而安丘曹禮部升六貞吉、諸城李翰林漁村澄中、曲阜顔吏部修來光敏、德州謝刑部方山重輝、田侍郎、馮舍人後先竝起。各有所執，了無扶同依傍，故詩家以爲難。秀水朱翰林竹垞彝尊、南海陳處士元孝恭尹、蒲州吴徵君天章雯皆云然。

詩家用字最忌鄉音。今吴越之士，每笑北人多失黏。而鄉音之失，南人尤甚。是小節也，而殊費淘汰。昔阮翁嘗謂余曰：「吾鄉若老夫與子與修來，庶免於傖之誚也。」相與一笑。

余門人桐城方扶南世舉嘗問曰：「阮翁其大家乎？」曰：「然。」「孰匹之？」余曰：「其朱竹垞乎！王才美於朱，而學足以濟之；朱學博於王，而才足以舉之，是真敵國矣。他人高自位置，強顔耳。」曰：「然則兩先生殆無可議乎？」余曰：「朱貪多，王愛好。」

嘗與天章、昉思論阮翁，可謂言語妙天下者也。余憶敖陶孫之目陳思王云：「如三河少年，風流自賞。」馮先生以爲無當，請移諸阮翁。

次韻詩，以意赴韻，雖有精思，往往不能自由。或長篇中一二險字，勢難強押，不得不於數句前預爲之地，紆迴遷就，以致文義乖離，雖老手有時不免。阮翁絶意不爲，可法也。元、白、皮、陸，竝世頡頏，以筆墨相娱樂。後來效以唱酬，不必盡佳，要未可廢。至於追用前人某詩韻，極爲無謂。猶曰偶一爲之耳。遂有專力於此，且以自豪者。彼其思鈍才庸，不能自運，故假手舊韻，如陶家之倚模製器。漁獵類書，便於牽合。或有蹉跌，則曰韻限之也，轉以欺人。嘻，可鄙哉！

強爲七言長古詩者，如瞽者入市，唱叫不休；強爲五言短古詩者，如貧士乞憐，有言不盡，皆足以資笑噱。若近體之塗朱傅白、搔首弄姿者勿與知，可也。

千頃之陂，不可清濁；天姿國色，麤服亂頭亦好，皆非有意爲之也。儲水者期於江湖，而必使之瀠洄澄澈，是終爲溪沼耳；自矜容色，而故毀其衣裝，有厭棄之者矣。免於此二者，其惟吴天章乎？

天章絶口不言詩，獨與余細論，甚相得也。出詩卷屬余評騭，余以飢驅少暇，請俟異日。今天章已下世，其詩卷余不可得而見矣。愧負良友，悲夫！

昉思在阮翁門，每有異同。其詩引繩削墨，不失尺寸，惜才力窘弱，對其篇幅，都無生氣。故常不滿人，亦不滿於人。

聲調譜

聲調譜提要

《聲調譜》三卷，據乾隆間刊《飴山詩集》本點校。撰者趙執信生平見《談龍録》提要。此譜之成，以秋谷門生仲是保乾隆三年序所言爲最確鑿，一曰秋谷之説得自馮班，一曰由他本人「集前後所録爲譜，成一卷」，「亟請先生重加點注，録爲定本」。然此言不無可疑。如秋谷《談龍録》既不滿漁洋「有所受之而終身不言所自」，如其有所受之，自不會不言；然其所述並未言及馮班等人，僅謂自竊得之。故盧見曾乾隆二十四年雅雨堂本《聲調譜》序已駁仲説，至郭紹虞《清詩話前言》亦疑之。至於著成定本，亦不可泥。觀諸家所言，此譜當年以口授爲常態，弟子輩所録，不無出入，即仲氏此本標榜其師手訂者，亦不能稱善，蔣寅《清詩話考》摘其乖違之處比比皆是。故乾隆二十二年宋弼已有重訂之舉，其後如翁方綱《小石帆亭著録》、雪北山樵《花薰閣詩述》所收，一辨其真僞，議其是非，一以文字增損於譜間，補其未逮，諸家之舉皆頗具用心。然仲録本已傳出矣。古詩聲調與律調有别，此主要是理論問題而非作法問題。秋谷固已自言之，其作用「僅無失調而已，謂之能詩可乎？故輒以語人無隱，然罕見信者」。（《談龍録》）此言亦可見其本人當年雖語人而並無著書成譜之念也。故自趙譜提出後，大抵反應兩極，創作方面甚爲消極，所謂「皆知之而不屑言」（梁章鉅《退庵隨筆》）；理論方面則補遺、細論之作疊出，終清之世不絶如縷，儼然成一專門之學矣。

聲調譜論例

一、古樂府，須知其題意，明其比興，使氣味音節皆得古人之致可矣。其詩有轉韵、一韵、長短句、近體絶句之不同，不可選也，須細會之。

一、新樂府皆自製題，大都言時事，而中含美刺。所謂「言之者無罪，聞之者足以爲戒」，此詩家真實本領，近代名公亡之久矣。亦宜全讀，不必選也。其體同古樂府，少近體，讀少陵所作自見。

一、漢人歌謡之采入樂府者，如《上留田》、《霍家奴》、《羅敷行》之類，多言當世事。少陵所作新題樂府，題雖異於古人，而深得古人之理。元、白以後，此體紛紛矣。總而言之：制詩以協於樂，一也；采詩入樂，二也；古有此曲，倚其聲爲詩，三也；自製新曲，四也；擬古，五也；咏古題，六也；并少陵之新題樂府而爲七，古樂府盡此矣。唐末有長短句，宋有詞，金有北曲，元有南曲，今有北人之小曲、南人之吴歌，皆樂府之餘裔也。樂府不難知，而今人都不解。請具言之：太白祖述《騷》、《雅》，下逮梁、陳，七言無所不包，奇之又奇，而字字有本，諷刺沉切，自古未有也。後人宜以爲法。樂府本詞多平美。晉、魏、宋、齊樂府，取奏多聱牙不可通，由樂人於不合宫商者增損其文，又或有聲無文，聲詞混填，至於不可通者，非本詩如是也。李于鱗乃取晉、宋、齊、隋《樂志》所載，截而句擬之，生吞活剥，謂之擬樂府。而宗子相所作全不可通。陳子龍效之，讀之使人失笑。王元美論歌行云：有奇句奪人魄者，直以爲歌行，而不知其爲擬古樂府也。樂府詞體不一，漢人承《離騷》之後，故歌謡多奇語。魏武悲涼慷慨，與詩人不同。而史志所載，亦有平美者，班婕妤《團扇》、「青青河畔草」，皆樂府也。鍾伯敬承于鱗之説，遂謂奇詭聱牙者爲樂府，平美者爲詩。至謂古詩某句似樂府，樂府某句似古詩，謬之極矣。

一、古來言樂府者，惟《宋書》最詳整，其次則《隋書》及《南齊書》，《晉書・樂志》不及也。郭茂倩《樂府詩集》爲詩而作，删諸家《樂志》作序，甚明白而無遺誤。作歌行樂府者，不可不讀。律詩，後譜略採數首，不外於前所謂舉一隅也。集中所選，雖不盡當，要須熟讀，以接《風》《騷》遺則。

一、凡平聲俱用○，仄聲俱用●，與律句同者不著筆，近體中不拗者亦不著筆。

聲調譜

青州趙執信秋谷纂

聲調前譜

五言古詩

秦越人洞中詠 于鵠

扁鵲得拗字仙處，傳是西南峰。三平聲字。年年山下人，下句是律，上句第五字必平。第三字平，亦拗以別律。長見騎白龍。上註言：凡下句是律之調如此，非謂此句，而此句亦非律也。洞門黑無底，拗句同律。日夜惟雷風。三平。清齋將入時，平。戴星兼抱松。拗律句。拗在第一字仄，第三字平。石徑陰且寒，平。地響知遠鐘。古句。似行山林三平外，聞葉履聲重。上句不律，下句可律。此句律。底礙更俯身，平。上四字仄。漸遠晝夜四仄同。時時白蝙蝠，律句。飛入茅衣中。三平。行久路轉窄，四仄。靜聞平。不平則爲律矣。水淙平淙。但願逢一人，平。自得朝天宮。三平。

總之，兩句一聯中，斷不得與律詩相亂也。

息舟荆溪入陽羡南山遊善權寺呈李功曹 羊士諤

結纜蘭渚曉，紫嵓平上仄連平岡。晏温值初霽，二四平。起句二四仄，得此句調甚協。去繞山河長。三平。獻歲冰雪盡，細仄，在律詩則爲失調。泉在路傍。行披松杉四平入，激瀾横石梁。層閣表精廬，律。飛甍切雲翔。沖襟得高步，清眺極遠三仄方。潭嶂積仄佳氣，荑英多平早芳。二句律中拗，救句可用。具觀澤仄國秀，重使春心傷。三平。念遵煩平促塗，與澤國句並拗律。榮利鶩隙光。勉君脱冠意，共匿無何鄉。三平。

七言古詩

西山詩和者三十餘人再次前韻爲謝 蘇軾

朱顔發過如春醅，胸中梨棗初未栽。丹砂未易埽白髮，赤松却欲參黄梅。寒溪本自遠公社，拗律句。白蓮翠竹依崔嵬。當時石泉照金像，神光夜發如五臺。飲泉鑑面得真意，亦拗律。坐視萬物皆浮埃。欲收暮景返田里，亦拗律。逆溯江水窮離堆。還朝豈獨羞老病，自歎才盡傾空罍。諸公渠渠若夏屋，吞吐風月清隅隈。我如廢井久不食，古甃缺落生陰苔。數詩往復相感發，汲新除舊寒光開。遥知二月春江闊，律句。雪浪倒捲雲峰摧。石中無聲水亦静，云何解轉空山雷。欲就諸公評此句，律。要識憂喜何從來。願求南宗一勺水，往與屈賈湔餘哀。

和蔣夔寄茶

我生百事常隨緣，四方水陸無不便。第五字平，第六字仄，便非律句。扁舟渡江適吴越，仄。此字不可輕用平聲。三年飲食窮芳鮮。此三字平，第四字必仄，如第四字平，則第六字必仄以救之，此法人多不知。金虀玉膾飯炊雪，拗律句。海螯江柱初脱泉。臨風飽食甘寢罷，一甌花乳浮輕圓。自從捨舟入東武，沃野便到桑麻川。翦毛胡羊大如馬，誰記鹿角腥盤筵。廚中蒸粟埋飯甕，大杓更取酸生涎。柘羅銅碾棄不用，脂麻白土須盆研。故人猶作舊眼看，謂我好尚如當年。沙谿北苑強分别，拗律。水脚一線争誰先？清詩兩幅寄千里，上句雖不論，亦宜少拗乃健。拗律句，此正謂第五字拗也。紫金百餅費萬錢。即六字仄，獨令末一字平亦可。吟哦烹嗍兩奇絶，拗律。只恐偷乞煩封纏。老妻稚子不知愛，拗律。一半已入薑鹽煎。人生所遇無不可，南北嗜好知誰賢？死生禍福久不擇，更論甘苦争媸妍。知君窮旅不自釋，因詩此二字不論寄謝聊相鐫。

樂詞

正月 李賀

上樓迎春新春歸，六字皆平。暗黄平著柳宫漏仄遲。薄薄淡靄弄野六字皆仄姿，第七字用平，下句可律。

寒緑幽風生平短絲。律句第五字用平，少拗以叶之。錦牀曉卧玉拗字肌冷，露臉未開平對朝平暝。官衙柳帶不拗字堪折，蚤晚菖蒲勝綰結。

三月

東方風來滿眼春，花城柳暗愁煞人。複宫深凝竹風起，新翠舞衿淨如水。光風轉蕙百拗餘里，暖霧驅雲撲天地。軍妝宫妓掃拗蛾淺，摇摇錦旗夾城暖。曲水飄香去不歸，梨花落盡成秋苑。此二句亦宜少拗乃健。謂二句俱律也。

五月

雕玉押簾額，輕縠籠虚門。井汲鉛華水，律句。扇織鴛鴦紋。三平。迴雪舞涼殿，甘露洗空緑。第一句同，此二句皆拗律也。羅袖從徊翔，三平。香汗滴寶粟。

七月

星依雲渚冷，律句。露滴盤中圓。三平。好花生木末，律句。衰蕙愁空園。三平。第三字不平，亦律句矣。夜天如玉砌，池葉極青錢。二句律。僅厭舞𧘂衫薄，稍知花平簟寒。二句拗律。曉風何拂拂，律。北斗光闌干。

九月

離宮散螢天似水，竹黄池冷芙蓉死。律句。月綴金鋪光脉脉，涼院虚庭空淡白。二句亦律。露華飛飛風草草，翠錦斑斕滿層道。拗律。雞人罷唱曉瓏璁，鴉啼金井下疏桐。二句亦律。

十月

玉壺銀箭稍難傾，律。釭花夜笑凝幽明。碎霜斜舞上羅幕，拗律。燭龍兩行照飛閣。珠幃怨卧不成眠，律。金鳳刺衣著體寒。第五字仄，與拗律少異。長眉對月鬬彎環。律。

五言律詩

句溪夏日送盧霈秀才歸王屋山將欲赴舉　杜牧

野店正宜平而仄分泊，蘢鼉初宜仄而平。第一字仄，第三字必平引絲。第三字救上句。亦可不救。二句律句中拗。行人碧宜平而仄溪宜仄而平渡，拗句。第四字拗平，第三字斷斷用仄，今人不論者非。繫馬綠楊枝。不對格而實對。苒苒跡始去，五字俱仄。中有入聲字，妙。悠悠心此字必平，救上句所期。此必不可不救，因上句第三第四字皆當平而反仄，必以此第三字平聲救之，否則落調矣。上句仄仄平仄仄亦同。秋山念君别，拗同第三句。惆悵桂花時。

落花　李商隱

高閣客竟去，拗句起。小園花此字拗救亂飛。此二句同前第五第六句。參差連曲陌，迢遞送斜暉。腸斷未忍掃，同起句。眼此字仄，妙。穿仍欲歸。同次句。芳心向春盡，同前第三句第七句。所得是沾衣。

平平仄仄仄，下句仄仄仄平平，律詩常用；若仄平仄仄仄則爲落調矣。蓋下有三仄，上必有二平也。

律詩平平仄仄平，第二句之正格。若仄平平仄平，變而仍律者也。即是拗句。仄平仄仄平則古詩句矣。此格人多不知者，由「一三五不論」一語誤之也。

七言不過於五言上加平平仄仄耳。拗處總在第五、第六字上。七言之五、六字，即五言之三、四字，可以類推。

起句第二字仄第四字平者，如仄仄平平仄，或平仄平平仄或平仄仄平平，俱可；若平仄平仄仄，則古詩句矣。

起句仄仄仄平仄或平仄仄平仄，唐人亦有此調，但下句必須用三平或四平。如仄平平仄平、平平仄平是也。

上句第三字平，下句第三字可仄。若上句第三字仄，下句第三字斷宜平。此在首聯，唐人亦有不拘者，若二聯則必不容不嚴矣。

聲調後譜

五言古詩

與高適薛據同登慈恩寺塔　岑參

塔勢如湧出，拗句。孤高聳天宮。登臨出世界，磴道盤虛空。突兀壓神州，律句。峥嶸如鬼工。四角礙白日，五仄。七層摩蒼穹。下窺指高鳥，俯聽聞驚風。連山若波濤，奔湊爭朝東。青槐夾馳道，拗律句。宮館何玲瓏！秋色從西來，蒼然滿關中。五陵北原上，萬古青濛濛。浄理了可悟，五仄。勝因夙所宗。拗句。誓將掛冠去，覺道資無窮。結四句《文選》體。

無一聯是律者。平韵古體，以此爲式。前譜中亦具矣。

崔濮陽兄季重前山興　王維

秋色有佳興，況君池上閒。起二句在律詩中則爲用古調。即是拗律。悠悠西林下，自識門前山。千里横黛色，數峰出雲間。嵯峨對秦國，拗律句。合沓藏荆關。殘雨斜日照，夕嵐飛鳥還。拗律句。故人今尚爾，歎息此頹顔。末二句入律，盛唐人時有之。亦粘拗律句調也。

青谿

言入黄花川，每逐青谿水。律句。隨山將萬轉，律句。趨途不粘無百里。律句。聲喧亂石中，色静深松裏。二句律粘。漾漾汎菱荇，拗律句。澄澄映葭葦。拗律句。我心素已閒，清川淡如此。拗律句。請留盤石上，律句。上字仄，合下句便非律體。垂釣將已矣。

近體有用仄韵者。仄韵古詩却自不同，只在黏聯及上句落字中細玩之。

秋登萬山寄張五

孟浩然

北山白雲裏，「我心素已閒」，并此俱是天然古句。隱者自怡悦。拗律句。相望試登高，律句。心隨雁飛滅。拗律句。愁因薄暮起，仄字。此句落字仄，合下律句仍是古調。興是清秋發。律句。時見歸村人，平沙渡頭歇。拗律句。天邊樹若薺，仄字。第三字用仄，亦拗律調也。上薄暮句同。江畔洲如月。律句。正以上句第三字第五字用仄而調協。清秋句同。何當載酒來，共醉重陽節。末二句入律。

平平仄平仄，爲拗律句，乃仄韵古詩下句之正調也。

夏日南亭懷辛大

山光忽西落，第五字仄。池月漸東上。散髮乘夜涼，開軒卧閒敞。同起句俱拗律句。荷風送香氣，第五字仄。拗律句。竹露滴清響。第三字仄，亦拗律句。欲取鳴琴彈，恨無知音賞。感此懷故人，中心勞夢想。律句。

開元、天寶之間，鉅公大手頗尚，不循沈、宋之格。至中唐以後，詩賦試帖日嚴，古近體遂判不相入。然盛唐諸公詩亦無四句純律者，今人不得藉口也。

七言古詩

扶風豪士歌　李白

洛陽三月飛胡沙，洛陽城中人怨嗟。天津流水波赤血，古句。白骨相撑如亂麻。辣句。我亦東奔向吴國，浮雲四塞道路賒。東方日出啼早鴉，城門人開掃落花。梧桐楊柳拂金井，來醉扶風豪士家。將轉韵處微入律，參之。第四句與此二句俱拗律調。扶風豪士天下奇，轉仍用平韵。意氣相傾山可移。拗律句。作人不倚將軍勢，律句。飲酒豈顧尚書期？雕盤綺食會衆客，吴歌趙舞香風吹。原嘗春陵六國時，疊韵，參之。開心寫意君所知。堂中各有三千士，明日報恩知是誰？二句近律，然音調妙絶，參之。上句律，下句拗律。撫長劍，一揚眉。清水白石何離離！脱我帽，向君笑，忽二短句改仄韵。飲君酒，爲君吟。張良未逐赤松去，拗律句。橋邊黄石知我心。結以張良自寓，方與篇首相關。

此歌行之極則，神變不可方物矣。

同族弟金城尉叔卿燭照山水壁畫歌 通首在此二字着眼。

高堂粉壁圖蓬瀛，燭前一見滄洲情。洪波洶湧山崢嶸，皎若丹邱隔海望赤四字仄城。九字句，只以下七字爲主。光中乍喜嵐氣仄滅，謂逢山陰晴四平字後雪。迴溪碧流寂無喧，又如秦人月下窺桃源。調法見上註。了然不覺清心魂，疊韵，妙絶。祇將疊嶂鳴秋猿。與君對此歡未仄歇，放歌行吟達明發。完燭照。却顧海客揚雲帆，便欲因之向溟渤。拗律句也。

末句亦是仄韵。七言古詩正調，與五言同。

夢遊天姥吟留别

海客談瀛洲，烟濤微茫信難求。越人語天姥，雲霓明滅或可覩。覩此可知轉韵元無定格也。天姥連天向天横，勢拔五岳掩赤六字仄城。天台一萬八千丈，拗律句。對此欲倒東南傾。我欲因之夢吴越，拗律句。一夜飛度仄鏡湖月。湖月照我影，送我至剡四仄字溪。謝公宿處今尚在，渌水蕩漾清猿啼。脚著謝公屐，拗律句。身登青雲梯。五平字。半壁見海日，五仄字。空中聞天雞。五平字。千巖萬壑路不定，迷花倚石忽已瞑。熊咆龍吟殷巖泉，慄深林兮驚層巔。雲青青兮欲雨，水澹澹兮生烟。列缺霹靂，邱巒崩摧。洞天石扇，訇然中開。六字句，四字句，細會之。青冥浩蕩不見底，日月照耀金銀臺。霓爲衣兮風爲馬，雲之君兮紛紛而來下。虎鼓瑟兮鸞迴車，仙之人兮列如麻。忽魂悸以魄動，怳驚起而長嗟。惟覺時之枕席，失向來之烟霞。此四句皆六言，若非下句用三平則失調，參之。世間行樂亦如此，拗律句。古來萬事東流水。律句。別君去兮何時還？且放白鹿青崖間。須行即騎四字字法句法俱妙。訪名山。多一句用韵，宕甚妙甚，味之。安能摧眉折腰事權貴，使我不得開心顔！

樂遊園歌

杜甫

樂遊古園崒森爽，烟緜碧草萋萋長。律句。公子華筵勢最高，秦川對酒平如掌。二句律詩調。長生木瓢示真率，更調鞍馬狂歡賞。律句。青春波浪芙蓉園，白日雷霆夾城仗。拗律句。閶闔晴開詄蕩蕩，用仄字妙。曲江翠幕排銀牓。律句。拂水低徊舞袖飜，緣雲清切歌聲上。律詩調。却憶年年人醉時，只今未醉已先悲。數莖白髮那拋得，拗。百罰深盃亦不辭。純用律調六句，却妙絶。聖可平。朝亦知賤士醜，一物自荷皇天慈。此身飲罷無歸處，獨立蒼茫自詠詩。二句律。

渼陂行

岑參兄弟皆好奇，攜我遠來遊渼陂。拗律句。天地黯慘忽異色，六仄字。波濤萬頃堆琉璃。琉璃汗漫泛舟入，拗律句。事殊興極憂思仄字集。鼉作鯨吞不復知，惡風白浪何嗟及！二句律。主人錦帆相爲開，舟子喜甚無氛埃。鳧鷖散亂棹謳發，絲管啁啾空翠來。二句拗律詩調。沉竿續蔓深莫測，菱葉荷花淨如拭。拗律句。宛在中流渤澥清，下歸無極終南黑。二句律詩調。半陂已南純浸山，動影窈窕沖融間。此處平下，轉韵用平。船舷暝戛雲際寺，水面月出藍田關。此時驪龍亦吐珠，馮夷擊鼓群龍趨。湘妃漢女出歌舞，拗律句。金支翠旗光有無。咫尺但愁雷雨至，蒼茫不曉神靈意。二句律。少壯幾時奈老何，向來哀樂何其多！

已盡轉韵之格調矣。

丹青引

將軍魏武之子孫，于今爲庶爲清門。英雄割據雖已矣，文采風流今平尚存。律句少拗。學書初學衛夫人，律句。但恨無過王平右軍。律句少拗。丹青不知老將至，富貴於我如浮雲。開元之中常引見，承恩數上南薰殿。律句。凌煙功臣少顏色，將軍下筆開生面。律句。良相頭上進賢冠，猛將腰間大羽箭。褒公鄂公毛髮動，英姿颯爽來酣戰。律句。先帝天馬玉花驄，畫工如山貌不同。是日牽來赤墀下，拗律句。迴立閶闔生長風。詔謂將軍拂絹素，意匠慘淡經營中。斯須九重真龍出，一洗萬古凡馬空。玉花却在御榻上，榻上庭前屹相向。轉韵句要緊。拗律句。至尊含笑催賜金，圉人太僕皆惆悵。半律句。以第一字第三字皆仄也。弟子韓幹早入室，六仄。亦能畫馬窮殊相。半律句。幹惟畫肉不畫骨，六仄。忍使驊騮氣凋喪！拗律句。將軍畫善蓋有神，必逢佳士亦寫真。即今飄泊干戈際，律句。屢貌尋常行平，最要緊路人。律句亦拗。途窮反遭俗眼白，世上未有如公貧。但看古來盛名下，拗律句。終日坎壈纏其身。

寄韓諫議注

今我不樂思岳陽，身欲奮飛病在床，美人娟娟隔秋水，濯足洞庭望八荒。鴻飛冥冥日月白，青楓葉赤天雨霜。玉京群帝集北斗，或騎麒麟翳鳳凰。芙蓉旌旗煙霧樂，影動倒景搖瀟湘。星宮之君醉瓊漿，疊韻。羽人稀少不在旁。似聞昨者赤松子，拗律句。恐是漢代韓張良。昔隨劉氏定長安，落字用平。律句。帷幄未改神慘傷。國家成敗吾豈敢，色難腥腐餐楓香。周南留滯古所惜，南極老人應壽昌。美人胡爲平聲。語辭也。隔秋水，焉得置之貢玉堂？通篇比興。

平韻不轉格，妙不板排。

陸渾山火和皇甫湜用其韻　韓愈

皇甫補官古賁渾，時當玄冬澤乾源。山狂谷很相吐吞，風怒不休何軒軒。擺磨出火以自燔，有聲夜中驚莫原，天跳地踔顛乾坤。赫赫上照窮崖垠，截然高周燒四垣。神焦鬼爛無逃門，三光弛隳不復暾。虎熊麋猪逮猴猿，水龍鼉龜魚與黿。鴉鴟鵰鷹雉鵠鵾，燖炰煨爊孰飛奔。祝融告休酌卑尊，錯陳齊去聲玫闑華園，芙蓉披猖塞鮮繁。千鐘萬鼓咽耳喧，攢雜啾嚄沸篪塤，彤幢絳旃紫纛旛。炎官熱屬朱冠褌，髹其肉皮通髀臀，頳胸垤腹車掀轅。緹顏韎股豹兩鞬，霞車虹靷日轂轓。丹蕤縓蓋緋繙帑，紅帷赤幕羅脤膰，衁池波風肉陵屯。谽谺巨壑頗黎盆，豆登五山瀛四罇，熙熙釂酬笑語言。雷公擘山海水翻，齒牙嚼齧舌腭反，電光磯磹頳目暖。頊冥收威避玄根，斥棄輿馬背厥孫，縮身潛喘拳肩跟。君臣相憐加愛恩，命黑螭偵焚其元，天闕悠悠不可援。夢通上帝血面論，側身欲進叱於閽。律句。帝賜九河湔涕痕，拗律句。又詔巫陽反其魂，徐命之前問何冤。火行於冬古所存，我如禁之絶其飧。女丁婦壬傳世婚，一朝結讎奈後昆，時行當反慎藏存。律句。視桃著花可小騫，月及申酉利復怨。助汝五龍及九鯤，溺厥邑囚之崑崙。皇甫作詩止睡昏，辭誇出真遂上焚。要予和增怪又煩，雖欲悔舌不可捫。

古詩平韻句法，盡於此中矣。《柏梁》句句用韻，雜律句其中，猶不用韻之句偶入律調，下句救之也。

此篇各種句法俱備。然中有數句，雖是古體，止可用於《柏梁》。至於尋常古詩，斷不可用，轉韻尤不可用，用之則失調，當細辨之。如仄仄平平平平、仄仄仄平平平平是也。又如平平平平仄平平，亦當酌用之。轉韻中不宜，以其乖於音節耳。

石鼓歌

張生手持石鼓文，起句不押韻。勸我試作石鼓歌。少陵無人謫仙死，才薄將奈石鼓何！周綱凌遲四海沸，宣王憤起揮天戈。大開明堂受朝賀，諸侯劍佩鳴相磨。蒐于岐陽騁雄俊，萬里禽獸皆遮羅。鐫功勒成告萬世，鑿石作鼓隳嵯峨。從臣才藝咸第一，揀選撰刻留山阿。雨淋日炙野火燎，鬼神守護煩撝呵。公從何處得紙本？毫髮盡備無差訛。辭嚴義密讀難曉，拗律句。字體不類隸與蝌。年深豈免有缺畫，快劍斫斷生蛟鼉。鸞翔鳳翥衆仙下，拗律句。珊瑚碧樹交枝柯。金繩鐵索鎖紐壯，古鼎躍水龍騰梭。陋儒編詩不收入，《二雅》褊迫無委佗。孔子西行不到秦，平。律句。掎摭星宿遺羲娥。嗟予好古生苦晚，對此涕淚雙滂沱。憶昔初蒙博士徵，平。律句。其年始改稱元和。故人從軍在右輔，爲我量度掘臼科。濯冠沐浴告祭酒，如此至寶存豈多？氈苞席裹可立致，十鼓祇載數駱駝。薦諸太廟比郜鼎，光價豈止百倍過？聖恩若許留太學，諸生講解得切磋。觀經鴻都尚填咽，坐見舉國來奔波。剜苔剔蘚露節角，安置妥帖平不頗。大廈深簷與仄蓋覆，律句少拗。經歷久遠期無它。中朝大官老於事，詎肯感激徒媕婀！牧童敲火牛礪角，誰復著手爲摩挲？日銷月鑠就埋没，拗律句。六年西顧空吟哦。羲之俗書趁姿媚，數紙尚可博白鵝。繼周八代爭戰罷，無人收拾理則那。方今太平無事日，柄任儒術崇丘軻。安能以此上論列？願借辯口如懸河。石鼓之歌止於此，拗律句。嗚呼吾意其蹉跎！

雪後寄崔二十六丞公

藍田十月雪塞關，我興南望愁群山。攢天嵬嵬凍相映，君仍寄命於其間。秩卑俸薄食口衆，豈有酒食開容顔？殿前群公賜食罷，驊騮蹀路驕且閑。稱多量少鑒裁密，拗律句。豈念幽桂遺榛菅！幾欲犯嚴出薦口，第四字平，近律而拗。氣象硉兀未可六仄攀。歸來隕涕掩關卧，拗律句。心之紛亂誰能刪？六平。詩翁憔悴劚荒棘，拗律句。清玉刻珮聯玦環。臙脂遮眼卧壯士，大弨掛壁無由彎。乾坤惠施萬物遂，獨於數子懷偏慳。朝欷暮唶不可解，我心安得如石頑！

押韵强穩，開宋人法門。

韓碑 李商隱

元和天子神武姿，彼何人哉軒與羲！誓將上雪列聖耻，六仄。坐法宫中朝平四夷。律句少拗。淮西有賊五十載，封狼生貙貙生羆。七平。不據山河據平地，拗律句。長戈利矛日可麾。帝得聖相相曰度，七仄。賊斫不死神扶持。腰懸相印作都統，拗律句。陰風慘淡天王旗。愬武古通作牙爪，拗律句。儀曹外郎載筆隨。行軍司馬智且勇，十四萬衆猶虎貔。入蔡縛賊獻太廟，七仄。功無與讓恩不訾。帝曰汝度功第一，汝從事愈宜爲詞。愈拜稽上聲首蹈且舞，七仄。金石刻畫臣能爲。古者世稱平大手筆，近律而拗。此事不繫於職司。當仁自古有不讓，言訖屢頷天子頤。拗律句。公退齋戒坐小閣，濡染大筆何淋漓！點竄《堯典》《舜典》字，塗改《清廟》《生民》詩。文成破體書在紙，清晨再拜鋪丹墀。表曰臣愈昧死上，咏神聖功書之碑。碑高三丈字如斗，拗律句。負以靈鼇盤以螭。二句拗律相儷。句奇意重喻者少，讒之天子言其私。長繩百尺拽碑倒，拗律句。麤砂大石相磨治。公之斯文若元氣，先時已入人肝脾。湯盤孔鼎有述作，今無其器存其辭。嗚呼聖皇及聖相，相與烜赫此字必仄流淳熙。此處註明第四字必仄，以前句同調者，可以知矣。公之斯文不示後，曷與三五相攀躋！願書萬本誦萬遍，口角流沫右手胝。傳之七十有二代，以爲封禪玉檢明堂基。

七言古不轉韵平聲格已盡矣，仄韵可推。

齊梁體

和杜麟臺元志春情　沈佺期

嘉樹滿中園，氛氳羅秀色。不見不粘上句仙山雲，倚琴空太息。沉思若在夢，緘怨似無憶。青春不粘上句坐南移，白日忽西匿。蛾眉不粘上句返清鏡，閨中不相識。末二句古體，亦與古詩相入。

宿東亭曉興　白居易

温温土爐火，耿耿紗籠燭。獨抱一張琴，夜入東齋宿。折腰。窗聲度殘漏，此句却粘，不折腰，正調。

簾影浮初旭。頭癢曉梳多，眼昏春睡足。負暄簷宇下，第五字用仄。散步池塘曲。南雁去未迴，東風來何速？雪依瓦溝白，第五字仄。草繞墻根緑。何言不粘上句萬户州，太守常幽獨！

若上句末字平，及下聯與上聯相黏，便是仄韵律詩也。

邊笳曲　温庭筠

朔管迎秋動，末字仄。雕陰雁來早。上郡不粘隱黄雲，天山吹白草。嘶馬不粘渡寒磧，末字仄。朝陽照雪堡。江南戍客心，門外芙蓉老。

晴雲　李商隱

緩逐煙波起，如妬柳綿飄。故臨飛閣度，欲入迴波銷。三平。縈歌憐畫扇，敞景弄柔條。更奈天南位，牛渚宿殘宵。次句與末句上下不粘，只本句調。

半格詩

小閣閒坐　白居易

閣前竹蕭蕭，第五字平。閣下水潺潺。律句。拂簟卷簾坐，清風生其間。五字平。静聞新蟬鳴，遠見飛鳥可平。惟此詩此字以獨仄見律。還。以上古體。但有巾掛壁，第五字仄。古句。而無客叩關。二疏返故里，第五字仄。四老歸舊山。古句。吾亦適所願，第五字仄。求閒而得閒。後六句齊梁。第二字上下粘，末字上下諧。

五言律詩

月　夜

杜甫

今夜鄜州月，閨中只獨看。遥憐小兒女，拗句。未解憶長安。香霧雲鬟濕，清輝玉臂寒。何時倚虛幌？拗句。雙照淚痕乾。

春宿左省

花隱掖拗字垣平暮，啾啾棲平鳥過。星臨萬户動，月傍九霄多。不寢聽金鑰，因風想玉珂。明朝有封事，拗句。數問夜如何。

送　遠

帶甲滿天地，拗句。胡爲君平遠行？親朋盡可仄一哭，鞍馬去孤城。四句與前首起四句同調。草木歲月晚，五仄字。「木」「月」二字入聲，妙。五仄無一入聲字在内，依然無調也。關河霜此字必平雪清。别離已昨日，拗句，中唐後無。因見古人情。

登裴秀才小臺作　王維

端居不出户，滿目望雲山。落日鳥邊下，秋原人外閒。遥知遠林際，「落日」下三句皆拗。不見此簷間。好客多乘月，應平聲門莫上關。

與諸子登峴山　孟浩然

人事有代謝，四仄。往來成平古今。江山留勝迹，我輩復登臨。水落魚梁淺，天寒夢澤深。羊公碑尚在，讀罷淚沾襟。

廣陵逢薛八

士有不得志，五仄。棲棲吴必平楚間。廣陵相遇罷，彭蠡泛舟還。檣出江中樹，波連海上山。風帆明日遠，何處更追攀？

與前譜合看，盡之矣。

七言律詩

望嶽 杜甫

西岳崚嶒竦處尊，諸峰羅立如兒孫。拗句。安得仙人九節杖，「安得」二字不粘。拄到玉女洗頭盆？拗句。車箱入谷無歸路，箭括通天有一門。稍待西風涼冷後，高尋白帝問真源。

前四句拗，後四句諧，正體也。拗律上下句亦須帶黏。

和裴迪登蜀州東亭送客逢早梅相憶見寄

東閣官梅動詩興，起句即拗，今俗云必拗第三句方可，誤也。還如何遜在揚州。此時對雪遥相憶，送客逢春可自由？幸不折來傷歲暮，若爲看去亂鄉愁。江邊一樹垂垂發，朝夕催人自白頭。

所思

苦憶荆州醉司馬，同上。謫官樽酒定常開。九江日落醒何處，一柱觀頭眠幾回？「觀」字仄，「眠」字必平，此字救上句，亦救本句。可憐懷抱向人盡，欲問平安無平使來。故憑錦水將雙淚，好過瞿塘灩澦堆。第七句本是正粘，因第五句不粘，此句亦不粘矣。

此種詩，不可不學，不可專學。不學則無格，專學則滑矣。

小寒食舟中作

佳辰強飲食猶寒，隱几蕭條戴鶡冠。春水船如天上坐，老年花似霧中看。娟娟戲蝶過閒幔，片片輕鷗下急湍。雲白山青萬此字可仄。第五字仄，上二字必平，若第三字仄，則落調矣，五言亦然。餘里，愁看直北是長安。

凡拗律詩，無八句純拗者，其中必有諧句。如上四拗，下四諧；上六拗，下二諧；或中間拗，前後諧。若不黏不諧，定是古詩。

五言絶句

古怨　孟郊

試妾與君淚，兩處滴池水。看取芙蓉花，今年爲誰死？此四句齊梁體。

送別

丈夫未得意，行行且低眉。素琴彈復彈，會有知音知。此古絶句。

兩句爲聯，四句爲絶，始於六朝，元非近體。後人誤以絶句爲絶律詩，故致多此一問。

七言絶句

横江詞　李白

横江館前津吏迎，向余東指海雲生。郎今欲渡緣何事？如此風波不可行。樂府也。

山中問答

問余何事棲碧山？笑而不答心自閒。桃花流水杳然去，别有天地非人間。古詩也。

山中與友人對酌

兩人對酌山花開，一杯一杯復一杯。我醉欲眠君且去，明朝有意抱琴來。拗體也，後二句諧。

聲調續譜

樂　府

怨詩行　曹植

明月照高樓，流光正徘徊。上有思愁婦，悲嘆有餘哀。一解。借問嘆者誰？自云蕩子妻。夫行踰十載，賤妾常獨棲。二解。念君過於渴，思君劇於飢。君作高山柏，妾爲濁水泥。三解。北風行蕭蕭，烈烈入吾耳。心中念故人，淚墮不能止。四解。浮沉各異路，會合當何諧。願作東北風，吹我入君懷。五解。君懷常不開，賤妾當何依。恩情中道絶，流止任東西。六解。我欲竟此曲，此曲悲且長。今日樂相樂，别後莫相忘。七解。

樂府惟漢、魏中著解者多。蓋樂府自《三百篇》出，一解猶《風》《雅》中一章耳。大都不著解者，通爲一章，意句不得重複，前後綰應森細。著解者詞意循環相生，如我之《棄婦詞》第二首，亦可四句爲一解也。

欲知樂府源流，非檢郭茂倩《樂府》不可。

雜　言

寄杜拾遺　任華

杜拾遺名甫，第二才甚奇。任生與君别來已多時，何嘗一日不相思！杜拾遺，知不知？昨日有人誦得數篇黄絹詞。吾怪異奇特借問，果然稱是杜二之所爲。勢攫虎豹，氣騰蛟螭。滄海無風似鼓蕩，華岳平地欲奔馳。曹劉俯仰慚大敵，沈謝逡巡稱小兒。昔在帝城中，盛名君一個。諸人見所作，無不心膽破。郎官叢裏作狂歌，丞相閣中常醉卧。前年皇帝歸長安，承恩闊步青雲端。積翠扈遊花匼匝，披香寓直月團欒。英才特達承天睠，公卿無不相欽羡。只緣汲黯好直言，遂使安仁却爲掾。如今避地錦城隅，幕下英寮每日相隨提玉壺。半醉起舞捋髭鬚，乍低乍昂旁若無。古人制禮但爲防俗士，豈得爲君設之乎？而我不飛不鳴亦何以，只待朝廷有知己。亦曾讀却無限書，拙詩一句兩句在人耳。如今看之總無益，又不能崎嶇傍朝市。且當事耕稼，豈得便徒爾？南陽葛亮爲友朋，東山謝安作鄰里。閒常把琴弄，悶即攜尊起。鶯啼二月三月時，花發千山萬山裏。此時幽曠無人知，火急將書憑驛使，爲報杜拾遺。

此詩題上元有「雜言」二字。

雜言所以不列於譜者，以其句法即同於五、七言古詩句法也。八、九、十一字句，不過因七言古詩擴而充之，亦只在末四字中尋筋節。其轉韵處與轉韵歌行同，三、四字句不拘，可以意會耳。既無定局，字句多寡長短皆任意，從何譜之？舉一隅以三隅反，可也。

蜀道難

李白

噫吁嚱，危乎高哉！蜀道之難難於上青天。蠶叢及魚鳧，開國何茫然！爾來四萬八千歲，不與秦塞通人烟。西當太白有鳥道，可以横絶峨嵋巔。地崩山摧壯士死，然後天梯石棧相鈎連。上有六龍迴日之高標，下有衝波逆折之迴川。黄鶴之飛尚不得過，猿猱欲渡愁攀援。青泥何盤盤！百步九折縈嵒巒。捫參歷井仰脅息，以手撫膺坐長嘆。問君西遊何時還？畏途巉巖不可攀。但見百鳥號古木，雄飛呼雌遶林間。又聞子規啼，夜月愁空山。蜀道之難難於上青天，使人聽此凋朱顔。連峰去天不盈尺，枯松倒挂倚絶壁。飛湍瀑流争喧豗，砯崖轉石萬壑雷。其險也如此，嗟爾遠道之人胡爲乎來哉！劍閣峥嶸而崔嵬。一夫當關，萬夫莫開。所守或匪親，化爲狼與豺。朝避猛虎，夕避長蛇。磨牙吮血，殺人如麻。錦城雖云樂，不如蚤還家。蜀道之難難於上青天，側身西望長咨嗟！

《青蓮集》他作尚多，此種實鼻祖也。

柏梁體

箜篌引　王昌齡

盧溪郡南夜泊舟，夜聞兩岸羌戎謳。其時月黑猿啾啾，微雨沾衣令人愁。有一遷客登高樓，不言不寐彈箜篌。彈作薊門桑葉秋，拗律句。風沙颯颯青塚頭。將軍鐵驄汗血流，深入匈奴戰未休。律句。黄旗一點兵馬收，亂殺胡人積如邱。瘡病驅來役邊州，仍披漠北胡羊裘。顔色飢枯掩面羞，律句。眼眶淚滴深兩眸。思還本鄉食氂牛，欲語不得指咽喉。或有強壯能咿嚘，意説被他邊將讎。拗律句。五世屬蕃漢主留，碧毛氈帳河曲遊。橐駝五萬部落稠，敕賜飛鳥金兜鍪。爲君百戰如過籌，静掃陰山無鳥投。律句，少拗。家藏鐵券特承優，律句。黄金十觔不稱求，九族分離作楚囚。律句。深溪寂寞絃若幽，草木悲感聲颼颼。僕本東山爲國憂，律句。明光殿前論九疇。麤讀兵書盡冥搜，爲君掌上施權謀。

洞曉山川無與儔，律句少拗。紫宸詔發遠懷柔。律句。搖筆飛霜如奪鉤，律句少拗。鬼神不得知其由。憐愛蒼生比蚍蜉，朔河屯兵須漸抽。盡遣降來拜御溝，律句。便令海内休戈矛。何用班超定遠侯，律句。史臣書之得已不？

此詩正同《陸渾山火》句法，假借處此詩更同。

漢詩總説

漢詩總説提要

《漢詩總説》一卷，據康熙間刻《漢詩説》本點校。撰者費錫璜（一六六四—？），字滋衡，其祖父經虞、父費密自四川新繁避亂來江南，遂爲吴江人。錫璜與沈用濟因馮惟訥《詩紀》、梅鼎祚《詩乘》所録漢詩，合撰有《漢詩説》十卷，此《總説》一卷爲卷首之語耳。沈用濟序有「己丑夏歸自京師，訪滋衡於邗江。因各攄所見，名《漢詩説》」云云，時在康熙四十八年。嘉慶間楊復吉取《總説》入《昭代叢書》，名則單署費而遺沈，遂啓後人疑竇。顧沈序中本有「立説多本滋衡」一語，錫璜序亦有「沈子方舟聞予言，獨深嗜之」等語，主次固已不同；《總説》末更以一人口吻，屢云「余説漢詩」、「余不敢强解之」，則此《總説》一篇，或即爲錫璜所獨撰。《四庫存目提要》謂其書「持論似高，而所説殊草草」，「高」論即指《總説》，「草草」則指集中各首具體之説，確是兩不能相當。《總説》以去後世一切門徑説漢詩，自不能不高；又每指出曹植、顔謝、陶潛、李杜韓乃至盧駱王岑錢劉輩之接續處，示人以法門所在，雖仍不免膚闊，要亦可備一説也。

漢詩總説

新繁費錫璜滋衡著

《三百篇》後，漢人創爲五言，自是氣運結成，非人力所能爲。故古人論曰：蘇、李天成，曹、劉自得。天成者，如天生花草，豈人翦裁點綴所能仿佛；如鑄就鐘鏞，一絲增減不得。解此方可看漢詩。

詩惟漢詩最難學，最難讀。極頂才人，到漢人輒不能措手，輒不能解隻字。有強解者，多屬皮裏膜外，止堪捧腹。漢詩即贊歎亦難盡，高古、雄渾等語，俱贊不着也。然則將置之乎？曰：正於此要着一明眼。讀漢詩不可看作三代衣冠，望而畏之；須看得極輕妙，極靈活，極風豔，極悲壯，極典雅，凡後人所謂妙處，無不具之。即如《陽關》一曲，唐人送別絶調，讀李陵三詩，知從此化出；《陌上桑》、《董嬌嬈》，即張、王、李、韓輕豔之祖也；「紅塵蔽天地」、「十五從軍征」，李、杜悲壯之祖也；「冉冉歲云暮」，駱賓王、白樂天皆祖之；《郊祀》諸詩，顔、謝、昌黎皆祖之。大抵六朝、唐、宋名家多祖漢詩，不能盡述也。

屈原將投汨羅而作《離騷》，李陵降胡不歸而賦《别蘇武》詩，蔡琰被掠失身而賦《悲憤》諸詩，千古絶調，必成於失意不可解之時。惟其失意不可解，而發言乃絶千古。下此則嵇康臨終、杜甫遭亂、李白投荒，皆能繼響前賢。外此則吾未之見也。

樂府有三等：《房中》、《郊祀》，典雅宏奧，中學難窺，爲最上品；《陌上桑》、《羽林郎》、《東門行》、

《西門行》、《婦病行》、《孤兒行》等詩，有情有致，學者有徑路可尋，的是詩家正宗、才人鼻祖，爲第二品；謡諺等作，詞氣雖古，未免俚質，爲第三品。

學詩須從第一義着脚，如立泰、華之巔，一切培塿，皆在目中。何謂第一義？自具手眼，熟讀楚騷、漢詩；透過此關，然後浸淫於六朝、三唐，旁及宋、元、近代，此據上流法。單從唐人入手，猶屬第二義，況入手於蘇、陸乎？

齊、梁間人喜言音調，平仄互用，不可紊亂，皆前賢未覩此理。然以沈約、謝脁詩與《十九首》並讀，勿問其他，祇言音調，相去已遠。蓋元氣全則元音足，古詩惟《十九首》音調最圓，子建、嗣宗猶近之，宋、齊則遠矣；律詩惟沈、宋音調最圓，錢、劉猶近之，中唐則遠矣；詞家秦、柳最圓，南宋則遠矣。且《國風》惟二《南》最圓，十三國似微有不同，味之自見。

讀書到不能解處，正須沈思；讀書到不可學處，正要追步，方有出人頭地。今人見漢詩輒畏阻，見人稱漢詩、樂府，輒以爲不必爾，此終無進境。吾爲世人指出長安大路、江湖源頭，一片苦心，欲有志之士努力追步，不惟古詩得力，即律詩、絶句亦得力也。

吾嘗論兩漢之文，皆有六經氣味浸溢乎其中。唐、宋諸名家，不過引經文爲證據耳，其實氣味遠甚。漢詩典質朴奥，與《雅》、《頌》相近，豈晉、宋以下所能，況在近代乎？

四言長短有「兮」字歌，是漢人古體；五言是漢人近體。詩到約以五言，便整齊許多。此語可爲知者道。

古詩有箴、有戒，皆警惕之詞。漢詩結處多用之，如「努力崇明德，皓首以爲期」，箴、戒之辭也。古詩有祝，皆頌禱之意。漢詩末句多用祝辭。古諺、古銘，可訓可戒，與經表裏，惟漢詩尚存此意。吾故曰漢人善學古人。

西漢自《大風》以下諸歌，古奥遠過東漢。若以燕王旦、廣陵王胥與東漢趙壹、酈炎較，便有河漢之隔。文章關乎時代，豈不信然？

讀漢詩須讀漢文、漢賦，會通其意，始漸有解處。《淮南》、《史》、《漢》、《太玄》、《易林》諸書不可不讀，而《楚辭》尤爲漢詩祖禰。

詩至宋、齊，漸以句求，唐賢乃明下字之法。漢人高古天成，意旨方且難窺，何況字句？故一切圈點，概不敢用，亦不必用。

漢詩有絶不可解者，如《聖人制禮樂》篇之類；惟《鐃歌》在可解不可解之間，似不純是聲詞雜寫。偶思得近似者附註於下，非敢云必是也。曹子建云：「漢曲訛不可辨。」在魏且然，況今日哉！

聖賢學問極斂約縝栗，而萬物不能過。周詩斂約之至，縝栗之至；惟漢詩尚存此氣味，所以百世不逮；晉、宋漸入於文，漸取清雅，言之文，實詩之衰也。後世有志復古，不深入漢人壁壘，猶入室而不由門也。

《羽林郎》、《董嬌嬈》、《日出東南隅行》諸詩，情詞並麗，意旨殊工，皆詩家之正則，學者所當揣摩。唐之盧、駱、王、岑、錢、劉，皆於此數詩中得力。

漢詩有前後絶不相蒙者，如「東城高且長」、「天上何所有」、「青青河畔草」，未可強合，亦不必以後人貫串法曲爲古人斡旋。疑此等詩有前解、後解之别，可分可合。如「十五從軍征」在《古詩》三首内則至「淚落沾我衣」爲一首，在樂府則分爲數解。《十九首》内分入樂府，散爲解者甚多。他如《白頭吟》、《塘上行》，或增或減，多讀古詩自得之。今小曲每割諸曲合唱，亦是此意。

樂府之有解，何也？自是歌調中節奏。如竹之有節，合之則爲一竿，分之則爲數節，實是一竹。「十五從軍征」本一詩也，分四語爲一解。謂四語爲一解則可，謂四語爲一首則不可也。如《子夜》等歌，謂四語爲一首則可，謂四語爲一解則不可也。

《鷄鳴》、《相逢行》、「青青陵上柏」諸詩，讀之見太平景象，人民熙皡，上至王侯第宅，下至平康、北里，皆優游宴樂，爲盛世之音。迄《五噫》、《於忽操》等詩作，遂多衰世之感。漢詩至此，不可讀矣。

《鐃歌》今人多擬《君馬黄》、《將進酒》、《戰城南》，殊不知《上邪》、《上陵》皆絶妙好詞，所當着眼。顔、謝好蹇澀雅麗，昌黎好捃摭奇字險韵爲詩，然漢《郊祀》、《鐃歌》奥衍宏博，已開其先。司馬子長所謂「今上即位，作十九章。通一經之士不能知其詞，皆會集五經家乃能講習，讀之多爾雅之文」是也。

樂府如《鐃歌》、《飲馬長城窟》諸詩，皆極頓挫，工部於此最得手。後之擬者多直説去，便鮮意味。

詩主言情，文主言道。詩一言道，則落腐爛。然詩亦有言道者，陸機云：「我静如鏡，民動如煙。」陶潛云：「此中有真意，欲辨已忘言。」杜甫云：「舜舉十六相，身尊道何高。」各有懷抱。至於宋人則益多，如「月到天心處，風來水面時」、「一陽初動處，萬物未生時」，流入卑俗。惟漢人二韋詩及「瓜田不納履，李下不正冠」爲典則也。

三代而後，惟漢家風俗猶爲近古。三代禮樂，庶幾未衰，吾於讀漢詩見之。如《陌上桑》、《羽林郎》、《隴西行》，始皆豔羡，終止於禮；《豔歌行》流宕他鄉，而卒守之以正；《東門行》盎無斗儲，而夫婦相勉自愛不爲非。「好色而不淫」、「怨而不怒」，惟漢詩有焉。

《練時日》、《華熤熤》、《天門開》多原於楚《騷》，《房中曲》多原於《雅》、《頌》。

《落葉哀蟬曲》、《招商》等歌，見《拾遺記》，與「皇娥」、「白帝子」諸詩皆王子年僞撰，非漢詩也。

「棗下何攢攢」、「苦哉邊地人」、「鳳凰鳴高岡」諸詩雖僅六句四句，而意已足。《詩乘》疑爲有闕，殆非也。

樂府所歌，多屬漢人，識者自辨其氣味。如《氣出唱》、《精列》，今作魏武帝，然已見《長笛賦》；《豔歌何嘗行》，《宋書》作古辭，《樂府》作文帝；《碧玉歌》，《樂苑》以爲宋汝南王，而晉孫綽已有「情人《碧玉歌》」之語，然按其文，自是漢辭。

漢詩如先秦文，不可段落。詩中所稱「君」字，「汝」、「我」、「妾」等字，皆不必順一人口氣。

漢詩韵最奇，《焦仲卿妻》詩多至二十餘韵；有隔句用韵；至「江南可采蓮」、《上陵》、《蜀國刺》乃無韵，不可不知。

漢人詩未有無所爲而作者，如《垓下歌》、《春歌》、《幽歌》、《悲愁歌》、《白頭吟》，皆到發憤處爲詩，所以成絶調；亦不論其詞之工拙，而自足感人。後人絶命多不工，何也？只爲「殺身成仁」等語誤耳。《十九首》、《五首》、《三首》諸詩，多非爲一人一事而作，讀之久，自能感人。有能解此語者，吾當與天下共推之。

世之説漢詩者，好取其詩，牽合本傳，曲勘隱微。雖古人託辭寫懷，固當以意逆志。然執辭指事，多流穿鑿。又好舉一詩，以爲此爲君臣而作，此爲朋友而作，此被讒而作，此去位而作，亦多擬度，失本詩面目。余説漢詩，先去此二病。

詩文家不可重複説，此最爲俗論。如「行行重行行」，下云「與君生別離」，又云「相去萬餘里，各在天一涯」，又云「道路阻且長」，又云「相去日以遠」，在今人必訝其重複；「昭昭素明月，光輝燭我牀」，曰「昭昭」，又曰「素」，又曰「明」，又曰「光輝」；《滿歌行》亦重疊言之，他詩不可枚舉。漢人皆不以爲病。自「疊牀架屋」之説興，詩文二道皆單薄寡味矣。

有謂「東風摇百草」、「秋草凄以緑」已逗六朝門徑，又有嵩取「古歡」、「新心」等字以爲生別，不知古詩渾渾浩浩，純是元氣結成，若以字句求之，直是囈語。

漢詩有參看法，如「乘玄四龍」與「入紫深宫」中，若以時俗法言之，當作「乘四玄龍」、「深入紫宫」。古法殊不爾，參看自見。

《易林》奇古，亦漢四言韵語。因有嵩書，故不録。

魏、晉樂府中多漢詩，論之已詳。漢詩中亦時雜周詩，如《今有人》純歌《楚詞》，《短歌行》直歌「呦鹿」，《薤露》之曲見於宋玉，《飲馬長城窟》中有秦詩一段，此其尤著者也。大抵龐厚永長，周詩又在漢人上。以漢五言詩與周詩並讀，則如以唐律與古詩並讀耳。常疑《箜篌引》高出漢人，或周詩之遺乎？

前輩稱曹子建、謝脁、李白工於發端，然皆出於漢人。試舉數句，請學者觀之。「良時不再至，離別在須臾」、「攜手上河梁，遊子暮何之」、「黄鵠一遠別，千里顧徘徊」、「北方有佳人，遺世而獨立」、「雞鳴高樹巔，狗吠深宮中」、「天上何所有？歷歷種白榆」、「西北有高樓，上與浮雲齊」、「去者日以疏，來者日以親」、「紅塵蔽天地，白日何冥冥」、「上山採蘼蕪，下山逢故夫」、「來日大難，口燥脣乾」、「日出入安窮」、「大風起兮雲飛揚」，是豈六朝、唐人所及？太白輩將此等詩千迴百折讀之，然後工於發端耳。

詩句之奇，至顔延之、謝靈運、李白、杜甫、韓愈、李賀、盧仝至矣，然不若漢人之奇。試拈數句：「泊如四海之池」、「偏觀是邪」、「謂河水中之馬」、「必有陸地之船」、「飢不從猛虎食，暮不從野雀栖」、「呼兒烹鯉魚，中有尺素書」、「蟲來嚙桃根，李樹代桃僵」、「垂露承帷，張霄成幄」、「腐肉安能去子逃」，奇絶奇絶。至《郊祀》、《鐃歌》中，奇語不可枚舉。此非以奇語求漢人，見漢人無所不有也，不可忽略而讀過。

讀漢詩只如見前輩人，恪恭不敢置一語，唯唯而退，不敢議之，亦未嘗樂與之親。作如是觀者，此其人未嘗讀漢詩也。

讀漢詩若有所解，僅存數章，以爲擬體之首。作如是觀者，此其人亦未嘗讀漢詩也。

讀漢詩須手舞足蹈，觸得妙境，更不忍釋。作如是觀者，方謂之善讀漢詩。

讀漢詩如登山造極，溯水得源，見衆山皆培塿，江河皆支派，一切唐、宋皆屬雲仍，覺語近而味薄，體卑而格俚。作如是觀者，方謂之善讀漢詩。

讀漢詩要見蘇、李、班、張輩皆如在目前，爲我兄事、師事之人。作如是觀者，方謂之善讀漢詩。

余説漢詩，要在示人以法門，使學者有入路，有依據，令其欲喜欲驚，俾天下俱向此中尋索。至所不能解者，余不敢強解之。非尋章摘句，一味贊美，作寬冒語也。

我儂說詩

我儂説詩提要

《我儂説詩》不分卷，據上海圖書館藏倪承寬鈔本編輯、點校。撰者徐錫我，字我純，江南陽湖人。有《聲中詩》。按此本原未署撰人，今據《光緒武進陽湖縣志·藝文志》之著録補出。又據書前三自序，知作於康熙四十七年至五十三年間。書未刊，原爲二十二卷，卷一至卷七依次論漢樂府歌謡及魏樂府、六朝樂府、古逸詩，卷八、九論唐歌行七古，卷十至卷十二論漢魏六朝及唐五古，卷十三論五律，卷十四至卷二十論七律，卷二十一論排律，卷二十二論五七言絶。其體例每先録一詩，再予以解説，如有本事材料則抄撮於詩前。又於樂府、古詩、律詩三大體各作有總説。徐氏聲言不滿金聖嘆、徐增，然其説詩分解、務求詳盡之特點，實與二家相去不遠。末附《説原》三卷，卷上説《尚書》，卷中、下説《詩經》，旨在爲其歷代詩體之説溯源。張寅彭輯《清詩話三編》嘗彙輯其序文、題辭及總説各體之文字，都爲一卷，頗存其概，故今亦録入。

目録

序一

說詩凡八百餘首。其唐七律詩三百首，則始於戊子之孟冬，終於己丑之仲春，從友人靜涵蘇子之請也；其漢、魏詩一百七十首，則請從文子魯齋，始終於辛卯之冬季、壬辰之春季焉。自此而良友聚散，俗緣徽纆，殆無寧晷。每欲即説所未及者，如古逸，六朝，三唐人之五律、五排、五七古、五七絶等體，爲一一補説之，以薈萃成書。顧存諸衷者，又踰一載。癸巳秋八月，因訪舍弟豫青於漢南，至赤夫石泉署，而舍弟已先期訪余入都矣。三年骨肉遠離，數千里相訪，彼此不值，惋歎可勝道哉！鬱無可遣，爲赤夫補説所未説之詩三百餘首，始於是歲之陽月，終於來年之陬月云。

序二

匠石運斤，非郢質無以措手。故老子玄言，必俟關門小吏；莊生達語，亦須濠水同人。余丙子遊燕，即定交賈子赤夫、蘇子静涵。風雅契合，既歷有年；往復清談，不啻萬計。後得文子魯齋，性更嗜痂，甘於膾炙。諸宗盟聽評論，至徹夜忘寢。恐緒言微義，久而復湮，此己丑歲静涵既有説七律之請，辛卯歲魯齋更有説漢、魏之請也。書成之後，蘇、文家有稿本各一，秘之枕中。已而因友及親，由近致遠，轉相鈔録。余遊秦時，屈指布散於京師者已三十餘部，然止七律一體。而漢、魏則二子以未有副本，慮因遺失，未易假人也。至癸巳所補，惟留赤夫署中，思一寄静涵、魯齋，筆墨煩多，艱於脱稿，時銜耿耿耳。

序　三

左太沖賦《三都》成，乞序皇甫，一時洛陽因爲紙貴。余竊鄙之，謂君子立言，果有當於不朽大業，雖千古上下，莫非吾徒；必鰓鰓然求知一時漠不相知之當路，而乞其謬贈我以無關痛癢之膚辭，何爲哉？尼父删《詩》，祇命弟子卜商爲序，蓋有由矣。余嬾於結納，舍二三知己外，寥寥寡徒，素不喜攀援巨公，作沽名階級。祇自序其説之年月起訖並同學因緣，他無與焉。

題辭

説詩本起於漢、魏，訖於三唐，蓋竊自附夫子删《詩》之後，如紫陽以《綱目》繼《春秋》義耳。第《春秋》止有經而無傳，《三百篇》亦止有删而無説。今有删兼有説者，猶《綱目》有經兼有傳也。其古逸若干則，列於漢、魏、六朝之末，如《三百篇》列《商頌》於《周》、《魯》之末云。

詩亡於宋，僞於明。宋人錯把漢、唐詩看作小道，祇一吟風弄月便爲能事；惟其然，故宋人所作皆是吟風弄月，不知詩不〔一〕僅吟風弄月而已，此興觀群怨、事父事君之道所以亡也。明人稍懲宋弊，刻意宗唐，然又不能真知唐詩所以然之妙，如俳優上場，只在衣冠聲吻間着意摹擬古君子，幾幾如見，其實渾身自肝肺及皮毛，還是俳優。故儂以一字評之，曰「僞」。夫僞則猶之亡也，爲《説詩》若干篇，因由末以追其本，作《説原書》若干章，尚留風雅一脈於宋、明之後云爾。

【校勘記】

〔一〕「不」字原脱，據文意補。

《説原書》者，儂爲欲説漢、唐諸詩，因推其説所自出，而使人確然無疑，不惜繁重，而又著之爲書者也。第今之明哲每喜捷得，而苦多求，即儂所説漢、唐人之本詩，尚有嫌斯繁重者，而復於未説之前，説其原頭如此如此，終日不了，得毋説者之心瘁矣，而讀者之目昏然。答之曰：儂説詩，本非爲一切應酬與世之浮慕詩聲者作迷津寶筏。其人而能降心以卒業焉，固儂所厚望也；其人而不能降心以卒業焉，亦儂所深諒也。蓋以孔子大聖作《春秋》，猶有「知我罪我」者；儂何人斯，而敢必之於今之明哲乎？故《説原》雖裒然成書，不編於卷次，以便讀者卒業與否，此又儂所過爲逆慮者也。

問：儂説詩何不學紫陽注《詩》？只要人曉得詩中道理便了。儂説詩，不但要人曉得詩中道理，並要人曉得詩中作法。理惟一本，法有萬殊。明乎此詩之理者，未必便能作得此詩。如世之經生，非不於「四始」之義童而習，老而專，然由不知其法，故未見有能詩者。儂説詩，本爲作詩者度與金針，故不得不爲之横説竪説，必極其詩之致而後止，而後作者之心庶幾其出，而後學者之心庶幾其入。不然，則豈不能如言彼「關關」，然之「雎鳩」則相與和鳴於河洲之上矣！此窈窕之淑女，則其非君子之善匹乎？則究於從事風雅、執筆而學之者何裨乎？若云文體貴簡，儂亦深知之。昔時張輔論司馬遷敍三千年事，惟五十萬言；班固敍三百年事，乃八十萬言，以此謂固不如遷。夫以《史》、《漢》爲千古奇文，祇緣文風限於東、西京之氣運，便有如此不同者，況儂乃所爲説詩也。説則又何體之可拘，而必執紫陽之注《詩》以繩之哉？

夫子贊《易》，有上下兩《彖》、上下兩《繫》、上下兩大《象》兩小《象》、《乾》《坤》兩《文言》，謂之「十翼」。蓋因《易》道精微，故不得不爲此反覆詳盡以發明之。次者精微莫如《詩》道，故既命卜子夏爲序，而於兩《論》中又再三致意焉。其餘經則取其本文而次第之，筆寫之耳，夫子亦無多辭。可知精微之道，雖聖人不能約舉，何況於儂！故謂儂説詩或有剩義，咎應無辭；謂説詩過於繁重，儂不任此咎也。

樂府

總說

王者功成作樂。伏羲始作荒樂，歌扶徠，詠網罟。嗣是而黄帝作《雲門》、《咸池》、《大卷》、《大磬》之樂，少昊作《大淵》之樂，顓頊作《承雲》之樂，帝嚳作《九招》之樂，堯作《大章》之樂，舜作《大韶》之樂，禹作《大夏》之樂，湯作《大濩》之樂，武作《大武》之樂。帝王殊時，不相沿樂，樂以象帝王之德，樂由中出也。樂者，非謂黄鐘大吕。絃歌干揚也，樂之末節也。故童者舞之，樂師辨乎聲詩；故北面而弦，明乎其爲末節而賤之也。樂由音生，音由聲生，聲由心生。人心之動，物使之然也，感於物而動。故哀心感者，其聲噍以殺；樂心感者，其聲嘽以緩；喜心感者，其聲發以散；怒心感者，其聲粗以厲；敬心感者，其聲直以廉；愛心感者，其聲和以柔。蓋情動於中，而形於聲如此。聲成文謂之音，故治世之音安以樂，其政和；亂世之音怨以怒，其政乖；亡國之音哀以思，其民困。聲音之道與政通，故王者匪僅以樂象功德，亦以通民情、察治忽。每五年一狩，命太師陳詩以觀民風，命太史采風以審民志。蓋詩言其志也，志者，樂之本也；聲音，樂之象也；節奏，樂之飾也。君子立乎其本，然後治其象與飾焉。

夫子手定六經，獨樂無專書。樂以詩爲章，《詩》删而樂已定。其他聲音節奏，自有伶官職之，不煩再作樂譜。觀《魯論》以《雅》、《頌》得所驗樂正；而正樂之時，亦祇以翕純皦繹、聲音節奏之大概語太師。蓋詩者，士君子之責；聲音節奏，乃工瞽之責。有大人之事，有小人之事，故樂無專書也。

《書》云：「歌永言，聲依永，律和聲。八音克諧，無相奪倫。」「歌永言」者，取詩中之言，按其節奏長短以歌之也；「聲依永」者，歌有長短，聲便有高下清濁不同，必使宫、商、角、徵、羽五聲，都依著歌之長短出來也；「律和聲」者，五聲既有高下清濁，或恐不和，又必取十二律之管，定其五聲，然後五聲和，而用之於金、石、絲、竹、匏、土、革、木八音之樂器，則八音克諧，無奪倫之病也。按此，是樂以人聲爲主，而詩又爲聲中之主，而志又爲詩中之主。只要得其所謂志者，而詩自可歌、可聲、可律，可被之八音，帝舜已明言之。今之論詩者，誤因元吴萊「欲擬古樂府，必倚其聲以製辭」數語，便云「樂府不可作，作樂府必須自己精於音律」，是音律反爲詩主矣。且《三百篇》雖無樂府之名，以漢爲譬，亦即周之樂府也。其《雅》、《頌》之被於絃管者，固出大聖賢之手筆，自然精於音律；而其他勞人思婦、草野謳吟，豈盡精於音律乎？又唐人絶句，亦即唐時之樂府也。今人不論其爲知音律與不知音律，皆能作之，不聞有以音律責之者，何獨於古樂府，便謂必精於音律方可作？總之，爲此言者，良由樂府命意深奥，創語瑰奇，於庸腐心眼格格不入，故借此以掩其不能措手之短耳。抑知本言志之教以製辭者，學士大夫之事；而必使其可歌、可聲、可律、可被之八音以爲樂者，工瞽之事。不當以工瞽之事責之學士大夫，因欲廢詩中樂府之一道也。

樂府有辭有聲，辭如今之詞曲，聲如今之譜調。但詞曲必按譜調填之乃成。樂府不然，王僧虔謂是先辭而後聲，此説最明曉。如漢相和歌，《樂志》云漢世采之街陌謳謡，後漸被於絃管，有平調、清調、瑟調，此三調者，皆周《房中》遺聲。《詩序》：二《南》，周《房中》之樂，其辭即《關雎》、《鵲巢》二十五篇詩耳。然今曰「聲」，非詩可知。必周時另有譜調，秦改《房中》爲《壽人》是也。漢初遺聲猶在，故演其聲以合相和之歌。由此而觀，可知樂府只要措辭得其體裁，便無論古今譜調，皆可演以合歌。石季倫作《思歸引》，謂此曲舊時有絃無歌，今爲歌辭以述懷，並恨無知音者，令造新聲，播於絲竹。齊武作《估客行》，歌成，使太樂令劉瑶教習，百日無成。或啓釋寶月精音律，帝使奏之，便就敕歌者，重爲感憶之聲。儂樂府亦有《斵桐操》，以示吾鄉善琴者，按辭譜之入弄，一座稱絶。益知作樂府時，且不必問其音律，果其辭有關風化，聖人復起，自能采之，命工人按辭寫聲，不患其辭之不協於音律也。

《三百篇》雖皆周之樂章，然有被管絃鐘鼓而歌舞之樂章，有僅被管絃而歌之樂章，有並不歌而僅誦之樂章。先儒謂《頌》者，宗廟之樂歌，如升歌則比以朱絃疏越之瑟，武舞則象以朱干玉戚之器，此所謂被管絃鐘鼓歌舞之樂章也。若正《小雅》固爲燕饗之樂歌，而《鹿鳴》、《四牡》、《皇華》，謂之升歌，《魚麗》、《嘉魚》、《南山》，謂之間歌，則僅歌之以瑟；正《大雅》固爲會朝之樂歌，而受釐、陳戒等詩，先儒衹謂之辭；二《南》爲正《風》，用之閨門，達之鄉國天下，固是房中之樂，然邶、鄘以下十三國之《風》，先儒謂領在樂官，以時存肄，備觀垂戒，則此等詩止使瞽史誦之而已，並不歌也。周樂章如此，而漢樂府可知矣。如《郊祀十九章》之歌，當《詩》兩《頌》；《鐃歌十八曲》，當《詩》二《雅》；《安世房中》及相和等歌，當《詩》二《南》，俱被絃管可歌。其餘如雜曲諸篇並王吉《射烏》曰「辭」，繁欽《定情》曰「詩」，辛延年《羽林郎》、宋子侯《董嬌嬈》等作則更不以「詩」、「辭」名，亦如周時存肄於樂官，以備瞽史之誦焉。

史稱漢武定郊祀、立樂府，然孝惠二年，夏侯寬已爲樂府令，則「樂府」之名不自漢武始。漢初因秦，雅人以制樂，《韶》爲《文始》，《武》爲《五行》，《房中》爲《壽人》，俱有聲無辭。高祖命唐山夫人作《安世》，當《壽人》，乃有辭。是先時樂府亦止沿襲秦以來舊樂遺聲以用之耳。至漢武始制辭，造新聲，雖謂「樂府」之名創於漢武，可也。

「樂府」之名雖創自漢武，然漢武以前如《大風歌》、《垓下歌》、《楚歌》、《春歌》、《安世房中》及《蒿里》、《薤露》、《公無渡河》等作，皆以樂府統之，則亦謂之樂府。若古詩之《上山采靡蕪》、《十五從軍征》、《步出城東門》諸詩，其聲音節奏，亦有與樂府相合者，祇以未經采入樂府，故不得不另名之曰詩。猶之周以詩爲樂章，故《三百篇》樂章俱謂之詩，而其他散見如《孺子歌》之類，反止以歌名，不名爲詩。漢既以樂府隸詩，故雖《定情詩》、《四愁詩》、《盤中詩》、《焦仲卿詩》，俱謂之樂府。而《上山采靡蕪》、《十五從軍征》、《步出城東門》諸作，縱其聲音節奏純是樂府，亦止以詩名，不名爲樂府。

周之詩皆爲樂章，則漢之樂府亦皆可爲詩。故儂選總名《説詩》，不另名「説樂府」。但周詩盡入樂章，詩、樂無分；漢樂府外，所遺之詩甚多，自不得不分爲兩種。要其所以必分之故，不在分之人，亦不在詩之欲分，而在於樂府已自立於必分之勢。何也？周家自后稷開基，文武創業，其深仁厚澤，積於民者久矣；其風行化被，洽於民者遠矣。而操制作之權者，又出於周公之聖，其量既無乎不該，而更得孔子時中之大聖，手爲删定，故三百篇《詩》俱如天高地廣，其間四時之氣咸備。若漢之樂府，乃始於好大喜功之漢武，其志已有所偏，而爲之令者，又止司馬諸才人，耑以楚《騷》製辭，意主瑰奇，文尚宏博。即其所采於輶軒者，亦皆瑰奇宏博之辭。而雍雍穆穆如蘇、李之詩，亦無與焉。以四時之氣譬諸樂府，僅得夏之鬱暢、秋之駿肅，春涵、冬養之功，苦於不足。故以樂府視詩，雖若傲詩以有餘，不知有餘之處便是不足，反遂讓詩别開一門。詩亦不必定附於樂府，而詩與樂府自此乃分兩途云。

古詩尚含蓄，意惟恐其盡；樂府貴發泄，意惟恐其不盡。古詩雖極悲憤，出口必忠厚爲歸；樂府雖極恬愉，出口必爽快爲主。古詩一唱三嘆，耐人深思；樂府千刀萬槊，與人難受。古詩如惠風和日，令人可愛；樂府如疾雷迅電，令人可畏。古詩如山之静，仁者樂之；樂府如水之動，知者樂之。七子、王、徐、二應，入古詩之奥；三曹父子兄弟，啜樂府之精。安仁、太沖之古詩，可爲七子偏裨；休奕、越石之樂府，可爲三曹後勁。陶彭澤演古詩之派，鮑參軍承樂府之流。高、岑、王、孟、錢、劉諸俊，得力古詩；太白、退之、長吉諸豪，得力樂府。而具古詩、樂府之長，無意不收、無法不備、無美不臻者，少陵一人而已。

可以興、可以觀、可以群、可以怨，古詩之妙。始作翕如，從之純如，皦如繹如，以成樂府之妙。

古詩以神理爲主，而音節輔焉；樂府以音節爲主，而神理輔焉。神理不足，固不可以爲古詩，然有神理而無音節，猶之詞曲雖好，而出之以乾咽棘吭，聽者逆耳；音節不足，固不可以爲樂府，然有音節而無神理，猶之以好腔板演巴詞，聽者亦復逆耳。

古詩全憑學問，而天資次之；樂府全仗天資，而學問次之。然天資高者，於學問一道比人更覺省力。若學問雖好而天資不高，欲攻樂府，真如超海挾山。故精於樂府者能兼古詩，祇精於古詩者不能兼樂府。蓋古詩於律體稍近，會作律體，便勃勃欲作古詩。樂府於律體遼闊不啻千里，所以此文往往單行。若會作得古詩，於律體可陡添多少神理；會作得樂府，不但神理，即其音節間亦似鈞天樂奏，迴不是人區凡響。此惟工部爲然，諸唐人未見其匹也。

古詩如時藝中八股文字，不論初學小子，皆能湊補成篇；然要到精妙無遺憾處，雖宿儒往往難之。樂府則如散行文字，惟寢食於子史諸家者，方能一氣揮灑，鏗鏘合調；然其實比八股稍爲省力，第初學小子無級可階，望之如登天耳。

學樂府與學古詩不同，學古詩須從蘇、李學起，次《十九首》，次《五首》，次《録别》，再次魏七子、六朝諸家及三唐諸家。既探其源，復尋其流，沉酣厭飫，久之有得，則併不知是漢是魏，是六朝、三唐，此學古詩法也。若學樂府不然，將選中樂府分作三種：第一種如《白頭吟》、《怨歌行》、《飲馬長城窟行》、《羽林郎》、《董嬌嬈》、《同聲歌》、《江南》、《雞鳴》、《陌上桑》、《長歌行》、《相逢行》、《隴西行》、《艷歌行》、《艷歌何嘗行》、《折楊柳》、《枯魚過河泣》、《咄唶歌》、《焦仲卿詩》等作；第二種如《大風歌》、《垓下歌》、《楚歌》、《紫芝歌》、《春歌》、《李夫人歌》、《落葉哀蟬曲》、《秋風辭》、《李延年歌》、《於忽摻》、《戰城南》、《有所思》、《上邪》、《臨高臺》、《箜篌引》、《薤露》、《蒿里》、《西門行》、《東門行》、《四愁》、《射烏》、《盤中》等作；第三種如《瓠子歌》、《郊祀歌》、《朱鷺》、《思悲翁》、《艾如張》、《上之回》、《翁離》、

《巫山高》、《上陵》、《將進酒》、《君馬黄》、《芳樹》、《雉子班》、《遠如期》、《烏生》、《董逃》、《善哉行》、《婦病》、《孤兒》、《雁門太守》、《淮南王》、《蜨蝶行》、《前緩聲歌》、《莋都夷歌》等作。讀完第一種，再讀第二種、第三種，漸漸由易入難，由近及遠，此則循序而進，學樂府法也。魏、晉以下，亦即此類推。

作樂府用古題，須翻新意。若仍舊是古人本意，祇於話句間大同小異，如明時李于鱗擬樂府，套習腔板，衣冠孫叔，不如不作。鮑明遠則用代法，亦好。總不若杜工部自創新題，如《垂老别》、《新婚别》、《無家别》、《新安吏》、《石壕吏》、《哀王孫》、《哀江頭》等作爲佳。至楊鐵崖、李西涯輩耑用新題詠古，雖竭力出脱，然蹊徑逼仄，音調十篇倒有九篇相似。此法始於長吉之《秦宫帝子》、《金銅仙人》等作，然長吉色艷味醲，令人不厭；鐵崖、西涯色淺味薄，祇將筆頭掉躍轉换，亦何取焉？

儂少時頗多擬古樂府，見稱於士口。後悔之，焚棄殆盡。所存《怨歌行》、《燕歌行》、《燕歌少年行》、《董逃衍》等作，雖用古題，意别有指。其餘則俱另出新題，隨境、隨時、隨事，作我所作，迥非楊、李無聊詠古而已。

唐人歌行七古，即樂府遺響。一切在選者，俱附列於漢、魏、六朝樂府後，不另分類，使人知樂府源流。

漢樂府

漢樂府，無名氏居多。首選漢高以下十六人，其名氏表表者，第據《樂書》。以《大風》爲四時歌舞高廟；《垓下歌》，《樂府》作《力拔山操》；《白頭吟》，《樂府》作《古辭》；《李夫人歌》，《漢書》謂武帝作此詩，命樂府諸音家絃歌之，則當時已隸之樂府無疑。若《楚歌》、《紫芝歌》、《春歌》、《瓠子歌》、《落葉哀蟬曲》、《秋風辭》、《李延年歌》、《怨歌》、《同聲歌》、《飲馬長城窟行》、《羽林郎》、《董嬌嬈》、《於忽操》，《樂府》無明文，而《詩紀》、《詩乘》諸本皆入之於樂府。至《四愁詩》、《盤中詩》、《莋都夷歌》，則皆不入於樂府，豈別有見耶？或意擬其當如是耶？今即其體製，審其音節，的爲樂府一類，故列之於首，爲有名氏樂府一卷。（卷一）

漢郊祀歌

凡十九章，選其九。《禮樂志》：武帝定郊祀之禮，祠太一於甘泉，祭后土於汾陰，乃立樂府。舉司馬相如等數十人作十九章之歌，以正月上辛用事甘泉圜丘，使童男女七十人俱歌，昏祠至明。嘗有神光如流星，止集於祠壇，帝自行宮原注：一本作竹宮，當查。而望拜，百官侍祠者數百人，皆肅然動心焉。（卷二上）

漢鐃歌

鐃如鈴，無舌有秉。軍法：卒長執鐃。《鐃歌》十八曲：一《朱鷺》，二《思悲翁》，三《艾如張》，四

《上之回》，五《翁離》，六《戰城南》，七《巫山高》，八《上陵》，九《將進酒》，十《君馬黄》，十一《芳樹》，十二《有所思》，十三《雉子班》，十四《聖人出》，十五《上邪》，十六《臨高臺》，十七《遠如期》，十八《石流》。其曲列於鼓吹，鼓自一物，吹乃簫笳之屬。《周禮》：「以金鐃節鼓」，鐃與鼓相應之器，故又云「短簫鐃歌」也。蔡邕以爲軍樂。今按其辭，《朱鷺》、《思悲翁》、《戰城南》三曲，洵爲軍樂無疑；若《巫山高》，託戍卒思歸；《有所思》，託戍婦思夫；《艾如張》、《雉子班》，言田獵之事，田獵所以講武，亦爲軍樂；至《上之回》，則述武帝行幸；《翁離》，則述武帝造仙人宫館；《上陵》、《將進酒》，則述漢家上陵事；《遠如期》、《樂録》謂是食舉曲，可知亦不盡是軍樂。《建初録》謂鼓吹有二：列於殿庭者爲鼓吹，今之從行鼓吹爲騎吹。以上四曲，豈所謂「鼓吹」與？「騎吹」耶？獨《君馬黄》、《芳樹》二曲爲怨刺之辭，《上邪》、《臨高臺》二曲爲祝望之辭，未知何用。《聖人出》、《石流》則漫不可讀，《樂録》謂鐃歌聲辭相雜，沈約謂凡古樂録皆大字是辭，細字是聲，聲辭合寫，故致然也。解闕其二，以俟知者。《鐃歌》十八曲非作於一時，如《上之回》爲武帝時事，《遠如期》爲宣帝時事，《上陵》、《將進酒》，據《禮儀志》有「上陵東西都」語，則又疑作於東漢時。其餘可知。（卷二下）

漢相和曲

《樂志》：相和，漢舊歌也，絲竹更相和，執節者歌。本一部，魏明帝分爲二。〔其後晉荀勗又〕采舊辭，施用於世，謂之清商三調歌詩。〔平調、清〕調、瑟調，皆周《房中曲》之遺聲。〔又有楚調、側調，與前〕三調，總謂之相和調。蓋皆漢世〔街陌謳謠，後漸被於絃〕管者。魏、晉之世，相承用之。永嘉之亂，中朝舊〔章，散落江左〕，後魏孝文、宣武用師淮、〔漢〕，收其所獲南音，謂之清商樂，相和諸曲亦皆在焉。所謂清商正聲、相和五調伎也。凡諸調歌辭，並以一章爲一解。王僧虔云：古曰章，今曰解。解有多少，當是先詩後聲，詩敘事，聲成文，必使志盡於詩，音盡於曲。是以作詩有豐約，制解有多少。而大曲又有艷、有趨、有亂、有辭、有聲。辭者，其歌詩也；聲者，若「羊吾夷」、「伊那阿」之類也。艷在曲之前，趨與亂在曲之後。〔一〕（卷三）

【校勘記】

〔一〕本節方括號内字原本殘損，今據郭茂倩《樂府詩集》卷二六《相和歌辭》解題酌補。

漢雜曲

雜曲不知何用，意當時雖采之樂府，而未播於絃管，如相和之歌施行於世者也。嘗讀《詩小序》，《邶》、《鄘》以下十三國之《風》，先儒謂「領在樂官，以時存肄，備觀垂戒」，則知此曲亦然，止命瞽史誦之而已。因悟卷首《楚歌》以下十二篇，即此曲一類，第以名氏表表，不可混列此曲之中。且《瓠子》、《秋風》諸作悉堂皇帝製，自應序次於高祖《大風》之下焉。或疑帝製何以不絃不管，不見之施行？

曰：周公以大聖人附扆雍辟，而《豳風》又爲追詠周家發祥所自昉，尚與十三國並列，不絃不管。何帝製之必見於施行，而後爲帝製哉！（卷四上）

漢謡諺

《爾雅》曰：「徒歌爲謡。」《五行志》曰：「君亢陽而暴虐，臣畏刑而拑口，則怨謗之氣，發而爲謡，故有詩妖。諺者，直語廛路之言，有實無華。」《太誓》：「古人有言，牝雞無晨。」《大雅》：「人亦有言，惟憂用老。」此上古遺諺，《詩》、《書》可引者也。今獨選漢時謡諺附漢樂府後者，以其雖未采於《樂府》，而別見於他書，然瑰奇飄忽，純是樂府神魂，故《樂苑》諸本亦俱不遺於選。爲掇其尤者若干，以資好學深思之士，倣古人之小補云。（卷四下）

魏樂府

王者功成，然後作樂。漢武承文、景太平之運，其時廟堂則辭臣林立，而草野亦髦俊雲興。故其製作見於上者，《秋風》、《瓠子》開《雅》、《頌》之門；見於下者，《鳳操》、《白頭》振《風》詩之袖。如《三百篇》四始六義，無乎不該。蓋樂府之精華，至漢而竭矣。魏武雖斯文絶世，而所際非時，天下割據紛紛，日無寧晷；帷幄諸公既志存韜略，西園七子又俱翰墨中材。故軍旅倥偬，横槊能賦者，但有父子兄弟，以外無聞。則非樂府之長獨擅於曹家，抑亦時爲之也。儂嘗曰：漢樂府有《風》、有《雅》、有《頌》，魏樂府有《雅》、《頌》無《風》，以此。使三曹之運，如漢武繼太平於文、景，功成作樂，何多讓焉。（卷五）

六朝樂府

樂府在魏，已僅得漢時之二三；至晉以後，益魏之不若矣。良由六朝運祚衰短，所尚復歧。自談宗啓於何、鄧，中原痛其陸沉。廊廟諸公，以玄虚爲性命，以名教爲桎梏。雖間有特立君子，如晉之休奕、宋之明遠，砥風雅於狂瀾既倒之餘，然敝笱不濬池鹹，阿膠難澄河濁，即謂樂府之亡，亡於六朝，可也。第天地之道，不聚在上，則散在下。魏時樂府獨聚於當塗氏一家，六朝樂府各散爲衢謡里諺，故選中《獨漉》、《西洲》、《伯勞》、《木蘭》、無名氏諸篇，反遠勝於巨卿所作郊祀、燕射等施行歌曲焉。（卷六）

古逸詩

夫子删周詩，以《商頌》終，蓋特爲四言一體。遡厥由來，惟《商頌》五篇與周詩相合，其夏詩雖《五子歌》、虞詩雖《帝載歌》，以四言視之，皆爲雜體，故别見於《書》，不與《三百篇》並列。自漢人翻四言作樂府，正惟雜體爲多。儂既選樂府，起漢迄六朝，勢不得不爲遡厥由來，采古逸詩若干於後，明樂府體製亦如周詩之本於《商頌》云。（卷七）

唐歌行七古

儂選古逸詩，爲樂府溯其原矣。兹卷爲窮樂府之流，於是有唐歌行七古之選。第唐時亦自有樂府，如太白之《長干行》、《朗月行》、《妾薄命》等篇，子美之《新安吏》、《石壕吏》、《垂老别》等篇，製題既與樂府合度，發言亦與樂府同聲，反不入之樂府；獨檢歌行七古一體入之樂府者，蓋以歌行七古雖不始于唐人，至唐人爲極盛，乃詩家争鋒取勝之要關。欲攻之者，非致力於漢、魏、六朝諸樂府，無繇登其壇場，建其旗鼓，故不得不與樂府共編，爲後學觀摩之藉。若其餘即樂府名篇，以詩成家者，有之固可，無之亦可，故止編入古詩之中。如唐人以樂府名篇爲五絶、七絶者，僅謂之絶句，不謂之樂府焉。（卷八）

古詩

總説

五言古詩，本於《三百篇》之「誰謂雀無角，何以穿我屋」、「誰謂女無家，何以速我獄」、「投我以木瓜，報之以瓊琚」、「期我乎桑中，要我乎上宫」等句，至漢則通篇用之成體。説者謂此體創於李都尉、蘇屬國，非也。漢初虞姬楚歌，早已見之，即蘇、李同時，文君《白頭吟》，又爲繼見。但二詩采入《樂府》，便謂之樂府，究竟五言古詩耳。故謂五言古詩創於漢則可，謂創於蘇、李，恐未確。

蘇詩沉鬱，李詩超忽。良由二公俱以不世之才，寄命於俗，即其忠勇之氣，發而爲詩。遇既蹇不猶人，故詩亦非他人所能彷彿。統漢詩言，二公祖變《雅》而禰楚《騷》，洵爲此體冠冕，則謂此體創於二公亦可。

《十九首》作非一手，然俱清和宛轉，較蘇、李頗近人。鍾嶸云其源出於《國風》，亦確。

三曹父子兄弟以樂府見長，能兼古詩者惟子建。七子則俱長於古詩，然有優有劣。昭明所選，似不足憑。故選詩中，一概膚浮劣體、無當於言志之教者，如鄴中《公讌》、士衡《擬古》、謝客《擬鄴中集》詩、江淹所擬《雜詩》三十首，盡行黜落。不敢耳食人言，謂是千古昭明選詩，違心狥俗也。

蓋古詩自康樂以排偶鳴長，宣城繼之以麗句，而東陽又創爲四聲、八病之説，以鼓動天下。故古詩至齊、梁時，如人雖未死，元氣已經盡脱。昭明選詩，本意注於當時排偶麗句，其選自漢、魏者，亦恐後賢窺其底裏，嗤其無識耳。惟漢詩都是渾渾噩噩，無排無偶，無麗句可摘，故所選蘇、李、《十九首》等作，雖不見其所長，亦不見其所短。一入魏詩，如「秋蘭被長坂，朱華冒緑池」、「涼風撤蒸暑，清雲卻炎暉」、「芙蓉散其華，菡萏溢金塘」諸篇，有排有偶，有麗句可摘，便不覺投其所好，急爲羅取矣。若晉、宋以下，則全收此種，其注意處畢露。故謂《選》詩爲唐人律體先驅，自應從流而溯其源，不可廢也。若以古詩言之，恐爲《選》誤，還須另求生活。

問：《選》詩以排偶、麗句見訾，則將盡廢排偶、麗句，而後爲古詩乎？又非也。排偶如陰陽，麗句如日月光華。天地間有陽必有陰，陰陽相配，本天地自然之理。但聖人扶陽抑陰，不欲使陰道與陽道相争長。以詩言之，散行，奇數也，陽道也；對仗，偶數也，陰道也。惟盛明之世，内陽而外陰，内健而外順，内君子而外小人，故其詩亦奇多而偶少。試觀《三百篇》《周》、《召》二《南》，並無排偶之文；至《邶風》入變，《柏舟》婦人不得於夫，殷憂深切，其文遂有對仗，曰「覯閔既多，受侮不少」，此排偶之始。蘇子卿出使絶域，死生難保，有「昔爲鴛與鴦，今爲參與辰」兩語。《十九首》生當離别，會面無期，亦有「胡馬依北風，越鳥巢南枝」兩語。然俱間一爲之，並非通篇對仗作排偶，猶是聖人扶陽抑陰之意。此漢詩所以與周詩比隆，用斯道也。故欲學古詩者，當以周、漢爲宗，不必盡作排偶，追宋、齊、梁衰風，亦不必盡廢排偶，而後爲古詩也。至於麗句，亦要與性情關會，合比興之義，不可徒然繪景，描寫眼前。嘗謂古詩中如「迴風動地起，秋草萋已綠」、「四顧何茫茫，東風摇百草」等句，何嘗不麗，第不應當作麗句看。何也？有性情在也。性情譬猶日月，麗句譬猶日月光華。日月自有光華，但不可執爝火之熒熒，遂謂與日月光華等。

排偶最易凝滯文情。文情如血脈，周身流動；亦有凝滯，便成亭毒癰瘇，通體俱爲不暢。故古詩風裁不一，有蘇、李之沉鬱超忽，有《十九首》之清和宛轉，有孔北海之豪宕不羈，有趙元叔之刻厲峻峭，有曹子建之翩躚逸出，有阮嗣宗之亂頭粗服，有陶淵明之沖虛恬淡，俱不失爲古詩佳製。獨康樂駢體一倡，而齊、梁踵之爲步趨，而古詩之體，於是乎遂亡。初唐諸家，猶隨其靡波，至陳伯玉崛起梓州，始有砥柱迴瀾之勢。然盛唐惟李、杜數公，鼓掌和之，而中唐則韋蘇州、孟東野，亦祇以偏師取勝。古詩雖一振於唐，究竟不能復原也。良由唐代諸賢皆肆力於本朝所創之律體，於古詩一道，反爲餘務云。

問：排偶既有損於古詩，何以唐人用之爲律，則又成一代之鉅典？蓋文章一道，如治道然。帝王創造洪宇，果有鑒于前世之得失，索性於當革者革之務盡，於當因者因之加厲。齊、梁不然，承古詩將敝之氣，既不敢革，又不能因。如修破壞古宫殿，日日塗塈，何益？唐人則盡拆其塼木土石，即其基址，再添材料，重新翻造。故觀其規模，猶是前番宫殿也，而已巍然焕然，别爲一代之大觀，非復當年之破壞矣。由此言之，作詩總不論革論因，切莫承人將敝之氣，又學齊、梁敝極之敝。

問：敝氣開於康樂，極於齊、梁，何以康樂之詩及齊、梁諸作，俱存而不汰？曰：即其敝中，亦有卓卓者在。葑菲采其莖根之美，鉛刀取其一割之用。況此實肇基唐人律體鉅典，得魚而棄其筌，可乎？譬諸天時，則爲閏月；譬諸地理，則爲過脈。不可爲閏月另分一時，不可將過脈便常結穴耳。

律詩

總説

唐人以詩制科，定爲律體。詩至律體，變極而無以復加矣，難極而無以復加矣。七言比五言只多兩字，其難更甚於五言。以五言手作七言，不啻登丘陵者之忽涉泰。故初、盛名稿中，五言動輒數百首，而七言則寥寥，蓋知其難也。中、晚此體漸多，較之初、盛，便有離有合，何況宋、金、元、明以下。良由不知唐人創爲此體，本是追蹤《三百篇》遺意，包攝《騷》辭、樂府、古詩遺法，簡練揣摩，論字句，雖止七八得五十有六，而論措意立法，則雖乾坤之覆載，萬物之變化，殆不過兹。儂説詩自七律起，亦深知此體之難，而恐世之易視者已久也。明乎此體，五律如振槁矣。

唐人制科，限以六韵五言排律一首，所謂「五字擢英豪」是也。其七律則爲應制而設，亦間用五律應制者。故天下功名之士，皆肆力於此。即至喜怒哀樂，用之自處，用之接物，皆不出此體，以鳴其志，則如今之行卷，爲平時窗下操演之文。若五、七兩絶，又爲律之餘事。故優伶采之入樂，非當時所重云。

律詩始於唐，亦終於唐，真爲有唐一代鉅典，非後世所能及也。宋、金、元、明以來，雖間有似音而繼響者，如十二月之有閏餘焉耳。故律詩選止於唐，説亦止於唐。

律詩在唐，真如方圓之有規矩，欲舍此他求，未有見其能成器者。俗見往往不識唐律神妙，便謂唐以前有詩，不必唐詩；唐以後有詩，不必唐詩。因謂吾亦自有吾詩，不必學唐詩。於戲！此猶欲爲君道而不法堯、舜，欲爲師道而不法仲尼，其不至於流爲惑世誣民不止。

問：世亦有不學而自能詩者，如漢高《大風》、項籍《垓下》、戚姬《舂歌》、虞姬楚歌，豈盡月煅歲煉者哉？答之曰：即若此等不學而能之詩，君有幾首？以數千載億萬萬男女之人之衆，而僅僅傳得此數首不學而能之詩，豈其他皆無詩哉？正如禽鳥好音，彼時亦自嚶鳴悦耳，只是無規無矩，不足令人取法，便與飄風同散耳。吾徒既以風雅自任，安得自儕禽鳥，庶幾於萬不可傳而傳之事！

因思我亦自有聰明，亦自有智慧，何以律詩一道，獨讓唐人？蓋唐人以律詩制科，驅數百年天下豪傑出衆之才，盡畢生之力，而入此五、七言之彀中，故獨絶千古也。豈但唐以後不能復過，即使唐以前，如漢、如魏、如六朝高手，屈之令爲，應亦不能復過；使《三百篇》好手，屈之令爲，應亦不能復過。故今之學律詩者，必宗於唐無疑也。

唐律詩如明八股。唐初詩似洪武至宣德時文字，氣局甫開，古辭渾噩，無字句可尋；然猶不免生硬，未成律也。至盛唐諸公，如李，如杜，如高、岑，如王、孟輩，一時迭出，則本末兼該，華實俱茂，居然成、弘諸家，極文字之盛矣。嗣是而中唐，始則有錢、劉諸公，以澹永倡於前；終則有韓、柳諸公，以淹博繼於後。其澹永則似萬曆以後諸家，其淹博則似嘉靖以前諸家。至元、白之庸俗，則又象嘉靖、萬曆間一種惡習，既非澹永，又非淹博，一入俗口，便牢不可破除，乃文字之鄉原也。晚唐則純以偏鋒取勝，如義山之縟麗、飛卿之輕雋、牧之之高峭、許渾之恬静、韋莊之飄逸、羅隱之豪邁，體制雖各不同，然皆尚才使氣，設心翻案，酷類啓、禎時金、陳、楊、艾諸家。用子用史，任意武斷，菁華一竭，於是乎帖括之制大壞，則如五代靡靡，而唐亡矣，而明亡矣。於戲！詩文關於國運，信哉！

三唐律詩不一致，如人形體不同，或毛而方，或黑而偉，或專而長，或皙而瘠，或豐肉而痺。五地之民，各得其氣所近，不能强之使同也。而要之，性情不可不真，出言制行不可不周規折矩，以此而爲聖、爲賢、爲豪傑，亦不能畫之而歸于一致也。嘗見今之論詩者，其所好在平澹，則疑瑰奇英邁爲屑越而不收；其所好在清折，則疑沈雄典麗爲累重而不取。是何異相子羽以貌，而反錯認所謂没字碑者爲聖、爲賢、爲豪傑也耶？故儂説詩，一概皮貌形似，總置勿問，只以言志而善章法者爲的。言志者，性情之謂也；章法者，規矩之謂也。

但人有聖賢、豪傑，遂有假聖賢、假豪傑一種，以斯世而濟其私，如莽「周公」、操「文王」之類是也。于詩亦然。專攻刻畫而失言志之本旨，從事規摹而少章法之可尋，如是者，謂之假詩。假聖賢、假豪傑，人知惡之；見假詩而人不惡者，由無識以辨之也。儂則斗膽，獨肩斯任，以俟識者，不以儂爲妄誕也。

儂説唐詩，五律不滿百首，蓋以此體易，多選弗勝選。止擇其理法之盡美盡善，有一篇即可爲一篇程式者。亦由説法已盡於七律，而發無餘義。蓋七律體難，非多無以窮其奥；五律體易，非少無以抉其精。若排、絶，則更少於五律，聊備其體焉而已。

儂説唐詩七律，雖有三百首，然其間約分四種：初、盛一種，取局勢洪大，而癡肥板重者不與焉。中唐一種，取神澹遠，取理透闢，而誤枯寂爲澹遠、庸俗爲透闢者不與焉。晚唐一種，取翻案居多。蓋詩至晚唐，如局勢，如神理，已被初、盛、中做盡，不重開一徑，以尋出脱，終落其牙後。故一經翻案，一豁人心目。多選此種入説，爲學者出腐入新計故也。若子美則并包初、盛，囊括中、晚，無正不奇，無奇不正。律至子美，洵是乾闢坤闔，大集成之能事矣。故杜詩比諸家入選獨多，另爲一種。

元、白律詩則無一首入選者，别體本來寬大，如江湖河海，雖泥滓諸穢，俱容著得下；律體則如椀中之茶，湯水既少，且又近不得些子雜味，那許他街謡里諺，一切齊來？蓋詩道有風、有雅，律則尚雅而不尚風。元、白乃字字狥俗，甚欲老婢皆解，猶得稱雅道乎？夫俗則必粗，俗則必淺。他文字粗淺且不可爲訓，況詩之爲道，聲之以管絃，象之以干羽！於是乎格天神、感地祇、享宗祖，甚者使鳥來儀、獸來舞，此爲何等樣文字，乃可令一字不精、一字不深？故獨汰元、白，以其不知詩之本來也。是本來便即精深，故能詩者每通仙道，每通禪道，并通鬼道。而佛老靈鬼，亦往往托之於詩，以寫其玄微者。詩道精深，可憑之以見也。

詩除元、白粗淺者不選，即專工寫景，亦詩家下乘，不選。太白過武昌，見崔顥《黄鶴樓》詩，嘆服，遂不復作。後一禪僧作偈云：「眼前有景道不得。」既云「有景」，則知黄鶴樓中、黄鶴樓外，不獨漢陽晴樹、芳草春洲也。止因「崔顥題詩在上頭」，則其詩已極性情之妙，而眼前所有者惟景耳，此非詩家所重，故曰「道不得」。乃今人動曰寫景、寫景，其詩不亦可知也耶！

問：寫景非詩人所重，將毋置景而不寫耶？又非也。蓋「景」字即古「影」字，有物必有影也，然必有物始有影也。性情如美人，景如鏡中美人影子。無美人影子，照不出美人，但不可執美人影子謂是美人耳。是二是一，此際不可不明辨也。

要之，詩不重景，又不可置景而不寫者。詩之爲教，婉而多風，故云風詩。如《國風》首篇，本欲寫淑女之窈窕，爲君子好逑也。無奈窈窕之狀，難以直筆寫之，故先寫雎鳩以爲興。欲寫雎鳩以爲興，而又恐雎鳩不象雎鳩，故又寫雎鳩之聲，并著雎鳩之處，曰「關關」，曰「河洲」，此何如寫景也！然其寫景，則豈爲雎鳩也耶？則知必寫「關關」，必寫「河洲」，則知舍景不寫之非矣。知寫「關關」非爲雎鳩，寫「河洲」亦非爲雎鳩，則知詩不重景之説矣。

唐人寫景，即《三百篇》以興以比，並無直賦此景，如今人詩毫無寄託也。若沈裴《龍池》，子美《螢火》，巨源《古意》，杜牧《柳》，商隱《聖女》、《錦瑟》、《碧城》等詩，全是比體，固不待言。若岑參「千門柳色連青瑣，三殿花香入紫微」，錢起「幽溪鹿過苔還静，深樹雲來鳥不知」，皇甫冉「燕知社日辭巢去，菊爲重陽冒雨開」，許渾「牛羊晚食鋪平地，鷗鴞晴飛摩遠天」，皮日休「鶴静時來珠像側，鴿馴多在寶幡中」等語，俱是即景作興。王維「草色全經細雨濕，花枝欲動春風寒」，李頎「南川粳稻花侵縣，西嶺雲霞色滿堂」，張謂「櫻桃解結垂檐子，楊柳能低入户枝」，陶峴「鵶翻楓葉夕陽動，鷺立蘆花秋水明」，子美「魚吹細浪摇歌扇，燕蹴飛花落舞筵」、「俱飛蛺蝶元相逐，並蒂芙蓉本自雙」，劉長卿「細雨濕花看不見，閒花落地聽無聲」，韓翃「風吹山帶遥知雨，露濕荷裳已報秋」，李端「諸溪近海潮皆應，獨樹邊淮葉盡流」，柳宗元「梅嶺寒烟藏翡翠，桂江秋水露鰅鱅」，李商隱「風波不信菱枝弱，月露誰教桂葉香」，曹鄴「女蘿力弱難逢地，桐樹心孤易感秋」，韋莊「落日亂蟬蕭帝寺，碧雲歸鳥謝家山」等句，俱是即景作比。其餘更有單句隻字中出句作賦，對句又作比、興者；出字作賦，對字又作比、興者。若「路長關心悲劍閣」，賦也，對以「片雲何意傍琴臺」，則以「片雲」比一身飄蕩；「江上蟹螯沙渺渺」對「塢中蝸殼雪漫漫」，「蝸殼」比屋廬；又若「只言啼鳥堪求侶」，止欲興起「無那春風欲送行」。如此等法，不一而足。即此知唐人寫景，皆《三百篇》以興、以比，並無直賦此景，如今人詩也。

問：直賦此景，起于何時？曰：亦自唐人啓之。蓋唐人雖俱能詩，其俗見庸手猶今人者不少。一人作俑，數百人效尤，遂至輾轉流毒，而迄今日也。貴在主持風雅者明辨而力挽之。

主持風雅，全在選家。夫子删《詩》，是爲選家之祖。然古詩三千，而夫子删《詩》，止存三百十一，何其嚴也！嘗讀《魯論·唐棣》一篇，知三百十一首外，有爲性情不真而見删者。又讀「巧笑倩兮」三句，而馬注以爲上兩句在《衛風·碩人》之二章，下一句逸也。知三百十一首中，又有因其章句小疵而見删者。此夫子選《詩》之法也。故儂今日選詩入説，一遵聖人删《詩》之法，大要亦有兩端，合選者入説，不合選者不入説也。

一種是徒然寫景，絶無寄托之詩。如樂天《杭州春望》、《西湖晚歸》等作，試看有何意味？律以删

《唐棣》之法，不但性情不真，并不真之性情亦無有矣。不入儂詩説者，此一種也。一種性情即真，卻細按之，章不成章，句不成句，外强中乾，百病叢生，亦「巧笑」詩「素以爲絢」一類。不入儂詩説者，此一種也。

兩種病，前一種出元、白低手外，稍有才思者，俱能避而不犯；後一種雖唐人好手如李，如高，如岑，如王、孟輩，往往犯之。惟少陵諸律無一疵可指，以推詩聖，洵是不愧。

太白詩如《鳳凰臺》、《鸚鵡洲》，膾炙人口。不知此二詩乃詩中僞品，非太白佳詩。《鳳凰臺》首句「鳳凰臺上鳳凰遊」，「遊」字雖本相如「鳳兮鳳兮歸故鄉，遨遊四海求其凰」，然貼「鳳飛」上講，則翩然迴翔，「遊」字似之，且以「遨」字作幫，故爲穩當。今看下句「鳳去臺空」四字，是乃棲鳳也。鳳既棲于臺上，鳳何能遊？此下字粗疏，一病也。次句既云「江自流」，六句又云「二水中分白鷺洲」，「二水」與「江流」重複。又添出「三山」作對，不倫不類。此爲雜亂無章，二病也。三、四不過説此臺閲歷興亡已多耳，卻以「吴宫」、「晉代」分聯，既是合掌無味，又以「花草」寫吴宫，「衣冠」寫晉代，彼此可以通套，三病也。《鸚鵡洲》首句既云「鸚鵡來過吴江水」，則分明是越鳥矣，乃三句云「鸚鵡西飛隴山去」，又似爲秦鳥也。且此鸚鵡當時並無飛去下落，今于千載後强派之曰「飛去隴山」，如何使得？諸凡此等犯病，不一而足。世但以有意規摹《黄鶴》疵之，所謂不問放飯，而問齒決者矣。若高、岑、王、孟輩，犯病更多，不勝細摘，即太白此二詩推看可耳。

問：少陵既無諸病，何以入選者止若干章？曰：少陵詩但無病耳，其中枯寂無甚深意者，亦復不少。譬之太牢，味非不厚，剥去皮毛粗濁等物，祇留精瘦，乃可口耳。知庖丁割烹，乃知儂選杜，并選諸唐人詩也。

諸唐人如李，如高，如岑，如王、孟輩，既不如杜之盡善，何以亦能與杜並傳？曰：詩詣如聖詣，杜如孔子，時中至聖，太和元氣，衆理兼該。諸唐人則如伯夷之清、柳下之和。清之病雖失于隘，和之病雖失于不恭，然就其清、和之至，已到聖處。故能廉頑立懦，使聞風者興起於百世之下，而傳之無窮。但學詩與學聖稍稍不同。學聖須學孔子，學詩則須遍學諸唐人，各得其妙矣，然後學杜。若先學杜，則恐力量不到，反有受病處。蓋杜詩字字深沉，必得諸唐人高超爽朗者以爲筆墨之基，乃可由之漸進也。語云「老年學杜」，信然。

儂選唐人詩，大約以道性情爲主，次則重在章法。章法不好，雖句椎字鍊，極精極純，固無取也；然章法既好，而句而字，又要精純，椎鍊不到，亦無取也。

唐詩章法，全在用活中有照應。用活者，將八句做成一串，擊首尾應，擊尾首應，擊中則首尾皆應。此唐詩章法也。説具每首詩中，兹不復贅。獨章法要訣，又在中四句做得活，則首尾皆活。蓋活不難在單句，難在對句耳。看儂説詩三百首中，那一首中四句不是賓賓主主、層層次次？如《鳳凰臺》「吴宫」、「晉代」，呆板合掌者，無一首也。

如何是賓主？看《關雎》詩，首章既以興起淑女，則次章定應寫既得淑女之後，一段琴瑟友、鐘鼓樂快活矣。乃忽抽筆反從未得之前寫來，卻似與既得平平作對。未得，賓也；既得，主也。唐詩中四句，都是此法。

如何是層次？看《葛覃》詩，首章只言葛葉方盛，有鳥蔭於其中；次章方從盛極説到刈，説到濩，説到爲絺綌，服無斁；三章又將污澣歸寧，了結此衣。一步一步，細細挪輾，此層次也。唐詩中四句，都是此法。

熟於中四句賓主、層次之法，唐詩所以獨活也。活則千古猶存，死則過時即朽耳。作詩者安得不尋活路？

章法若好，大約都好。但有字句雜出者，雖小疵，亦在所不選。如張謂《應教》詩中，花木字眼凡四用之，夾亂無謂。中、晚猶多此病，惟少陵不犯，故足法也。

若《龍池》、《黄鶴》諸詩，一字重疊至三四，亦入選者，此爲有意作態，即《檀弓》「沐浴佩玉」等章法脱來，不可謂犯。又如崔詩《行經華陰》，六云「驛路西連漢時平」，七又云「借問路傍名利客」，凡兩用「路」字；韓詩《多情》，首聯云「天遣多情不自持，多情偏與病相宜」，六又云「春牽情緒更融怡」，凡三用「情」字，都是連單帶對。亦入選者，此亦有意作態，故爲磊落不拘，奇中更用奇也。

問：儂説詩於何本？曰：本於孔子。孔子謂商、賜可與言《詩》，此説詩之本也。厥後孟子謂説《詩》者「不以文害辭，不以辭害志」云云，則并示人説詩之訣矣。故漢時諸儒有匡衡者，又爲説《詩》之最，諺曰「匡説《詩》，解人頤」是也。然所説者皆孔子所定三百十一篇之《詩》，未有説及時人之詩者。蓋詩必世變風移，人不得而盡知之，始有好學深思者爲句疏而節解之，如匡衡諸儒所説，皆非漢代之詩也。若唐人律詩，尤爲近體。唐時僅有唐人選唐詩，未有説唐詩者，亦如漢人不説漢詩，以其時人皆得而知之也。唐人律詩，宋人始有説及之者，亦不過偶然一兩句摘説，未有盈編累牘，特舉一體，而暢以數千萬言之不止也。特舉一體，暢爲説之，起自倡經。倡經雖小有辨才，未聞君子大道。要其所説，亦自别開生面，較宋人説詩隔靴搔癢者，不啻天淵。

問：倡經分解之説如何？曰：倡經所以必分解者，亦只爲今人作詩，不知中四句用活故耳。究竟唐人活法又不在此，一首分前後四句作兩解者固多，一首不分者亦不少。并有分前三後五、前五後三作兩解者，甚有分一三五七、二四六八作兩解者。説具本人詩中，不贅。若必泥定前後四句作分解，是又所謂「徐六擔版，只見一邊」，反走入死路。

總之，唐詩皆從《三百篇》脱來，兩句一連，四句一截，《三百篇》大概也。倡經分解，意本於此。然《三百篇》中竟有三句一連、六句一截者，如「葛之覃兮，施于中谷，維葉萋萋。黄鳥于飛，集于灌木，其鳴喈喈」是也。有兩句一連、三句又一連，共五句作一截，末兩句又一連者，如「汎彼柏舟，在彼中河。髧彼兩髦，實維我儀，之死矢靡他。母也天只，不諒人只」是也。更有似連非連，似截非截，牽上搭下，令人連截不得者，如「鎬京辟廱，自西自東。自南自北，無思不服」是也。觀《三百篇》，作截、作連，原無定體，可以悟唐人詩不定四句一分解矣。故倡經分解之説，不爲盡非，不爲盡是。

問：倡經説得如何？曰：牽是搭非，有三分説着；那七分不着處，全爲分解所誤耳，皆緣倡經見識有餘，力量未到故也。見識有餘，故能説着唐詩三分；自己實未曾着脚做去，故七分不着。蓋詩道原要知行並進，與爲聖、爲賢學問一般。倡經已知得三分，那七分由不行，故不明耳。

倡經説着那三分處，真是透徹絶頂，儂無能易也。故間有采其説，合儂所説，併作十分着者。又有忽然離卻本文，只説他自己肚裏話者，儂則靠本文説去。故跳脱處遜倡經，實落處勝倡經遠也。

家而庵實落處較倡經覺勝，然説得闌闌珊珊，不成片段。蓋傳注家雖不離本文詮解，然亦自有文體。如公、穀之傳《春秋》，郭象之注《莊》，酈道元之注《水經》，文體皆妙絶千古。而庵文體，卻不如倡經流利。

其他諸家，自宋、明以來，不可枚舉。大約有有注釋而無評論者，有評論而不解説者，亦有解説而猶之未解説者，是又出而庵下。

儂則以解説爲主，評論次之，注釋又次之，以二者他人已經及之也。況儂素貧士，即解説漢、魏以來迄三唐詩，稿紙盈有千餘頁。且客中無小史抄謄，片句隻字，俱親手操觚。故祇於不得不注釋處一注釋之，不得不評論處一評論之。勿謂儂有缺略處，遺學者憾也。

有友疑儂説詩固解人頤，祇恐古人作詩時未必如此説者。儂應之曰：然。古人生千百載以上，儂生千百載以下。古人行事，儂不得而見之；古人性情，儂惡得而盡知之？其間差繆處，在所不免。但儂嘗讀孟夫子書矣，一則曰「説詩者以意逆志，是謂得之」，再則曰「誦其詩，不知其人可乎？是以論其世也」。若謂古人無志，儂亦無意，則千百載以上，千百載以下，兩兩不交，儂雖欲逆之，於何逆之？若謂古人既有志，儂亦有意，儂又肯以儂之意，逆古人之志，而其逆之之法，則又先考其世，繼定其人，後説其詩，雖或未免差繆，應不甚相遠。諺云：「匡説《詩》，解人頤。」儂説詩，不解人頤則已，如其亦足解頤也，古人作詩，時或如此説，或不如此説，總不可論，匡衡爲儂任咎于前矣。

嘗見世之評詩者，遇古人詩，未見其意指所在，便即自掩拙鈍，謂須以不解解之。此言最誤人不淺。蓋古人作詩，皆以言志。「志」字從「士」從「心」，猶言此士之心也。天下惟愚不肖下民，其心或蒙昧陋劣，欲言之而不可對人言，故欲解之而不可令人解耳。豈有身列士林，而心中所言，夫既發之爲文，出之成章，亦令人不可解乎？只因别處文章，意雖精微，然皆是散行，字句猶可減增，聲音猶可平仄，而獨攝束而至於詩之文章，則精微而又極精微矣。故「詩」字從「言」從「士」從「寸」，蓋謂此言乃士之寸言，不可以疏闊之見求之也。求之疏闊之見而不得，遂謂其不可解，而欲以不解解之。噫，多見其不知詩之爲詩、志之爲志也已。

問：淵明讀書，不求甚解。如君言，則淵明非耶？曰：淵明此言，蓋恐蹈於穿鑿一流，如後世之解書者也。其不曰「不求解」，而曰「不求甚解」，則非不解也，但不爲已甚之解耳。要知學道，莫先格致，讀書又格致中第一急務，故曰「博學之、審問之、慎思之、明辨之」，皆所以求其解也。子夏曰「素以爲絢兮」，何謂也？求解也。子曰「繪事後素」，解之也；咸丘蒙曰「普天之下，莫非王土。率土之濱，莫非王臣。敢問瞽瞍之非臣如何」，甚其解也；孟子曰「否，勞于王事而不得養父母耳」，不甚其解也。漢儒注疏，後世小生以訓詁眇之，都恐錯會淵明此語，故作高談眩世。

要知古人詩文之妙，原與造物相參。試觀天地造物時，何曾見其爲之一一安身，安目，安手，安足，安心、肝、脾、肺、腎？而其所造之物，自然各有耳，有目，有手足，有心、肝、脾、肺、腎。而此所有之耳、目、手、足，及心、肝、脾、肺、腎，但不見造物者費力安之而使然，斷不得謂造物者無心任之而使然。如其無心任之而使然，則天下大矣，天下之物多矣，何不見有一物之耳目不生首上，一物之手足不生身上，一物之心、肝、脾、肺、腎不生肚裏耶？知天地之造物，則知唐人之作詩矣，則知儂之説詩矣！

集唐要法

集唐要法提要

《集唐要法》一卷，據道光十一年六安晁氏刊《學海類編》本點校。撰者郎廷極（一六六三—一七五五），字紫衡，號北軒，盛京廣寧人。康熙五十一年累官至漕運總督。卒謚温勤。有《北軒集》。《清史稿》卷二七三有傳。此詩話無序跋。「集」者，集句詩也，乃詩游戲之一種。或謂起於晉傅咸《七經詩》之《毛詩》一篇，至趙宋始大盛。郎氏則主「集詩必集唐」，「集唐又必以七律爲尚」，蓋求以難見巧也。其法整首拆散，按平仄分句，平句分韵，仄句分類，録爲二編，誠便承平時期官吏文士取材成篇、以詩遣日之需也。

集唐要法

廣寧郎廷極紫衡著

集唐總要

詩必宗唐，故集詩亦必集唐。若合歷代之詩集之，不惟太易，且人名、句子，人不能盡知，或有疑其假僞，亦難以致辨也。

集唐又必以七律爲尚，以句字長則屬對難，可以見人心巧耳。若唐之五言，句短詩繁，亦似乎太易，可以不集。若專集一家之詩，則莫如集杜矣。

全首須每一人湊集而成。若一人用其兩句，雖各自一首，亦宜避之。

集詩之家每患字面犯重，或句法不對，遂將古人原句改換一二字。此自欺以欺人，斷宜深戒。

集詩往往難于作詩，然亦須敏捷爲主。若太費心力，良久而始成篇，反不如作詩之簡便矣。

分句總要

集唐既以七律爲尚矣，然唐詩豈能盡讀，縱讀亦不能熟記。字句間稍有涉疑，即不敢用。故特設一簡便易尋之法：每句拆散，録成二編，平句則分韻，仄句則分類，斯真集句之金針也。

七律詞格務須整齊和洽，故凡古詩、詩餘以及單詞隻句有可入律者，皆所不遺。惟古律、拗句及詞中纖豔之句，皆置不録。

感時傷事之句本屬無用，然或憑弔古跡，亦所必需。特略加删汰，蓋亦存而不論也。

神仙鬼怪之詩雖多不經，然亦大概文人所造，未可盡棄。其有唐時人降乩于後代者，斯無取焉。

有一句而兩三人互見者，恐致混合，仍注明一作某某字樣。

凡句中有一字二三字竝寫者，皆别集互異之句，得此更可通融。

小注節録全題，庶句子易解。其有咏一事一物者，雖題所無，亦必酌入。

平句分韻法

詩家法度全在第二字平仄，故每韻以此分作兩起，仄句分類亦然，庶集者易於尋覓。

韵句第七字有一作某，必另録一句，分入别韵。

仄句分類法

仄句分類以第一字爲主，列爲十門：曰方位，曰數目，曰珍采，曰名號，曰實字，曰活字，曰虚字，曰駢字，曰截分，曰重疊。每類亦以第二字平仄分作兩起。

自方位至虛字七門，皆分頓住、側落二類。第二字連上謂之頓住，第二字趨下謂之側落。聯上之字俱以類編排，趨下之字無分先後，總以第一字爲主。

方位字甚少，古人於「上」、「中」等字已皆通用。

數目近似之字甚多，如「聯」、「疊」、「獨」、「孤」、「層」、「竝」、「多」、「列」、「叢」、「累」之屬皆是，然與本門終屬不稱。今略存一二，臨用自可以別門酌取也。

珍寶字本與采色互用，故以珍采二字統爲一門。

名號，對句原可不拘字面，然古人亦尚工整。今皆依類附入各門，非故于本門缺略也。如干支、卦名、星宿名、角、亢、氐、房之屬。五行、八音皆名號也，皆可爲對。

實字統類甚廣，如倫類、神仙、鬼怪、魂魄等附。身體、羽鬣、鱗甲等附。天象、烟火、烽燧等附。歲時、今昔、頃曩等附。地輿、塵埃、泥沙等附。宮室、宸御之御概敘于宮室之首。服食、器用、藝習、如耕織、漁釣之屬。文詞、事迹，如聲色、氣味、情事、影光、功德之屬，此類字係半虛半實。暨草木、先敘總，如草木、花葉之屬，後敘名，如蘭、菊、松、竹之屬。鳥獸、蟲魚之類皆是。今此門皆依次排類。

實字頓住分上、中、下三類者，上以實字接，中以方位字接，下以虛活字接。此除駢字以下三門盡然，但以實字繁多，特爲分晰，非有異同也。

活字亦最雜，係首二字相爲鎖合，如雲曰「觀雲」、水曰「挹水」是也。亦有似鎖合而非鎖合者，如

「行雲」、「流水」、「落花」、「飛鳥」，亦附焉。此一門已介在虛、實間，如杜詩「寒實字沙蒙薄霧，落活字月去清波」；「清實字人來石上，鮮虛字鱠出江中」；「晚實字涼看洗馬，森虛字木亂鳴蟬」；「瘦虛字地翻宜粟，陽實字坡可種瓜」；「至今活字勞聖主，何以虛字報皇天」；「繫活字舟今夜遠，清虛字漏往時同」；「別活字筵花欲暮，春實字日鬢俱蒼」，皆可互參。

虛字先敘摹擬之字，如「靜」、「閒」、「高」、「秀」之屬爲上；次敘助詞及一切不甚著力者，如「不」、「莫」、「亦」、「將」、「他」、「何」、「敢」、「可」之屬爲下。

各門頓住之第二字，皆依實字門第一字排次，而以活、虛二門字終之。其間亦有接方位、數目、珍采、名號字者，概列于身體之後、天象之前。或小有互異，亦祇酌量於多寡輕重間，非有矛盾也。

駢字統首二字而言，此與上各門單主第一字者不同。蓋謂兩字自相爲對者，字義有實，有虛，有雙開，實如「風雪」、「草木」，虛如「高華」、「濃麗」。有兩反，實如「霄壤」、「古今」，虛如「早晚」、「得失」。有同體，實如「蓬萊」、「閭閻」，虛如「窈窕」、「逶迤」。今總一類，分先後。如杜詩「四十明朝是，飛騰暮影斜」；「芳菲緣岸圃，樵爨倚灘舟」，本不論虛實也。

截分係上四字兩截平分者，雖有數類屬對，正自不拘重疊字。先敘接聯，次敘間隔。每一小類平仄竝敘，以其爲板定之句。覓對時，此類既無不用，更求他類也。

難少謂難對、少對之句，其不附入前各門者，總欲省尋對目力。若第七句，仍可用之，故附於末。截分、重疊，不入難少。

句首二字有一作某某者，若非本類，亦必另録，分入别門。集唐正如將兵，多多益善也。

仄句十門，分類甚板，須知通用之法。如杜詩「永虚字夜角聲悲自語，中方位天月色好誰看」；「竟日活字淹留佳客坐，百數目年粗糲腐儒餐」；「扁虚字舟不獨如張翰，皂珍采帽應兼似管寧」；「青珍采松恨不高千尺，惡虚字竹應須斬萬竿」；「宛名號馬總肥春苜蓿，將軍入活字只數霍嫖姚」；「春實字風自信牙檣動，遲虚字日徐看錦纜牽」；「此虚字時對雪遥相憶，送客活字逢春可自由」；「信宿本駢字漁人還泛泛，清虚字秋燕子故飛飛」；「古虚字亦可作實廟杉松巢水鶴，歲時駢字伏臘走村翁」；「晚實字節漸於詩律細，誰虚字家數去酒杯寬」；「碁局實字貫動隨幽澗竹，袈裟駢字憶上泛湖船」，此皆各門互對，神而明之，無庸刻舟求劍也。

頓住以兩字聯，或第一字不對，尚可以第二字類合。若側落止以第一字爲主，雖各門亦可互對，然稍緊嚴矣。熟讀唐詩，自能明曉。

杜詩「晨鐘雲外溼，勝地石堂偏」，第一字、第四字。「不返青絲鞚，虚燒夜燭花」，第三字。「談笑無河北，心肝奉至尊」，下二字。「歸羡遼東鶴，吟同楚執珪」，下三字。此皆不拘字面，在作詩者亦自偶然。今既集唐，對仗仍須工整，不得援此爲例也。

成詩要略

集唐先將起二句定局，隨即選用四、六二句，依類覓對，自無不遇。六句完好，然後先定第七句，而於韵中覓第八。或即先定第八句，而於類中覓第七，總可隨意也。

集唐重字概不能免，虚字或可不論；若實字犯重，必須更换。

仄句分類，原爲中聯對句，得此不難。然律詩第七句概既有蹊徑，如「今日」、「明朝」，「借問」、「寄言」，「共道」、「誰知」，「應憐」、「遥想」之屬，今皆聚於一處。六句集完，應以何者爲接，亦轉卷即是矣。覓對句時常有天然配偶，偏於現在所拈之題不切者。此未可委棄，當另存之，久而成帙，是亦枕中之秘也。

是編人但知分韵、分仄句是矣，今每韵以第二字分平、仄兩起，則定句最爲簡便。至仄句以第一字分爲十門，又以第二字分頓住、側落兩起，就中仍依類排次，尋求尤易。集唐肯綮，約略盡之矣。每見好爲誇衒者，必曰：熟讀唐詩，不必對本尋覓，心思所及，成句自來，惟吾驅使。此事理之所必無，而斷乎不能者。蓋空中搆運，或可成截句；若律詩，必如此法，仍爲省力，且免差訛牽率之病。予願從事集唐者，切勿爲大言所惑。

學詩初例

學詩初例提要

據康熙丙申文盛堂刊本點校。撰者袁若愚，字愚山，山東淄川人。馬桐芳《憨齋詩話》記其「老於青衿，卒年八十有四，鄉人私謚曰文節先生，遺詩一卷」。又據自序，開館課徒爲生，輯有《學文初例》、《學搭截文初例》等，本書亦以科制新增五言排律而爲解惑作也。卷首凡例十四則言律詩作法，卷一備録對子語料及平仄格式，卷三、四爲詩例分析，大抵取金聖歎、徐增「分解」之説。蓋起、承、轉、合之套路本即時文之法，豈非現成，亦便初學。而凡例中列「遊戲」一則，以爲「詩以陶情，非徒應制」，故卷四特録尤侗《論語詩》一百首，雙關兩面，可謂善擇，則愚山亦非僅一老學究也。此書又有乾隆二十二年致和堂刻本，實據康熙本重印，惟扉頁有「内附五言排律」一行，然書中卷三仍爲五律十首、七律十首，未見增補。

學詩初例引言

余生平不解詩，而今敢言詩，且敢教人詩，妄極已，然而有説。余三家村老學究，拙無他能，祇與二三弟子輩講八股時文起承、轉合、反正、虚實、頓挫、結構、章法、股法、句法、字法，使之學步而已。進此則别有師資，取法乎上，余不敢越俎而代矣。比年來僭有改訂時文數種，耑爲童蒙設法，而《學文初例》、《學搭截文初例》尤便童蒙。剞劂成，而童蒙果稱便焉。余之自信而信于人者，止此而已，他則何敢與。及恭逢功令，科制中增改五言排律一首，邸報新下，爲弟子者茫然，爲師者亦茫然。而弟子輩謂童蒙不講習討論，必待入泮後應賓興時始從事乎？此抑已晚矣，敢請業早圖之。余皇然懼不能副所請，而亦既恍然若有所悟。謂時文講法，始能學步；詩不講法，即又安能學步乎？且起承轉合四字原是詩家章法，時文反爲借用；至于反正、虚實、頓挫、結搆，詩與文曾無二義。余于時文既有《學文初例》、《學搭截文初例》，則于詩何不可有《學詩初例》、《學五言排律初例》乎？爰倣時文之意而行之于詩，聊與弟子輩淺言起承、轉合、反正、虚實、頓挫、結搆、章法、句法、字法，使之學步而已。至于精詣入神，則自有王、李之言聲光，鍾、譚之言神致，聖歎、而庵之言解數，以及當代宗工如漁洋、綿津、山薑、牧齋諸先生，現身説法，大集煌煌，照耀海内，家絃户誦。

步趨者登峰造極，不煩拾級，自然凌風而至者，實繁有徒。若兹之老學究作訓詁小兒語，又何筌蹄之不可忘乎哉！

淄川袁若愚愚山題

目録總括四則

學詩初例總目

卷首

學詩凡例

一、對待例

幼童欲學詩，先學對。學對者，由少至多，由短至長。有一字對、二字對、三字對，以及四字、五字、六字、七字、虚字之對。一字對，如「天」對「地」、「地」對「天」、「泉」對「石」、「水」對「山」之類。二字對，如「清風」對「皓月」、「暮雨」對「朝烟」之類。三字對，如「凌雲志」、「捧日心」，「雨露恩」、「冰霜操」之類。以及數目、顔色、鳥獸、草木，各有精工之對。學者引伸觸類，舉一反三可也。

一、平仄例

學詩先曉平仄。平者，其聲平也；仄者，其聲仄也。出口便覺，不費安排。平止一聲，仄有三聲，上、去、入皆仄也。詩家止以其仄而仄用之，不復别上、去、入也。若詞曲家，則必别上、去、入矣。然詩中亦有時必宜用上、用去、用入，一錯則聲調不諧者。學成後自會神而明之，初學且不與之深言耳。平平仄仄仄平平、仄仄平平仄仄平，此二句，詩家定例也。然亦有「一三五不論，二四六分明」之説，蓋寬例也。而又有一、三、五必論之處，隨體遇之即説明，此尚未及詳也。

一、粘連例

既知平仄矣，則必明粘連。平仄止在本句本聯，粘連則在兩聯相接之際。凡二、四、六，上句平仄平，下句仄平仄，三句仍用仄平仄，四句平仄平，此所謂粘連也，不然則爲失粘。又有拗體，三不粘二，五不粘四，七不粘六；或全體皆拗，或只一聯拗，不拘定也。又有一字之拗，多在第七句，而一、三、五句容或有之。此一字之拗，皆是宜仄而反用平。七言則在第六字，五言則在第四字也。此字用平固已，而要訣又在第五字、第三字必用仄，若不用仄，則極不中讀，反不如不用此拗體之爲佳也。所謂一、三、五必論之處，此其一也。此一仄字用得當，則此一拗句別有姿致，別有聲韵，殊爲分外佳妙。唐律多有，而傚之者少。近日漁洋集酷嗜之，海内不曰舊例而曰漁洋家法，良有以也。二、四、六分明，人皆知之；一、三、五之有不可不論者，人或未之知，故特表而白之。律詩「故人具鷄黍」、「開軒面場圃」，以及「西望瑶池降王母」、「共沐恩波鳳池上」、「爲報寰中百川水」之類，學者推類以盡其餘，則一以貫之矣。

一、法律例

詩何以「律」名也？晉、魏以前，有古詩，無律詩。至唐以詩取士，始有定式，整齊畫一，天下遵之，罔敢踰越。亦猶宋朝經義無定式，至明朝制爲八股，始有定式也。故曰「律」也，謂有一定之法律，不可不守。即有曠代軼材，不敢出其範圍，則詩之約束人者，莫律若矣。而或者謂又有音律之義，雜矣。何詩無音，而必耑屬之近體八句乎哉？其法律云何？八句爲一首，四句爲一截，兩句爲一聯。一曰初聯，二曰頷聯，三曰頸聯，四曰尾聯。一聯曰起，二聯曰承，三聯曰轉，四聯曰合。起聯立意，如破題也；承聯承上而發明之，如承題也；轉聯另開，不與上屬也；尾聯繳結，與轉聯自相呼應也。而起承轉合，或單或雙，或順或逆，或側或排，或宕或跌，各隨本詩，別有詳說。

一、分解例

律詩八句作兩截讀，三、四屬上截，五、六屬下截。三、四原是承上，其勢向前；五、六原是轉下，其勢向後。而歷來評詩者率謂中四句佳否云何？或云中四虛，或云中四實，或云中四句寫景如畫。殊不知五、六狀似寫景而意非寫景者甚多，如五言之「牧人驅犢」二語、「野館穠花」二語，七言之「雲裏帝城」二語、「晴川歷歷」二語，真似寫景，却俱非寫景，讀到七、八便知。自金聖歎力主分解，又徐而庵羽翼之，其説漸詳。余因援以爲例，而不敢掠人之美也。謹録其言于後。○聖歎曰：「今人看詩，每每歎賞中四句，殊不思離却一、二，即三、四如何得好？不到七、八，即五、六如何得好耶？且三、四、五、六原不合成一群，三、四是一、二之羨文，五、六是七、八之换頭。今忽前去其前，後去其後，却將並不相合之四句，挺然束之如四條玉笋，豈非怪事？」又曰：「三、四從無不承一、二，却横枝矗出兩句之理。若五、六，便可全棄上文，徑作横枝矗出，但問七、八之肯承認不肯承認耳。」○吾鄉解元畢公權題咏某文學幔坡園詩曰：「不貪充類盡，山水都忘情。放眼纔經丈，息心只數莖。世方勤土木，鬼亦瞰高明。何以幔坡住，天人無所争。」前四句咏園，寫景已盡，後四句縱筆一開，尾乃繳挽不貪。章法兩截，未有顯然于此者。公權大父行剌史載積先生《和秋柳》詩曰：「少年妖冶緑爲衣，老向西風問是非。玉笛飄揚千里怨，扳橋消息廿年稀。黄金縷底鶯兒囀，白雪花中燕子飛。惆悵于今成往事，翻從南鴈作依違。」陳其年先生賞爲章法甚精，此與解元作，真家學淵源也。敬併録，以證聖歎之所云。

一、情景虚實例

詩之義雖不一，要不過情與景而已。有一句景、一句情者，有一聯景、一聯情者，有半截景、半截情者，有景中寓情者，有情中寓景者。題是景題，亦未有八句純寫景者；題是情題，亦未有八句純寫情者。或曰：景題不純寫景，可以情縈繞之，情題安得有景乎？曰：不然。言情之題，亦必有地、有事、有旁襯、有點綴、有頓挫、有開合，豈有剌剌絮絮，哭便哭八句，笑便笑八句者耶？且實即景，虚即情，豈有八句全虚，八句全實者耶？○徐而庵曰：「今人論詩，其于律也，但取情景一氣直下者爲上。殊不知情景乃詩之料，一氣直下則氣易竭而無餘，將何者使人流連咏歎，以懲惡興善乎？夫詩之用意、用詞，固不能離卻情景，而法之運用，則在四句爲一解。律詩一、二爲起，三、四爲承。承蓋爲起而設也，則承與起爲一解。五、六爲轉，七、八爲合。轉蓋爲合而設也，則轉、合爲一解。意在起、合，詞在承、轉；意須單行，詞須對偶，斷斷然也。宋、元來名家都求之于高深玄渺，大匠規矩，反不究心，所以讓唐人爲獨絕也。可歎哉！」

一、對語參差例

凡律詩，初聯不對，尾聯不對，中二聯對，此定例也。而又有初聯對，二聯反不對者；又有初聯、二聯皆不對者；又有尾聯對者；又有八句皆對者；有前句不入韵，以便好作對者；又有入韵而亦對者，格法不一，讀者早知之，則臨文不疑矣。○又有隔句對，名「扇對格」，第一句對第三句，第二句對第四句也。

一、讀詩先後例

讀詩先讀唐詩，以其有法律也。前而晉、魏、六朝，後而宋、元、明、清，姑緩之。唐詩先讀五七言律，後讀五言排律，遵功令也；五七言古、五七言絶以及長短歌行，姑緩之。律詩多讀杜律，以之爲主，若衆家則零星帶之可耳。蓋以杜律精細，衆家才氣横溢者，其于律時有出入也。

一、信從評註例

解詩者無慮數十百家，當以金聖歎、徐而庵兩先生爲宗，以其主分解，爲律詩定法也。亦猶選時文者，孰非名選，而當以陸稼書、黄際飛兩先生爲宗，以其精于講八股也。

一、抄本斷連例

從來讀時文者，皆各自爲篇，篇各有尾。空紙半幅不剪，留之可續評註之類。讀詩則不然，皆接連寫去，無空地可再容筆。吾今欲抄詩，照時文例，每首各爲篇張，留餘尾以待增補評註之類，其獲益寧有窮乎哉！〇此非余好異創格，金聖歎《杜詩解》已先得我心，我特竊比之云耳。

一、寫註評格式例

頂格寫詩，矮一字寫註寫評。寫註務使考據詳明，方知來歷。寫評各家參互，庶作者之神盡出也。

一、附編游戲例

詩以陶情，非徒應制也。應制題必朝廟冠裳，陶情則無地無事而不可。尤展成先生曾以傳奇中「臨去秋波」語作八股，受知于先帝，而又以《論語》題爲律詩三十首，可謂游戲之至矣。後生學唐詩，真如望洋，若見《論語》詩，只如順口氣作八股者然，當不禁輾然喜曰：「爲詩不過如此如此耳，夫何難？」敬附編以爲善誘之一助。

一、刊刻式樣例

或曰當用方體宋字，或曰當分大字、小字，或曰當列上截、下截。余皆不欲從，以此等皆是坊板舊樣，殊覺俗氣撲人。今日學詩應制，與作時文同科，則其制當與時文同。時文刻本皆用軟字，方好看好讀，動人興致。若用宋字，悶人殊甚。或文或評，字皆一樣。文列于前，頂格；評列于後，矮一字。或用線評于行間，從無上下兩截之體。今既名《學詩初例》，即欲同《學文初例》式樣，並不裁切裝釘，止用毛頭散帙，殊覺好看好讀，帖括家甚相宜也。我朝四五十年來選古家，如孫執升《山曉閣古文》、徐揚貢《經史辨體》、許恭玉《古文指南》、俞寧世《古文可儀堂》數十種，皆用時文式樣者，則今之《學詩初例》，寧爲矯世戾俗也耶？

一、業師口授例

一切書皆有天然平仄、天然句讀，則開口念誦便有天然高下、天然頓挫也，而况詩乎？三家村中俗弟子，拿腔作調，出口陋惡，宜高者下之，宜抑者揚之，宜斷者連之，宜續者絶之，他書猶不可，而况詩乎？此在爲師者口授時如何模樣，弟子便照樣不差。奈爲師者懵然更甚于弟子，以盲引盲，以訛傳訛，流毒無窮，可勝慨哉！古時絃歌之聲，豈是如今日彈唱之謂？本是誦詩耳。《樂記》曰：「歌者上如抗，下如隊，曲如折，止如槀木，倨中矩，句中鉤，纍纍乎端如貫珠。」此數語是歌者之法，則當日誦詩聲調，亦可想已。昔人音節不傳，自是不必追摹了。而平仄、句讀、天然節奏，亦自不可不講也。至于句法中各有界縫，各有頓折，更不可率意。五言詩，有五字一句者，有上一字下四字者，有上二字下三字者，有上三字下二字者，有上四字下一字者，有一句作三折者；七言詩，有七字一句者，有上一字下六字者，有上二字下五字者，有上三字下四字者，有上四字下三字者，有上五字下二字者，有一句作三折者；又有兩句一連、四句一連，以及排律中數句一連者，此等皆在師口中定之。嗚呼！師詎易爲者哉！

學詩初例目録

卷之三

七言律

卷之四

學詩初例卷之一

學對初例

天對地，地對天。天地對山川，清風對皓月，暮雨對朝烟。北斗七星三四點，南山萬壽十千年。

泉對石，水對山。峻嶺對狂瀾，柳堤對花圃，洞壑對峰巒。舟横清淺水村晚，路入翠微山寺寒。

春對夏，夜對晨。夏至對秋分，重陽對七夕，上巳對清明。三百圍棋消永晝，十千美酒賞芳辰。

今對古，漢對唐。五帝對三皇，晉齊韓趙魏，吴蜀宋陳梁。虞夏商周爲四代，禹湯文武是三王。

樓對閣，寺對宫。庭院對垣墉，千門對萬户，屋角對亭中。畫棟雕梁風殿閣，明堂静室月簾櫳。

書對畫，瑟對琴。笛韵對鐘聲，宫簫對塞管，曉角對寒砧。炳燿斗牛横劍氣，清泠山水作琴音。

鸞對鳳，雁對鶯。社燕對秋鴻，龍吟對虎嘯，犬吠對鷄鳴。蝴蝶夢中家萬里，杜鵑枝上月三更。

三對五，萬對千。四季對三元，孤秦對兩漢，萬壽對千年。春過園林花一夢，日長庭院柳三眠。

中對外，後對前。月下對雲邊，山頭對谷口，圃内對林間。簷外松杉滴清露，門前桑柘起寒煙。

堪對可，乍對將。欲綻對初芳，偏宜對恰稱，所愧對何妨。低昂北斗夜將半，斷續西風天正凉。

歌對讀，扁對聯。勤謹對迂延，成名應有日，得志可朝天。緑袍着處君恩重，黄榜開時御墨鮮。

新進士，好男兒，得志便揚眉。瓊林恩賜宴，玉殿御頒詩。一舉首登龍虎榜，十年身到鳳凰池。

附三字對例

凌雲志，捧日心。雨露恩，冰霜操。雲似錦，雨如絲。融和日，淡蕩風。子天開，丑地闢。露凝霜，虹截雨。天邊雁，日裏烏。風動竹，月移花。雲入户，月穿樓。雷霹靂，雨滂沱。星拱北，日沉西。風裏絮，雨中花。虹飲澗，日銜山。雲封户，月入窗。風前竹，月下砧。水中月，洞裏天。秋水碧，曉山青。三江隱，五湖遊。黄牛峽，白馬湖。水面風，江心月。西湖景，南浦春。波浩蕩，石崔嵬。藍關雪，洛浦雲。茅店月，板橋霜。春寂寂，夜沉沉。秋露重，午風輕。春已闌，夏將至。秋月白，夕陽紅。九月霜，中秋月。黄菊節，碧梧秋。春三月，夜五更。傳柑節，賞花時。攀桂客，探花郎。出使車，封侯印。紅裙女，緑衣郎。楊震金，卞和玉。陶潛柳，召伯棠。曾點瑟，伯牙琴。安期棗，方朔桃。採桑女，懷橘兒。觀音竹，羅漢松。益母草，宜男花。君子竹，大夫松。五柳宅，百花亭。金鳳閣，玉龍樓。清暑殿，廣寒宫。滿帆風，一簾月。臨江閣，望海門。雙鳳闕，九龍橋。一簾月，半窗雲。邀月飲，伴雲眠。意綢繆，情繾綣。聲價重，姓名香。雕蟲技，倚馬才。月入懷，雲生足。青眼客，白頭翁。氣如虹，眉似月。腰中劍，膝上琴。三道策，八行書。蝌蚪字，鶺鴒詩。五代史，六朝文。玻璃琖，琥珀杯。黄金甕，白玉瓶。竹葉杯，菱花鏡。鴛鴦枕，翡翠衾。金鼎火，玉壺冰。黄金屋，白玉樓。青毡客，紫衣郎。烏紗帽，紫羅袍。犀角帶，象牙梳。西川錦，北海毡。梅花帳，石榴裙。杜康酒，陸羽茶。詩遣興，酒消愁。蓴鹽樂，菽水歡。蓂報朔，葉知秋。花弄月，竹摇風。忘憂草，解語花。楊柳月，芰荷風。霜前菊，雪裏梅。飛絮白，落花紅。紅蓼岸，白蘋洲。彭澤柳，商山芝。王孫草，學士槐。梅欺雪，菊傲霜。香馥郁，色芬芳。花將笑，柳欲眠。白荼蘼，紅芍藥。花灼灼，黍離離。苔封徑，菊遶籬。熊入夢，鳳來儀。鳩唤雨，蝶翻風。鶯出谷，燕啣泥。蝶穿花，鶯織柳。杯化燕，杖成龍。鷄報曉，雁傳秋。胭脂馬，琥珀猫。魚戲藻，鳥投林。鷹捕雀，鷺窺魚。螢照水，燕啣泥。雞冠花，鳳尾竹。鴛鴦菊，杜鵑花。南山豹，北海鵬。鴛鴦枕，孔雀屏。孔雀尾，雉雞翎。千歲鶴，萬年龜。桃花雨，柳絮風。壁上琴，匣中劍。

平仄譜

五言律平起式

平平仄仄平，仄仄仄平平。仄仄平平仄，平平仄仄平。平平平仄仄，仄仄仄平平。仄仄平平仄，平平仄仄平。

五言律仄起式

仄仄仄平平（仄仄平平仄），平平仄仄平。平平平仄仄，仄仄仄平平。仄仄平平仄，平平仄仄平。

平平平仄仄，仄仄仄平平。

七言律平起式

平平仄仄仄平平，仄仄平平仄仄平。仄仄平平平仄仄，平平仄仄仄平平。平平仄仄平平仄，仄仄平平仄仄平。仄仄平平平仄仄，平平仄仄仄平平。

七言律仄起式

仄仄平平仄仄平，平平仄仄仄平平。平平仄仄平平仄，仄仄平平仄仄平。仄仄平平平仄仄，平平仄仄仄平平。平平仄仄平平仄，仄仄平平仄仄平。

附平仄相對歌

平對仄，仄對平，反切要分明。有無虚與實，死活重兼輕。上去入音爲仄韵，東西南字是平聲。

又曰：「一三五不論，二四六分明。」謂一、三、五字有不盡合平仄者，不深責也；二、四、六平仄，則斷不可恕也。

論詩雜著

讀詩之法，當先看其題目。唐人作詩，于題目不輕下一字，亦不輕漏一字，而杜詩尤嚴。次看其格局段落，其中反覆照應，絲毫不亂，而排律更精。終看其句法，前後相合，虛實相生，而詩之能事畢矣。

詩之事體不同，則詩之氣象須別。如朝廷、翰苑、應制等詩，則體格尊嚴典雅，富貴温厚，如《早朝大明宫》、《侍宴公主莊倡和》諸詩，詞采光耀，音韵鏗鏘，真朝陽鳴鳳也，熟之可以洗寒陋。誦美之詩，則以慶喜、頌禱、期望爲意。諷諫之詩，則要感事陳詞，忠厚懇惻，諷諭甚切，不失性情之正，觸物感懷，而無怨懟之詞。贈行之詩，要寫出不忍之情，方見其襟懷之厚。其中亦有分别，如送遠遊，則寫不忍别而勉之及時早回；送宦遊，則寫喜别而勉之憂國恤民，或寫己之窮困而望其引薦；送征戍，則寫死别而勉之用力効忠。其餘當量親疏之分而寫厚薄之情，隨題命意可也。賡和之詩，當觀原詩之意若何，以其意和之，則更新奇。若仍隨原詩脚下走，則無光彩，不足觀。其結句當歸着其人方得體。有就中聯歸着者，亦可。

作詩不過情、景。有情、景兼者，如「露從今夜白，月是故鄉明」是也；有情到者，如「長擬即見面，翻致久無書」是也；有景到者，如「日華川上動，風光草際浮」是也；有景中寓情者，如「水流心不競，雲在意俱遲」是也；有情中寓景者，如「捲簾惟白水，隱几亦青山」是也；有情、景相觸而不分者，如「感時花濺淚，恨別鳥驚心」是也；有一句景、一句情者，如「白首多年病，秋天昨夜涼」是也；有一聯景、一聯情者，則比比皆是，詩不必悉載矣。

金聖歎云：「初欲作詩，且先只作前解，且先只學唐人一、二起法，三、四承法。唐人一、二起如鬱勃，則三、四承之必然條暢，條暢所以宣洩其鬱勃也；唐人一、二起如閒遠，則三、四承之必然緊陗，緊陗所以逼取其閒遠也。起如敘意，則承之必急寫景，寫景以證我意也；起如寫景，則承之必急敘意，敘意以銷我景也。小處説起，則承之必説到大處；大處説起，則承之必説到小處。順起則承之必以逆，逆起則承之必以順。空起則承之必以實，實起則承之必以空。直起者必曲承之，逼起者必寬承之。高提筆起者必根切承之，低屈筆起者必浩衍承之。精赤骨律起者必姿媚承之，堆金砌碧起者必雪淡承之。此是唐人前解一定方法。」

「三、四自來只是承之一體，不必用力太過。若上文發筆意在起句，則三、四可盡承起句；若發筆意在次句，則可盡承次句。若發筆起句、次句盡有意，則三、四必須雙承之。雙承之者，或是順承，或是逆承。順則三承一，四承二；逆則三反先承二，四乃徐承一也。此只是唐人出手極平常事，人自不察。唐人三、四必承一、二，此理以何爲驗？以眼前幾篇爛熟詩驗之耳。如李太白『吴宫花草』、『晉代衣冠』，便是承『鳳去臺空』；郎君胄『月在上方』、『心持半偈』，便是承『夜叩禪扉』；錢員外『幽谿鹿過』、『深樹雲來』，便是承『紅泉翠壁』；杜工部『西望瑶池』、『東來紫氣』，便是承『承露金莖』；『遂有馮夷』、『始知嬴女』，便是承『上帝高居』；『自去自來』、『相親相近』，便是承『清江一曲』，蓋云江本不曲，若得清江而肯一曲，則環抱之村便成絶境，我于其中，既不設橋，亦不置艇，滔滔長夏，寂寂無人，問誰去來，則有江燕，孰與親近，則指閒鷗。此正翻《論語》舊句成新詩，猶言斯人之徒吾不敢與，鳥獸差可與同群。」

「詩非無端漫作，亦胸前特地有一緣故，當時欲忍更忍不住，於是而不自覺衝口直吐出來，即今之一、二起句是也。但其衝口直吐出來之時，必要借一發端，或指現景，或引故事，或竟直叙，或先空歎。當其作勢振落之際，法更不得不先費去十數來字，而于是胸前所有特地之一緣故，乃竟只存得三四字矣。因而緊承三、四，快與疏説。此固萬萬不得不然一定之常理，亦初非奇事也。」

「唐人三、四多作側卸，最是好看，而老杜爲尤得其法。如『羞將短髮還吹帽，笑倩傍人爲正冠』、『花徑不曾緣客掃，蓬門今始爲君開』、『且看欲盡花經眼，莫厭傷多酒入唇』、『豈有文章驚海内，漫勞車馬駐江干』，此等豈平舉二句之得比也！又如唐人『只言啼鳥堪求侶，無那春風欲送行』、『鴻雁不堪愁裏聽，雲山况是客中過』、『江客不堪頻北望，寒鴻何事又南飛』、『越人自貢珊瑚樹，漢使何勞獬豸冠』，其法皆側卸而下，最是好手。試連上一、二抗聲讀之，便知近日中間四句之斷斷非是矣。」

「一樣側卸之中，又每每有作拗一句法者，不可概以側卸論也。如『只言啼鳥堪求侶，無那春風欲送行』、『江客不堪頻北望，寒鴻何事又南飛』、『遥知楊柳是門處，似隔芙蓉無路通』、『近求雅道相親少，惟仰吾師獨得深。』又有用『雖』字法，『雖蒙静置疏籠晚，不似閒眠折葦秋』、『雖愁野岸花房凍，還得山家藥笋肥』、『蘭亭舊址雖曾見，柯笛遺音已不傳』，此等皆是于題外故作一拗，以自抒其離奇屈曲之氣，又非側卸一例之所得同也。」

「唐律後解七、八多有用『此』字者，『此』之爲言，即上五、六二句也。如『誰謂此中難可到』，『此中』即『經聲天語』、『爐氣御香』之中也；『來潮此地莫東歸』，『此地』即『樓臺氣色』、『鳧鴈光輝』之地也；『此日侍臣將石去』，『此日』即『文成天象』、『酒作壽杯』之日也；『對此獨吟還獨酌』，『對此』即『雲喞日脚』、『風駕潮頭』之時也。此等句法不下千百句，故知五、六特爲生起七、八，非與三、四同寫景物也。」

「唐人律詩，三、四承上一、二，固各寫題所應寫也，至五、六始多感矣。感者，多言秋、言晚。如『鳥下緑蕪秦苑夕，蟬鳴黄葉漢宫秋』，如『一尊酒盡春山暮，千里書來碧樹秋』，如『帆飛震澤秋江遠，雨過陵陽晚樹寒』，如『城隅緑水明秋日，海上青山隔暮雲』，此等皆在五、六。而三、四亦有用者，則情事便大不同。蓋在五、六，則是轉調高唱，以生七、八之感；其在三、四，祇是平寫現景，以證一、二之事也，不可不辨。」

「每見人有稱某詩某詩一結更精，讀之覺渺然無際。此最可笑。夫一結渺然無際者，必其五、六先已渺然無際者也，如之何乃但説其一結更精？」

摘句摘字雜著

流水句，兩句雖對，而非板對也：「如何青草裏，也有白頭翁？」「長因送人處，憶得別家時。」

錯綜顛倒句：「柳絮打殘連夜雨，桃花吹散五更風。」「紅豆啄餘鸚鵡粒，碧梧棲老鳳凰枝。」

詩眼者，五言以第三字爲眼，七言以第五字爲眼。

眼有用實字者，實字要典重：「夜潮人到郭，春霧鳥啼山。」「旅愁春入越，鄉夢夜歸秦。」「星河秋一鴈，砧杵夜千家。」「殘暑蟬催盡，新秋鴈帶來。」「陳兵劍閣山將動，飲馬珠江水不流。」「雪意未成雲着地，秋聲不斷鴈連天。」「半夜臘因風捲去，五更春被角吹來。」

眼有用虛字者，虛字要響亮：「白沙留月色，緑竹助秋聲。」「芹泥隨燕觜，花蘂上蜂鬚。」「孤燈燃客夢，寒杵搗鄉愁。」「荷香銷晚夏，菊氣入新秋。」「返照入江翻石壁，歸雲擁樹失山村。」「平地風煙橫白鳥，半山雲木捲蒼藤。」「金闕曉鐘開萬户，玉堦仙仗擁千官。」

眼用拗字，當平處反用仄，當仄處反用平也：「孤鳥背秋色，遠帆開浦煙。」「樹密早蜂亂，江泥輕燕斜。」「鴈識楚山晚，蟬知秦樹秋。」「渡口月初上，人家漁未歸。」「殘星幾點鴈橫塞，長笛一聲人倚樓。」「珠藏老蚌夜光送，豹隱南山春霧深。」「寒林月落鳥巢出，古渡風高漁艇稀。」「負鹽出井此溪女，打鼓發船何郡郎？」

句中對：「四年三月半，新笋晚花時。」「今空無古篆，宋復有唐文。」「南極一星朝北斗，五雲多處是三台。」「小院迴廊春寂寂，浴鳧飛鷺晚悠悠。」

虛字押韵：「何堪」、「何有」、「豈徒」、「復爾」、「何如」，「曾」字、「否」字、「乎」字、「哉」字、「歟」字、「之」字。

倒字押韵：「下上」、「緯經」、「瓏玲」、「鮮新」、「茅菅」、「拊搏」、「騰軒」、「後前」、「弟兄」、「稗稊」、「角圭」、「參差」、「虞唐」、「白紅」、「畦畛」、「篪塤」、「慨慷」、「莽鹵」、「俯仰」。

以上唐、宋詩所有，詩不能悉載。

學詩初例卷之二

林西仲評韓文：「按公年譜，謂某文某文作於某年，作於某地，因某事而作，其胸中之爲悲爲喜若何，故其文爲悲爲喜若何也。」西仲自許爲山斗傳神，職此之故。而詩家評詩，何獨不然？如王無功《野望》詩，選家率以此壓卷，若不知無功之遭際若何，胸懷若何，而徒以泛泛眺望言之，則「牧人驅犢」二句，真是望中之景矣，真是中四句連讀矣，又何能知是轉筆作開，只趕出「相顧無相識」耶？誌此以例其餘，幸勿漫然看過，則一切起承轉合、前後分解之義悉得矣。

五言律

王　績

無功，龍門人，稱東皋子，又稱斗酒學士。初唐。

野　望

東皋薄暮望，徙倚欲何依？樹樹皆秋色，山山唯落暉。牧人驅犢返，獵馬帶禽歸。相顧無相識，長歌懷采薇。

「臯」，澤也，岸也。《詩》有「九臯」，《漢書》有「江臯河濱」。「東臯」，即西疇之類，此題中「野」字也。「薄」，迫也。「薄暮」，夕陽漸下之時也。「野望」爲題，未云早晚何時，「薄暮」二字補題不足，全詩皆暮景。若不有此二字，則下詞無根。「徙倚」二字出《文選》「步棲遲以徙倚」，謂遷徙而倚立也。「野望」未云四季何季，「秋色」二字補題不足，且生結意。「落暉」二字應「薄暮」，且生下「返」、「歸」二句。「落暉」者，日夕啣山，非紫非紅，觸目若霏霏微塵，襲人衣裾者然，故曰「暉」、曰「落」。「采薇」是夷齊事。

《唐詩選》云：「按，無功當隋唐之際，晦迹逃名，寄情于酒，以高潔自居。此因野望而感隋之將亡，因以言志也。言方臨臯晚眺，徙倚徘徊，靡所依泊，正以秋色斜陽，所見皆彫殘之景。而牧人獵騎，各事其事。誰爲我之相識者？惟有長歌以懷采薇士耳。亡國之悲，見於言外，『采薇』稍露本旨。」

滄溟選唐詩，以此壓卷，故人皆稱是詩佳。叩其所以佳，則曰寫景甚妙。若是則此詩之旨全失矣。夫詩，意而已。若于字句上求之，而詩之意不出，詩之佳從何而見？徐而庵曰：「此詩作二解，起承轉合法極分明。古人詩起句多有直遂者，惟老筆才能之。此第一句如開門見山，疏落不過。第二句如烟雲宕漾，靈動非常。夫『望』則身必『倚』於一處，『依』則著一處矣。『徙』者，移也。依不能定，則要移徙。『欲何』者，見依我不得主張也。三、四是望中所見之景，『山山』、『樹樹』，言其山之多，樹之廣。樹上秋色、山頭落暉，承上『東臯薄暮』四字。惟其『山山』、『樹樹』，盡是秋色，落暉處處，皆足供我眺望，故不能倚定一處，承上『望』、『徙倚』、『欲何依』六字，是爲前一解。五、六一聯，人皆作望中之景，與『樹色』、『山暉』一連讀去，豈非大錯？此之謂轉，轉蓋爲合句作地步，與承句不相屬，特地拓開一步。『牧人驅犢』則家有牛，『獵馬帶禽』則獵有獲，是借喻世間得意之事。夫得意事甚多，乃獨舉此二種者，不過要一照顧『東皋』。『返』與『歸』，正是『薄暮望』時也。跟題發意，因景生情，與前二句截然分開，隨口讀來，却又一氣貫徹也。若不知唐人作法，眼光注於何處，略一錯便大不好矣。末二句，『顧』者，回顧也。『相顧』則他回頭看我，我亦回頭看他，此二種人都是東皋相近之人而不相熟，故曰『無相識』者。因平日尚夷、齊之節，絶不與之酬酢，故今薄暮徙倚東皋，無犢可牧，無馬可獵，乃獨于此目注山樹，秋暉滿身而已。吁嗟，已矣！當世之人，無與同調矣。長歌《采薇》之詩，以没世矣。是爲後一解。無功處隋唐改革之際，其胸中必有一段不可言者，故托興于此詩。」而庵之説此詩如此，且不止説此詩如此，其説全唐詩皆如此。學者若不知説詩當如此，開卷失此詩，且又豈止失此詩而已哉！

杜審言必簡，襄州人。初唐。

和晉陵陸丞相早春遊望

獨有宦遊人，偏驚物候新。雲霞出海曙，梅柳渡江春。淑氣催黄鳥，晴光轉緑蘋。忽聞歌古調，歸思欲沾巾。

解此詩者，皆謂中二聯叙早春之景。若四句皆寫一景，則飣餖疊架甚矣。看徐解，當爽然自失。徐而庵云：「『晉陵』，陸丞相是晉陵人。晉陵在江之南。『雲霞』、『梅柳』，是江南之早春。想丞相宦遊歸晉陵而遊望也，杜審言方在任所，拘于官守，至春晚不得遊望，故思歸耳。詩題之大意如此，于是緊從陸丞相説起。『獨有宦遊人』，『獨』字見此外無人。『偏驚物侯新』，『偏』字見于此最爲親切。『雲霞』、『梅柳』總是物，『曙』與『春』總是候。日從東海升起，雲霞在曙色中見，謂之『出海曙』。春氣自南而北，梅先從江南開起，然後開到江北；柳先從江南緑起，然後緑到江北，謂之『渡江春』。又言其『早』，曙是日之早，春是歲之早，承上爲一解，于是另起作轉。『淑氣』，春氣也，已催出『黄鳥』之聲；『晴光』，春光也，已轉生『緑蘋』之葉。此時非早春，是暮春。審言和陸丞相《早春遊望》詩時，已暮春矣。『忽聞歌古調』，『古調』，指丞相原倡，于是始聞，謂之『忽』。『歸思欲沾巾』，丞相晉陵人，因宦遊歸，得遂早春遊望；我因不得歸，遂辜負此早春。至聞『黄鳥』，見『緑蘋』，始知有春，而春已過半矣，所以忽動思歸之念。歸不可得，即歸已不及早春，所以『淚沾巾』也。是爲後一解。『驚』字領一首之神。『驚』者，駭也。春光能有幾時？須及早領略，稍遲則失之，故先驚心。陸丞相驚春之早，故成遊望；杜必簡驚春之晚，故欲沾巾也。兩解之分别有如此。」

宋之問 延清，汾州人。初唐。

扈從登封途中作

唐高宗乾封元年正月封泰山，禪社首。扈，尾也。隨從曰扈。天子出狩，諸臣隨從曰扈從。

帳殿鬱崔嵬，仙遊實壯哉。曉雲連幕捲，夜火雜星回。谷暗千旗出，山鳴萬乘來。扈遊良可賦，終乏掞天才。

《唐詩解》云：「首言儀衛之盛，次叙途中之景，末因獻詩而自遜其才非楊雲也。『掞天』出《蜀都賦》，有『摛藻掞天庭』之句。」

徐而庵註云：「《舊唐書》：『御帳殿受朝賀。』蓋行幸時幄帟爲殿也。『崔嵬』，高也。『鬱』，言其盛也。『仙遊』，天子爲封禪而遊也。『壯哉』，歎儀衛氣象之嚴整雄麗。『哉』字，又團團看去，無不然也。『實』字見無虚飾。『曉雲』，山上之雲。御幕在雲内，曉捲幕而雲俱捲入。『夜火』，帳殿四面之火。火在山上，其光若星，與星相間，故云『雜星』。『回』言繞于四面也。此四句是言仙遊到泰山，爲一解。下四句言仙遊辭泰山而歸，爲一解。千旗出山而谷爲之暗，萬乘轉轂而山爲之鳴。扈從封禪乃盛世之事，臣子難遇，有文筆者自當獻頌，而我終乏掞天之才，賦亦不能奉揚盛美也，此自謙抑之辭。」

王　維

摩詰，太原人。盛唐。

山居秋暝

空山新雨後，天氣晚來秋。明月松間照，清泉石上流。竹喧歸浣女，蓮動下漁舟。隨意春芳歇，王孫自可留。

此詩舊解率云山居之佳，雨過凉生，夜氣浸爽，月明泉冽，景有秋容，女浣男漁，俗有秋思，因想昔人以春草屬之王孫，今春芳雖歇，山中亦自可留也。此解亦明順，但不知章法之妙，辜負作者多矣。試讀徐評，看是何如？

徐而庵曰：「要看題中『暝』字，右丞山居時方薄暮，值新雨之後，天氣清凉，方覺是秋。又明月之光，淡淡照于松間；清泉之音，泠泠流于石上。人皆知此一聯之佳，而不知此承起二句來。蓋雨後則有泉，秋來則有月，松、石是在空山上見。此四句爲一解。『竹喧歸浣女，蓮動下漁舟』，人都作景會，大謬。其意注合二句上。屋後有竹，近水有蓮；有女可織，有僮可漁。山居秋暝，有妃是之樂，便覺長安卿相不能及此。『隨意春芳歇，王孫自可留』，『隨意』二字本薛道衡『庭草無人隨意緑』句來。山中人迹罕到，芳草生去，無有拘限，是謂『隨意』也。今當清秋，則春芳歇矣。昔人以『芳草』屬之『王孫』，草生則王孫出遊，草歇則王孫可留住矣。右丞性耽山水，尚恐爲仕宦所奪。今而後可以永謝仕宦矣。」

王維

輞川閒居

一從歸白社，不復到青門。時倚簷前樹，遠看原上村。青菰臨水映，白鳥向山翻。寂寞於陵子，桔槔方灌園。

《唐詩解》云：「此厭世喧濁，甘棲隱也。言一歸此莊，便不復入城府，林卧村居，藉菰看鳥，效仲子之灌園，自足樂矣，他無所慕也。」此解不知章法，犯中四句連讀之病。

徐而庵云：「要看『閒居』二字。『一從歸白社』，昔遠公結白蓮社，右丞晚年奉佛食齋，故以輞川稱白社也。『不復到青門』，『青門』，長安城東出南頭第一門，秦侯邵平于此種瓜，此亦人隱處，見不惟不到長安，併青門都不到，真是閒居。『一從』、『不復』，説得決絶。人惟決，故得閒。『時倚簷前樹，遠看原上村』，『時』者，不時也。時或如此，無有定限也。此二句是閒，若徒説閒，却如何承得上起句？作者苦心，不可埋没糊塗過去。見不惟不到青門，而且不去望青門一望也。右丞居輞川學道，實無一事在心。簷前有樹，時一倚之。遠看原上之村，原乃地之高處，高則顯于目前，故去『看』。若不可見之處，則竟置之矣。此等境界，何啻海闊天空，方可稱得『閒居』。『青菰臨水映，白鳥向山翻』，起既用過『青』、『白』二字，轉句中又用『青』、『白』二字，得無犯重否？余曰：不然。『簷前樹』不厭于時倚，『原上村』不厭于時看，『青』、『白』二字亦何厭其再見耶？然右丞作詩時却是寫一句，忘一句，意之所及，筆即隨之，遑知『青』、『白』二字已用，不可再用也。余讀去絶不覺其複。古人要見本事，偏要弄出重複字來。今人却以此爲病，看詩以無一重字者爲佳，此于鱗先生所以不敢入《詩選》也。夫一首詩上下二解，各自分開，又何必忌重複也。大人不修邊幅，此正見其大手筆處上來。『遠看』『看』字不是有心去看，只是兩眼對著他，便是有時見原上村，有時或不見原上村也。『青菰』生于水際，有時見其映水，不即不離，是眼之從下所看見也。『白鳥』飛于空處，有時見其羽之向山，山青鳥白，何等分明，是又眼之從上所看見也。據如此説來，可謂盡美矣，却是未盡善，蓋與右丞作詩法不合也。此二句要看『臨』字、『映』字、『向』字、『翻』字有作用在，蓋欲轉到下『灌園』之『灌』字也。閒居不是一事不做之謂，有可做之事，不妨原去做。所居必有隙地，隙地則須種些菜疏。家無空人，自便去做。園要灌便灌，灌要用桔槔，我也去用桔槔。桔槔，用機以取水具也。與菰之映水，鳥之向山，總只是一般，並無二無別也。人問余曰：『寂寞』意却如何轉句中不見？余曰：青菰映水，但只映水；白鳥向山，但只向山。蕭然冷然，豈非寂寞耶？不用『寂寞』字面，而只以神理作轉，直化工筆也。於陵子，陳仲子也，右丞以自況。『方灌園』，『方』字要體會，青菰方在那里映，白鳥方在那里翻，人方在園中灌，此一刹那事，亦不前不後也。此詩當爲右丞五言律第一首，其言甚淡，其意甚微。人性急，尋它頭緒不出，把來放在一邊，故是詩亦不免于寂寞也。可歎，可歎！」

杜　甫

子美，襄陽人，盛唐。

登兖州城樓

子美父爲兖州司馬，時來省覲，登城樓賦詩。

東郡趨庭日，南樓縱目初。浮雲連海岱，平野入青徐。孤嶂秦碑在，荒城魯殿餘。從來多古意，臨眺獨躊躇。

「兖州」，漢之東郡。「海岱」，東海、泰山也。「青徐」，二州名，與兖相接者也。「秦碑」，始皇東行郡縣，上鄒嶧山，刻石頌功德。「魯殿」，漢封恭王于魯，恭王好治宫室，有靈光殿。遭漢中微，自西京未央、建章之殿悉見隳壞，而靈光巋然獨存。

解此詩者，皆謂子美省親，因趨庭而得縱目。「海岱」、「青徐」與兖相接，舉以見眺望之遠。「秦碑」、「魯殿」，兖之遺跡，取以發弔古之思。因言已素多古意，今臨眺而得俯仰上下，展轉躊躇，不能自已也。曰「在」、曰「餘」，見存者之無幾。曰「多」、曰「獨」，見己志之超凡也。如此則此詩止是登眺懷古，别無隱意。皮毛看來，亦似不差，而聖歎獨不謂然。其評曰：「此詩全是憂時之言，若不託之登樓，則未免涉於譏訕，故特裝此題，以見立言之有體也。」〇「杜詩題，有以詩補題者，如《游龍門奉先寺》是也；有以題補詩者，如《宇文晁尚書之孫崔彧司業之甥尚書之子重泛鄭監前湖》是也；有詩全非題者，如《江上值水如海勢聊短述》是也；有題全非詩者，此等是也。其法甚多，當隨處説之，兹未能悉數。」〇「是時先生尊人爲兖州司馬，故有『趨庭』字。『初』字一哭，猶言是日始知天下至于如此。三、四因寫上下縱目所見，兖州與青、徐二州接界，爲河濟入海之衝，岱山在其境内，乃瀕海一大都會也。今則縱目在上，一片都是浮雲。浮雲不知從何處來，至于連海連岱，瀰漫無有已時，則其昏昧甚矣。縱目在下，一派都是平野，平野已屬不堪之極，至于入青、入徐，遥遥幾千百里，則其荒蕪甚矣。如此朝廷，成何朝廷？如此百姓，成何百姓？一處縱目如此，想處處縱目皆然，豈不岌岌乎殆哉？因轉下秦漢云云。」○「禍福起伏不定，故曰『浮雲』；野望全無麥禾，故曰『平野』。」○「若問秦，則孤嶂之上，僅有嶧山碑尚在；若問漢，則荒城之中，僅有靈光殿尚存。嶧山碑、靈光殿，舊屬魯境，皆名蹟也，故下以『古意』二字合之。夫秦不失德，則今日猶秦；漢不失德，則今日猶漢。乃今秦、漢何在？遂至有唐，則豈非『浮雲』、『平野』之故哉？因言我從來讀史，至如是事，未嘗不臨文嗟悼，惜當時之無人，不謂今日遂至目覩其事，蓋憂懼無出之至也。『從來』二字與上『初』字應，成一篇章法妙絶。『獨』字悲憤之極，言今日『臨眺』『躊躇』，止我樓頭一人耳。彼上下夢夢，殊未及知也。」

趙于常曰：「公詩法實出於其祖審言。審言《登襄陽城》詩云：『旅客三秋至，層城四望開。楚山横地出，漢水接天迴。冠蓋非新里，章華只舊臺。習池風景異，歸路滿塵埃。』陳無己又學公詩者也，其《登鵲山》詩云：『小試登山脚，今年不用扶。微微交濟濼，歷歷數青徐。朴俗猶虞力，安流尚禹謨。終年聊一快，吾病失醫盧。』看此二詩，則其源流蓋可見矣。」

杜甫

春日懷李白

杜之懷李，不同世上漫然别久念想之謂，蓋有一段愛之深、惜之至，真一刻放不下者在。若不得此旨而讀此詩，則是文人互相標榜，渴懷故套矣。

白也詩無敵，飄然思不群。清新庾開府，俊逸鮑參軍。渭北春天樹，江東日暮雲。何時一樽酒，重與細論文。

「『白也』字出《檀弓》，用來恰好。首二句意原串下不對，乃句法，却是對，『飄然』對『白也』，妙絶，只如戲筆。」此聖歎評也。「論文」是論詩之法，得其如今日論時文之謂。子美曾自爲詩曰：「老去漸于詩律細。」今曰「細論文」，則知是論詩律矣。

世解此詩，謂白詩無敵，由其才思絶倫，能兼庾、鮑之長，如是之人，正宜相與晨夕。而乃「渭北」、「江東」，景各抱悵，安得樽酒論文，復如昔日乎？如此説來亦殊坦易，而金、徐兩家則與此大别。

金聖歎謂：「初聯是一縱一擒言之，言白也人稱其詩，遂無敵；我謂其思，則不群有之耳。下緊接『清新』、『俊逸』四字，皆是『思不群』邊字。吾聞温柔敦厚，深于詩者也。清新、俊逸，于詩且無與。此非文人相輕，實是前輩定論。春樹、暮雲，寫盡繾綣。看先生『細』字、『重』字，信知作文不易。夫文豈『飄然』、『不群』四字之所得了哉？今觀李侯全集，純是飄然不群，其餘更無所有。」〇「此詩不獨當時鍼砭李侯，亦且嘉惠後賢多少。」

徐而庵謂：「此作前後解截然分開，其明秀之氣，使人爽目。『白也詩無敵』，當頭贊起，而不滿之意正在于此。詩豈可恃才氣而與人較長短者哉？即接口云：『飄然思不群。』其『無敵』者在『不群』上，其『不群』處祇是才志飄然，詩豈止于如是乎？李白天才，甫惟稱其敏捷，而於法律上有所未諳。

甫是精細于律者，其視白如老先生見少年門生，走筆作文，颼颼有聲，滿心快樂。又恐其不肯更進，甚是放他不下，故贊他却有分寸。承云其詩之『清新』如開府庾信，『俊逸』如參軍鮑照，總在才思上説。此等詩正使人歎賞，而我之所望他者卻不在此。我要細與他論，他又不在此處，復突然作轉云『渭北春天樹，江東日暮雲』，是時子美家長安，在渭之北，太白遊姑孰，在江之東。『渭北』下裝『春天樹』三字，『江東』下裝『日暮雲』三字，奇麗不減天半朱霞也。前後六句，所贊他者是詩，欲與他細論者亦是詩。而此二句忽從兩邊境界上寫來，憑空横截，眼中直無人在。然勿作景會去也。甫在渭北坐定，如春天之樹，欣欣向榮，見己之意興不減。白在江東游蕩，如日暮之雲，依依無著，見渠之憔悴不勝。此論亦甚妙。愚謂此二句下三字，當在詩上作譬喻説纔是。夫作詩，才情、法律闕一不可。甫事法律，如春樹之根牢葉固；白逞才思，如暮雲之有影無跡。詩雖無敵，學未到家。老成典型，還在甫處。甫自負亦不淺也。甫謂我在渭北這里，白在江東那邊，相去甚遥，其如婆心之切何？何時同在一處，樽酒適意，把詩與他細細講論也。『一樽酒』，不是李白好酒而須此酒，大率人進忠告之言甚難，必須在形骸消化之頃，酒爲弄引，方能剖胸顧膽也。甫之所懷白者在學問上，不似世間朋友徒作思量也。余初讀此詩，到『渭北』、『江東』一聯，睁眼良久，但見『春天樹』、『日暮雲』，參差高下，遠近淡濃，青白相間得有趣，幾乎忘却是詩話頭。到結二句，忽然摸著鼻孔，又覺宛然也。此實實是兩解，又實實是一氣貫徹。五律神境，妙不容言。」

杜甫

送翰林張司馬南海勒碑

按《南詔傳》：玄宗以兵定南詔境，立馬援銅柱乃還。蓋天寶七年，恐此時遣使往立碑。

冠冕通南極，文章落上台。詔從三殿去，碑到百蠻開。野館濃花發，春帆細雨來。不知滄海上，天遣幾時回？

「冠冕」，猶言衣冠文物也。「南極」，南之極邊也。又南極與北極相對者。「文章」指碑文。「上台」，《天文志》：三台六星，兩兩而比。西近文昌二星曰上台，次二星曰中台，東二星曰下台。在人爲三公位。「三殿」，其説不一，有曰蓬萊、拾翠、紫微，是學士直殿。姑從之。「百蠻」，蠻服之百國也。南詔爲蠻地。「野館」，驛館也。「濃」字，疑當「穠」字。《詩》有「穠華」，「穠」猶戎戎也。「帆」，待其所乘之舟。春時多雨，故云「春帆細雨」。「滄海」，海水皆蒼色，滄海島雖在北海，而凡海皆可稱「滄海」，此用以代題「南」字。「天遣」，謂司馬爲天子所遣也。

徐而庵謂：「南海素爲衣冠文物之所不通，今張司馬奉詔去則通矣。碑文出相國手製，如從『上台』落下，去『三殿』而到『百蠻』，起得冠冕，承更開朗，此爲一解，單作題下九字。後一解，單作『送』字。轉二句，寫其去。合二句，寫其回。謂司馬銜天子命去，誰不迎奉？猶『穠花』之發也。『來』字從南海人意中寫出，彼處云『來』，此處云『去』也。迨到南海竣工而還，不知却在何時耳。」金聖歎謂：

「上半首朝廷之大務，下半首朋友之私情。上半首是翰林南海制文勒碑，下半首方是送。先公後私者，臣子之至誼也，想見先生立言之體。」〇「『冠冕』者，張司馬也。『南極』者，南海也。『文章』者，製文也。『上台』者，相國也。三句，翰林也。唐制：翰林在三殿之西角門後，故云『從三殿去』也。四句，勒碑也。『百蠻開』，則南海勒碑也。半首叙公事已畢，下寫『送』字。」〇「五句言其時候也。六句言其行路艱苦也。七、八句言其送之情事也。又七句結一、二、三、四句，八句結五、六句。夫送則其未去而已先計其回，爲善能攄其至情也。」

杜　甫

春宿左省

「左省」即左掖，洛陽宫有東掖門、西掖門，宣政殿左右有中書、門下二省。公時爲左拾遺，屬門下，故曰左掖，又曰左省。

花隱掖垣暮，啾啾棲鳥過。星臨萬户動，月傍九霄多。不寢聽金鑰，因風想玉珂。明朝有封事，數問夜如何？

「萬户」，漢武帝作建章宫，度爲千門萬户。凡喻帝王所居曰「九霄」。唐車服制：五品以上有珂傘。珂，馬鳴飾也，馬行則響，謂之鳴珂。漢儀：密奏曰「封事」。「夜如何」，見《詩經》。

《唐詩解》云：「前二聯賦禁中直宿之景，後二聯寫夙夜匪懈之懷，言我所以不寢而聽宫門之開鑰，因風而想朝馬之鳴珂者，則以旦將上封事，不敢安卧也。結語是諫臣之心，知此老滿肚朝廷。」

金聖歎云：「此詩之妙，妙于將題劈頭寫盡，却出己意，得大寬轉。」〇「只起二句已盡題矣，何也？『掖垣』者，左省也。『暮』，則應宿之候也，却於『暮』字上加『花隱』二字，補『春』字也。『啾啾棲鳥過』，言萬物無不以時而宿也。如此十字，『春宿左省』已完矣。下六句何也？是則老杜一腔忠君愛國之心，而非諸家之所知也。三『星臨萬户動』者，於左省而念及其民也。四『月傍九霄多』者，於左省而念及其君也。二句足上『暮』字意。五『不寢聽金鑰』，則宿而思其君，有闕門之雅也。六『因風想玉珂』，則宿而思其臣，有獻替之忠也。結二句始收到自己，宿左省者數問如何，則自明夙夜匪懈，未嘗卧也。後之讀此詩者，若欲知老杜封事爲何語，則不出『下念百姓，上念君父。上者納言，下者效忠』四語而已。嗟乎，豈呫嗶小儒所及知哉！」

杜　甫

登岳陽樓

「岳陽樓」，即岳州府城西門樓也。下瞰洞庭湖。

昔聞洞庭水，今上岳陽樓。吴楚東南坼，乾坤日夜浮。親朋無一字，老病有孤舟。戎馬關山北，憑軒涕泗流。

徐而庵注云：「昔聞洞庭之水，『今上岳陽樓』，而乃得見此洞庭水矣，果屬巨觀。楚在南，吴在東，於此分坼，見水之廣闊無際。『乾坤』是天地，『日夜』是無休歇，天地似都在水面上，故曰『浮』，見水之深大莫測也。以洞庭爲前解。既登此樓，觸著心事，爲後解。親朋間阻，無一字寄封，我又老又病，只有孤舟托跡，此皆爲戎馬所致。關山之北，金鼓震天。我之一身，拚得飄泊，獨君國之事，爲之奈何！我憑樓上之軒，不覺涕泗之横集耳。昔聞頗樂，今見何悲。昔正治平，今有戎馬。昔尚少年，今成老病。治平可待，老病無及矣，悲夫！」

劉濳夫評云：「杜五言感傷事，如『親朋無一字，老病有孤舟』，八句中著此一聯，安得不獨步乎？若全集千四百篇無此等句爲氣骨，篇篇都做『圓荷浮小葉，細麥落輕花』，則似近人詩矣。」

學詩初例卷之三

七言律

徐而庵曰：「七言律，乃唐人聚精會神之作也，多不敢輕易落筆，所謂識法者懼也。律分二解，如關門兩扇，開則相向，合則密縫。其命意措詞，最爲緊嚴，增一字不得，減一字不得，前一字不得，後一字不得，更一字不得，雜一字不得者也。五言律字少句短，難于省縮，不能靈動，才小者或可飾其寒儉。至于七言律，字添句長，難于運用，不能精實，即才大者亦莫掩其瑕疵。有唐諸名家，窮思極力，而不得不讓子美先生一頭地。無他，以其丘壑多而用律細也。」

李嶠

巨山，趙州人。初唐。

奉和初春幸太平公主南莊應制

公主，帝女也。太平公主，則天皇后所生，后愛之傾諸女。爲開府置官屬。權震天下，作觀池樂，天子親幸宴，群臣倡和甚盛。

主家山第接雲開，天子春遊動地來。羽騎參差花外轉，霓旌摇曳日邊迴。還將石溜調琴曲，更取峰霞入酒杯。鸞輅已辭烏鵲渚，簫聲猶繞鳳凰臺。

「動地」，《上林賦》有「車騎雷起，殷天動地」。「石溜」，安西境内有前踐山，山下有水，滴溜成音可愛，彼人采綴其聲以成曲調。古詩有「山溜似調琴」之句。「鸞輅」，《禮記》：「孟春之月，天子乘鸞輅。」「烏鵲渚」，烏鵲填河而渡織女。「鳳凰臺」，秦穆公有女名弄玉，嫁蕭史。史善吹簫，弄玉學之數年，吹簫似鳳聲。鳳凰來止其屋，公爲作鳳臺，夫婦止其上。一旦，皆隨鳳飛去。

《唐詩解》評此言：「以主第之勝，天子出遊，車馬旌旗，紛然來集。既至而宴賞其間，則聞石溜之聲與琴曲相調，山間之煙霞若可取而入酒，挹溜飡霞，宛同仙境。及鸞輿已去，而簫聲未終，則又儼然弄玉之臺也。」此評何嘗不明白，但不得分解之章法，而又不得後解虚字之妙。金評不可不細玩也。

金聖歎云：「此詩平開二解，一解寫車駕幸莊，一解寫公主留帝，純用大筆大墨，不著一毫纖巧，允爲一代作者冠冕。○前解只寫『動地來』三字，三、四即『動地來』也。○後解『還將』『更取』『已辭』、『猶繞』字，純寫公主攀戀車駕也。後賢不覩唐初人如此大篇，便于律詩更不知所措手，唐初詩可不讀哉！」

早朝大明宫呈兩省僚友

賈　至幼鄰，曾之子。盛唐。

大明宫，即蓬萊宫。兩省，中書、門下。

銀燭朝天紫陌長，禁城春色曉蒼蒼。千條弱柳垂青瑣，百囀流鶯繞建章。劍佩聲隨玉墀步，衣冠身惹御爐香。共沐恩波鳳池上，朝朝染翰侍君王。

「銀燭」，《穆天子傳》：「天子之寶，璿珠燭銀。」郭璞曰：「銀有精光如燭也。」梁簡文詩「燭銀逾漢女」，江總賦有「含照耀之燭銀」，三見皆曰「燭銀」，則恐是「燭有精光如銀」也，郭璞得無顛倒耶？「紫陌」，天有紫微垣，人主之宫象之，故宫曰紫宫，又曰紫禁，殿曰紫宸，京都之衢曰紫陌。「青瑣」，省門也，刻爲連瑣文而青塗之。「建章」，漢宫名。「御爐香」，凡朝日，殿上設薰爐香案。中書省稱曰「鳳凰池」。

金聖歎評：「前解通寫早朝大明宫，一是朝，二是早，三、四是大明宫，最華整。○須悟其發興本是因朝大明宫，忽然一念慶快，遂呈兩省僚友。裁詩，卻是因呈兩省僚友，要其各知慶快，故更補寫早朝大明宫。蓋舉朝如此多官，而獨有兩省諸公，載其筆墨，侍從天子，高華清切，無能與比，此真不可不知慶快者。只看其起句『銀燭朝天紫陌長』之一句七字，『銀燭』者，言朝天既早，載燭而行。『紫陌長』者，言銀燭衆多，迤邐紫陌，極目遠視，不見窮盡。正以極明早朝之官之多，何慮若干若干也。後解便只從此一句七字中間抽出兩省僚友，言獨有我輩，非其餘銀燭之比。○和詩三章，獨有杜工部别換機杼，他如王之『萬國衣冠』、岑之『玉階千官』，皆是先生一樣章法。後解專寫兩省僚友。○看他五、六又自作輕輕頓挫，言兩省之臣如論劍佩，則雖同隨玉墀之步，若辨衣冠，則實獨染御爐之香。蓋入直鳳池，含毫待詔，人生自幼識字讀書，真得如是一日，亦足也。」

崔　署

九日登仙臺呈劉明府

漢文帝時有河上公，結庵河上。帝讀《老子》，有不解，幸其庵，稽首問之，公授素書一卷，遂失所在。帝築臺望之，名曰仙臺。

漢文皇帝有高臺，此日登臨曙色開。三晉雲山皆北向，二陵風雨自東來。關門令尹誰能識，河上仙翁去不回。且欲近尋彭澤宰，陶然共醉菊花杯。

「三晉」，韓、趙、魏三分晉地。「二陵風雨」，見《左傳》。老子過關，有紫氣，爲關令尹喜所識。陶淵明爲彭澤令，當九日無酒，菊中坐久，忽江州刺史王弘使白衣送酒至，便於此大醉。

《唐詩解》曰：「此言神仙恍惚，人當自適其志也。言漢文作此臺以望仙，今我登臨，適當曙景，所見唯三晉之雲山、二陵之風雨，所謂仙者，竟安在耶？倘有潛跡人境，如關門令尹者，我則不能識。至沖舉雲霄，如河上仙翁者，則又去而不返矣。神仙既不可期，且尋吾友如陶彭澤者，與之同醉花間，以樂今夕，何必寄情方外乎？」

金聖歎評：「登高臺乃斗然發唱，卻是漢文皇帝。嗟乎！高臺固自巋然，漢文皇帝即奚在乎？急接『此日』二字，雖出題中『九日』，然其意思實有無數慷慨，特是蘊藉，遂不覺也。『曙色開』妙。一是高臺久受湮没，氣象忽得一開；一是登高臺人久抱抑鬱，情思忽得一暢。如三、四之『雲山』、『風雨』，昔爲漢文皇帝眼中好景，今爲某甲眼中好景是也。五、六承上轉筆，自言此段慷慨意思，真是索解人殊未易也。『誰人識』，言無人識得。『去不回』，言識得人又不在也。特請關門尹與河上翁者，爲題中『仙臺』之『仙』字刷色也。唐人凡撰五、六，俱爲頓出七、八。如言，既是索解未易，則且與劉明府共醉。而又稱之曰『彭澤宰』者，爲『九日』二字刷色也。此詩前解九日登臺，後解寄呈明府。」

王　維

和賈至舍人早朝大明宫呈兩省僚友之作

絳幘雞人報曉籌，尚衣方進翠雲裘。九天閶闔開宫殿，萬國衣冠拜冕旒。日色纔臨仙掌動，香煙欲傍袞龍浮。朝罷須裁五色詔，佩聲歸向鳳池頭。

「絳幘」，赤幘也。《漢官儀》：「宫中不畜雞。夜漏未明三刻，衛士候於朱雀門外，著絳幘爲雞唱」。《周禮》:「雞人夜呼旦,以叫百官」。「曉籌」,五更初之籌也。「尚衣」,掌供冕服之官。凡掌天子之物曰尚。唐制宫中有尚衣、尚藥、尚食等官。宋玉賦有「上有翠雲之裘」。天有九野,九爲陽數之極,凡言九者,皆指其極也。「閶闔」,天門也。「冕旒」,天子之冕,有十二旒。「仙掌」,漢武帝造承露盤,高二百尺,揮雲間,以銅仙人舒掌捧銅盤承露,和玉屑服之以求仙。天子龍衮,畫龍于衮衣也。詔書用五色紙。

金聖歎評:「此全依賈舍人樣。前解通寫早朝,後解專寫兩省也。若其中間措手,又有不同者。賈乃于起一句,便安『銀燭朝天紫陌長』之七字,是預從『早』字,先已用意於是。而三、四寫『朝』字,便無過只是閒筆。此卻於第四句始安『萬國衣冠拜冕旒』之七字,是直到『朝』字,方乃用意於是。而一、二寫『早』字,亦無過只是閒筆。此則爲兩先生各自匠心也。五,日色纔動,寫朝光滿殿,翻上『早』字。六,香煙欲浮,寫雙引駕退,翻上『朝』字。七、八急引『朝罷』二字,言此時千官盡散,而獨有我輩,只歸鳳池也。」

王維

奉和聖製從蓬萊向興慶閣道中留春雨中春望之作應制

渭水自縈秦塞曲,黄山舊繞漢宫斜。鑾輿迥出千門柳,閣道迴看上苑花。雲裏帝城雙鳳闕,雨中春樹萬人家。爲乘陽氣行時令，不是宸遊玩物華。

徐而庵云：「右丞詩都從大處發意。此作有大體裁，所以筆如遊龍，極其自在，得大寬轉也。蓬萊宮到興慶宮，相去不大遠，題中既云『春望』，右丞從『望』字着想，故起二句以渭水、黄山來説。唐王鑾輿，雖在蓬萊、興慶閣道之中間，而直望見渭水，遠遠如帶，縈于秦關，其形曲。黄山遥抱若屏，繞于漢宫，其狀斜。『自』字、『舊』字，見從來已如此。此二句妙極。『千門』，即漢武帝建章宫有千門萬户之千門也。建章多柳，此又是春，故下句即用『柳』字。『迥出』，言閣道之高，得望見渭水、黄山，此所謂承也。是鑾輿纔離蓬萊，上閣道，見宫中之千門如畫。『迥』字跟鑾輿來，輦行謂之迥。天子在輦上看花，故云『迥看上苑花』，將與興慶相近矣。總寫閣道中事。『雙鳳闕』，是指蓬萊、興慶兩宫，天子在閣道中，兩頭看來，並是鳳闕。在帝城内，故云『帝城』；鳳闕高，故云『雲裏』，且欲出『雨』字也。闕乃天子所居，百官朝會，政從是出，見天子何得春望？上看如此，從下看去，見萬人家雨中鱗次于春樹之間；天子爲萬民之主，安危所賴，又何得春望？上承一聯，天子只顧望山、望水、看柳、看花，此轉一聯，是作者眼光所射，雖在天子望中，卻不在天子望之意中，故特以此爲轉作諷諫。合二句，急回護天子，以見人臣愛君當如是。『爲乘陽氣行時令』，《禮記·月令》云：『季春之月，生氣方盛，陽氣發洩。』天子布德行惠，循行國邑，周視原野。『不是宸遊玩物華』，以自圖娱樂也。」

金聖歎云：「看他一、二先寫渭水自縈，黄山舊繞，即三、四之鑾輿看花，閣道留轡，宛然便在無數山圍水抱之中間也。先生爲畫家鼻祖，其點筆吮墨，布置遠近，居然欲與造化參伍。只如此一解四句，便是其慘澹經營之至妙至妙也。後解四句承上『花』字，言不知者以爲爲花也，其知者以爲不爲花。夫『閣道迴看』，正迴看『雙鳳闕』耳，正迴看『萬人家』耳。雙鳳闕，言上畏天眷；萬人家，言下恤民巖。若『雲裏帝城』、『雨中春樹』八字，只是襯色耳。」

杜　甫

和賈至舍人早朝大明宮

五夜漏聲催曉箭，九重春色醉仙桃。旌旗日暖龍蛇動，宮殿風微燕雀高。朝罷香煙攜滿袖，詩成珠玉在揮毫。欲知世掌絲綸美，池上于今有鳳毛。

「五夜」，一夜有五更，謂甲夜、乙夜、丙夜、丁夜、戊夜也。「漏聲」，夜漏也。「曉箭」，漏箭，軍中傳以直更也。君之門以九重。「仙桃」，王母蟠桃也。交龍爲旂，龜蛇爲旐。王言如絲，其出如綸。賈曾爲舍人，知制誥；至又爲舍人，知制誥，故曰「世掌」。謝靈運子鳳，鳳子超宗，有文學，帝嗟賞曰：「超宗殊有鳳毛。」

《唐詩解》評云：「此言待漏趨朝而見天顏有喜，禁中春色盡形于面，如食仙桃而有醉容也。少焉，風日清明，則旗上之龍蛇若感而動，殿頭之燕雀益飛而高。蓋春暖則蟄皆起，風微則飛必高，故借虛對實，以形容其景耳。及退朝之候，見舍人之詩，若吐珠玉，因言賈氏所以世濟其美者，以舍人之才克繼其父，如謝氏之有鳳毛也。」此評仍是照題贊揚，與别和詩一體。金聖歎謂杜工部别换機杼，録評于後。

金聖歎評云：「解者曰：『一例和早朝詩，不必定解作天寶君臣』。是也。然先生雖故作此壯麗語，讀去解去，天寶君臣，歷歷如見。可興、可觀，又何足爲先生諱。首句言當未明求衣，次句寫其宴安不顧。『龍蛇』喻跋扈之性，畫在旌旗，本飛揚不定，又加之以暖日，此則主恩太過，欲求無動，不可得也。『燕雀』喻處堂之輩，勢本不高，乃微風動之，出于宫殿之上，此則宵小得志，欲保不危，不可得也。噫！燕雀已高，龍蛇已動矣，彼醉卧九重者知之乎？前一解，早朝大明宫。轉二句妙。『朝罷』者，是舍人朝罷，當日不知何以遽罷也。『詩成』者，是舍人詩成，餘人亦且相繼而成也。從來朝廷之上，左史紀言，右史紀動，今則自早朝至于朝罷，絶無足紀。君既無所咨訪，臣亦無可建明，僅僅滿袖香煙，揮毫唱和，則何補哉？衹益之感耳！賈至爲賈曾之子，故云『世掌絲綸』。『鳳毛』字，用來卻切後一解和賈至舍人。」

杜　甫

宣政殿退朝晚出左掖

宣政殿左右有中書、門下二省。公爲左拾遺，屬門下，故曰左掖。

天門日射黄金榜，春殿晴曛赤羽旗。宫草霏霏承委佩，爐煙細細駐遊絲。雲近蓬萊常好色，雪殘鳷鵲亦多時。侍臣緩步歸青瑣，退食從容出每遲。

《唐詩解》云：「此因退朝出省，而先敘在朝歸省之事。蓋是時安史之亂漸平，朝廷稍暇，因春色暄妍而有太平之象。故雲近帝居而五色，雪在深苑而盡消也。『侍臣』，少陵自謂。『青瑣』，指左掖也。罷朝歸省，晚而退食，從容如此，信有《羔羊》之遺風矣。」

蔣春甫曰：「早朝四詩，渾雄大雅，唐人之藝，于斯爲盛。于鱗不選杜作，嫌其後半弱也。有此，下二作固不用和賈至詩矣。」

愚按：此下二詩，金、徐二公皆無評。想爲其頌揚之意盛，與全集忠愛悲憤之詞不同，則沉鬱頓挫之旨不見故也。然而朝廟間詩，正須富貴，一切寒儉氣，自是不合。余亟登此二首示學者，知少陵詩固無體不備，勿徒以牢騷不平括盡子美一生耳。

杜　甫

紫宸殿退朝口號

大明宫自南而北爲含元殿，又北爲宣政，又北而爲紫宸。

户外昭容紫袖垂，雙瞻御座引朝儀。香飄合殿春風轉，花覆千官淑景移。晝漏稀聞高閣報，天顔有喜近臣知。宮中每出歸東省，會送夔龍集鳳池。「昭容」，九嬪之一也。唐制天子坐朝，宮人引至殿上，即昭容等爲之。「雙瞻御座」者，兩昭容面内卻行也。「晝漏」，白日亦報時刻也。門下省在東，時公爲左拾遺，故曰「東省」。「夔龍」，二臣名。《唐詩解》云：「此亦退朝歸省而賦其事。天子將朝，宮人引導。『雙瞻御座』者，兩昭容面内而卻行也。是時爐香隨風徧滿殿上，宮花向日掩映朝班。紫宸内衙，晝漏必待外閣之報，故『稀聞』。拾遺末僚，不得密侍，故『天顏有喜』，惟『近臣』知耳。既朝而退，則又與三省僚屬會送丞相至中書而後退也。蓋公爲拾遺，本宜親君，而以位卑分疏不得近，故無所建明，而隨班碌碌，良可歎也。豈帝寵浸衰之時乎？」

愚按：此詩章法，頗未甚清楚，只是朝堂聲口，輝煌艷麗，後學須知耳。

杜　甫

秋興八首

興之爲言興也。美女當春而思濃，志士對秋而情至。凡山川林巒、風煙雲露、草生花香，目之所睇，耳之所聞，何者不與寸心相爲藴結？其勃然觸發，有自然矣。乃先生以忠摯之懷，當飄零之日，復以流寓之身，經此摇落之時，其爲興也，真興盡之至，心灰意滅，更無纖毫之興，而有此八首者也。後人擬作者，或至汗牛充棟，亦嘗試于先生製題之妙，一尋繹乎？○題是「秋興」，詩是無興，作詩者滿肚皮無興，而又偏要作《秋興》。故不特詩是的的妙詩，而題亦是的的妙題，不特題是的的妙題，而先生的的妙人也。○從來詩是幾首，多一首不得，少一首不得。如此詩是八首，則七首不得，亦九首不得，某既言之屢矣。或未能深信，試看此詩第一首純是寫秋，第八首純是寫興，便知其八首是一首也。○此詩八首凡十六解，才真是才，法真是法，哭真是哭，笑真是笑。道他是連，却每首斷；道他是斷，却每首連。倒置一首不得，增減一首不得固已。然總以第一首爲提綱，蓋先生爾時所處，實實是夔府西閣之秋。因秋而起興，下七篇話頭，一一從此生出，如裘之有領，如花之有蒂，如十萬師之號令出于中權也。此豈律家之能事已耶？○分明八首詩，直可作一首詩讀。蓋其前一首結句，與後一首起句相通。後來董解元《西廂》，善用此法。

秋興之一

玉露彫傷楓樹林，巫山巫峽氣蕭森。江間波浪兼天湧，塞上風雲接地陰。叢菊兩開他日淚，孤舟一繫故園心。寒衣處處催刀尺，白帝城高急暮砧。

前解從秋顯出境來，後解從境轉出人來，此所謂「秋興」也。○「露彫傷」、「氣蕭森」六字，寫秋意滿紙。秋者，揫也，言天地之氣，正當揫斂之時也。故怨女懷春，志士悲秋，皆因氣之感而然。時先生流寓夔州西閣。夔州，舊楚地，最多楓樹。巫山在夔州，有十二峰，巫峽爲三峽之一。白帝城在夔城之東，公孫述于此僭號者。先生雖心在京華，而身寓夔州，故即景起興，不及他處。後來無數筆墨，一起一伏，若斷若連，從夔州望京華，以至京華之同學，京華之衰盛，如曲江，如昆明池，如昆吾、御宿、渼陂，凡爲京華所有者，感興非一，總不出爾日夔府之秋，故下七首詩，實以此首爲提綱也。「江間」承

「巫峽」，「塞上」承「巫山」，「波浪兼天湧」者，自下而上一片秋也；「風雲接地陰」者，自上而下一片秋也。先生寓夔，已兩次見菊，故曰「叢菊兩開」。淚言「他日」，不言「今日」者，目前倒也相忘，他日痛定思痛，則此叢菊亦堪下淚也。此身莫定，不繫在一處，故曰「孤舟一繫」，身雖繫此，而心不繫此者，故園刻刻在念，有日兵戈休息，去此孤舟，始得遂心也。嗚呼，豈易言哉！因用「叢菊」、「故園」轉到「寒衣」上去，意謂我今客中，百事且暫放下，時方高秋，江山早寒，身上那可無衣。聽此砧聲，百端交集，我獨何爲繫于此也。蓋老年作客之人，衣食最爲苦事，無食則橡栗尚可充饑，無衣則草葉豈能禦寒哉！「催刀尺」「催」字，「急暮砧」「急」字，甚是不堪。乃從先生見聞中寫出二字來，更覺不堪也。○又批：露也，而曰「玉露」；樹林也，而曰「楓樹林」；止一彫傷之境，而白便寫得白之至，紅便寫得紅之至，此秋之所以有興也。卻接手下一「巫山巫峽」字，便覺蕭森之氣，索然都盡，而「波浪」、「風雲」二句，則緊承「巫山巫峽」來。若謂玉樹斯零，楓林葉映，雖志士之所增悲，亦幽人之所寄抱。奈何流滯巫山巫峽，而舉目江間，但湧兼天之波浪，凝眸塞上，惟陰接地之風雲，真爲可痛可悲，使人心盡氣絕。此一解，總貫八首，直接「佳人拾翠」末一解，而歎息「白頭吟望苦低垂」也。不知者謂「兩開」者是「叢菊」，豈知「兩開」者，皆「他日淚」乎？不知者謂「孤舟」何必「一繫」，豈知「一繫」者惟此「故園心」乎？「淚」字上，下一「他日」字，妙絕，惟身處其境者知之。七言「處處」，正是先生繫心一處。白帝城在夔府之東，言近以指遠也。肚裏想著家中刀尺，而耳中止聞白帝砧聲，遠客之苦，爲之淒絕。砧聲也，而下一「城高」字，見得耳爲遥聽，眼爲懸望，遠客之苦爲之淒絕。○三、四承一、二，五、六轉出七、八，知余分解之言非謬。

秋興之八

昆吾御宿自逶迤，紫閣峰陰入渼陂。紅豆啄餘鸚鵡粒，碧梧棲老鳳凰枝。佳人拾翠春相問，仙侶同舟晚更移。綵筆昔曾干氣象，白頭吟望苦低垂。

末一首乃其眷戀京華之至也。前解極言長安風土之樂。「昆吾」，地名，有亭。「御宿」，川名，有苑，漢武帝宿于此，故曰「御宿」。「渼陂」，魚甚美，因以爲名，在紫閣峰之陰。遊渼陂者，必從昆吾、御宿經過。「紫閣峰陰」，因渼陂而及之也。先生年老，浪跡夔州，意在歸隱。因昔嘗同岑參兄弟同游渼陂，經昆吾、御宿，喜其風土之良，故切切念之，特掛筆端耳。三、四句法奇甚，畜鸚鵡者，必以紅豆飼之，先生自喻不苟食也。啄之而有餘，此真豐衣足食之所矣。黄帝即位，鳳集東囿，棲梧樹，終身不去，先生自喻不苟棲也。棲之而至老，此又安居樂業之鄉矣。可見長安盛時，且不必説到天子公侯極意游玩，乃至布衣窮居，儘足自適，有如此也。後解從上轉下，轉到今日大曆元年丙午秋作此《秋興》詩，以結出「吟望」之「苦」也。言當日昆吾、御宿、渼陂之間，陸有爲陸，水有爲水，「佳人拾翠」則于陸，「仙侶同舟」則于水，亦既窮極水陸之興矣。「佳人」，與美人、麗人不同。從上至下，從下至上，節節看去，無有不佳，曰佳人。巧笑美目，胡天胡帝，曰美人。彼此争妍，相去不遠，曰麗人。「仙侶」，如李、郭同載，望若神仙是也。「春相問」、「晚更移」，著一「春」字、一「晚」字，乃反擊「秋」字，「相問」、「更移」，乃暗提「興」字。五、六二句，正欲轉到今日作《秋興》詩也。「綵筆昔曾干氣象」，先生曾於蓬萊宫獻三賦，干動龍顔，雖實有此事，然此處提出，非自誇張，不過借作轉語，以反襯出「白頭吟望」七字來。言此天涯窮老，望京華如在天上，既不見有拾翠之人，亦無復有同舟之侶。白頭淪落，侘傺無聊，徒屈從前干氣象之筆，以作此苦殺皇天之詩，即何能禁淚之淫淫下哉？「吟」，吟秋興；「望」，望京華。一頭吟，一頭望；一頭望，又一頭吟。于是頭低到膝，淚垂至頤，其苦有不可勝言者。而菴詩曰：「好个詩丞相，清霜兩鬢寒。頭垂扶不起，老眼淚難乾。」○又批：此解與「玉露彫傷楓樹林」句命意相同，蓋寫秋之可興也。渼陂之旁，則有紫閣峰；紫閣峰之前，則有昆吾、御宿逶迤之逕。值此白露既零，楓葉鮮妍之際，自昆吾、御宿逶迤而前，漾然渼陂，峰陰澄潔，誠有令人不知興之何自起者。況鸚鵡啄餘，當此衣食豐盈之盛；鳳凰棲老，又承奠安可久之基。其足之蹈，手之舞，又寧有涯量哉？五言「佳人」，則拾翠尋芳，女子尚有同情；六言「晚移」，則仙侶相從，入夜還須秉燭。揮毫落紙，筆走雲烟，矢口成章。上「干氣象」，所固宜也，卻悄悄下一「昔」字，便令兩解七句都成鬼哭，直逼出「白頭吟望苦低垂」七字來。總結如上八首十六解，六十三句，四百四十一字，手舞足蹈了半日，卻是瓦解冰消，烟盡灰燼，更無處可出鼻孔息也。○「白頭」已是傷心，「白頭」而「低垂」更傷心。以白頭而吟而望而苦而到底低垂，此傷心之所以徹骨也。○八首十六解詩，皆從「吟望苦」三字中吟出來，望出來，苦出來。若其低垂，則未作此詩之前，固如此低垂，既作此詩之後，到底亦只如此低垂也。○試看八首詩，是一首還是八首，增得一首否，減得一首否？增得一句，減得一句否？試看八首詩，是分解的還是不分的？是聖歎勉强穿鑿否？錦心繡口，才子當其證之。

學詩初例卷之四

論語詩

唐人以詩取士，曾用四子題，如「行不由徑」、「知者樂水」之類，後人罕有擬者。尤展成先生遊京師，閑居無事時，酒酣耳熱，偶拈《論語》題三十，倣唐人法，叉手成詩，聊破岑寂。道理不離聖賢本義，詞色則用詩歌吐屬，流連諷詠，殊足解人頤也。學士家游戲三昧，何所不可？今訂《學詩初例》，附此於唐律之後，以爲善誘之一端，或不無少助云。

有朋自遠方來

雞鳴風雨閉門時，門外車聲千里遲。乍望楚山逢宋玉，正彈流水對鍾期。一梁落月添新夢，三徑停雲憶舊詞。共把高文酌樽酒，莫將姓氏問屠兒。

賢賢易色

願向西方思美人，不從北渚望夫君。韋編莫寫鴛鴦筆，縞帶寧輸翡翠裙。洗馬渡江原似玉，巫娥薦枕已爲雲。祗應女史簪彤管，風月平收二十分。

思無邪

長歌重疊短歌深，古意閒情初不禁。習習谷風塘上曲，霏霏雨雪隴頭吟。總饒香草山川色，豈礙梅花鐵石心。一自《玉臺》開豔體，可憐彩筆費題衿。

關雎樂而不淫哀而不傷

風流佳話起岐周，千古悲歡一筆收。竝坐夜香浮錦瑟，相思春草滿芳洲。定情何必題紅葉，惜別誰教歎白頭。王建《宫詞》空絶調，昭陽眉黛半含羞。

曾子曰唯

大道原非唤竹篦，尼山公案費拈提。回頭忽喪千年學，開口纔留一字題。冷暖自知魚飲水，精粗不著兔忘蹄。諸君莫向枯椿覓，再訪桃源路已迷。

子路聞之喜

車馬栖栖行路難，願從海外縱奇觀。秋風三島吹鳴劍，夜雨孤舟倚釣竿。且借蜃樓藏鳳羽，何妨鮫室舞雞冠。英雄莫向蓬蒿老，不見扶餘有將壇。

歸與歸與

曠野風吹斜照低，鷓鴣啼罷子規啼。浮雲出岫何時入，逝水東流幾日西。不爲蓴鱸愁老此，豈因松菊賦歸兮。宛丘行去尼丘接，一路花開桃李谿。

子華使於齊

束帶翩翩文有餘，憑君遠達數行書。三春芳草隨行仗，千里寒星伴使車。仲父臺前人在否，晏嬰宅畔市何如？白雲飛處應回首，老母終朝獨倚閭。

回也不改其樂

僻巷柴門苔草生，幽居時有玉琴鳴。此間禮樂如三代，滿座詩書勝百城。郭外清流常引汲，樹頭好鳥正催耕。悠然試會其中意，未必家貧便適情。

子見南子

紫袖昭容出户迎，夫人妝罷拜先生。低鬟蟬影摇釵麗，捲幕花香入珮輕。何意草茅瞻絶世，却教閨閣慕高名。傍人莫笑婁豬定，曾聽轔轔過闕聲。

久矣吾不復夢見周公

赤舄風流制作才，小臣信宿幸追陪。咨嗟四國思文武，涕淚三家説定哀。西狩忽驚麟角去，東征不見衮衣來。蕭騷白髮長無寐，《洛誥》《周官》讀幾回。

子釣而不綱弋不射宿

飛躍無心道不違，殺中有禮即生機。丹鱗吹浪風初暖，烏鵲依枝星正稀。潮闊應迴漁父棹，雪深還解使君圍。試從濠上觀魚樂，目送歸鴻絃自揮。

子與人歌而善必使反之而後和之

曳杖逍遥愁不過，吟風弄月且婆娑。馬迴陬邑聞槃操，鳳去瀟湘起楚歌。君唱《陽關》聲欲疊，我酬《白雪》和寧多。不堪顧曲增惆悵，望到龜山唤奈何。

可以託六尺之孤

宫車晚出最蒼黄，遺詔親承血數行。中夜躊躕憂少主，外廷涕泣説先王。劍門功業垂諸葛，麟閣形容繪霍光。可恨欺人新莽輩，金縢未發漢先亡。

有婦人焉

皇后稱臣才倍奇，龍韜豹略有家師。夫人城上單黄鉞，娘子軍前小白旗。久向河洲儀聖母，請從瓊室斬妖姬。可憐二女黄陵廟，日暮湘江泣竹枝。

歲寒然後知松柏之後彫也

洞庭木落氣蕭森，百尺青條鬱上林。秦帝山頭封號古，武侯廟裏歲華深。三年化碧忠臣血，六月飛霜孝婦心。堪笑春風畫紅白，家家桃李聽鳴禽。

吉月必朝服而朝

荷衣久已賦歸田，還著宫袍覲九天。日近御牀瞻玉藻，風來仙仗動貂蟬。老臣劍履趨偏切，内府壺餐賜獨先。更向起居尋近注，春秋簿上記元年。

鄉人飲酒

籬舍荒村樂事無，歲時伏臘且歡呼。賓筵秩秩歌三闋，夜飲厭厭酒百壺。白飲青芻隨土物，蒼髩黄髮盡吾徒。分明洛社香山會，只少龍眠作畫圖。

從我於陳蔡者皆不及門也

追尋七日苦咨嗟，沐雨歸來有鬢華。玉樹生埋長地下，驪駒遠去各天涯。風寒泗水悲瑤瑟，日暮山壇落杏花。空把姓名題四壁，酒罏若个問東家。

子樂

諸生濟濟對吾師，百里賢人聚此時。四座春風圍杖履，一團和氣動琴詩。不關笑語天全得，纔解愁眉人已知。他日滿堂七十二，吹笙鼓瑟和塤篪。

浴乎沂風乎舞雩

去去東山東復東，登臨賴有酒徒同。白鷗暖泛桃花水，紫燕輕摇楊柳風。洗耳自餘高士潔，披襟不讓大王雄。人生適志須行樂，懶束衣冠拜帝宫。

樊遲請學稼

曾執干戈搴將旗，而今老大荷鎡基。門前緑野多閒地，隴上青蒲及好時。春雨欲來麥浪急，秋風初起稻香遲。先生若許耕還讀，請賦田家雜興詩。

久要不忘平生之言

冠蓋相逢半酒樽，誰人日暮訪柴門？墓前挂劍空魂魄，市上吞灰有淚痕。不惜千金求力士，常留一飯進王孫。結交年少多輕薄，援筆頻將游俠論。

行夏之時乘殷之輅服周之冕樂則韶舞

玉曆初頒瑞靄飄，皇州春色滿重霄。朱旂鳴輅呵清道，紫殿垂旒賦早朝。鳷鵲觀前陳萬舞，鳳凰臺上聽《簫韶》。明堂何必圖王會，收拾經綸貯一瓢。

伯夷叔齊餓於首陽之下

乾坤日月事全非，兄弟相攜視死歸。黄土遠離牧馬地，青山長傲釣魚磯。祇看故國淪禾黍，豈忍孤臣戀蕨薇。千載高名成一餓，牛山何必淚沾衣。

聞弦歌之聲

息馬孤城傍夕陽，驚聽四面起宮商。南山擊鼓迎貓虎，東閣吹簫引鳳凰。一路花香凝燕寢，半簾鳥語鬧公堂。輶軒若訪循良吏，續入《風》詩十六章。

予欲無言

終日齗齗繁有辭，嗒焉喪我隔藩籬。三千諸子空談老，二百餘年大筆疲。滿院犀香無隱處，閒庭草翠坐忘時。靈山説法拈花看，不是摩訶誰解頤？

長沮桀溺耦而耕

蕭條古道暮雲孤，何處村農耘耔俱？名字尚留同井志，田園可畫竝耕圖。相看負耒惟兄弟，遥想提壺有婦姑。十畝之間忘南北，不知人世哭窮塗。

止子路宿殺雞爲黍而食之見其二子焉

日暮何之況孑身，吾廬猶在可逡廵。隻雞斗米宜佳客，歷齒蓬頭亦主人。拜跪無文違世法，盤餐不備恕家貧。明朝分手空惆悵，莫遣漁翁重問津。

太師摯適　全章

蔓草寒烟空魯庭，梨園子弟散如星。關前疋馬數行雁，天外孤帆幾點萍。已抱琴瑟辭故國，猶聞短笛咽離亭。相思獨有尼山老，一曲哀琴淚雨零。

續論語詩

先生自序云：「壬申春正，閒坐無聊，意欲作詩而苦無題。案頭有四子書，信手拈之，得近體三十首，不過借聖賢言語，發自己性情，上之略近語録，下則同於籤訣而已。追遡壬辰之作，已四十年，今雖似續前調，而一知半解，或少進焉。存之以供詩人一笑。」

君子無所争

人世寧無非意加，退然禮讓不争差。魚龍徒苦傷鱗甲，鼠雀何勞鬭角牙。飄瓦任從陌路墜，浮雲豈礙太空遮。若言君子争如射，失鵠還當反自家。

里仁爲美

擇地猶如擇木柯，卜居孰與卜鄰多？廉泉讓水臣當住，義路禮門君可過。嘗記曾參違勝母，亦聞墨翟去朝歌。從來安宅仁爲美，借問吾鄉仁幾何？

君子喻於義小人喻於利

人生大義要分明，可歎愚夫放利行。誰把書香遺子弟，祇將銅臭博公卿。伯夷首列先賢傳，端木猶留貨殖名。欲辨幾希人獸界，孳孳一樣聽雞鳴。

願車馬衣輕裘與朋友共敝之而無憾

緼袍狐貉等閒齊，却向良朋商解攜。結駟定當尋子貢，輕裘或去問公西。同裳應作《無衣》賦，借乘還留有馬題。假蓋尚遮子夏短，可知慷慨俗人稀。

敬鬼神而遠之

先王致力務成民，精氣游魂豈可親。郊廟馨香皆是禮，江湖歌舞有何神？荒唐漢室空祠皂，妖孽周家忽降萃。金馬碧雞求太遠，不如禴祭近西鄰。

子在齊聞韶

周樂當年在魯庭，虞絃何意入齊聲。但聞季札觀《韶》舞，豈識陳完奏鳳鳴。鄭衛邶鄘皆喑啞，禹皋稷契並歌賡。流連三月渾忘味，疑夢鈞天饗太羹。

飯疏食飲水曲肱而枕之樂亦在其中矣不義而富且貴於我如浮雲

試問尼山樂若何？安貧學道更無他。六經纂述三餐了，列國周流一枕過。廣宅良田真糞土，高車駟馬足風波。相知惟有簞瓢侶，陋巷鳴琴共嘯歌。

加我數年五十以學易可以無大過矣

禮樂詩書執幾年，老來尤自愛韋編。直從太極探無極，但取先天合後天。人世事機觀損益，陰陽運化得乾坤。而今過涉吾知免，悔吝憂虞等釋然。

發憤忘食樂以忘憂不知老之將至

夫子嘗云莫我知，生平不過老經師。十年志學惟求此，一旦從心自得之。悲憫窮年成史筆，優游卒歲寫琴詩。請看曳杖逍遥日，何異爲兒嬉戲時。

毋意毋必毋固毋我

用舍行藏總莫由，是非得失復何求？山中出入雲常在，川上東西水各流。兔走烏飛皆日月，花開木落自春秋。解將四絶歸無可，泣路悲絲遮莫休。

莫春者春服既成冠者五六人童子六七人浴乎沂風乎舞雩詠而歸

行樂人生貴及時，春光駘蕩冶遊宜。忘年少長同魚鳥，即景風流勝鼓吹。徒步未閑《司馬法》，布衣豈識大朝儀。饒君詠盡《清平調》，不似田間漫興詩。

非禮勿視非禮勿聽非禮勿言非禮勿動

四勿何如一貫傳，頓時非易漸非難。聰明墮黜還規矩，言行防閑得定安。陋巷簞瓢無外物，夏時殷輅豈榮觀。苟能杜絶非幾入，認取仁端即禮端。

仁者其言也訒

耳屬于垣舌莫捫，括囊無咎保無真。高才好辨能戕口，幾事疏防每失身。四教祗應懸木鐸，三緘還欲鑄金人。乃知辭寡方稱吉，不幸多言焉得仁。

以直報怨以德報德

一飯千金睚眦酬，聖賢豪傑亦相侔。每思風雅譏忘德，應識《春秋》大復讐。結草啣環誠志感，卧薪嘗膽尚包羞。倘能恩怨同消化，海闊天空浩蕩遊。

君子固窮

道大由來世莫容，莫容然後見英雄。消摩歲月風霜下，煅煉精神水火中。三黜難移柳下直，《九歌》方表屈原忠。可憐阮籍空狂放，何事迴車哭路窮？

群而不黨

大道爲公豈有私，小群既涣大群隨。顧厨標出甘陵部，洛蜀争成元祐碑。門户功名真偪側，文章壇坫亦傾危。勸君且息玄黄戰，滿眼江河白浪推。

陽貨欲見孔子孔子不見

佛肸公山欲往奔，獨辭陽貨饋蒸豚。因桓已失陪臣禮，竊玉應將大盗論。可恨奸雄反肖貌，何知仁智浪傳言。看來籠絡多權術，季孟那曾到孔門。

君子素其位而行

古今人物不相師，身世行遠各有宜。揖讓征誅難易地，山林廊廟取隨時。朝歌暮哭由前定，北轍南轅任背馳。但守素心無外慕，乾坤何處不定之？

至誠之道可以前知

《中庸》原説自誠明，推算非關數學精。百世可知因損益，五行能解在生成。華陰先報祖龍死，玄武争看太白横。天道不踰人事裏，吉凶何時問君平？

孟子見梁惠王

不見諸侯亦不妨，開章何故見梁王？欲將戰國行仁義，非爲時君説富强。俯視衍儀徒押闔，追思孔聖漫栖遑。後車百乘兼從者，不數平原與孟嘗。

聞其聲不忍食其肉

百物貪生奚擇哉，人羊反覆似輪迴。籠中就縛猶呼食，厨下啣刀更乞哀。不見人啼索汝命，但聞鬼哭勸君杯。老饕此日應停箸，解語何須介葛來。

我善養吾浩然之氣

天地皆從正氣扶，養成剛大有規模。巖巖乃見真儒者，悻悻寧同小丈夫。無道桓文卑世主，能排楊墨起吾徒。要知大勇非矜激，道義原與俠烈殊。

禍福無不自己求之者

吾觀天道若張弓，惟以盈虚定吉凶。幾見奸雄湛九族，嘗聞陰德積三公。亡猿豈必憂林木，失馬還當賀塞翁。禍福無門人自召，願從清夜責微躬。

孟子去齊

客卿歸去且流連，三宿無追始浩然。百鎰尚難將貨取，萬鍾豈肯爲名還。周京久已亡封建，滕國如何行井田。王若用予猶足王，治平不遂總由天。

孔子成春秋而亂臣賊子懼

聖人因懼作《春秋》，亂賊聞之懼不休。已死崔田猶骨戰，未來莽操早心愁。百年公案權衡重，一筆刑書斧鉞侔。南面儼然天子事，素王真足救衰周。

水哉水哉

逝者如斯自古今，滄浪一曲漫行吟。汪洋貴得江湖意，淡蕩常存濠濮心。志士感時緣涉險，幽人托興在臨深。吾家亦有坳堂水，試向鍾期彈素琴。

孔子亦獵較

王制蒐田講武功，魯儒助祭亦從同。並驅猶襲《大東》俗，孔阜還追《小雅》風。倘遇季孫當執御，或隨弟子共彎弓。莫言較獵非文事，獻賦《長楊》也自雄。

登泰山而小天下

登岱應須到上頭，神房阿閣恣遨遊。天門自足空千古，日觀還堪隘九州。遥望吴門祗白馬，俯看函谷亦青牛。誰知聖德高無比，不過尼山土一丘。

説大人則藐之

紛紛七國士前來，富貴驕人貧賤哀。白璧纔看封趙印，黄金又見築燕臺。不堪匍匐粧羞態，何用縱横騁辨才。惟有泰山真氣象，諸君碌碌小人哉。

養心莫善於寡欲

靈臺方寸本無瑕，嗜欲紛來豈有涯。皓齒蛾眉伐性斧，舞衣歌扇斷腸花。常修至道惟清凈，偶賦《閒情》終狹斜。縱涉塵緣心不亂，吟風弄月即仙家。

絶句詩

先生自序云："詩興未已，又得絶句四十首。談言微中，非曰能之。嘻笑成文，則吾豈敢。"

七十而從心所欲

日薄桑榆深閉門，眼中車馬漫紛紛。兒曹若問翁何欲？笑指青山弄白雲。

與其奢也寧儉

郇國厨房日萬錢，窮人餓到翳桑邊。休誇上客狐裘白，齊相曾經三十年。

宰予晝寢

不知改火幾秋冬，新穀纔餐渴睡濃。可惜晝長成獨寐，不隨夫子夢周公。

老者安之

僕僕勞薪過一生，天教逸老返柴荆。可憐待漏金門叟，聽盡鍾鳴尚夜行。

人之生也直

三代斯民直道行，殉名殉利總虚生。乾坤剥復歸無妄，巧詐何如守拙誠？

述而不作

古人著作已云多，但取成編足咏歌。諸子百家何雜遝，不遭秦火更如何？

竊比於我老彭

彭祖春秋七百歲，老聃《道德》五千言。兩翁如此吾何有？贊《易》删《詩》已覺煩。

童子見

闕黨當年將命多，互鄉潔己更如何？四科以下彬彬盛，洙泗新開童子科。

食不厭精膾不厭細

口之於味嗜原同，素飽寧求烹飪工。精細相看兩不厭，始知飲食在中庸。

惟酒無量不及亂

堯舜千鍾孔百觚，此言雖戲未全誣。伐檀削迹窮愁甚，斗酒那能一日無？

孝哉閔子騫

聖門高弟盡名傳，何獨先生字子騫。嘆絶蘆花真孝子，不惟汶上去飄然。

季康子患盜

竊國公行問竊鈇，猶之胠篋笑穿窬。不思無禮鷹鸇逐，行父曾將莒僕驅。

孔子沐浴而朝

齊爲陳氏自田常，討賊空言亦慨慷。雖未出師先問罪，也教三子暗驚惶。

公伯寮愬子路于季孫

何物讒人公伯寮，却將由也暗譏嘲。當時亦在門人列，鳴鼓强如肆市朝。

賢者避世

滿目風塵難久居，思從世外覓華胥。曉猿夜鶴堪同伴，莫遣牛羊到草廬。

君子謀道不謀食

一間茅屋一床書，坐嘯行吟樂有餘。聊可遏饑惟白飯，歸來不必歎無魚。

微子去之

王子辭家自遯荒，何曾抱器復牽羊。西風故國應回首，只少箕師麥秀章。

柳下惠爲士師

稽古臯陶亦士師，明刑豈避小官卑。滅親大義君應識，盗跖如何不執之？

齊人饋女樂

旍旄劍撥麾方去，康樂文衣招復來。司寇今朝已出走，寡君此夕好啣杯。

楚狂接輿歌而過孔子

莫笑狂生歌嘯哀，栖栖何事渡江來？楚王書社終遭沮，從政而今盡彼哉。

如惡惡臭如好好色

善惡猶如蕕與薰，當辭飽臭就蘭芬。倘將不潔蒙西子，善惡中間何處分？

心廣體胖

腔子原無一點塵，腰間自長十圍身。紛華仁義争肥瘦，大體能從是大人。

遯世不見知而不悔

閉門誰識灌園翁？環堵琴書滿徑蓬。遯世自然不見是，一陽初起是潛龍。

鳶飛戾天魚躍于淵

上觀飛鳥下遊魚，海闊天高任所如。無限生機活潑地，个中恰好納空虛。

以五十步笑百步

後人往往笑前人，又有今人笑後人。廿一史中多少事，賈生何獨過亡秦。

今王鼓樂于此

笙簧鼓樂燕嘉賓，鐘鼓還堪樂淑人。王好吹竽臣鼓瑟，可能擊筑及齊民。

天子適諸侯曰巡狩

五嶽山川望乘輿，萬家烟火擁儲胥。明堂此日圖王會，莫奏云亭封禪書。

爾爲爾我爲我

爾是何人我是誰？鏡中各自認鬚眉。若將爾我消融盡，狗尾羊頭一鑊炊。

志士不忘在溝壑

諒爲烈士肯捐軀，正氣争光日月俱。君看纍纍金紫客，未知臺閣勝溝渠。

泄柳閉門而不内

柴門深掩謝風塵，車騎徘徊空問津。聞説諸侯今逐客，閉門誰是叩門人？

三日不食

於陵織屨尚愁饑，食李何如歌《採薇》。三咽一哇皆可笑，誰分螬是與鶃非？

人之患在好爲人師

温故知新方可師，俗儒焉得擁皐比。徒貪酒食先生饌，却費金錢弟子儀。

驕其妻妾

良人驕語婦人哀，不過貪看顯者來。若得王驩朝暮見，何辭沽酒拔金釵。

伊尹以割烹要湯

就湯就桀去還來，終比妖姬亡夏臺。假使阿衡調鼎鼐，定留傅説作鹽梅。

微服而過宋

脱却章逢更褐寬，兵戈滿路避仇難。將軍不喜親儒服，若遇高皇也溺冠。

五羊之皮食牛

老翁七十復何求？入市還將羊易牛。堪笑故妻應白髮，沿門猶唱扊扅謳。

辭富居貧

象齒焚身亦枉然，仕而求富豈爲賢。不如吏隱從吾好，莫爲錢神効執鞭。

魯欲使樂正子爲政

昔從子敖徒餔啜，今遇臧倉空笑顰。非爲先生忘好善，從來宰相畏中人。

人不可以無恥

羞惡之心人有之，奴顔婢膝爲誰施？天生一老名長樂，笑駡由他總不知。

後甲集·詩話

後甲集・詩話提要

《詩話》一卷，據康熙五十六年百可堂刊《後甲集》本點校。撰者章大來，字泰顓，號對山，浙江山陰人。有《後甲集》。章氏曾師從毛奇齡，勤於著述。「後甲集」者，乃其康熙五十三年甲午後三年之詩文雜著，時居躍雷館，故又名《躍雷館日記》。內附詩話一卷，篇幅無多，所記吴、越間詩事，如「香閨争呼詩瘦生」之類，頗饒情趣。

詩話

揚州人多買貧家小女子，教以筆札歌舞，長即賣爲人婢妾，多至千金，名曰「瘦馬」，言如販馬者養瘦爲肥，得善價也。樂天詩：「莫養瘦馬駒，莫教小妓女。」知相傳已久。

詩中忌複字。或長律不免，而韵即不宜。然唐人多犯此。昌黎贈張籍詩，韵乃至音義皆同，重三疊四，殊不可解也。

律詩首句失韵，爲入群孤鴈；落句失韵，爲出群孤鴈。今人衹解首句耳。阮亭先生《姑蘇懷古》詩末句「胥」字正此例。

古人對法不求工，如「五湖三畝宅，萬里一歸人」，名句也，而「歸人」、「三畝」句法不齊。如此類頗多。

禰衡之「禰」本音祧，在蕭部中。杜詩：「使者求顏闔，諸公厭禰衡。」白詩：「志業過袁晏，才華似禰衡。」皆隨俗音讀耳。今楚人無不呼「祧衡」者。古人音讀亦多隨俗，如郭隗之「隗」，上聲也。李白詩：「昔日燕昭求郭隗。」直作平聲用。

越中於清明前後，兒童多放紙鳶或琴鷂。有無名氏嘲之曰：「薄薄裁成小小紘，無端吹汝上青天。縱饒學得鷹鸇勢，也是兒童一線牽。」聞者惡之。

伯兒曰生之略陽，三年無信。余每登高望遠，歌以言志曰：「天青青兮煙冥冥，鴻雁高飛兮無遠音，將奈余心兮。」兒愚在漢陽，刻期不還，亦作詩懷之曰：「水則有舟兮山則有車，嗟我子兮胡不歸叶」長聲歌之，聞者皆爲歎息。今年二月，愚兒歸，余爲作歌曰：「慰汝婆，欣汝母，爲汝娶婦烏哺雛。」

有以《泰望翠屏》畫册求題者，門人共題之。章楷聖木題曰：「一帶起峥嶸，雕鏤去聲憑誰手？陰陰翠色深，朝日分雲母。」「雲斂一山空，翠屏宛在側。落花春暮多，去點臙脂色。」鈕剛麟書題曰：「一任白雲飛，青山終不變。春來翠更濃，疑是零陽見。」「秦峰翠埽空，知是雨中積。仙人列姓名，早晚丹砂飾。」四首不減晚唐語也。余爲沈雨亭題《小青禮佛圖》，鈕剛亦題一絶曰：「花墮塵中月墮泥，一篇消受《比紅兒》。深深拜起嬌無力，盼斷西天楊柳枝。」雖體弱，亦稱題也。

黄弘遠行一，年三十許，從余爲科舉之學，小試不售。素不解詩。一日忽吟兩句：「卜珓華山又一年，吉凶無定惱金仙。」問之，云：「方閲《堯山堂外紀》，用孟賓于事。」余續成慰之曰：「故園楊柳分明在，定染藍衫早着鞭。」「故園楊柳」亦用賓于獻主司中語。

余不喜填詞，而弟子有好之者，又落筆頗艱。傅璠引佳填《南鄉子・咏漁舟》，僅得其半，云：「日暮晚江秋，掛網垂楊繫小舟。那管烟波名利客，帆收，明月蘆花古渡頭。」余續之曰：「適意傲浮鷗，魚飽鸕鷀灘上流。沽得香醪拚一醉，清幽，茅舍疏籬勝畫樓。」時有舟中吹洞簫者，余因填《簫聲》半闋，命璠續之：「看月滿江秋，忽聽悠悠嫋客舟。静掩篷窗燈火寂，煙收，三弄《梅花》白了頭。」璠曰：「聚散等浮鷗，明月清波各自流。疑是當年秦氏女，聲幽，引鳳蕭郎上玉樓。」

今年玉羽下世，老成凋謝，無幾存者矣。玉羽爲考功何昭侯先生次子，生平以七律擅場。彌留時猶口占數詩，懷我同人。其中警句，如「魂歸何處披帷在，路到懸崖撒手行」，宿世真神物也。竹牕坐雨，常録古詩十數首寄余，云原稿汙碎，已付祖龍，不知今尚有存否。其《哀江頭》一首與平生手筆大異，附録於此：「擊鼓何不揚，刁斗志金穀。衆心結爲城，心潰城乃肉。寶藏滿篝車，夢夢丁百六。」似有所指也。

琴川張蘭芬容麗工詩，名籍甚。得山陰劉戒謀集，愛不釋手。適下姑蘇，山塘駐舳，見隣舟少年憑几揮毫，衆聚觀歡笑。忽風飛一紙入水，張頫視，有「宛委山人」字。「宛委」即戒謀集名。心疑少年或戒謀，令其弟以素箋索書。書訖付與，乃知真戒謀也。含睇流盼，若不勝情。懊喪而返，輒擧語同類，稱爲「詩瘦生」，曰何似何似者。既調《繫裙腰》寄意曰：「夕陽花影並仙舟。心上客、眼前頭。垂楊夾岸浮殘月，無計夷猶。喜忽恨、愛成愁。　終日恬吟黃絹句，珠樣淚、落難收。那能化作花間蝶，艷冶風流。飛過才子讀書樓。」江陰陳一泓太史寄詩曰：「吴中近事君知否，香閣争呼詩瘦生。」武進秦龍光亦寄詩曰：「瘦生曾記謫仙評，又見琴川雅意傾。几上卷開疑對影，江邊水闊似聞聲。」宜興吴師石亦成四斷句，末一詩云：「紫騮何處訪都知，想像春帡度小詞。欲寫不成還記憶，夢中潘玉倚闌時。」

寒塘詩話

寒塘詩話提要

《寒塘詩話》一卷，據雍正六年寒山草堂刊本點校。撰者蔣鴻翮（一六六九—一七二一），字紹孟，江蘇武進人。康熙四十四年應順天鄉試，五十五年館懷寧縣署。有《紹孟雜稿》、《寒塘遺刻》等。按蔣氏撰此稿未竟，由其子維梅整理付梓。蔣氏有心人，平素留意朋儕間未刊詩文，至旅驛題壁、畫卷扇面、扶鸞仙鬼，逸篇零句，亦悉爲録存。所録每涉於日常人事，頗見清初士子作詩度日之情趣。間或評品唐宋人詩，亦甚平情。其中如評楊誠齋詩「粗直生硬，俚辭諺語，衝口而來，才思頗佳，而習氣太甚」云云，且爲作句圖，指其句「過於造作」而「亦自觸類可思」，幾如爲稍後乾嘉間誠齋體之流行預下針砭矣。

序一

古今説家之作，其昉於《檀弓》乎？韓非氏《説林》、《内》《外儲》亦其選也，顧其文尚矣。漢、魏以下，代有作者，而莫盛於唐人。至宋、元、明而彌侈，其間多寡工拙各殊，要必工焉者然後傳。故古今説家雖衆，而可傳者亦不概見焉。兄紹孟氏博學稽古，舟中枕上，書策横陳，飲食必置几案間。其於詩殆有天授，茹古涵今，窮極變怪，而歸於自得。每論詩文及古今時事，談笑風生，慧思捷出，聞者輒爲傾倒。余嘗謂兄：「盍筆之於書，以貽後人？」兄曰：「諾。」近乃作爲二書，曰《詩話》，曰《識小》，將以分類課程，與年俱進。草創未及朞，而兄遽下世矣。悲夫！余與兄幼同居，稍長同塾，嬉戲過從，較群從尤暱，以故知兄特深。兄又體質凝厚，素無羸疾，人皆期以上壽，而僅免於夭死。至今忽忽，不信有此事也。兄之子維梅，能讀父書，謂是書雖未畢業，而文特工，且手澤存焉，不可以無傳也。爰鋟諸木，俾余弁其首。司其事者，斟酌較勘，涑畻弟之力居多。雍正元年七月，弟汾功東委氏謹書。

序二

先君子博聞强識，尤好沉深之思，評閲古今書，識解多出人意表。爲文兼工諸體，握管風生。兹所輯《詩話》、《識小》二種，特其餘緒耳。又以頻年饑走，不自收拾，屬草每爲生徒取去。庚子秋，歸自都門，始稍稍裒集。未數月而疾作，旋捐館舍，蓋亦未成之書也。然卷帙雖無幾，而搜羅鮮潁，巨細畢該，鈎槭發鑰，動中窾要。其益人神智，正復不少。摭採遺事，間雜諧笑，而要不失《春秋》之旨。使人覽之，興觀群怨，不知何自而生，則斯編也豈徒騁浮詞、侈多見而已哉！余小子於先人詩詞、古今文及評注諸書，皆校録成帙，將次第梓行。顧以力有未給，先持此付剞劂氏。因揮涕書詞，附綴簡尾。蓋既悲手澤之僅存，而又以天奪之年，未遑卒業，爲没身之憾也。雍正戊申小春既望，孤子維梅敬識。

寒塘詩話

武進蔣鴻翮紹孟著

邵嗣堯字子昆，猗氏人。康熙甲戌，由直隸守道視學江左，清介耿直。至吾郡，未及試士，以疾卒於署。郡人爲立祠江陰。嘗見其任直隸時，有《題家信後》一詩，淒然可諷：「讀罷家書意惘然，紛紛相勸置莊田。郎山不捲千年畫，灉水新栽五畝蓮。擊鼓陞堂真說法，燃燈兀坐類參禪。囊空猶是當時我，未許諸兒索俸錢。」聞其嗣甚貧，此詩蓋實録也。吾邑陶艾圃先生官猗氏日，其子有外侮，力爲直之。郎山、灉水，俱在保定。

陳枋次山，宜興人，其年先生姪也。將赴都門，與余一晤客舍。余時尚幼，然頗相得。既而久不歸，恣意酒色，竟以旅卒。生平頗擅才華，小試輒前列。余絶愛其和家大人詩數首，今皆失之，纔記其一絶：「到處難逢青眼看，歸來重忍敝裘寒。憐予未到中年後，一送征人淚滿鞍。」陳故出吾師儲同人先生之門，故吾師和大人作中有「此去無他囑，陳生余及門」句。

儲師諱欣，荆溪老宿也。久負重名，顧困於場屋，屆六旬，始得一孝廉。平生著述頗富，獨詩詞無幾。嘗有《甲子秋試遇雨・菩薩蠻》一闋云：「髫年怕聽蕭蕭雨，衰年仍聽髫年雨。風雨迭相催，江天何日開？　一鞭來白下，老淚瞞人瀉。冷地十鋪茵，槐花笑舊人。」吁，亦可悲矣！

泗上前明孝廉閻爾梅，字古古，擅詩名，抗節不仕。國初，吾宗有遊京師者，爲鎮國公所知。公殁後，作文敘其眷遇之隆，自比鄒、枚，每舉示人，索詩賦其事。一日與閻共席，及之，閻曰：「僕老矣，不能爲君作長什。」乃口占一絶：「露泠集作『鐵嶺』金臺夢一場，朱門碧草集作『影』兩茫茫。西風吹散梁園客，唯有枚皐哭孝王。」吟畢，一座爲之欷歔。康熙己丑，余自都門南旋，同舟有以《白犇山人集》示者，則閻集也。閲之，前詩在焉，前後更有二絶，其一：「玉河橋外立春風，芳草無煙夕照紅。欲訪丁威仙路杳，青天白鶴下遼東。」其三：「香山雲暗玉泉泥，寒食天陰緑樹低。掃墓人歸歌舞散，紅花紅似杜鵑啼。」語皆淒婉，然不及前作，章法亦不甚可曉，豈他日所益耶？閲其全詩，沿勝代末季陋習，以粗豪爲才氣而失之。嗣見王阮亭先生《居易録》，亦極加指斥，益信余説非謬。枚皐不及事孝王，應是借用也。

《白犇集》中又有《虞山修褉詩》云：「青帘十里緑楊龕，畫舸繩輿影在潭。萬里歸來春色暮，虞山留得舊江南。」《遊揚州北湖有感》云：「曲折青堤覆翠蒹，砲花城堞碎纖纖。溪山絶不哀金粉，楊柳重栽掛酒帘。」《贈南昌萬大來》云：「山歌處處有樵漁，尋到山中響又虚。無數江峰誰作主，留人僅得一匡廬。」《陶靖節墓》云：「柴桑橋近谷簾泉，正寢元嘉第四年。仰止高山何處是，一壺邨酒滴荒阡。」數詩雖少藴藉，然亦骯髒可悲。《題頓修方丈》云：「夜雨尋花花不知，香來一任曉風吹。分開頓漸同歸去，祇在敲鐘謝響時。」亦頗有禪味。

甲申冬，自易州往真定，過滿城經陽驛，壁間一絶云：「不爲尋春訪若耶，短墻東畔阿誰家？凝眸貪看梁園曲，一笑風前柳綫斜。」風度殊勝。明年入都，過鉅鹿，於屏間見《擣衣・南鄉子》一闋云：

「嘹唳夜鴻驚，葉滿階除欲二更。一派西風吹不斷，秋聲。中有深閨萬里情。　廊上月華清，廊下霜花結漸成。今夜戍樓歸夢裏，分明。人在回廊曲處迎。」余每過旅店，輒喜觀壁間句，此詩及詞最工，故録存之，不知何人作也。

又自廣平赴順德，宿南和縣，屏間大書一幅，詩字並工：「王母祠東古佛堂，人傳棟宇自齊梁。年深寺廢無人住，滿院西風栗葉黄。」沅庭弟云：「記是金人王庭筠作。」近閲江陰陳鼎子重《滇黔紀聞》，稱黄花老人石刻草書在崇聖寺中，字大如碗，筆法飛舞，相傳以檳榔殻蘸墨書。老人爲宋、元間人，自江右來，住久仙去。所書四絶句甚佳，其一即前詩，其二云：「手拄一條青竹杖，興來日挂百錢遊。夕陽欲下山更好，深谷無人不可留。」其三：「帝遺名山護此邦，千家落落嶺西窗。山人乞與山前地，鶴托先開十二雙。」其四：「挂鏡臺西挂玉龍，四山飛雪舞天風。寒雲直上三千尺，人道高歡避暑宫。」按：黄花老人正王庭筠，陳未之考，前説頗附會。第四首見謝茂秦《詩話》，云是《黄華山》詩，邊華泉所稱「行草與詩俱入化」者也。

「客裏離情晚更深，念君兄弟久無音。孤城殘堞雖非古，秋水高天獨到今。彭澤歸來真歲月，謝安經濟自山林。君家此後家何地，寂寞登高見賞心。」一「塞鴻千里不知愁，一片高雲何處留？物外買山栖古道，夢中呼酒嘯滄州。每追《梁父》長吟夜，獨賦《離騷》已故秋。□□□□缺四字酬未得，滿溪楓葉落江頭。」二二詩壬辰闈中於號壁上見之，蓋舊人作，然未詳何氏，姑記於此。

扶鸞之戲，自昔有之，其理有不可解者。若尤展成《瑤宫花史傳》，言與花史幾爲巫姬、洛神之遇，因五臟神所隔，自是相對多腸斷之音，事尤詭誕。其降壇詩云：「盈盈翠帶飄雙蝶，翩翩獨向風前立。緩行斜過小橋東，只恐春衫香汗濕。」語極婉媚，其風致可想也。家大人言少嘗與友人扶乩，一女子至。問其姓氏，不肯道。問年幾何？應聲書曰：「十九年中萬事虚。」問適人乎？曰：「畫眉有約待何如。」相憶乎？曰：「鴛鴦枕上千行淚，滴到泉臺抵尺書。」又有劉姓者，善降乩。大人嘗每句限韵，令賦西河柳，遽成云：「枝頭未許集棲鴉，無計飛絲綰果車。翠汁飄時沾短袂，緑雲深處覆殘花。共知北岸爲吾里，誰道西河是故家。欲訪先生尋五柳，恐君幾度路頭差。」北岸係降乩之所。「鴉」、「車」、「差」三字，殊不易叶，速而頗工，亦自可取。近涑滕弟自金陵歸，爲予述乩仙迴文詞二首，《春閨》云：「滿欄花氣香風暖，暖風香氣花欄滿。門掩爲愁春，春愁爲掩門。　送愁憑遠夢，夢遠憑愁送。妝卸怯空牀，牀空怯卸妝。」《秋閨》云：「片雲空望南來雁，雁來南望空雲片。愁更倚高樓，樓高倚更愁。　麝薰憐永夜，夜永憐薰麝。寒月落前川，川前落月寒。」迴文能一氣旋轉，字字工穩，又一往一復，各見意義者，求之古人，亦未易多得。

詩有極真率而味愈長者，在絶句爲多。戴石屏《訪友人家即事》云：「爛茅遮屋竹爲牀，口誦時文鬢已蒼。妻病無錢供藥物，自尋野草試單方。」《寄玉溪林逢吉》云：「陋巷深深屋數椽，以文爲業硯爲田。一觴一飯常留客，知是君家内子賢。」二詩如話，視盛唐似有間矣，然得不謂宇宙間至文耶？又《賦淮邨兵後》云：「小桃無主自開花，煙草茫茫帶晚鴉。幾處敗垣圍故井，向來一一是人家。」又《到西昌呈宋愿父伯仲黄子魯諸丈》云：「一秋無便寄平安，新雁聲聲報早寒。昨夜檢衣開故篋，去年家信把來看。」向愛金沙王次回《客中苦寒》一絶云：「更檢家書反覆看，了無人問客邊寒。去年猶有尫羸婦，裹寄裙襦一兩端。」蓋爲悼亡作也，情味固不同，然氣骨視戴，遜之遠矣。

古語：「絡緯鳴，懶婦驚。」丙申秋，在懷寧署中，夜聞絡緯聲切切，不禁愴然，漫成一絶：「又向秋風作意鳴，何人於汝最關情。年來無婦堪稱懶，絡緯蕭蕭客自驚。」頃見宋子京詩：「人間底事最堪恨，絡緯鳴時無婦驚。」乃知遺挂之感，古今有同情矣。

「相如詞賦久聲名，結綬將爲萬里行。暫遣文星臨瘴海，須知明主爲蒼生。半盃松葉離亭意，滿嶺梅花遠宦程。攜得春風甘雨去，萋萋芳草解逢迎。」「蓀橈蘭槳孝廉船，南去瀟湘水接天。日麗江皋消瘴霧，風清嶺嶠淨蠻煙。飛鳶不墮晴雲外，吠犬安眠夜雪邊。把酒勸君休悵望，南州消息異當年。」此送人宦廣西二律，業師荆溪萬芑水先生作也，東委弟爲余述之。長安道上贈人作宦詩，塵坌何足觀！亡友吴穗書爲予言：「此如差排王右軍寫告示，必無佳札。」斯語良然。二詩發感慨於和平，特楚楚可喜，前結諷其居官，後結慰其客思，用意亦佳。先生名晋豐，康熙癸酉孝廉，常爲永淳令，東委從舅也。

有自紹興縣令遷松江同知者，姜西溟贈詩曰：「五茸城下兒童竹，兩浙江頭父老錢。」用事精巧。如此誦言，便使人不厭矣。五茸城，雲間也。

有無名氏題詩虎丘云：「入洛紛紜興太濃，蓴鱸此日又相逢。黑頭已自羞江總，青史何曾用蔡邕。昔去幸寬沉白馬，今歸應悔賣盧龍。最憐攀折章臺柳，撩亂秋風問阿儂。」蓋爲當時一鉅公作也。

近人又有句云：「生不同時嗟我晚，死何足恨惜公遲。」一抑一揚，寓意特遠。

乙亥春，婦兄毛元治昆弟過余，爲扶鸞之戲。適吴穗書同余伯兄壄民來。穗書意不甚信，曰：「聞乩仙善爲詞，予家繡毬花甚開，能爲賦否？」乩問何調？伯兄云：「昨友唐益功有《梅花》詞，調寄《東風第一枝》，即此可也。」頃刻乩運如飛，成十數首，因大駭服。其詞近已散失，僅存七首，今擇其尤佳者四首録之：「占暖欺香，裝愁妒色，瑶臺獨立瀟灑。小童驚報花開，説是佳人繡者。繡成毬也，光影亂、蝶蜂輕打。恐明朝、春色將歸，圖個團圞今夜。　露珠滴、冰圓雪借。日色映、玉團雲藉。誰嫌冷淡幽裝，眼底紅顔易謝。夕陽斜挂。見多少、月留花下。笑嫦娥、纔得成圓，又向人間遊冶。」一「日暖煙輕，緑肥紅瘦，風風雨雨狼籍。問誰收拾梅花，補綴園林春色。爲燈爲月。繡簾開、玉人抛出。日初長、遊子多情，愁殺一庭蜂蝶。　光自冷、非關晴雪。影自碎、還疑風擊。送春有淚皆飛，獨有卿浮大白。數聲銀笛。斜陽外、碧雲飄越。便盈盈、嫩緑扶疏，素手青衣相接。」二「借月爲花，將花作月，爲花爲月誰是？佳人無計留春，繡得離情如此。春今去矣。柳綿飛、東風吹淚。看茫茫、何處消愁，萬架晶毬相戲。　玉窗邊、光寒纖指。自注：做『繡』字。粉墻外、影抛遊子。自注：做『毬』字。傷心到處皆成，説甚團圞滋味。雨輕風細。有多少、懸懸心事。待憑他、粉蝶歸來，付與艷陽天氣。」三「碧影横空，素光飄蕩，金毬映日無數。落花處處離愁，獨把團圞細做。天然圓可。淡妝成、有誰相妒？見無聊、獨立風前，催得暖雲齊卧。　消魂處、茫茫月墮。腸斷也、凄凄圓露。春光消盡濃妝，誰共玉人飛舞？卿休自苦。有多少、紅顔如土。且留他、青白人間，付與流鶯細譜。」四　此首作者稱宋持守，餘皆失記。

素愛陳大樽先生詞，因扶鸞之舉，戲求之，則先生至焉。爲詞數首，頗與《湘真集》相類，其《浪淘沙·冬閨》一首尤佳：「曙色散朝霞，目斷窗紗。冷風和雨隔簾斜。枕畔温存留不住，飛入誰家？獨自整金釵，陣陣寒鴉。白雲吹盡落霜花。寄我今宵千里夢，尋遍天涯。」俄書董文友至，和云：「天外冷風流，繡綫慵抽。背人欲寄遠山愁。怪殺小姑呆看我，故故凝眸。佯整玉搔頭，無限遲留。颼颼寒雨入南樓。伊自無情人自恨，休下簾鈎。」此詞視《蓉渡集》中詞，亦良似一手也。

元冶每扶鸞，值稱李青蓮者至，輒大書如飛，嶔嶇歷落，意致可人，所作甚多。自元冶亡，此舉遂廢，諸詞亦散失，可慨也！猶記邵長蘅青門自作壽宫，諸人咸贈以詩。元亮戲求先生作之，立成七古一章，以示青門，亦爲擊節：「風吹梧桐秋氣濃，木聲飛花天地空。工師奮臂掉大斧，先生手弄青芙蓉。先生毋乃真達士，當年陶公亦有此。陶公已死詩尚存，先生之詩應絶人。」

九世叔祖康齋公，諱宗儒，宗伯公同祖弟也。爲興府良醫正，有名於時。李文正公《懷麓堂集》有《送蔣宗儒良醫歸老》詩，家乘中失録，異時當補入，姑記於此：「流雲遞晴陰，飛雨忽而過。黄塵暗西郊，河水不滿柁。言從北畿返，遥憶東山卧。未清炎暑懷，且免泥塗涴。兩枰萬事畢，一酌千愁破。平生醫國心，少壯驚老大。榮名方得謝，餘寵猶在荷。欲問《滄浪歌》，歌成幾人和？」

「劍撥衰年愛遠遊，採詩先到舊常州。幾番來往羊曇路，無限光陰王粲樓。二月掛單湘上座，雙壺提酒李椒丘。長篇吟賞吾何暇，對佛挑燈大白浮。」此虞山錢陸燦湘靈作也。李，吾邑人，好爲詩，慕錢名，數與往還。錢嘗寓天寧寺住持湘雨禪房，李攜酒兩壺、詩一卷，往謁焉。錢笑領之，爲走筆書扇以贈。李得詩，忻躍而去。錢詩文最爲吾邑人推重，此特其遊戲之筆，頗覺才氣可喜。前云「採詩」，後云「何暇」，其旨可知矣。

温柔敦厚，詩教也。張燕公《遊滬湖寺作》意極感慨，而出之和平恬淡，深得古人詩教之妙。然此意知者少矣。余於錢牧齋詩，最愛其《被譴歸言懷》十首，中二作云：「齊物粗知蒙邑書，詎應戴笠羨乘車。敝冠何意彈新沐，脱髮誰能戀曉梳。身隱不須言放逐，時清未可廢樵漁。耦耕舊有高人約，帶月相看並荷鋤。」「幾番江頭問渡時，只今真個是歸期。夕陽京口横漁艇，細雨新豐颺酒旗。林鳥自應欣宿早，山雲猶恐笑歸遲。素衣莫嘆緇塵化，短髮依然舊鬢絲。」此詩可謂怨而不怒，錢集中亦未可多得也。

家大人嘗於都門送一友南歸，詩云：「片帆誰道過花期，尚有薰風處處隨。且向長塗頻索笑，莫因多病只攢眉。鄉園竹笋還鮮在，市上鰣魚正好時。更喜酒邊顔色滿，朱櫻碧豆浪翻匙。」此詩讀去，極似平平無奇，不知用意甚深。蓋此友有所謁，不得志而回，故特慰之。然語語寬解，則不平之意，言外可見，正不必爲之呼座駡隣也。讀古人詩，亦當以此意求之，乃爲解人。末二句言送行之意，自殷勤耳。

《易州清明寄兒姪》云：「茫茫地闊無青草，處處清明飛白錢。料得汝曹辭學舍，也隨諸父拜墳前。百年照鏡蹉跎盡，千里停盃去住牽。何日還家買黄犢，支持病骨老耕田。」此詩「汝曹」二字，見大人稿本作「兒曹」，後改去。蓋改此一字方是寄，不則通體只是憶兒曹矣。詩之所争一二字如此。

「岸曲牽船首重回，數行小樹近新栽。晴乾汲水常常灌，陰雨鋤泥細細培。瘠土正須勤力補，及時自有好花開。丈夫須辦長貧賤，老圃經營見汝才。」此大人在山右時懷鶴宕寄示作也。一意曲折，無句不自然入化，中後六語，尤具絶大學識。居家用世，何在不然？大人深於少陵，此種自少陵外，固罕其匹。每誦之，不勝析薪負荷之愧。

年伯朱惠長，名廷迪，湖州人。疏狂有才致。甲子榜後復被革，嗣是益放，酒後輒慟哭。嘗有句云：「原無厚福邀天幸，尚有閒身讀父書。」又贈人云：「長貧雙淚似酬恩。」語皆有意，惜不記其全篇。

明張靖之，浙人，工詩畫。嘗作《手揮五絃目送飛鴻圖》，爲婢子所笑，因題云：「九月十五住杭州，蕭蕭風雨生離愁。閒尋敗筆作圖畫，生紙爛墨傷昏眸。小鬟立侍笑欲倒，走入閨中向娘道。山頭禿似土灰堆，樹根亂若蓬蒿草。空中四鳥飛横斜，筆濃大似赤老鴉。烏紗素服一閒客，坐看去鳥彈琵琶。我生不是丹青者，適興投情恣意寫。等閒塗抹豈足言，便有旁觀説高下。何況嵇康妙絶倫，清談曠視能容身。」詩意軼蕩不羈，讀之可想見其人。又嘗爲其女玉祥畫《繪繡美人圖》，精妙獨絶。女嫁後，其婿指揮使劉希仁裝潢成軸，復乞詩於靖之，爲題云：「蘭蕙情懷冰雪容，生來未解出簾櫳。瓊琚冷佩蠶房雨，翠帶香披繡閣風。雙玉已諧琴瑟調，五花新受鳳鸞封。明朝却有蒸嘗事，自採蘋蘩步月中。」

「小庭幽圃絶清佳，愛此常教散吏衙。雨後雙禽來占竹，秋深一蝶下尋花。喚人掃壁開吴畫，留客臨軒試越茶。野興漸多公事少，宛如當日在山家。」此文與可《丹淵集》中《北齋雨後作》也，幽雋可喜，絶有畫意。詩有似淺而味永者，當於筆墨外辨之。宋人詩盡如此種，亦復何恨。

王新城先生詩「草香花落後，筍長燕來初」，最佳句也，上句尤勝。然明初詩僧德祥有《卜築》詩云：「草生橋斷處，花落燕來初。」王語亦似有所本。

「銅街曾憶少年狂，相顧鬚眉各已蒼。京洛風塵徒自苦，朋儔聚散最難忘。栖烏定後猶三匝，塞雁飛來又一行。知是上書心最切，槐花重踏舊時黄。」此唐益功贈余族姪鳳招作，向於扇頭見之，愛其屬辭老勁，而寄慨特深，因存稿焉。

楊皛令名喬年，能書，工小詩。嘗見其手書一絶於沅庭弟扇頭，風致絶勝：「小趁吴船舶艫風，出閶門外雨濛濛。冷聽屐齒山塘路，多半停聲茉莉中。」其居與余相對，每共談舊事，亹亹可聽。未幾客燕邸卒，家亦徙去，平生書籍盡散，其詩稿不知流落何地矣。

陳進士聶恒秋田工於小詞，有《栩園詞》行世。余酷愛其《宿叢臺・唐多令》一首：「秋雨晚冥冥，望中何處燈？又叢臺、驛畔初經。可惜夜寒愁到枕，輸好睡、與盧生。　畫角幾心驚，起來天未明。遶孤城、山色難分。襆被抱來騎馬去，真個似、夢中行。」工巧出之自然，此藝中勝場也。

濟寧石佛閘廟中有古碑，書七律一首，字跡飛舞類懷素，惜稍模糊矣：「滿地黄花秋景叢，小溪清泛月明中。纔離帝子金銀闕，又入仙人紫翠宫。所遇皆爲同氣友，無行不是舊遊踪。神江萬里空蒿目，羽化何年可御風？」後書「玉皇閣柬鄭敬齋郡伯，孟河一郎書」。五字模糊，仿佛似之。土人云：「嘉、隆間人馬一龍作也。」南直隸人，嘉靖戊子北闈解元。

丁酉秋，偶過梁溪，秦君師石留榻焉，與館友朱子隔墻卧。余以心疾，夜卧數不寧。朱尚年少，亦云常苦不寐。一夕歸，予戲作小詩示之：「清寒遥夜但寅賓，未許秋光一例親。此夕定知成獨醒，隔墻無復不眠人。」同館張克肇見之，大噱，爲和一絶：「可奈清秋正夜良，蕭蕭客館薄衾涼。儂家自約平時夢，不管南墻夢短長。」余詩已不存稿，後於故書中見張作，憶一時嬉笑之樂，爲記之。

桐城姚司寇諱文然，有句云：「常覺胸中生意滿，須知世上苦人多。」此真古名相之言。

靈巖繼和尚法嗣去雪嘗駐塔錫山，一日過秦對巖太夫子處，飯中有米蟲，因呵責廚人。去雪笑曰：「居士過矣，貧僧平日喫葷止此少許，尚可責耶？」爲一笑罷。嘗有句云：「四面好山黄葉樹，一身窮相白頭人。」殊無蔬筍氣也。

婦翁毛引庵先生，諱重伸，字申人；孝廉諱重倬卓人，公同懷弟也。孝廉與同時鄒訏士、董文友齊名，先生亦以高才生先後其間。不意妄罹詿誤，蓋所欠官課銀僅數釐，又係吏胥加派，非其罪也。年踰四旬，遽卒。余年十九而娶。明年，始過華渡。距先生之亡，十餘載矣。所著皆無存者，僅得詩數十首。今録數首，以誌一斑。《博戲》云：「勝采飛旋奪注孤，杖頭贏得濁醪沽。休言失意今潦倒，存魏毛公是博徒。」《短歌》云：「楊震畏四知，魚弘稱四盡。古今人不齊，風隧良堪哂。廉泉讓水空流注，紫茄白莧誰人樹？皮盡無毛反負裘，額内黄金額外抽。臺輿猶恐未沾惠，親索三文作裹頭。」《初聞奏銷參前册達部》云：「三載飛逋類楚囚，參前此日姓名投。石鐫端禮幾成禁，册奏中平恐見收。

進退有權胥吏索，榮枯無定子妻憂。」魏公已達寬除疏，佇望春曹釋黨鈎。」《感懷》云：「寂寞荒庭不自支，恬風暖日挂愁思。梅花信滿辭條去，芳草情深傍路垂。顛倒從兒尋舊句，倉皇課婦出新絲。金鷄望斷無消息，一晌沉吟更把卮。」《九日微雨仲兄置酒安陽園有懷伯兄》云：「九日幽陰氣更暄，衝泥攜手到亭園。卧雲冉冉連煙色，落木蕭蕭雜鳥言。髮短帽隨風旖旎，盃長酒廢客寒温。萸房同醉笙歌候，回首姑蘇憶在原。」伯兄即孝廉公，時爲蘇州學博；仲兄字偉人，余季父野客公外舅也。

張養浩希孟《我愛雲莊好》四詩，如「鷺飈荷背白，殘照鳥身紅」、「獨處蓬爲室，閒遊杖挂錢」，信是佳處；至「行田蟲撲帽，坐樹蟻緣衣」，則大苦事，而云好，何也？又謂「民風太古淳」，而曰「婦勤絲滿籰，兒嬾硯凝塵」，「滿籰」是矣，「凝塵」何取？豈簡文視鼠跡，更以爲佳者耶？

又張有《晚霽》詩：「斜照慳窗影，停雲足野情。」用字頗新穎。《冬夜早起》云：「歲寒郊野闊，天早樹林昏。窗影猶殘月，鷄聲已遠邨。」寫景甚真。下云：「孳孳何所事，時取古書温。」則傖父矣。又如「月色蟲邊苦，秋容雁外深」、「蹴石泉鳴屋，吞煙樹隱堤」、「鶴知松歲月，鷗狎海風波」等語，自不失爲佳句。

趙師秀紫芝最工五律，嘗云：「一篇幸止四十字，若更增一字，吾末如之何。」其精苦如此。然唐劉昭禹休明嘗與人論詩：「五言如四十個賢人，著一字如屠沽不得。覓句者若掘得玉合子，有底定有蓋，但精心求之，必獲其寶。」此正趙説所本。趙《安仁道中》云：「行盡沿溪路，天寒歲又除。欲消冰似雪，初長麥如蔬。於世無成事，何時有定居？等爲貧所使，爲仕愧爲漁。」《薛氏瓜廬》云：「不作封侯念，悠然遠世紛。惟應種瓜事，猶被讀書分。野水多於地，春山半是雲。吾生嫌已老，學圃未如君。」《春晚即事》云：「一身來作吏，白日算徒勞。塵土侵衣重，年光加鬢牢。春深鳥語改，溪落岸沙高。柳下垂鈎者，吾今愧爾曹。」數詩皆清真一氣，自然流出，讀之可識其用意所在。又《宿徐靈暉山舍》云：「窺燈禽出樹，聞語僕開門。雪後挑蔬潔，更深貫酒渾。」《和鮑縣尉》云：「留僧秋閣坐，身自伴僧閑。漱齒臨寒水，焚香對遠山。」寫淒清之況，如在目前。《送湯主簿》云：「更逢千里別，早白一年頭。」《送趙判官》云：「開墻通野客，分樹宿江鴻。」《水際》云：「密萍妨下釣，高柳礙觀星。」刻意新別，尤非率爾可能。但「鴻」何以言「樹」？

《分甘餘話》云：「律詩貴工於發端，承接二句尤貴得勢。如懶殘履衡岳之石，旋轉而下，此非有伯昏無人之識者不能也。『萬壑樹參天，千山響杜鵑』，下即云『山中一夜雨，樹杪百重泉』；『昔聞洞庭水，今上岳陽樓』，下云『吴楚東南坼，乾坤日夜浮』；『古戍落黄葉，浩然離故關』，下云『高風漢陽渡，初日郢門山』；『錦瑟怨遥夜，遶絃風雨哀』，下云『孤燈聞楚角，殘月下章臺』，此皆轉石萬仞手也。」阮亭先生此論，自是作詩三昧，書之以當一夕話。

任俠字五陵，一字瘦叟，會稽人。少長京師，因以宛平籍遊庠，時崇禎壬午歲也。已乃棄去，奮志遊宇内。始客滄州，授館某氏。有甲科怒其玩己，搆之當事，命吏捕之。既見，當事大奇其才，欲留置記室。一夕去，自是遍歷名山大川，兼及海外，凡二十餘年，乃復來京師，向之與遊者然後知任五陵之猶存也。性好詩，頗自喜，凡遊歷所至，耳聞目睹，及國故民生，一切忻感，悉見之詩。嶺南陳元孝書其卷，謂「結胎六朝，出入杜陵、昌谷，變通於香山、東坡。合金石絲竹爲一聲，冶銅鐵鉛錫爲一器。而足跡之廣、心力之妙，足以副之，故當自成一家，横行千里」。此語褒譏具存，蓋確論也。嘗憶其七言近體數首，《遊鼓山》云：「向識閩中有鼓山，今來聊復一躋攀。盛名莫怪人饒舌，妙處真令客解顔。流水暗中穿石磴，白雲飛去啓松關。距城幸喜無多路，從此相期數往還。」《靈源洞》云：「湧泉亭下水潺潺，坐久猶然未覺喧。深洞有僧方入定，空山無伴欲呼猿。孳孳眺遠身忘倦，細細探奇意不煩。寄語遊人休錯過，鼓山佳處在靈源。」《登屴崱峰》云：「聞道兹峰高不勝，試看筋力可容登。豈期兩脚猶粗辦，竟到諸天最上層。頑石有知皆却立，烈風與我獨争能。誰言此地高無極，閶闔如何叫不膺？」《上元夜》云：「雪霽空天似水澄，一輪滿月映清冰。朱簾畫舫嬌歌起，火樹銀花烈焰騰。聲勢忽消憐爆竹，豪華易滅惜花燈。高樓深夜闌干冷，猶有嫦娥獨自憑。」《田家樂》云：「橘柚蕭森草屋低，誰操斗酒與豚蹄。一年農務禾登岸，九月霜清菜滿畦。山暝牛羊歸馬廐，水寒鵝鴨入鷄棲。阿翁已醉猶呼酒，卧唱吴歌對老妻。」詩語雖多率直，然自有奇氣逸致，亦不羈之才也。其《正月十三日觀場》七古一首云：「景山門外清無塵，金車寶馬嬌上春。官家演劇悦兆民，劇如何其色色新。純錦爲臺十餘丈，梨園弟子在天上。金錢萬緡諸邸賞，觀者奈何不心蕩。黄金甲胄明如鏡，小馬如驢調習正。馬上真刀懸一柄，馬無矢溺臺常浄。歌喉貫珠清歷歷，況有鳳簫與龍笛。我嘗聞名未親覯，今幸觀之信無匹。我思漢文何小哉，百金不肯爲露臺。安知聖量真恢恢，浩歌撫掌歸去來。」刻畫頗工，詞意尤跌蕩可喜。

康熙乙酉，余以太學生應試北闈。舊例：始到監，必作文一首，定高下，列名於案。予居外城，策蹇至，前後至者十五六人。題爲「此謂誠於中三句合下節」，予走筆疾書，未移時而畢。歸則置之，弗憶也。未幾録科，往納卷，方書名，有見者曰：「即此名也。」余詢之，其人曰：「司成與司業争到監文一卷，蓋即此矣。」驚問其詳，曰：「司成已乙君卷矣，司業見而大稱之，於所乙易圈點焉，曰：『是宜首。』司成不可，姑前之，置十名内。案既書矣，吏以呈司業。司業乃硃筆大書其旁：『此卷固宜第一也，以司成意，姑抑置此。』司成大怒曰：『是衆辱我。』碎之，幾相詬。吾輩爲調停，數日乃已。」司業者，胡京蒙先生，名潤，字河九，湖廣武昌人，辛未詞林也。司成素與家大人友，時特未知予，無足怪。而先生獨契之知，則可感矣。是秋幸獲，謁先生，先生甚喜，勤勤以立身行己勿馳騖、勿骫骳隨俗爲訓。予嘗有詩上先生：「愚生久濩落，抱璞常增欷。蹉跎三十優，徒步來帝里。趨時既無能，干謁彌心恥。」又云：「吾師特採掇，不肯遺葑菲。詬誶自囂然，志決先糠粃。奇情喧衆口，餘論芬牙齒。」又云：「秋高幸一薦，始獲親堦戺。命坐與之言，春風溢棐几。諄諄誨頗切，大旨則無幾。置身有本原，士貴立品耳。朋從勿役役，仕進端厥始。」皆紀實也。先生性剛厲，與衆多拂，顧視余極厚。督學江南，甚清介，嘗延余至署一月，以病甚辭歸。先生閲文甚捷，聞有言文場閲卷宜展期者，笑曰：「閲文如閲古董，一見立辨真僞，若請假歲月，擬議雖終歲，卒不辨矣。」知者以爲名言。

陶汝鼐燮友，一字密庵，長沙人。以貢舉授州守，未就。鼎革後，棄去不出，罹獄，幸免。有《榮木堂文集》數卷、《詩集》十餘卷，雖未脱明季宿習，然皆醇樸有老致。其詩《噓古》一卷皆咏史，倣李文正，亦多可觀。五古如《甲午釋繫後還家》四首云：「未秋嶺雲白，四顧生浩嘆。離家非行役，歸來異悲歡。田夫笑相迎，意實含辛酸。小孫尚相識，牽衣入門闌。兒女各拭泪，諦認心始安。扶我拜先人，自覺膚髮寒。言念生我易，未若今日難。墮地五十年，轂脱重生翰。詎意舊巢壘，未敗猶可觀。反客更爲主，骨肉新團圞。濁酒未忍酌，枯琴未忍彈。忠孝事萬一，死生情百端。」其二：「新飯盛滿盂，新酒酌滿卮。諸孫競相勸，幼者捋我鬚。出門雪壓屋，手抱初生兒。婦聞背地泣，始悟殤子悲。百年苦情累，哀樂雜一時。乃翁幸生還，理遣聊自持。假使魂歸來，此哭當爲誰？達人齊彭殤，莊叟真吾師。」其三：「屢日衡門下，遥看數郖雨。雖不雨我田，心爲四郊憮。隣叟桔槔息，餘力事場圃。爲我慶生還，群來致酒脯。開顔説時政，城中好官府。今年賦役輕，官軍不掠取。喜公真賜環，小康共胥宇。餘糧或可貸，君莫憂饑苦。深荷諸人言，此意類淳古。」其四：「墻西小茅屋，夙昔多清陰。雜植蓉與柳，古木高且森。去年主人厄，怪物欺空林。六月大雨雹，拔木如拔簪。我今放生還，仰視天沉吟。自痛失棲託，而復憂夏禽。池柳且未折，芙蓉亦能深。何意賤奇節，轉今柔者任。茆齋既頹落，卑柯無風音。長嘆藤蘿下，徒傷松柏心。」四詩皆真境實語，亦足見其一斑矣。七言近體如《郊居結茅成自喜》云：「尚存丘壑與頹墻，小結茅廬一破荒。野鶴乍來如欲語，山花俱發競能香。詩求海外坡公和，醉得瀼西杜老狂。正喜蒼苔無屐印，閑雲一片護柴桑。」又：「翛然茅屋亦三間，喜得西郊郭外閒。池積謝家春夢草，門當陶令夕陽山。畏人無畏依禪觀，狂客非狂竟老頑。儉飲不須謀種秫，清泉一飲也酡顔。」《和徐昭法寄扇頭韵》云：「當年詞幟擅江東，太史開尊畫舫中。亂後山川愁易結，古來臣子志難同。吳門市卒潛梅福，天上仙才蜕魯公。奇節豈知相照燭，更勞迴念到衰翁。」《大耋歌》三十首，二冬云：「遺民何敢悔孤踪，坐閲滄桑萬事慵。圖史散零秋敗葉，衣冠恍惚夜殘鐘。嶺頭雲氣親來往，窗裏春風小洩融。何意湘蘭憔悴盡，寒巖尚有八齡松。」九佳云：「虞夏悠悠不敢懷，吾生何處得無涯？飽看朝市滄桑變，聊詠山園日夕佳。城上獨留孤鶴老，江南長恨一龍乖。豈堪重理繁華夢，車馬衣冠舊六街。」十四鹽云：「少時曾自署枯髯，非爲耽吟鬢雪添。古調豈能移節拍，微軀猶幸免髡鉗。清波不犯磻溪釣，明月常依卜肆簾。鏡裏鬚眉半真幻，漫勞相擬是陶潛。」數詩亦性情之語，頗不失温柔遺意。又嘗戲作《詠美人鼻》一律：「春山秋水不勝描，秀準嫣然兩頰潮。常爲嗅花沾蝶粉，正當靨翠壓鸞簫。坐深金鴨熏先入，舞罷霓裳息更調。幾度夜闌醒酒氣，早知香燼欲重燒。」其風致亦殊不薄也。

又《江門懷陳白沙先生》云：「檳榔林外緑蕪平，小艇乘潮逸興生。此地江門珠斗正，當時臺畔楚雲清。自注：楚雲臺，公所搆以留嘉魚李承箕。朝廷古道尊更老，濂洛宗風想釣耕。細草落花承下拜，瓣香拈出是湘蘅。」《五月與幕府諸子雨集舟中》云：「看盡瀟湘煙雨春，開尊同賦倍傷神。誰追落日酹鵑帝，更望南風競虎臣。江上幾人心若芷，盤中何物味如蓴？酣歌好助濤聲壯，頓遺悲笳絶四隣。」《衡岳道中寫懷》云：「曉霧濛濛一氣横，廿年全負看山情。高靈屋裏曾煨芋，縹緲峰頭好炙笙。霜信竟無蘇武雁，雪衣疑是上皇鸚。銜煙短策游何暮，期與伊人采杜蘅。」《盧復郎過山中夜話》云：「軒軒静好密籃輿，一過柴桑興有餘。竹裏晚煙名士屐，風前蘭露野人居。悲歌卷席驚殘燭，急雨掀茅笑潄廬。肯作淹留田舍飲，西山薇掌亦初舒。」《重九前喜陳長公策蹇過山房》云：「幾年尋約到柴扉，爲看寒山鶴放歸。籬菊正思當蠟屐，嶺雲聊得媚秋衣。舉家意自生欣肅，良友情偏適淡希。欲向茅齋留十日，繞牀猶有桂花飛。」其二：「我有温泉子有湖，相將來往不愁孤。秋山古桂團團樹，野水沙棠泛泛鳧。每望一來情勝具，何妨終日茗兼蔬。輸君驢背奚囊便，先寫楓林策蹇圖。」皆佳作也。又《江上送蘇無懷還虔州》云：「羆虎一成留半壁，英雄雙眼注中流。送君共指王程近，江嶺黄雲在上頭。」《同郭些翁宿天花山夜雨》云：「秦庭遥泣師何在，楚澤難居卜亦無。感嘆對牀天漠漠，曙窗親切有啼烏。」《中秋夜酌》云：「中原今夜誰當醉，留得蟾光亦苦心。」《中秋寄陳長公約看桂》云：「與君情自關哀樂，不獨山間桂樹深。」其慷慨歷落之概，尤可想也。又《飲李嗣遠家園》云：「丘壑有靈通翰墨，鼎彝無恙對松蘿。」《月夜泊岳陽樓》云：「近家轉欲憐朋友，此念鄉心未可爭。」《借緑軒》云：「隔墻分月即隣燈。」亦屬警句。

梅花詩作者極多，殊難著筆。《密庵集》有十二首，託意自深，亦饒風度，録其尤者：「冰華散盡芰荷焚，擁褐生香憶舊聞。五月江城黄過雨，一枝庾嶺白停雲。寒來念汝天同瘦，覺後疑人雪不分。幾度微吟向何處，孤山遥與玉爲群。」又：「映月横斜幽處開，晚香何意占花魁。將隨海若靈槎老，偶看天公雪戲來。殿後始陳寒水玉，經冬不倩避風臺。壽陽宫伴虚奇事，聊與時人一致猜。」又：「絶憐茆屋對幽寒，供奉還宜白玉壇。鶴氅裁雲人落落，蛾眉積雪古漫漫。不期何遜同官柳，誰嫁林逋比杜蘭？今日山中謀洗耳，春波青昊爲君彈。」又：「靈碞曾去訪茗柯，幾處袈裟伴釣簑。元墓門前多立雪，孤山湖北最臨波。旃檀香更參黄檗，萼緑華同隱苧蘿。我自僊僊君太古，瓊英生采不須龢。」又：「長松聽罷更流泉，最憶西溪對酒禪。步自雪堂明月夜，觴於瑶圃白雲天。花間大小穿珠曲，竹裏縱横積玉煙。曾爲折來吟過日，一枝疑是辟寒鈿。自注：吴門元墓、武林孤山、西溪皆種梅名勝。」又：「不鬬春風春恨遲，灞橋新蹙漢宫眉。蓁蓁未許花前葉，落落猶存竹裏枝。老矣冰蠶心不化，僊乎飛燕掌難持。洞庭莫漫愁吹笛，紉取孤芳綴《楚詞》。」

嘗見一書，載華亭吴某送錢蒙叟詩：「畫舫滄江載酒行，山川滿目不勝情。漢宫一閉千官散，無復尚書舊履聲。」按：吴名騏，字日千，松江高士。同邑王尚書儼齋以千金求爲其太翁墓誌，不從，其介如此。然詩實非吴作也。華邑錢士貴與蒙叟庚戌同年，兼敦宗誼。蒙叟過之，留飲。其中表金是瀛，字天若，適館於其家，乃爲詩，夜投其舫，蒙叟遂即日解維去。金與吴好友，故訛傳耳。蒙叟又嘗作詩贈歌童入燕，纏綿哀艷。熊侍郎文舉和云：「金臺玉峽總滄桑，細雨梨花枉斷腸。惆悵虞山老宗伯，浪垂清淚送王郎。」蒙叟視之，不懌者數日。

同祖伯兄石瓠，諱嘉猷，字塈民，康熙癸未進士。官湖廣辰州郡丞，清介有惠政，以疾卒官。嘗有和余題壁《沁園春》一闋，云：「戊子四月廿一日，宿羊流店，見三弟南歸途中送春作，因和其韻。茅店荒鷄，亂草黄沙，此日重來。只風吹日炙，僕夫良苦，長歌遠望，老子心開。到得停鞭，推窗忽見，素壁淋漓潑墨纔。高吟罷，是吾家仲子，從此南歸。思君且一持盃，縱昔日窮途莫更哀。看花開棗樹，香如蘭蕙，山聯泰岱，翠若屏帷。快望冬殘，重經此地，好覩扶摇萬里飛。同歸去，向草亭漁嶼，鎮日裹回。」兄詩詞不多作，近亦放失。此詞因緘寄余，故得弆存。當時亦題店壁，嗣往來羊流店，覓之不得，每爲悵然。余原詞并記於後：「金馬門邊，歷亂春光，記得曾來。但鶯稀還樹，庭無草長，燕疏尋壘，院少花開。乍見長堤，數枝新緑，春入垂楊一綫纔。如何又，問道旁行客，已説春歸。長途久罷銜盃，嘆碌碌光陰亦可哀。算江南此際，繽紅滿徑，故園今夜，點翠成帷。終勝他鄉，蕭條寂寞，一片黄塵滾滾飛。吾先去，向草堂傳語，我亦旋回。」

兄長女名月田，性婉而慧，事二親尤孝，兄嫂絶愛之。兄亡後，適太學生王洪文，其舅魯藩爲兄壬午同榜副車，官成都，因隨行。每念母，忽忽不樂，年三十竟卒。有絶筆寄兄弟云：「十年離別，萬里關山。舉目無親，低眉有恨。遂至三尸侵擾，一病纏綿。八月來藥臼不離左右，百日内匡牀難轉朝昏。比陳仲之廉，螬食何能三咽；下杜陵之淚，猿啼已到四聲。謝女詩成，枕畔之飄風逐絮；莊生夢醒，山頭之舞蝶飛灰。柴骨紙皮，行見泉臺路近；聯枝同氣，其如手足情長。他日魂歸，誰拭慈帷淚眼；一朝魄散，還承愛父歡顔。百千劫葬重淵，未審前生何孽；三十年爲一世，應知後限難逃。欲作永訣書，斷腸莫續；痛題絶命句，滴血猶存。寄語阿兄，傳言乃弟：生者可惜，祗應善慰夫白頭；死者何知，勿令過傷於黄壤。聊成短述，從此長辭。眼看二竪入膏肓，血淚緘題到故鄉。寒熱往來催白骨，死生歸寄醒黄粱。天涯萱草悲遲景，地底蘭芽認舊香。蜀魄定應隨我父，水濱菰米又名蔣。」女生二子皆不育，惟一女存。魯藩卒於任，洪文遂家焉。未知埋骨何所，可痛也！

韋應物《滁州西澗》詩：「獨憐幽草澗邊行，尚有黄鸝深樹鳴。春潮帶雨晚來急，野渡無人舟自橫。」歐陽公云：「滁無西澗，北有一澗，淺不勝舟，春潮不通。」胡元瑞云：「詩人遇興遣詞，寧此拘拘，殆類痴人説夢。」余謂詩人之言固不可泥，然當境用事，亦須貼切。春潮野渡，扭揑造作，豈復成詩耶？近人謂高谷深陵，九河且失故道，安在唐時滁無西澗，且不勝舟，不通潮？此論得之。少陵《南池》詩：「秋水通溝洫，城隅進小船。」南池在濟南，余嘗過之，池距城河幾里許，絶無水路可通。古今變遷若此，豈少陵亦漫作爾語乎？

偶閲瞿宗吉《漫興》詩云：「自古文章厄命窮，聰明未必勝愚蒙。筆端花與胸中錦，賺得相如四壁空。」此固有激之言，然而千古同悲矣。

朱竹垞《曝書亭詩》風流蘊藉，一代俊材，其以博學宏詞舉，宜也。集中有《詠古》二首云：「漢皇將將屈群雄，心許淮陰國士風。不分後來輸絳灌，名高一十八元功。」「海内詞章有定稱，南來庾信北徐陵。誰知著作修文殿，物論翻歸祖孝徵。」蓋爲同事一人作，竹垞竟因此罷官。

淮安王烈婦者，歲貢生王嘻女也。年十九，歸廩膳生成肇孫，喜讀書，識大義。康熙壬午，肇孫年二十九，赴省試。婦以詩送之曰：「祝君一爵送行舟，歲歲佳辰傍遠遊。曾記華陽驚水漲，即今燕子逐江流。梧桐露冷雙鈎月，楊柳風凋萬壑秋。此去文場應得意，十年心力可相酬。」「佳辰」云者，肇孫以八月八日生也。肇孫答之曰：「曉妝何事逼清秋，苦爲行人帶病謀。珠桂新炊今日飯，尺刀難整十年裘。筐餘中夜無留績，酒向東家幾借籌。悵望江南三載路，蒼茫不辨是孤舟。」肇孫試後被放，逃於酒，遂病。甲申四月晦，執婦手曰：「若讀書知名節乎？」婦曰：「唯。」越二日，肇孫死，翌日夜，王氏經於柩前，年二十九。

婦姪毛德求婦錢氏，進士安世女也。嫻詩詞，年未三十而没，人無知者，蓋德求亦未之悉也。遺殘稿三首，偶存詩韵中。元冶讀而異之，詢其顛末。德求乃言亡婦所著，凡二十餘頁，臨殁時手焚之矣。元冶因感嘆不已，特緘寄余云。數詩之存，若有天焉，不當聽其湮没。詩絶句一、七律一、詞短調一，皆其手書也。七絶爲《陽羨掃姑墓》：「白楊荒草亂啼鴉，淚滴重泉酒滴沙。物换星移人去後，何時得見北堂花？」七律《題幽篁》：「藏鶯引燕垂楊外，拂翠拖煙榆莢間。乍聽臨風聲作雨，遥看帶月影移山。斷腸才子詩留跡，薄命佳人淚滴斑。最是古今悽絶處，瀟湘江上水潺潺。」詞《南鄉子》，題云「念八日燈下有感」，元冶言此德求患病時作也：「天晚雨初收，欲往書齋感舊遊。病日漸加肌漸減，休休。道是三秋隔九秋。　歲月去如流，四野鳴蛩入夜稠。百折迴腸權付夢，悠悠。玉漏驚回一片愁。」

亡友吴穎穗書，湖州庠生，寄居武進。游家大人門，文筆頗佳，詩材尤清雋，惜年未四十卒。所遺《鷗波詩鈔》一卷，僅得百餘首，近體詩爲上，七古次之，五又次焉。《上巳重過余鶴宕》七律云：「春晴發興度郊坰，鶴宕重來寄醉醒。兩度看花剛上巳，一番修禊又蘭亭。輕鯈出水魚竿穩，細草眠風客履青。楊柳未消離别恨，斷煙斜月晚冥冥。」五、六賦景，語淺味長，每爲諷誦不能已。又《丁丑穀日蔣塈民紹孟集遥東委磐左涑塍夜集》云：「頻年情緒苦瞢騰，獻歲歡呶聚友朋。小户偏宜長夜飲，幽齋無恙隔年鐙。水仙花放冰初判，斑竹梢横月漸升。爛醉莫忘春仲約，元卿三徑策孤藤。」蓋是夕訂鶴宕之約也。《寄沈拙存介黄兄弟》云：「乘車戴笠未來緣，判種吴山十畝田。短笛攤殘牛背月，清歌唱破隴頭煙。依依桑柘圍茅屋，好好妻孥樂晚年。此日君過當一笑，載書休憶虎林船。」又《寄沈介黄》云：「兩見紅蕉著早霜，萸尊還記醉重陽。寒蟲伴子悲秋菊，落日催人上晚航。練水每懷鷗夢闊，燕山空笑馬蹄忙。何時一洗參商恨，買得漁舟傍草堂。」時介黄方下第，「紅蕉」指其書蕉館言也。《對雨次韻》云：「灑幕侵鐙意未闌，天公要作麥秋寒。平分疏點桐雙樹，迸送秋聲竹百竿。檐燕將兒飛乍定，林鳩呼婦語如歡。不知新漲添多少，昨夜漁舟泊淺灘。」《題雲灣草堂》云：「小結茆齋枕曲瀆，滄波長爲洗埃氛。柳條秋短挽明月，竹翠曉空屯白雲。澤國舊居懷馬跡，水鄉新職領鷗群。日長罷釣渾無事，坐看湘簾裊篆紋。」又《八月十五日宿會亭旅舍用中秋字排韵同虎臣作》二首云：「辜負良宵逆旅中，荒寒月照酒盃空。水亭舊夢隨桃葉，（客歲中秋，寓秦淮水亭。）羅袂新香憶桂叢。京國幾人憐去燕，鄉園半載盼飛鴻。懸知垂白清光裏，苦念征人立晚風。」「歸路剛逢一半秋，暮雲低處黯離憂。中州道遠遲驅馬，北地風高早著裘。匏葉自知身世苦，蓼花長爲歲時愁。與君每共他鄉月，可念吾生漸白頭。」自都門歸，以二詩見示，余極稱其佳，「中州」二句，尤爲擊節。至次首落句，揮棄之曰：「年未四十，何得遽作爾語？」渠亦憮然。不意竟成詩讖。余有詩哭之：「匹馬風高北地還，蓼花蘋葉緒闌珊。無端妖夢傷頭白，可奈泉途鬢未斑。」蓋謂此也。其五律則《由吴興之晉陵》二首云：「扁舟真一葉，向曉背菰城。寂寂帆檣暗，迢迢煙樹平。客情秋草似，歸夢夜烏驚。此際迎船月，猶含旅館情。」又：「豈爲蓴鱸計，高堂屈指期。片帆追落日，百念對清漪。柏葉臨關晚，邊鴻入越遲。鐙花如有意，應報故園知。」《訪棲真巖僧不遇遂之崇光寺同沈介黄作》云：「扁舟依斷岸，步屧到黄邨。木葉下如雨，秋鶯淡不言。空山閉僧屋，曲徑静苔痕。寂寞留笻跡，孤雲何處存？」又：「却背夕陽去，疏林聞暮鐘。荒寒仍法界，慘淡此游踪。門啓驚山鳥，庭閒墮瓦松。客愁何所著，并入晚山濃。」七古《戊寅正月二十六日同沈拙存康山觀梅用東坡松風亭韵》一首最佳：「尋花直入梅花邨，十里一白摇心魂。暗香疏影浩莫辨，但覺的礫迷朝昏。春晴及今纔幾日，已换荒塢成名園。芒鞵一徑穿窈窕，和風挾麝吹微温。人間有此花世界，直須日暮窮朝暾。解衣盤礴長不去，免使縞袂來叩門。我友恬澹得花意，領略衆妙渾無言。狂吟静賞各酣適，何必花下傾清尊。」「春晴」二句，尤一篇之警策。七絶《過梁溪》云：「樹倚晴雲水浸天，野人低坐木蘭船。長年且莫乘風去，欲試江南第二泉。」自云「此十七歲時作也」，是亦足見一斑矣。初與余論詩不甚合，一日以所作《寄沈拙存介黄》詩示予，中有云：「無多聚首頻看燭，别後相思判倚樓。」予曰：「以『别後』對『無多』不工，何不易『不盡』二字？」聞之躍然，自是每有詩，必囑余點定。恒向人謂予詩家扁鵲云。

集中附載沈介黄《訪棲真巖僧不遇遂之崇光寺》七古一首，亦絶勝：「皐亭山下黄邨路，梅塢雲莊不知數。約客來尋好事僧，却愁野鶴迷煙霧。憶昔山窗啜茗時，隔林曾聽齋廚鼓。説是崇光古梵宫，板橋竹逕饒幽趣。崎嶇東望下坡陀，松門窈窕蒼煙護。蕭蕭木葉落滿庭，竄瓦鼪鼯如脱兔。講堂寂寞香火微，空餘合抱娑羅樹。日暮山風颯遝寒，歸途各賦蒼涼句。縱是山僧見面難，兹游不負雙芒屨。」介黄亦湖州人，有詩集一册，屬穗書點定。穗書更以屬余，余頗有所更易。後介黄遂從余訂本付刊，其虛懷可見，惜未及謀面也。其兄拙存亦能詩，司訓桐川，《鷗波詩鈔》中有《贈桐川》作。康熙己亥，余偶以事至紹興，則知已司訓紹興府學。余時在制中，不欲漫謁人而止。其始與穗書相識時，以年甲互讓揖。既知皆辛亥，穗書曰：「然則余當謬長，予正月生也。」一友曰：「不然，拙存亦正月。」穗書曰：「然則余爲幼矣，予二十九日也。」拙存曰：「不然，予三十日。」衆爲一噱。穗書歸，與余言且笑。距今二十餘年，忽忽如在耳。聊附記之，亦子瞻《篔簹谷畫記》意也。

古云「紅顔薄命」，離亂之際，其不幸被禍，默默死者，固不知幾何；其可考者，亦所在多有。若南京宋蕙湘、吴中趙雪華之流，顛末既無可考，徒以單詞片語，流落人間，使人讀之，輒爲感悼不能已，是誠宇宙間一大憾事也。同時涿州王姓者，避亂荒塍中，忽值一宫女隨之，姿容絶代。亂定後，與歸家，腰間出大珠數百，貨之，遂成巨富。夫婦偕老，至今人能道之。此非其命之獨厚耶？余嘗有詩書宋、趙辭後云：「血淚書成字字傷，天涯海角事茫茫。不知於我干何事，纔到看詩便斷腸。」今并原詩録於後：「風動江空羯鼓催，降旗飄颭鳳城開。將軍戰死君王繫，薄命紅顔馬上來。」「廣陌黄塵暗鬢鴉，北風吹面落鉛華。可憐夜月《箜篌引》，幾度穹廬伴暮笳。」「春花如繡柳如煙，良夜知心畫閣眠。今日相思渾似夢，算來可恨是蒼天。」「盈盈十五破瓜初，已作明妃别故廬。誰散千金同孟德，鑲黄旗下贖文姝。」跋云：「被難而來，野居露宿，即欲效章嘉故事，稍留翰墨以告君子，不可得也。偶居邸舍，索筆漫題，以冀萬一之遇。薄命如此，想亦不可得矣。秦淮難女宋蕙湘和血題於古汲縣前潞王城之東。」「不畫雙蛾向碧紗，誰從馬上撥琵琶。驛亭空有還家夢，驚破啼聲是夜笳。」「日日牛車道路賖，遍身塵土向天涯。不因薄命生多恨，青塚啼鵑怨漢家。」「驚傳縣吏點名頻，一一分明漢語真。世上無如男子好，看他□□也驕人。」「吴中羈婦趙雪華題。」按：宋詩題於河南衛輝府城，《明詩綜》云：「宫女，年十四遭掠。」未知何據。趙詩則山東郯城縣李家莊旗亭也。

旅邸中女郎詩悉多僞託，顧其詞有甚佳者。婦兄毛元静於張秋驛中見一詞，云「河東愁女燕堂作」，其調《滿江紅》也：「憶得年時，曾悄立、海棠花下。共小院、亭亭月影，細評花價。半捲蝦鬚香乍沓，淺梳蟬鬢釵輕卸。恰藕絲、新剪薄羅裙，鞦韆打。　蕉葉緑，分才罷。錯聽取，鸚哥話。甚吹簫仙侣，古真今假。妾命儘堪憔悴死，消魂擬向來生借。便無情、沙土涴紅顔，休嗟訝。」後復書絶句一首：「消瘦止餘情一縷，强濡淚墨續新詞。天涯才子如憐我，生受郵亭夜讀時。」此詞及詩酸楚動人，姑勿辨其真贋。元治嘗和之云：「宋艶班香，笑此日、欲居卿下。應不辦、明珠十斛，難酬卿價。一路黄花人去遠，半庭紅葉秋陰卸。問飛鴻、若個不憐卿，西風打。　笛乍歇，杯初罷。司馬淚，江州話。算吹簫佳侣，古來原假。郎馬銜愁誰假問，妾衣典恨何人借？望打頭、明月又空圓，徒悲訝。」

楊誠齋詩粗直生硬，俚辭諺語，衝口而來，才思頗佳，而習氣太甚。予嘗謂其自具八繭吴綿，不受製天絲機錦，乃從邨莊兒女，攙入布經麻緯，良可惜也。摘其一二語諷之，轉耐尋味。絶句感慨尤多，不失《竹枝》遺意。如《詠木樨》云：「只道秋花艶未强，此花儘更有商量。東風染得千紅紫，曾有西風半點香。」《雨後獨登金山頂》云：「山下生愁熱不除，山頭小立氣全蘇。自緣著脚高低别，萬壑清風豈是無。」《鳩銜枝營巢樹間經月不成而去》云：「鳩婦那知自不材，樹陰疏處起樓臺。可憐積木如山樣，一椾何曾架得來。」《宿孔鎮觀雨中蛛絲》云：「雨打蛛絲不打蛛，雨來蛛入畫簷隅。網羅滿腹輸渠巧，也只蠅蚊命屬渠。」「雨罷蜘蛛却出簷，蛛絲減少再新添。莫言辛苦無功業，便有飛蟲密處粘。」「網羅最巧是蛛絲，却被秋蚊聖得知。粘著便飛來不再，蛛絲也解有疏時。」以上數詩，體物頗工，兼有風刺。又《江天暮景有嘆》云：「一鷺南飛道偶然，忽然百百復千千。江淮總屬天家管，不肯營巢向北邊。」此感時骨鯁之言。又《至後入城道中雜興》云：「大熟仍教得大晴，今年又是一昇平。昇平不在簫韶裏，只在諸邨打稻聲。」此又熙皡擊壤之音也。又《同友晚泛西湖歸》云：「閣日微陰不得晴，杖藜小倦且須行。湖山有意留儂款，約束疏鐘未要聲。」又《閒居初夏午睡起》二絶句，其一即「梅子留酸濺齒牙」云云，其二：「松陰一架半弓苔，偶欲觀書又懶開。戲掬清泉灑蕉葉，兒童誤認雨聲來。」《題赤孤同亭館》云：「數菊能令客眼明，三峰端爲此堂横。僕夫不敢催儂去，只道長沙尚八程。」數詩亦澹中有味。又：「疏籬不與花爲護，只爲蛛絲作網竿。」又：「交情得似山溪渡，不管風波去又來。」又《遊雲山寺》云：「風亦恐吾愁寺遠，殷勤隔雨送鐘聲。」又：「秋風畢竟無多巧，只把燕支滴蓼花。」又：「蜘蛛正苦空庭闊，風爲將絲度别簷。」又：「春禽處處講新聲，細草欣欣賀嫩晴。」又《聞子規》云：「自出錦江歸未得，至今猶勸别人歸。」又：「柳綫絆船知不住，却教飛絮送儂行。」又《聽蟬》云：「莫嫌入夜還休去，自有寒螿替説愁。」《蛩聲》云：「細聽蛩聲原是樂，人愁却道是他愁。」又《霜曉》云：「只有江楓偏得意，夜挼霜水染紅衣。」又七律云：「雀聲只喜晚晴新，不管畦蔬雨未成。」又：「山與君恩誰是重，身如秋葉不勝輕。」又：「白鷗池沼菰蒲影，紅棗樹墟鷄犬聲。」皆不免過於造作，然亦自觸類可思。讀者胸中，自別具錘鑪可也。

《老學庵筆記》云：「吴幾先嘗言參寥詩『五月臨平山下路，藕花無數滿汀洲』，五月非荷花盛時，不當云『無數』。廉宣仲曰：『此但取句美，若云「六月臨平山下路」，則不佳矣。』幾先曰：『只是君記得熟，故以「五月」爲勝，不然，止云「六月」，亦豈不佳哉？』」余按：詩中用字，固不可拘擬附會，然亦有必不可易者。此「五」字實勝「六」字，細味之自見。五月荷花已盛，何必六月？吴兩説皆非，放翁顧取之耶？

《筆記》又述韓子蒼和錢遜叔詩「叩門忽送銅山句，知是賦詩人姓錢」，謂唐人錢起賦詩，以姓爲韻，有「銅山許鑄錢」之句，故云。余按李肇《國史補》：昇平公主駙馬郭曖集文士即席賦詩，李端中宴詩成，有「荀令」、「何郎」句，衆稱妙絶。或謂宿構，端曰：「願賜一韻。」錢起曰：「請以某姓爲韻。」復有「金埒」、「銅山」之句。曖大出名馬金帛遺之。據此，則「銅山」句乃李作，非錢自賦。陸注未當，韓詩亦殊欠了了。要之，二句固不免率直之病，未足爲佳。

少閲靖節《讀山海經》諸詩，見注中載曾竑論「形夭無千歲」句，謂是「刑天舞干戚」之訛，意大不以爲然。後見周少隱《竹坡詩話》，特標舉是説，尤笑其陋。周益公《二老堂詩話》辨云：「此題十三篇，大概篇指一事。如前篇終始記夸父，則此篇專説精衛銜木填海，無千歲之壽，而猛志常在，化去不悔。若併指『刑天』，似不相續。又況末句『徒設在昔心，良晨詎可待』，何預干戚之猛耶？」此論最明徹。然謂竹坡襲竑意爲己説，則不然。彼明言「有跋淵明詩尾者」云云，何嘗竟謂己説耶？毛子晉因是訾周借舊案作新評，未免貽譏儕輩，則尤無謂矣。

陳其年先生詩餘，長調雄深雅健，最爲擅場。余尤愛其《秋夜呈龔芝麓尚書》一首，當爲壓卷：「擲帽悲歌發，正倚幌、孤秋獨眺，鳳城雙闕。一片玉河橋下水，宛轉玲瓏如雪。其上有、秦時明月。我在京華淪落久，恨吴鹽、只點愁人髮。家何在，在天末。憑高對景心俱折，關情處、燕昭樂毅，一時人物。白雁横天如箭叫，叫盡古今豪傑。都只被、江山磨滅。明到無終山下去，拓弓弦、渴飲黄麞血。《長楊賦》，竟何益？」又：「俊鶻無聲攫，羨一代、詞場老手，舍公安托？歌到《陽關》剛再疊，月裏斜飛兔脚。簾以外、秋星作作。我得公詞行且讀，任侏儒、飽飯嘲臣朔。大笑絶，纓冠索。中朝司馬麒麟閣，籌邊暇、南樓愛挽，書生酬酢。半世顛狂誰念我，多少五陵輕薄。我有淚、只爲公落。後夜月明知更好，問陸郎、舞態應如昨。肯爲奏，軍中樂。」調《賀新郎》也。短調當以委婉淒迷爲勝，故先生所作較遜。然如《阻閘瓜步·卜算子》一詞，亦殊矯絶：「風急楚天秋，日落吴山暮。烏桕紅梨樹樹霜，船在霜中住。　極目落帆亭，側聽催船鼓。聞道長江日夜流，何不流儂去？」

偶讀東坡《泗州僧伽塔》詩：「耕田欲雨刈欲晴，去得順風來者怨。若使人人禱輒遂，造物應須日千變。我今身世兩悠悠，去無所逐來無戀。得行固願留不惡，每到有求神亦倦。」此真有道之言。

同祖弟涑睦，少小才氣跌蕩，雅以多情自負。每當稠人聚立，忽瞠然不怡。予嘗草《春暮》小詞戲之曰：「煙雨懵騰花外赴，春夢闌珊，多半柔情誤。排演愁腸誰可訴，天涯芳草無重數。　臯臯章臺絲正吐，辜負年時，不禁風前度。乳燕聲中春又暮，香魂撩亂斜陽路。」涑睦復札云：「夫所謂情者，意有所觸，恍若不寧，雲起風生，紛然無主，固非由人也，亦豈盡由己哉？來詞次韵奉酬，頗答啁笑之意。近集傳奇語戲作『大車檻檻』全章文一首，欲爲千古佳俠一洗沉冤，此亦寄情之概也，並附呈政。」詞曰：「滿架酴醾春雨赳，小憩闌干，夢入秦樓誤。擬向無人深處訴，驚風吹起花無數。欲笑還顰情半吐，嬌鳥迎人，著意簾前度。一曲清歌天薄暮，斷魂飛過章臺路。」文曰：「情有重乎生者，非人所能阻也。夫天下情之所極，豈有既哉？彼大夫者，能禁其生之奔，而能爽其死之信乎？想作詩之意曰：聞之造物忌成，兩美難合。向嘗以爲虚言，不意我兩人身遇之也。我與爾相周旋者，非一日矣，倖致私誠，永謂終託，天下寧復有鍾情如吾兩人者乎？夫何情之所極，讐隙乘之？子大夫之剛厲嚴酷，不能容人，爾所知也。遏飛霜兮下擊，何弱質之能堪。雖極思爾之誠，終不敢奔以相從者，坐此故也。聞大車之乍驚，心怔忡而不已；想毳衣之沃若，目眩瞀以欲狂。嗟乎！歡洽未幾，驚魂已斷。興言及此，慟也如何！回首兩情伊始，爾既深敘其綢繆，予亦曲申其盟誓。同室之期，言猶在耳，復思此景，其可再得乎？已矣！周旋酷吏之間，漸覺予生之靡樂。三思故人之雅，願永終死以爲期。蓋以離間之故，遂成永絶，情之所不勝也。以身與爾矣，又委之他人，義之所不敢出也。生願不諧，死亦相從。但令没齒之餘，得符同穴之望。魂魄有知，其不怏怏於泉下也必矣！所冀高情不改，信誓長存，則我兩人生生死死，終有歡會之期。而彼人者，雖有三尺之條，能制我於地上，復能抑我於地下乎？予鄙薄之志，天日臨之，發憤抒誠，言盡於此。當復何心苟延殘息，貪戀塵區，長使他人得計哉？噫！予俟死而已。」時甲戌暮春望日也。雨窗枯坐檢故紙，偶得此詞，棖觸往事，愴然感懷。《大車》文婉惻動人，可謂善説詩者，并録之。

葉小鸞，明葉紹袁之少女，未嫁而卒。吾郡前輩有刻其集者，云遊虎阜，夢一女子褰帷再拜，云：「妾葉小鸞也，有詩詞流落人間，欲乞公傳之。」明日下山，遇鬻書者於途，則葉集在焉，異而付之梓。余按：葉詞亦有散見坊刻者，嘗愛其《浣溪紗・春恨》一闋：「垂柳絲絲盡拂簷，曉來樓角挂殘蟾。薄寒衣絮懶重添。　春裏縈心無恨事，纔將一二著眉尖。旁人已自苦猜嫌。」詞最工，而此集無之，不可解也。

女僧舒霞《菩薩蠻・別恨》詞丰韵亦勝：「天涯芳草春歸路，無端風雨將花妒。相續古今愁，春江無盡頭。　孤帆猶未動，先做思鄉夢。離恨儘今生，他生莫有情。」

乙亥歲，集遥、東委、磐左、涑睉、沅庭、師嶧諸弟暨吴穗書、錫山二秦子，侍家大人讀書鸛宕。余以内子病，未與也。夏日，大人偶以事入城，乃相率爲扶鸞之戲。有自稱蘂珠宫仙子泠霞者，談吐頗勝。以余内子病問之，書云：「連理枝難結，同心盒易開。海棠花半落，秋雨更相催。」竟以七月初逝。又問先生今日來乎？書云：「先生在何處？」諸人答言在城。又書「掩卷獨焚香。未理西風棹，明朝到草堂」，果翌日回。其始至降乩詩「神鋒如雪正縱横，一洗新愁五嶽平。夜半潛虬應起舞，江濤都作朗吟聲」；次日至，又書「步虚聲杳夜如年，霧閣微聞碧玉絃。獨叫九閽騎北斗，壺中猶有未開天」，宛然蓬壺中人語。頃歲得惲南田先生稿閲之，則二詩在焉，乃《題毛稚黄曉唱詩八首》之二。時南田詩未有刊本，不知此鬼何從得之。因憶元治昆季扶乩時，亦有以舊人作爲乩詩者。又唐人「柳條金嫩不勝鴉」一絶，宋人詩話亦指爲乩仙作。豈剽竊之病，冥中素有之耶？書之一笑。

東坡獄中寄子由詩，哀而不怨，悱惻淋漓，人盡知爲絶調。余讀其《捕蝗至浮雲嶺山行疲苦有懷子由弟》云：「西來烟陣塞空虚，灑遍秋原雨不如。新法清平那有此，老身窮苦自招渠。無人可訴烏銜肉，憶弟難憑犬繫書。自笑迂疏皆此類，區區猶欲理蝗餘。」又：「霜風漸欲作重陽，熠熠溪邊野菊黄。久廢山行疲犖确，尚能郫醉舞淋浪。獨眠林下夢魂好，回首人間憂患長。殺馬毀車從此逝，子來何處問行藏？」其情味亦殊不減。要皆性情之言，從肺腑流出，故讀之使人生感。《獄中》詩「魂飛湯火命如雞」，終非雅語也。

庚子正月二十一日，夜卧，夢有所往。問何地？或答曰：「此銀甕郫也。」覺而思之，不知何説。甕善睡，豈睡鄉中路耶？二字甚新，大似詩料也。

昌黎詩有「勤買抛青春」句，東坡云：「《國史補》有『富春』、『若下春』、『土窟春』、『石凍春』、『燒春』，杜子美『聞道雲安麴米春』，《裴航傳奇》有『松醪春』，乃知唐人名酒多以『春』，此亦必酒名也。」余按：此詩共四首，爲感春而作，其云「數盃澆腸雖暫醉，皎皎萬慮醒還新。百年未滿不得死，且可勤買抛青春」，蓋謂飲酒無益於解憂，但此身尚存，又無可支架歲月，只得仍假此斷送之耳。「買」者買酒，「數盃澆腸」已見上，故此但空言「勤買」。「抛」即斷送之意，「青春」字正點明感春，似不須鑿名爲酒也。如謂之酒，又安得此恰好名目貼合本旨？設別用「松醪春」等，豈不成漫詞湊句耶？

孟浩然《春曉》詩：「春眠不覺曉，處處聞啼鳥。夜來風雨聲，花落知多少。」通體寫閒適意，春睡極酣，覺來遂晚，鳥聲已盈耳矣。但夜來頗聞風雨之聲，花被摧殘，不知幾何，所當急起看之。當境寫出，情與事會，故自然工妙。余向謂下二句忽生感喟，殊未合。或謂夜聞風雨，不寐可知，則更滯泥無當矣。

「月黑雁飛高，單于夜遁逃。欲將輕騎逐，大雪滿弓刀。」此盧綸《和張僕射塞下曲》也。「昨夜秋風入漢關，朔雲邊月滿西山。更催飛將追驕虜，莫遣沙場匹馬還。」此嚴武《軍城早秋作》也。賀黃公稱嚴詩雄壯，讀之殊覺盧作有逗遛之態。吳吳山云：「綸詩藹然仁者之言，嚴『夜月西山』、『更催飛將』，何慘毒耶！」兩評適相反。然余謂賀論殊巧，而「雪滿弓刀」，邊氣慘烈，自宜體恤。「藹然」之云，甚有發明。嚴係身在軍中，初秋關塞，虜氣方驕，自非大加懲創，安得綏靖國家？吳論似正而實迂也。言各有當，要不容相提並論。雪夜則月黑矣，而雁飛特高，其爲人馬所驚可知，此所以知單于之遁逃也，起勢極雄渾。「朔雲邊月滿西山」，寫秋高氣爽，虜意方張，我亦士飽馬騰之候，俱可想見，襯起下文最有力。二詩皆絶工之作也。

「京城日日馬蹄忙，風起塵頭十丈黄。遥憶江南秋雨歇，薄筠疏影總生香。」文衡山《題枯木竹石圖》詩也。向於一友人畫幅見之，不知其集中有此否？爲記於此。

祖詠《終南望餘雪》詩：「林表明霽色，城中增暮寒。」此妙絶句也。賀黃公駮之，謂：「『餘雪』何反言『增寒』，此語可嗤。」家大人書其旁云：「諺云『雪後寒』，五字可折充宗之角矣。」

王涯《閨人贈遠》篇：「鶯啼緑樹深，燕語雕梁晚。」十字可感。首句言「春已過，次句言一日又過也。下云：「不省出門行，沙場知近遠。」言焉知其爲近爲遠，則歸期之難易，亦不可得而知也。蓄意尤深。二十字中，殊覺低徊無限。

宗人韋人先生名偉，居宜興之大潤，亦名潤橋。鼎革後，以諸生終。有詩五百餘首，未能梓。其從孫豈潛，名錫震，己丑進士，於余爲兄弟行。嘗爲余口誦先生詩，有《老》、《童》、《女》三謡，其序云：「余家深山，遭攖喪亂，見若叟、若童及怨女子，傷而甦，掠而歸，竄草莽生者。情發乎口，顧余之難爲耳也。存其聲，得三謡。」「銅官山高幾千尺，左右山農子孫宅。生長萬曆初年間，傳聞兵過秣陵關。老妻停紡身不眠，嗚呼昨夜馳牀前。」右《老謡》。「天亮起，騎馬來家裏。殺我爺，負我米。母與阿姊稻田，捉姊縴母上船。阿哥南山歸，搥胸破頭忘我饑。」右《童謡》。「父母生長我茅屋，不識隣家幾竿竹。掠我上馬歸大營，怒我日夜蓬頭哭。父兄來贖喜安吉，一歲一金今十一。營中多少佳麗人，傳聞盡出公侯宅。」右《女謡》。又《題君山寺壁》：「微名驅我未能閒，汗漬沾衣愧厚顔。到此只尋洪太守，逢人因說看君山。」時因小試受知於洪也。又嘗一日與友共立潤橋，友亦能詩，謂曰：「君以詩自負，能矢口即成乎？」先生曰：「何題？」曰：「『潤橋即事』可也。」即應聲曰：「扁石横敷潤水濱，無晴無雨渡樵人。問余何事久橋上，有子南山學採薪。」友乃大服。

「長日難消，彈碁外、登場縱博。須不比、呼紅浮白，酒盃斟酌。一點機心藏蠆尾，五更虚夢争蝸角。縱多方、覓得小蠅頭，終輸却。　英雄志，徒消鑠；鯤鵬翅，徒籠絡。總稱三道兩，暗中摸索。孤注功成如寇老，談言又進王欽若。嘆風波、人世盡如斯，誰强弱？」右《止博》詞，寄調《滿江紅》，武進吴某作也。余婦諸兄元亮輩好爲葉子戲，余過華渡，爲詩以諷，元亮因述所憶故友詞如此。

《己亥初夏同儀翁先生暨諸公游城南載酒草橋山莊晚過祖氏水亭》五首：「出郭夏猶淺，閉門春已遲。草深騎馬路，花過聽鶯時。遠水白明鏡，亂山青入池。城南風景地，不是少人知。」「頗怪車如水，競傳鄉有儺。殿前香氣合，院裏緑陰多。迎客紛巫覡，旁人看綺羅。摇鞭且西去，吾意在煙波。」「行行過草橋，煙水更迢迢。宜浣越溪苧，好牽吴下船。芋區分密葉，稻隴布新苗。言就輞川憩，問途知不遥。」「有客更高興，款門先在庭。軒堂從指點，木石總娉婷。勸酒午風入，按歌山鳥聽。還憐夕陽好，移坐向空亭。」「煙生山未紫，取道傍城隈。一片泉聲出，誰家水檻開？游魚依草聚，宿鳥拂簷回。留興專來醉，池荷作酒盃。」又《後游城南》五首：「不盡城南興，挈壺仍此行。故人官道柳，唤客寺門鶯。一路風兼雨，衆山陰復晴。誰云天亦妒，游屐有餘清。」「重入丹臺境，清風灑客裾。喜無塵撲面，可有女同車。簫鼓歸何處，松杉滿敝廬。繁華非所戀，徙倚爲乘除。」「擔頭芍藥盡，到處覓殘根。踏遍豐臺路，難窺相國園。餘香應惹恨，敗蕊只消魂。行矣莫回顧，入門寧閉門。」「帘影颺横塘，開樽對夕陽。鳩鳴桑椹落，雉起麥苗香。野老憑争席，村伶自作場。幸無拘忌客，醉倒酒壚旁。」「未到水亭邊，何人又管絃？聽君歌宛轉，容我舞蹁躚。風月真無價，池臺信有緣。請看荷葉大，昨日尚如錢。」此竟陵唐建中赤子作也。赤子癸巳庶常，有詩名，散館時以事被斥，可嘆也。此詩於朱翰編儀庭扇頭見之，詞既蒼老，章法尤工，名不妄傳矣。

「大球三尺美無臕，素業清風合立朝。此别何言贈君子，讜言忠論好裨堯。」「一生吏案發人狂，重入承明馬齒長。書畫不賢倉庾氏，便於賃舍植秋芳。」此《臨米帖》二絶，不知何人作，或即米作也。

「蹋閣穿林細霧沾，霏微几席敞虚檐。桃花開後鱖魚美，春水生時茭笋甜。未怕酒痕傾白袷，還思波影盪青簾。十年醉醒東皋路，更唱江南《昔昔鹽》。」「迢遞山程結隊齊，初冬朔吹已凄凄。寒鴉下壠排牛背，衰草連岡送馬蹄。鄂渚直連平野北，楚宫遥在亂峰西。行行小駐楓香路，紅葉飄零白首低。」「湖上風濤無日無，大堤東望羃春蕪。朝來霧樹濃於黛，飛出一雙青鵁鶄。」「瀲漩聲聲戛艣枝，煙横浦漵雨吹絲。米家畫稿無人見，乞與江南蹋浪兒。」「可能歸泛木蘭船，檀柘嬉春已隔年。三月東風吹不盡，淮南芳草遍芊綿。」右二律、三絶，王芳若先生作，從扇頭見而録之。

荆溪某氏女，年十四，《送别母姑》詩：「細雨濕歸舟，孤城生浪頭。水高雲不見，人别暮江愁。」殊有事外遠致。又梁溪女子，有不得志於夫者，嘗畫梅扇頭，題云：「塞雁高飛楓葉丹，小窗人静漏聲殘。相憐唯有簾前月，曾照梅花素影寒。」其詩清婉可諷，亦足哀也。

有喪偶者，已再娶。俗傳女巫能致亡魂，其人不信，曰：「某妻生前能詩，若果至者，當以詩示我。」巫應聲曰：「昨夜歸家思悄然，孤兒幼女實堪憐。幽明義隔三千界，夫婦情深十六年。枕上已添新伉儷，鏡中無復舊嬋娟。碧紗窗外梅花月，偏照他人夜夜圓。」其人大慟，未幾卒。

彭桂字爰琴，江南溧陽人，布衣，老於幕府。嘗應博學鴻詞徵，以讀禮報罷。庚子歲，於年伯薄勺庭先生處見其詩二册，頗牽率應酬，然多真率可喜，匆遽間漫録其數首。《都門燈市竹枝詞》云：「鳳笙吹徹帝城中，燈市人家萬户紅。聯臂踏歌歸去緩，大衚衕過小衚衕。」「青氈簾映碧紗窗，北調新傳内裏腔。直得當街誇窄步，淺幫靴子各雙雙。」「相逢夾道是香車，北地多將高髻梳。更有内城諸黑黑，女人爲黑黑。前頭騎馬後騎驢。」「到處蘭膏化彩雲，風流遥動耳環聞。羅衣著地無塵起，不繫吴娘白練裙。」「外城争似裏城喧，火樹千層列上元。赤棒兩行嗔不散，遊人齊向正陽門。」「十三小女盡鴉鬟，厭坐香兜步市闤。前路遊人莫相近，暗中遥聽喝長班。」「滚翻活酪熱波波，更噇燒刀醉後多。齊看團團撾鼓處，愛妝邨女唱秧歌。」「扣遍重扉夜不扃，相邀同伴總娉婷。怪他姑子年偏小，摸著門前一個釘。俗以上元摸得前門釘者爲宜男兆。」《窗前移植緋桃二株花時强開憔悴甚矣爲賦絶句》：「絳桃雙樹乍移栽，三月花時也自開。却似小鬟初病起，强扶紅袖向妝臺。」《寄内》七律云：「半世分離汝不堪，病餘香火懺瞿曇。三年未得看瓜苦，一日何曾飽薺甘。所愧寧因辭黻佩，難忘最是典衣簪。辛勤早遣容華改，休訝而今白髮毵。」《慰則翀弟》云：「衰年情緒總茫茫，蕭瑟那堪賦悼亡。苦境遍嘗惟伉儷，貧家難負是糟糠。封將鸞鏡塵千點，剩有牛衣淚幾行。鼓缶莊生聊作達，哀絃莫易斷離腸。」《杭州懷古》云：「泥馬中興事不難，偏安只喜在臨安。寧甘北面長輸幣，爲愛西湖可駐鑾。五國城中長佇泣，半閒堂内獨尋歡。六陵風雨君休恨，趙構何曾憶趙桓。」此題八首，余獨喜此首持論之快。《聞湯荆峴中丞毁姑蘇上方山淫祠喜而遥頌》五古云：「吴中詭風俗，秩祀多渺茫。愚氓易蒙昧，人鬼相荒唐。十里楞伽山，土名爲上方。其神則五顯，何代始披猖？憑陵草木内，依託山巖旁。巫覡叢窟穴，卜祝幻機祥。哀哉此蚩蚩，覬福而畏殃。禱賽無虚日，舉國鶩若狂。云往借紙鏹，三倍價可償。駔儈與傭販，固宜競濟蹌。如何簪纓家，亦争效祈禳。管絃拂緑水，簫鼓載紅妝。新謳選妙伎，袨服徵名倡。前船與後船，一一張錦檣。魚鱗艤崖畔，煙霧旃檀香。山半吐朱霞，晝夜燈燭光。血食賤物命，霍霍封猪羊。遂令雲水區，穢作酒肉場。神巫各得飽，歡喜共徜徉。往往良家子，靚容飾明璫。蕩情入靈宇，流盼覽畫廊。誨淫得淫魅，妖夢登其牀。縹緲召歌舞，恍惚踞帷房。形骸互土木，艷冶漸羸尫。翁媪蠢無識，拜跪事益莊。甘以妻女媚，願得神扶將。穨風日以久，覩之堪嗟傷。不有正直人，千載孰提防？恭惟撫三吴，今有中丞湯。朱絃繫玉壺，潔己若冰霜。馭下不苛察，大政持其綱。朞年惠化洽，崇儉勸農桑。詎容此淫祠，誣罔久僭攘。文告戒不止，煽惑益譸張。父老互皇惑，巫鬼仍跳粱。中丞毅然怒，肩輿上層岡。叱神神辟易，兩胥擲之僵。投畀具區濤，須臾付滄浪。沈浮還土梗，魍魎安所藏？江山倏晃朗，百怪潛奔亡。吴民億萬姓，虔事如烝嘗。一旦覩此舉，駭魄群傍徨。謂必有肸蠁，降罰立可望。數月訝中丞，悦豫體更康。始信果誕妄，無益費牲粻。河伯禁娶婦，鄴下豹以彰。檄驅鰐自徙，笏擊蛇遽創。狄公毁淫祠，盛事史册揚。於今僅再見，久爲末俗坊。安得遍洗滌，妖氛淨吴閶。惟留員與札，長祀讓王鄉。」

（吴忱、楊君點校）

夢曉樓隨筆記

夢曉樓人隨筆

夢曉樓隨筆記、夢曉樓人隨筆提要

《夢曉樓隨筆記》一卷、《夢曉樓人隨筆》一卷，據常熟市圖書館藏鈔本點校。撰者宋顧樂（一六九五——一七二三），字玉才，江蘇常熟人。康熙時廩生。有《願學集》。宋氏少年多才，從陳亦韓學，未滿三十，以嘔血卒。此本抄於無格紙上，首有陳祖范雍正元年祭文一篇。分爲序跋一種、書信一種、隨筆兩種及雜筆一種。其中《夢曉樓隨筆記》一種，道光二十三年刊入常熟顧氏《小石山房叢書》（易名「夢曉樓隨筆」），《夢曉樓人隨筆》一種則未刊。前一種乃詩評，後一種加一「人」字，則以記本人詩事爲主，而别爲詩話也。其論於蘇黄、江西及李何七子等宋、明詩主流皆有所取，然會心實在明詩之徐昌穀、高子業一派，故近漁洋而遠牧齋。篇中首肯張泰來《江西詩派圖録》，然未及呼應其「鄉邦詩派」説；又以人品節義重貶陳子昂，已先發於潘德輿《養一齋詩話》，而未達其識度。是皆可見其敏於思而厄於年壽之不永。記事亦饒有少年才子情韵，故感慨於張泌「多病多愁損少年」之句。其記有「己亥」、「庚子」等年事，即卒前之一、二年也。

夢曉樓隨筆記

昭文宋顧樂玉才著

宋時九僧詩，九僧者，劍南希晝、金華保暹、南越文兆、天台行肇、沃州簡長、青城惟鳳、江東宇昭、峨眉懷古、淮南惠崇。其詩規橅大曆十子，稍窘邊幅，詩多近體五言。《六一詩話》所稱「春生桂嶺外，人在海門西」，希晝句也；「馬放降來地，鵰盤戰後雲」，宇昭句也。當永叔時，已云其集不傳，世多不知所謂「九僧」者。而今世所傳錢塘陳起編《宋高僧》前、後二集，前集即九僧詩。又周煇《清波雜志》載九僧名字，與此集悉合。

李泰伯覯文章皆談經濟，其本領尤在《周禮》一書。范文正公薦之，以爲著書立言有孟軻、楊雄之風，在北宋歐、蘇、曾、王間别成一家。余嘗病其不能詩，及讀《盱江集》，絶句頗有似義山者。如《王方平》云：「五百餘年别恨多，東征重得見青蛾。擗麟始擬窮歡樂，不奈人間背癢何。」《璧月》云：「璧月迢迢如暮山，素娥心事問應難。世間最解悲圓缺，祇有方諸淚不乾。」《梁帝》云：「凝旒南面總虚名，廟祀何曾暫割牲。但學禪心能忍辱，莫羞侯景陷臺城。」《送僧遊廬山》云：「行非爲客住爲家，此去廬山況不遐。要見南朝舊人物，池中惟有白蓮花。」《憶錢塘》云：「當年乘醉舉歸帆，隱隱前山日半銜。好是滿江涵返照，水仙齊著淡紅衫。」皆有風致。

宋王銍性之《雪溪集》五卷，詩不能佳。獨《曉發石牛》一絶云：「匆匆車馬出清晨，日淡風微已仲春。松竹陰中山未盡，梅花林外有人行。」寫景頗工。

《侯鯖録》載，紹聖中貶東坡，毁上清宫碑，令蔡京别撰。有人過臨江驛，題二詩，不書姓名。或云江鄰幾子家，或云張文潛作也。其二云：「晉公功業冠吾唐，吏部文章日月光。千載斷碑人膾炙，不知世有段文昌。」此詩因坡公而發，特以退之淮西事爲喻，非元和間人作也。其言「吾唐」者，是時黨禁方嚴，故託之前代云爾。以爲直言淮西事者，誤矣。

鄒忠公浩《道鄉集》四十卷。先生受業程門，而特嗜禪理，詩文多宗門語。居衡昭時，古詩有似樂天處，律詩深穩，與葉石林工力相敵，北宋之雄也。零陵有市户吕絢者，常以錢二十萬造大舟以俟。後先生北歸，吕以舟送至江南。先生謝以二絶句云：「平生親友漫紛紛，有幾書來寂寞濱。二十萬錢捐不惜，可憐湖外有斯人。」「瀟湘起柁出江湖，日日乾坤展畫圖。白酒紅魚對妻子，鴟夷還似此行無？」若絢者，抑何可使無聞哉！

《鐔津集》十五卷，宋僧契嵩著。其詩多秀句，如「習忍如幽草，觀身類片雲」、「桑柘雨中緑，人煙關外疏」、「天岸日將出，田家雞更啼」、「好山沿岸去，驟雨落花來」、「雲迷飛鳥道，雨出古龍湫」、「明月出已滿，白雲歸未多」，皆工。

韓子蒼詩爲諸家詩話所取者，如「汴水日馳三百里」、「落日同騎款段遊」二首最佳。頃借《陵陽集》，急披讀之，燭跋，卷亦盡，佳處乃無此。或曰：子蒼不樂居江西宗派中，云「我自學古人」，未必然也。涪翁正法眼藏，詎易夢見！

宋謝薖幼槃《竹友集》十卷，詩七卷、雜文三卷。薖，臨川人，逸之弟，江西詩派二十五人之一。呂居仁稱其詩似宣城，未爲篤論。然亦清逸可喜，而涪翁沉雄豪健之氣則去之遠矣。《顔魯公祠堂》、《十八學士圖》諸長句頗工，近體如「尋山紅葉平旬雨，過我黄花三徑秋」、「捼莎蕉葉展新緑，從臾榴花開晚紅」、「瘦藤拄下萬峰頂，野鶴來歸千歲巢」，皆佳句。又絶句「靡靡江蘺只唤愁，眼中何物可忘憂？楝花浄盡緑陰滿，纔見一枝安石榴」，甚有風致，非蘇、黄門庭中人不能道也。

葉石林，晁氏之甥。學有師承，筆力雄邁，猶有東京盛時風氣，非南渡諸人所及。《經籍志》：「《石林集》百卷。」今所傳止《建康集》八卷，餘率湮没。幸《避暑録話》、《燕語》、《放言》、《玉澗》等書猶存説部中。

宋刻晁公遡子西《嵩山集》五十四卷。公遡，公武子止弟也。古賦一卷，《神女廟賦》最奇麗。詩在叔用、無咎之下，間有警句，如「人生漢南樹，風物劍西州」、「一年風物倉庚報，萬里鄉心杜宇知」、「萬里艱難炊劍首，十年流俗夢刀頭」，又「秋江水清不勝緑，還與漢江顔色同。望中白鳥忽飛去，落日丹楓相映紅」《秋江》、「折得寒香日暮歸，銅瓶添水養横枝。書窗一夜月初滿，卻似小溪清淺時」《詠瓶中梅》、「征衣消盡洛陽塵，泣向東風拭淚痕。不及青春歸有信，一年一到樂游園」《感事》、「不見罘罳闕，於今已十春。素衣不忍棄，爲有洛陽塵」《有感》，皆佳。集中多與師伯渾倡和之作。渾，蜀人，見陸務觀集。

洪文惠适《盤洲集》，十卷至十三卷皆挽歌、樂章、詩餘，無足録。八卷、九卷皆雜詠盤洲山水草木，擬李衛公平泉諸詠。其《和景盧野處解嘲》詩：「園池如此休言小，但放芻蕘雉兔行。」「但」字注「平聲」，與徐騎省「莫折紅芳樹，但知盡意看」同音。二公皆精《説文》之學也。

宋樓宣獻公鑰《攻媿集》八十五卷，詩僅九卷，餘俱雜文。諸體中題跋最勝。宋集多叢冗，此集如表狀、書啓之類，删去半部亦可。宣獻與楊誠齋、范石湖、陸放翁同時，詩亦石湖伯仲。歌行學蘇、黄，氣或不遒，詩格苦鈍，然不爲楊、范佻巧取媚。七字如「行盡杉松三十里，看來樓閣幾由旬」、「一百五日麥秋冷，二十四番花信風」、「水真緑净不可唾，魚若空行無所依」，雖宋調，亦佳句也。

豫章張吏部泰來扶長撰《江西詩派圖録》，人各爲傳。其二十五人名氏次第遵王厚齋《小學紺珠》定本。扶長云：「胡氏《苕溪漁隱叢話》與《山堂肆考》有何顗，無高荷；又列洪朋於徐俯之後。《豫章志》有高荷、何顒，無何顗；吕本中復不在二十五人之中。」予按：劉後村《江西詩派序》云：「吕紫微作《江西宗派》，自山谷而下凡二十六人，内何人表顒、潘仲達大觀有姓名而無詩。詩存者凡二十四家。王直方詩絶少，無可采云。」至其次第，則首山谷，次後山、韓子蒼、徐師川、潘邠老、三洪龜父、駒父、玉父、夏均父、二謝無逸、幼槃、二林子仁、子來、晁叔用、汪信民、李商老、三僧如璧、祖可、善權、高子勉、江子之、李希聲、楊信祖、吕紫微，合山谷爲二十四人。王立之無傳，何顒則與今本作何顗迥異。後村、厚齋皆宋末人，不知各何據依而異同如此。張云：「梓于厭原山中者，《詩派》一百三十七卷，《續派》十三卷。」今皆不可得而見矣。劉後村不爲王直方立之作傳，今張撰《江西詩派圖》始補立之傳。

元張翥《蜕菴集》四卷。蜕菴，元末大家，古今詩俱有法度。蒼辣不及虞道園，而情致殊勝。無論子昂、伯庸輩，即范德機、揭曼碩，未知伯仲何如耳。

宋淳熙間，孫紹遠稽仲纂古今人題畫詩八卷爲《聲畫集》。因念六朝以來題畫詩絶罕見，盛唐如李太白輩間一爲之，拙劣不工；王季友一篇雖有小致，不能佳也；杜子美始創爲《畫松》、《畫馬》、《畫鷹》、《畫山水》諸大篇，搜奇抉奥，筆補造化。嗣是蘇、黄二公極妍盡態，物無遁形；虞伯生尤專工於此，《學古録》中歌行佳者，皆題畫之作也。入明，劉槎軒、李西涯、沈石田輩，以迨空同、大復，皆擬少陵，子美創始之功大矣。有如好事廣而續之，亦佳事也。

元初牟巘獻之所著《陵陽集》二十四卷，詩有盛宋時坡、谷門風，題跋亦如之，雜文皆典實詳雅。獻之，蜀陵陽人，清惠公存齋子。寓吴興，所與遊好者如劉會孟、戴帥初、仇仁近、周公謹、趙子昂兄弟，皆一時名流，可以知其人也。

元傅汝礪若金詩集八卷，歌行頗得子美一鱗片甲，七律亦有格調，視南宋俚俗之體，相去遠甚。若金妻孫淑，字蕙蘭，亦工詩，見陶南村《輟耕録》。集中「湘臯煙草緑紛紛，淚灑東風憶細君」，其悼亡之作也。

《所安遺集》一卷，元長沙進士陳泰志同著。歌行馳騁筆力，有太白風。在元人諸名家中，當在道園之下，諸公之上，而名不甚著，豈名位卑耶？集中附載文信公《青原》詩云：「空亭横蝃蝀，斷碣偃龍蛇。活水參禪筍，真香透佛茶。晚鐘何處雨，春水滿城花。夜飲燈前客，江西七祖家。」此詩甚工。

元臨川何中《太虚集》。中善五言詩，如「聊隨碧溪轉，忽與白鷗逢」、「小雨十數點，淡煙三四峰」、

「落葉半藏寺，清風時滿溪」、「寒沙梅影路，微雪酒香村」、「湖雪殘波岸，船燈獨夜人」、「西風一夜雨，丹桂滿林花」，皆有唐人風。

「村歌聒耳烏鹽角，社酒柔情玉練槌」，宋末《月泉吟社》中佳句也。《山居雜志》載杭人徐炬《酒譜》，乃引作少陵詩。不辨格調之類否而妄稱子美，則《虢國夫人》、《杜鵑行》、《狂歌行》諸篇，妄人皆雜入杜集，又何怪乎！

明興至弘治百有餘年，名世輩出。於是李、何崛起中州，吴有昌穀徐氏爲之羽翼，相與力追古作，一變宣、正以來流易之習。明音之盛，遂與開元、大曆同風。洎嘉靖之初，後生英雋稍稍厭棄先矩，去而規橅初唐。於時作者，頗有數家，例乏神解。惟高子業繼起大梁，自寫胸情，掃絶依傍。弇州《詩評》謂：「昌穀如白雲自流，山泉泠然，殘雪在地，掩映新月。」「子業如高山鼓琴，沉思忽往，木葉盡脱，石氣自青。」談藝家迄今奉爲篤論。其弟敬美又云：「更百千年，李、何尚有廢興，徐、高必無絶響。」其知言哉！嘗取二集評次，大抵於徐主《迪功集》，而外集、别集什不取一；于高主五言，而七言則姑舍是。

嘗論有明布衣之詩，首舉吴兆、程嘉燧，本朝則以石湖邢昉爲冠。嘗反覆二家之詩，吴五言其源出於謝宣城、何水部，意得處時時近之；程七言近體學劉文房、韓君平，清詞麗句，神韵絶妙；七言絶出入於夢得、牧之、義山之間，不名一家，時詣妙境；歌行刻畫東坡，如桓元人、劉越石，無所不恨。大抵吴以五言擅場，七言自《秦淮》、《鬪草》篇而外，頗無可采；程以七言擅場，古體不逮今體。

勝國萬曆中，海内太平，文治熙洽。金陵山川清麗，衣冠翕習，尤以風流文采相尚，布衣工文之士多萃止焉。閩人曹學佺能始官南京大理評事，尤好山水。春秋佳日與諸名士登高賦詩，詩多清綺婉縟，有陰、何、沈、謝之遺韻。林古度，亦閩人，少賦《撾鼓行》，爲東海屠隆所知。其父初文孝廉嘗獻書闕下，不報，歸而卜居金陵。古度與其兄君遷皆好爲詩歌，又出交當代名士。古度與曹氏尤相友善，故其詩清綺婉縟，亦復似之。萬曆己酉、壬子間，楚人鍾伯敬、譚友夏先後遊金陵，古度一見悦之，其詩一變而爲楚音。又三四十年，天下大亂，事勢陵谷，永嘉南渡，石頭不守。曩時風流文采之盛，不復可踪跡，而諸公亦零落老死，無復存者。顧古度獨無恙，至本朝順治、康熙之初猶存。海内士大夫慕其名而幸其不死，過金陵者必訪焉。然古度已貧窶甚，無復少壯時意氣。蓋嘗論之，古度與曹氏游，其詩清華省净，具江左初唐之體。逮壬子以後，一變而爲幽隱鉤棘之詞，如明妃遠嫁，無復漢宫豐容靚飾、顧影徘徊、光照殿中之態。漁洋所發三山來建康，上匡廬觀瀑布，游陽羨探善權、玉女之奇。其詩清華省净，具江左初唐之體。逮壬子録，僅存百數十篇，率皆辛亥以前之作。宣城施愚山亦以爲古度真面目今日始出。

宋、元論唐詩，不甚分初、盛、中、晚，故《三體》、《鼓吹》等集率詳中、晚而略初、盛，攬之憒憒。楊仲弘《唐音》始稍區别，有正音、有餘響，猶然未暢其説，間有舛謬。迨高廷禮《品彙》，所謂正始、正音、大家、名家、羽翼、接武、正變、餘響，皆井然矣。獨七言古詩以李太白爲正宗，杜子美爲大家，王摩詰、高達夫、李東川爲名家，稍誤。是三者皆當爲正宗，李、杜均之爲大家，岑嘉州而下爲名家，則確然不可易矣。

義山爲黨人所惡，乃李宗閔、楊嗣復、令狐綯、白敏中一輩小人耳。遂謂其詭激無特操，爲當塗所薄。然則必背公死黨，乃爲有特操乎？史官之無識如此。孔子曰：「鄉人之善者好之，其不善者惡之。」

《谷音》二卷，皆宋末人詩。上卷王澮以下凡十人，率任俠節義之士；下卷詹本以下凡十五人，則藏名避世之流也；番陽布衣、瀟湘漁父以下五人，不可得其姓氏，要之皆宋之逸民也。其詩慷慨激烈，古澹蕭寥，非宋末作者所及。是時謝皐羽、林霽山輩皆以文章節義著於東南，而又有此三十人者與爲應和，亦奇矣。此書毛氏汲古閣與《月泉吟社》合刻，最工。

牧翁不喜「妙悟」之論，公一生病痛正坐此。然儀卿詩有刻舟之誚，高新寧亦然。大抵知及之而才不逮云。

《陸右丞蹈海録》一卷，京口丁元吉撰。首《宋史·陸秀夫列傳》，次《熊開傳》，次輓詩。五言，方回「曾微一抔土，魚腹葬君臣」，龍仁夫「無地參黄鉞，終天慘玉依」，仇遠「甘抱白日没，不知滄海深」，方鳳「鰲背舟中國，龍胡水底天」；七言，湯炳龍「人心自感《興元詔》，天意難同建武時」，盛彪「平地已無行在所，丹心猶數中興年」，數聯最警策。末載吴萊《桑海遺録序》、右丞遺文《丹陽館記》一首。

樂天論詩多不可解，如夢得「雪裏高山頭白早，海中仙果子生遲」、「沈舟側畔千帆過，病樹前頭萬木春」等句最爲下劣，而樂天乃極賞歎，以爲此等語在在當有神物護持。謬矣！元、白二集，瑕瑜錯陳，持擇須慎，初學尤不可觀之。白古詩晚歲重複什而七八，絶句作眼前景語，卻往往入妙。如「上得籃輿未能去，春風敷水店門前」、「可憐八月初三夜，露似珍珠月似弓」之類，似出率易，而風趣非雕琢可及。

林和靖詩特工五言，如「晝巖松鼠靜，春棧竹鷄深」、「水風清晚釣，花日重春眠」，何減昔人所舉「草泥行郭索，雲木叫鉤輈」耶！七言惟《咏梅》「雪後園林纔半樹」，及「疏影」、「暗香」句可稱絶唱，他殊不類也。

陳無己平生皈向蘇公，而學詩於黄太史。然其論坡詩，謂「如教坊雷大使舞」。又有詩云：「人言我語勝黄語，扶竪夜燎齊朝光。」其自負不在二公之下。然余反覆其詩，終落鈍根，視蘇、黄不逮遠矣。任淵云：「無己詩如曹洞禪，不犯正位，切忌死語。」恐未能然。

許左史殿卿，少與滄溟倡和，齊名鄉曲。今《梁園》正、續集詩殊不足當滄溟下駟，何也？弘、正間歷下有劉天民希尹者，官吏部郎，同時視邊尚書華泉稍後，其詩古選實勝邊，特近體不逮耳。而左史獨擅名者，則以滄溟、弇州輩張之也。名詎足盡信哉！

内鄉李子田蓘撰《宋藝圃集》二十二卷，凡二百八十人。在隆慶初元，海内專尊王、李之派，諱言宋詩，而子田獨闡幽抉異，撰爲此書，其學識有過人者。然於宋初，載廖融、江爲、沈彬、孟賓于之流，皆五代人也；又取馬定國、周昂、李純甫、趙渢、龐璹、史肅、劉昂霄諸人，皆《中州集》所載金源産也，而與周平園、范石湖等並列，淄澠混淆，所宜刊正。

唐劉蜕《文冢銘》自評其文「粲若星光，如貝氣，如蛟宫之水」，此喻最妙。文冢在今潼川州。唐末古文並稱樵、蛻，蛻有《文泉子集》，然不逮樵遠甚。樵之文，在大中時惟杜牧可稱勍敵耳。宋末文弊，莆有黄四如仲元者，著文獨學《檀弓》、《公》、《穀》，可謂豪傑之士。其文多聱牙詰曲，不諧於俗。惜往往雜語録腐習，不加淘汰，故不能追樵、蛻於三百年之上也。

陳子昂《文集》十卷，詩賦二卷，雜文八卷。五言詩力變齊、梁，不須言。其表、碑、記等作，沿襲頹波，無可觀者。第七卷《上大周受命頌表》一篇、《大周受命頌》四章，曰「神鳳」、曰「赤雀」、「慶雲」，毗頌其辭，諂誕不經。至云「乃命有司正皇典，恢帝綱。建大周之統歷，革舊唐之遺號。在有天下，咸與維新。賜皇姓曰武氏。臣聞皇者受命，必有錫氏。軒轅二十五子，班爲十二姓；高陽才子二八，命爲十六族。故聖人起則命歷昌，必有錫氏之規」云云，此與楊雄《劇秦美新》無異，其下筆時不知世有節義廉恥事矣。子昂其無忌憚之小人哉！詩雖美，吾不欲觀之矣。子昂後死貪令段簡之手，殆高祖、太宗之靈假手殛之耳。

《王徵士集》四卷。徵士名彝，字常宗，又號媯蜼子。洪武初與高季迪同預修《元史》，後亦同死魏觀之難。都玄敬稱其古文明暢英發，又或以爲吴中四傑之一，以常宗代張羽來儀者。今觀其詩，歌行擬温、李，殊墮惡道，餘體亦不能佳，詎可與高、楊頡頏上下乎？因知高、楊、徐、王之説誕而無徵矣。

唐衡州刺史吕温集十卷，詩二卷，雜文八卷。温於詩非所長，贊、頌等時有奇逸之氣。如史所稱《凌烟閣功臣贊》、《張始興畫像贊》，及集中《三受降城》、《古東周城》、《望恩臺》、《成皋》諸碑銘，皆有可傳者。惟《武侯廟記》持論頗謬。同時劉禹錫、柳宗元亟稱之。温亦伾、文之黨，八司馬之貶，以使吐蕃，獨免於禍。嘗與竇群、羊諤共傾李吉甫，而其父渭亦附裴延齡者。

唐沈亞之《下賢集》十二卷。昔人謂其工爲情語，善窈窕之思。觀集中《秦夢記》、《異夢録》、《湘中怨詞》等，信矣。然頗類傳奇小説，姚鉉概未之録，無亦以其誕謾不經耶？至以滄寇李同捷之誅，朝廷與柏耆牽連同貶，實以兩河諸將之僭，姑謫罰以悦其心耳。而晁公武遽以爲亞之狂躁，輔耆爲惡，愚矣哉！吾讀下賢《與鄭使君書》而竊悲之矣。

《徐公文集》三十卷，南唐徐鉉著。五代時中原喪亂，文獻放缺，惟南唐文物甲於諸邦，而鉉、鍇兄弟與韓熙載爲之冠冕。常侍詩文都雅，有唐代承平之風。入宋，與湯悦即殷崇義奉詔撰《江南録》，至金陵亡國之際，不言其君之過，但以歷數爲言。《誄後主文》尤極悱惻，讀者悲之。

元余忠宣公《青陽集》五卷。讀其序、記諸篇，立説一本經術，皆醇儒之言，而忠義之氣，往往鬱勃憤發於行墨間。公之大節與日月争光，夫豈襲而取之者耶！若《華州大寧宫記》，予謂不減羅鄂州，世必有知言者。

唐獨孤及至之《毘陵集》二十卷。予按：皇甫湜《諭業》一篇歷評唐人文章，稱獨孤文如「危峰絶壁，穿倚霄漢，長松怪石，顛倒溪壑」。今讀其文，殊不盡然。大抵序記猶沿唐習，碑版敘事，稍見情實。《仙掌》、《函谷》二銘，《琅邪溪述》，《馬退山茅亭記》，《風后八陣圖記》是其傑作，《文粹》略已載之。權德輿議及謚曰：「立言遺辭有古風格，濬波瀾而去流宕，得菁華而無枝葉。其摳衣入室之徒，皆足以掌贊書而秉方策。」及之爲文可徵矣。卒謚曰「憲」。及之位止牧守而得謚，亦非常格。

見宋、元人詩集數十家，就中以長沙陳泰志同爲冠，周踠伯弜《汶陽稿》、臨江鄧林性之《皇荂曲》、金華杜旃仲高《癖齋》小異之。數子者，名不甚著，而其詩實名家也。

宋姜夔堯章《白石集》，鈔之近百首，蓋能參活句者。白石詞家大宗，其於詩亦能深造自得。自序同時詩人，以温潤推范石湖，痛快推楊誠齋，高古推蕭千巖，俊逸推陸放翁。白石游於諸公間，故其言如此。其詩初學黄太史，正以不深染江西派爲佳。

宋張孝祥《于湖集》僅四卷。于湖，紹興甲戌狀元，高宗謂爲「謫仙人」。天性倜儻，勇於爲義。真西山曰：「于湖生平雖跌宕，至於大綱大義處，直是不放過。」每作爲詩文，輒問門人：「視東坡何如？」而謝堯仁謂其「《水車詩》活脱是東坡，然較蘇氏《畫佛入滅》、《次韻水官》、《韓幹畫馬》等篇，尚有一二分劣。」又謂「以先生筆勢，讀書不十年，吞東坡有餘矣」。觀集内亦是學步西江，尚未到後山境界，遽欲上擬坡公，妄矣！在南渡之初，亦下放翁遠甚。

《臞翁詩集》一卷，宋長樂敖陶孫器之所著。器之非江西詩派中人，而詩卻深得江西之體。其評詩最精當，自云：「此評手書兩紙，一貽莆陽劉潛夫，一貽同舍朱仁叔。」其自貴重如此。韓平原當國時，題詩臨安酒家壁，弔趙忠宣公云：「九原若遇韓忠憲，休説渠家末代孫。」幾罹於禍，亦奇男子也。

宋施宿，字武子，湖州長城人。今長興縣。紹興間爲左司諫，又爲淮東倉曹。言路與有嫌，欲劾之，無以爲罪。宿嘗以其父所注坡詩鋟板，倉司因摭此事，坐以贓私。見《西吴里語》。

「笭箵」之「箵」有平、上二讀。蘇子美《松江觀魚》詩「擬來隨爾帶笭箵」、謝幼槃《嚴陵》詩「身前萬事一笭箵」，皆在青韵。今小本詩韵止收「笭」字，誤矣。

明初詩人，共推季迪爲冠；而大復獨以袁海叟爲冠，空同許爲知言。今讀其詩，古詩學魏、晉，近詩學杜，皆具體而微，遽躋之青丘先生之列，未免失倫。故余謂從來學杜者無如山谷，山谷語必己出，不屑裨販杜語。後山、簡齋之屬都未夢見，況其下如海叟乎！

《句曲外史雜詩》一卷，元張伯雨著。詩多拗體。予最喜其絶句，如「凌波仙子塵生襪，空谷佳人玉鍊容。不奈天寒風露早，日高猶傍錦熏籠」《三番圖》，「弁南山下幽人宅，萬个長松水一瓢。月到三層樓上夢，鯉魚風起駕春潮」《萬壑松濤》，「雞犬茅茨接暝烟，平林如薺遠連天。急披奇句無人賞，已近飛鴻滅没邊」《黄子久畫》，頗有坡、谷遺風。自題云：「乙酉歲，自春徂夏，霪雨時多，日處幽篁中，未有裹飯過子桑者。閑弄筆研，寫詩盈册，以自料理耳。詩凡五十五首，子英過之持去，勿示不知我者。雨告。」

曹縣王叔武交李獻吉，即墨蘭玉文交楊用修。弇州《藝苑卮言》及之，顧其詩不能成家。

余於唐人之文，最喜杜牧、孫樵二家，皮日休《文藪》、陸龜蒙《笠澤叢書》抑其次焉。一日偶讀《震澤集》，其《跋樵集後》云：「昌黎，海也，不可以徒涉，涉必用巨筏焉，則可之是也。」又《書日休集後》云：「余觀襲美與陸魯望倡和，跌宕怪偉，所謂兩雄力相當者。及讀《文藪》，多感慨激昂，《文中子碑》、《配饗昌黎》、《請孟子爲學科》，又幾於知道者，益嘆前輩鑒識之允、議論之公，固先得我心之所同然。」而余一知半解，亦自喜與古人暗合也。

唐人文，韓、柳之外，陸宣公、李衛公、獨狐及、劉賓客、李翱、皇甫湜、杜牧、孫樵、皮日休、陸龜蒙，此十家者，當遴次以傳。

《墨客揮犀》云：「王荆公過金山寺，壁間得一絶句，反覆諷詠，問知爲郭公甫所作，由此見重。尤愛其兩句云：『鳥飛不盡暮天碧，漁歌忽斷蘆花風。』又《題山莊》云：『謝家莊上無多景，只有黄鸝三四聲。』荆公命繪爲圖，自題其上，以金酒鐘并圖遺之。」予謂此四句亦無足取，介甫事事與人異趣，此亦可見。

何仲默早歲使雲南，作《渡瀘》，遂不減鮑照《蕪城》。

聯句有人各賦四句，分之自成絶句，合之仍爲一篇。謝脁、范雲、何遜、江革多有此體。頃見朱太史《騰笑集》有《古籐書屋送吴徵君魏上舍聯句》，甚得齊、梁之意：「握手古籐下，秋深旅愁積。歸來西溪旁，猶及種春麥。吴雯。我亦袖輕鞭，明發辭巷陌。倦鳥不同飛，各自張羽翮。魏坤。二子澹雅才，肯爲時俗役。英詞迭相應，如以桐扣石。陸嘉淑。柳塘水瀠瀠，蒲坂山驛驛。改歲君到時，古籐花滿格。查嗣璉。大房一斗泉，釀酒冰雪白。酒熟君不來，落花良可惜。朱彝尊。」明益州董楠，字孟才，工部尚書可威之叔也。常撰《古今聯句詩集》六卷，與張之象《回文類聚》皆不可少之書。

《節孝先生集》三十卷，附録二卷，其文率拙而碎，殊不成章，詩尤不佳。坡公《志林》謂如玉川子，蓋微詞也。唯江端禮子和所録《問答語》二卷多可觀。然仲車獨行，其人在仕隱間，不必以詩文重也。

傅占衡平叔古文實出大士、千子之右，昧者以爲附陳、艾以有聞於世，耳食之見也。

凡行述墓銘，如家世始祖某、自某處來、占籍於某，或有曾祖、祖父諱字、官閥，於例皆不得略。又卒日、葬日、葬地、得年幾何，皆當謹書之。韓、歐二集中碑版之文可考而知也。王行作《墓銘舉例》，凡十三事：曰諱、曰字、曰姓氏、曰族出、曰鄉邑、曰履歷、曰行治、曰卒、曰壽年、曰葬地、曰葬日、曰妻、曰子。歷觀前輩大家謀篇，錯綜變化，不拘一格，大例要未有越此者。

張祜詩：「人生只合揚州死，禪智山光好墓田。」元遺山擬作兩句云：「人生只合梁園死，金水河邊好墓田。」蓋哀金宮人之被俘擄者。如宋末孟鯁《折花怨》、鮑輗《重到錢唐》諸作諷謝太后北行之意，與張詩語同而意義迥別也。

夢曉樓人隨筆

五經惟《易》之外皆史也，《書》則帝王政治之得失具焉，《詩》則十五國之風列焉，《禮》則周之制作備焉，豈獨一《春秋》哉！

宋子方夜讀詩，清映侍。至曹植《野田黄雀行》，余反覆賞嘆。清映笑曰：「夫子老于詩，顧未知利鈍耶？」余驚問其故。曰：「黄雀之飛不遠，決起槍榆而止耳。其詞曰『黄雀得飛飛，飛飛摩蒼天』，則舛矣。」余雖心知强駁，而亦竟無以難也。

庚子六月初二夜，淫雨淙淙，悽心滴耳。夜半方睡，忽夢眉珠論詩許敘曲，宛若平生。珠因索余和昔年題滄州圖句，蘧然既寤，語猶歷歷。其詞云：「青山四立水圍天，幾葉秋蓬破暝煙。笛嫋嫋，月娟娟，風露沙鷗冷不眠。」詞意清俊，可並珠作。

「立到日斜時，坐到天明處。人問忽長嘆，有淚雙雙注。」此玉郎自寫真實景也。清映每見予如此，輒笑而不言。余輒不解何笑，則又笑曰：「郎亦不解君何愁。」

「多病多愁損少年」，唐人張泌句也。語雖淺直，自是的確。端居多暇，憂從中來，不免偉生之嘆。三復斯言，慨當以慷。

「邑犬群吠兮，吠所怪也。非俊疑傑兮，固庸態也。」屈子于此，直是肆駡，更無温厚。想此事，自是今古傷心耳。

范石湖使金，館伴耶律侍郎者，不識字。如提刑運使字，亦指以問人。因作詩云：「乍見華書眼似獐，低頭慙愧紫荷囊。人間無事無奇對，伏獵今成兩侍郎。」然當年得此，便稱以爲奇，此風尤可慕也。

閒庭明月，獨步微吟。孤枕酒醒，寒燈疏雨。美人天際，良友各方。有淚自零，無腸可斷。此情此際，知者難言。

後人多恨楊太真亂唐天下，然余讀唐詩篇，于此一事多好詩，其他專詠華清、馬嵬者無論。且如老杜一生間關亂離之作，皆因此一事來。若無此一事，即老杜亦不知少卻幾許好詩，後人亦何從得此等好詩快讀也。雖然，此等好詩實唐玄宗以天下換得來的。

司馬遷成《史記》，生優于死；錢謙益《有學集》，有不如無。

余嘗爲一妓謝隔河情人，寄藕圍啓云：「惠緘羅韈，敢忘凌波。色艷紅蘂，杜詩：『羅韈紅蕖艷。』著懈霜足。李詩：『屐上足如霜，不著鴉頭韈。』謹謝。」時服其工。今世婦人未見有著韈者，今之膝衣或即古之韈耶？

行樂春三天，讀書秋半夜。百感紛集，憂從中來，正吾人極得意之時，亦此心不可解之故。

己亥三月十五日，隨口成吳歌二闋，其一云：「頭上青天腳下泥，寺裏塔尖屋裏梯。我道人心弗是，裙裡腳爲嗜，外頭而露裏高低。」其二云：「雨裏海棠嗜樣嬌，風裡楊花嗜樣飄。我道人心弗是，立秋過後，梧桐葉爲嗜，一番看見一番凋。」

南宋時中州陷于金，有張秦娥者，能小詩。其賦遠山云：「秋水一抹碧，殘霞幾縷紅。水窮霞盡處，隱隱而三峰。」其後流落。劉之昂贈之以詩云：「遠山句好畫南成，柳眼才多總是情。今日哀頑人不識，倚爐空聽煮茶聲。」又云：「二頃山田半欲蕪，子孫零落一身孤。寒窗昨夜蕭蕭雨，紅日花稍入夢無。」娥爲之泣下。兩人作皆絶可諷詠者也。

東坡《望海樓晚景》絶句云：「樓下誰家燒夜香，玉笙哀怨弄初涼。臨風有客吟秋扇，拜月無人見晚妝。」寫景言情，可謂清麗絶世。

「櫓後青山一抹斜，櫓前疏柳酒旗叉。微醉也，月初芽。和煙和雁宿花。」此吾邑女士柳眉珠題《滄洲圖》句，余亟賞之。珠於玉才有江東之賞，然發情止義，真文字知己也。其人貞静婉麗，閨中林下，真爲不愧。竟以鬱志而殁，只住人間十八年。爲天下至寶惜，非僅一己之感而已也。《鵑紅集》一十八卷，今藏其家，不可見。惟貯篋中投贈諸作，時時諷詠，悲感係之。清映云：「斯人而在，甘相後先。」九原有知，當亦聞此言耳。

劉賓客贈米嘉榮、與舊宮人穆氏及何戡三詩，一樣感慨，三樣機法。贈米作從外轉意，舊宮人就題轉意，然終落意議，不如贈何戡作只就題面寫敘而不斷，神味無窮，爲尤有不言神傷之致也。劉絶句在中唐爲獨出，其擅場皆在此等處。

句圖

句圖提要

《句圖》一卷，據康熙間刊《夢航雜綴》本點校。撰者葛萬里，字逸父，號夢航、夢樵，江蘇崑山人。有《明人別號録》等。此圖與《夢航雜綴》、《清異録》、《萬曆丁酉同年考》、《牧翁先生年譜》、《三袁先生年表》、《鈔詩姓氏》、《邑志科》、《夢航雜説》等凡九種，合刊爲一本，未有總名，今姑舉第一種著録。句圖摘句，本爲鑑賞或作詩取徑之用，如元兢《古今詩人秀句》等，書雖亡佚，其旨仍可得見。又如張爲《詩人主客圖》，則進而爲標舉詩派之用矣。葛氏此圖羅列二十六組對句(偶有單句)，雖未下一語，然意在説明前、後聯之承襲關係甚明，略同於司馬光《續詩話》嘲惠崇「不是師兄多犯古，古人詩句犯師兄」之旨趣。所摘多爲唐宋名家，如山谷「霜林收鴨脚，春網薦琴高」與後山「秋盤堆鴨脚，春味薦猫頭」兩聯一組，可收陳句規模黄句、間出新意之比較效果，則又不止「偷襲」之負面意義矣。亦偶摘本朝順康間詩人如吴偉業、施潤章、汪琬等人之句，皆低一格書之。另其《雜説》中亦有摘句一則，録汪琬襲陸游等六家之句，續補此圖之未備也。

句圖

細雨魚兒出，微風燕子斜。　杜甫

朱希晦：水滿魚兒出，泥香燕子來。

開門迎燕子，汲水得魚兒。　徐致中

又

野花成子落，江燕引鶵飛。　殷遥

雨園鳩喚婦，風徑燕將兒。　晁補之

雨香魚撥刺，風軟燕差池。　汪克寬

又

捲簾通燕子，織竹護鷄孫。　陳師道

掃梁迎燕子，椶竹護龍孫。　陸游

又

褰簾放巢燕，投食施池魚。　白居易

閉門留野鹿，分食與山鷄。　王建

補栅憐鷄冷，分糧憫雀饑。　陸游

又

避草每移逕，濾蟲還入泉。　張籍

濾泉侵月起，掃徑避蟲行。　釋靈一

蟻酣停掃砌，燕乳記鈎簾。　釋簡長

又

樹集鶯朋友，雲行雁弟兄。　白居易

江魚群從稱妻妾，塞雁聯行號弟兄。　白居易

東風又見鶯朋友，北信難憑雁弟兄。　唐庚

足水蚕禾分母子，多年修竹見翁孫。　戴昺

鵓鳩夫婦孤村雨，杜宇君臣故國春。　元于石
林墟乍迸翁孫竹，籬落齊開娣妹花。　明蘇澹

又

天闊樹浮秦。　杜甫
舟移城入樹，岸闊水浮村。　岑參
吳梅村：堤長城入岸，塔動樹浮村。

又

愁髮含霜白，衰顏寄酒紅。　尹式
鬢爲愁先白，顏因醉暫紅。　白居易
髮短愁催白，顏衰酒借紅。　陳師道

又

芍藥花開菩薩面，椶櫚葉散夜叉頭。　王璘
丰標公子鷺得意，跃扈將軍風斂威。　張耒

又

素衣不忍棄，爲有洛陽塵。　晁公遡

好風疑是故園來。　薛能

施愚山：東風不忍背，爲自故鄉來。

又

生寄一壺酒，死留千卷書。　崔塗

消磨歲月書千卷，傲睨乾坤酒一缸。　楊載

引睡書千卷，消愁酒一杯。　丁鶴年

又

長江風送客，孤館雨留人。　賈島

戍近風鳴柝，江空雨送船。　謝翺

又

猿啼洞庭樹，人在木蘭舟。　馬戴
鳥聲青嶂裏，人語翠微中。　鮮于樞
鳥啼青嶂裏，花落白雲間。　揭傒斯

又

雨中黃葉樹，燈下白頭人。　司空曙
客歸紅葉雨，僧住白蓮峰。　成廷珪
秋山黃葉雨，古寺白頭僧。　藍智
亂山黃葉寺，孤棹白蘋洲。　李楨
杖頭黃葉落，溪上白雲飛。　田汝成
寒生紅葉雨，秋老白蘋江。　石文睿
客來黃葉雨，鬼嘯白楊風。　釋斯學

又

霜林收鴨脚，春網薦琴高。　黄庭堅
秋盤堆鴨脚，春味薦貓頭。　陳師道

又

年年歲歲花相似，歲歲年年人不同。　劉庭芝
年年歲歲望中秋，歲歲年年霧雨愁。　曾機
重重葉葉花依舊，歲歲年年客又來。　梅堯臣
休驚歲歲年年貌，且對朝朝暮暮人。　蘇軾

又

江明白白紅紅樹，春在三三兩兩家。　朱元晦
行穿六六三三逕，來往紅紅白白間。　楊萬里

又

何時翠竹江村路，相送柴門月色新。　杜甫

白沙翠竹江村暮，送我柴門月色新。　蘇軾

又

往往鷄鳴巖下月，時時犬吠洞中春。　曹唐

熊卓：鷄鳴巖下寺，犬吠洞中村。

又

舉世祇知嗟逝水，何人微解悟空花。　釋貫休

舉世盡從愁裏老，誰人肯向死前閒。　杜荀鶴

又

有時三點兩點雨，到處十枝五枝花。　李山甫

三點五點映山雨，一枝兩枝臨水花。　吴融

三點兩點淡尤好，十枝五枝疏更佳。　張道洽

又

樹影不隨明月去，溪聲常送落華來。　方干

江月不隨流水去，天風常送海濤來。　趙汝愚

又

胡牀月下知誰對，鑾榼花前想自隨。　王安石

汪堯峰：小設胡床來月下，略攜鑾榼到花前。

又

詩到無人愛處工。　陸游

山到無人行處好。　方回

又

草苫墻北棲鷄屋，泥補橋西放鶴船。　陸游

傍山新接龜頭屋，爲菊重編麂眼籬。　方岳

又

酒傾白墮杯行玉，橘破黄苞坐飣金。　孫覿

縮項魚肥人鱠玉，長腰米貴客量珠。　仇遠